Jane Ashford est née dans l'Ohio. Collégienne, elle a découvert les romans de Georgette Heyer et a été fascinée par leur univers chatoyant et par le langage plein d'esprit de l'Angleterre de la Régence. Après des études de littérature anglaise et d'innombrables voyages en Grande-Bretagne, elle s'est consacrée à l'écriture de romance. Sa réputation n'est plus à faire et ses livres sont traduits dans une dizaine de pays. Sa carrière exceptionnelle lui a valu un grand nombre de récompenses littéraires.

D1354713

Du même auteur, chez Milady :

En secondes noces
Pour l'amour de Laura

CE LIVRE EST ÉGALEMENT DISPONIBLE
AU FORMAT NUMÉRIQUE

www.milady.fr

Jane Ashford

En secondes noces

Traduit de l'anglais (États-Unis) par Marie Perrier

Milady Romance

Milady est un label des éditions Bragelonne

Titre original : *Once Again a Bride*
Copyright © 2013 by Jane LeCompte
Originellement publié par Sourcebooks, Inc. (États-Unis)

© Bragelonne 2014, pour la présente traduction

ISBN : 978-2-8112-1148-6

Bragelonne – Milady
60-62, rue d'Hauteville – 75010 Paris

E-mail : info@milady.fr
Site Internet : www.milady.fr

Chapitre premier

*C*harlotte Rutherford Wylde ferma les yeux pour savourer la sensation de la brosse qui parcourait ses longs cheveux. Lucy, sa femme de chambre, n'avait que onze ans lorsqu'elle était entrée à son service, et celle-ci savait pertinemment quand sa maîtresse, en proie à un cruel désarroi, avait besoin de réconfort. Toute la maisonnée en était consciente, bien sûr, mais Lucy était la seule à s'en préoccuper. Les autres domestiques usaient d'une multitude de stratagèmes trop subtils pour qu'on pût le leur reprocher, et qui ne faisaient qu'aggraver sa détresse. Il semblait à Charlotte que la chose était devenue une sorte de jeu à leurs yeux, et ils se montraient plus audacieux à mesure que les mois se succédaient sans qu'aucun d'entre eux ne fût réprimandé. Elle faisait comme si de rien n'était et semblait imperturbable, ce qui faisait d'elle doublement leur dupe.

Lucy reposa la brosse et entreprit de lui tresser les cheveux pour la nuit. Charlotte ouvrit les yeux et releva la tête pour contempler son reflet dans le miroir de la coiffeuse. La lumière des chandelles jouait sur la dentelle couleur crème de sa chemise de nuit, à peine visible sous la lourde robe d'intérieur qui la protégeait des courants d'air. Sa chambre à coucher était froide malgré le feu qui y crépitait en cette nuit de mars amère. Chacune des pièces que comptait la haute et étroite demeure londonienne était glaciale à sa manière.

Ces derniers mois auraient dû me changer radicalement, songea Charlotte. Pourtant, le miroir reflétait toujours la même chevelure d'or cuivré et les mêmes yeux noisette, bien que l'étincelle qui les animait jadis, qui lui avait valu nombre de compliments, eût à présent complètement disparu. À peine un an auparavant, son visage ovale, son nez droit et ses lèvres charnues avaient été qualifiés d'agréables à l'œil, mais il lui semblait qu'une vie entière s'était écoulée depuis. Peut-être était-elle trop maigre, car chaque repas était désormais un supplice. Son reflet lui rendait son regard avec des yeux cernés où se lisait le désespoir d'un animal pris au piège. Un souvenir lui revint soudain : un écureuil, qu'elle avait trouvé au cours d'un hiver révolu depuis longtemps. Il était mort gelé, car une terrible vague de froid s'était abattue sur la campagne et l'avait transformée en un désert hostile. L'animal gisait dans la neige, couché sur le flanc, les pattes repliées comme pour mieux fuir la mort lancée à ses trousses.

— Et voilà, mademoiselle Charlotte.

Lucy posa une main réconfortante sur son épaule. Lorsqu'elles étaient seules, la domestique s'adressait toujours à elle par son prénom, comme autrefois. Futile, mais apaisante illusion…

— Avez-vous besoin d'autre chose… ?

— Non, merci Lucy.

Essayant de faire transparaître la gratitude incommensurable qu'elle ressentait, Charlotte répéta :

— Merci.

— Vous devriez vous coucher. J'ai chauffé les draps.

— J'irai dans un instant. Tu peux aller te coucher, toi.

— Vous êtes sûre que je ne peux pas… ?

— Tout est parfait.

Aucune d'entre elles n'y croyait. Lucy réprima une réponse en serrant les lèvres et esquissa une révérence avant de tourner les talons. Sa silhouette familière, svelte mais solide comme le roc, était d'un tel réconfort que Charlotte faillit la rappeler. Mais Lucy méritait de prendre un peu de repos. Charlotte ne devait pas l'en priver sous prétexte qu'elle-même se savait incapable de trouver le sommeil.

La porte s'ouvrit et se referma, et la flamme des chandelles vacilla un instant. Charlotte resta assise, pensive, à passer en revue les perspectives sur lesquelles elle était déjà revenue cent fois. Il devait y avoir une solution, une autre approche à employer pour rendre la situation, sinon acceptable, au moins plus supportable – ni désespérée, ni insoutenable.

Son père bien-aimé, qui s'était flétri sous ses yeux, n'était plus… Oui, son défunt père avait fait de son mieux. Il fallait qu'elle en soit convaincue. Les larmes lui montèrent aux yeux rien qu'en évoquant son souvenir ; juste avant sa mort, il y avait six mois de cela, il ne la reconnaissait même plus. Son esprit, qu'il avait considéré comme son bien le plus précieux, s'était érodé de la manière la plus brutale et absolue qui soit.

C'était arrivé tellement vite… Certes, il avait toujours été plutôt distrait, si profondément engagé dans ses travaux savants que toutes les préoccupations de la vie quotidienne lui échappaient. Mais lorsqu'il se trouvait dans sa bibliothèque, occupé à lire, à écrire ou à correspondre avec d'autres historiens, jamais il n'avait omis le moindre détail ni commis la moindre erreur. Et ce jusqu'à deux ans auparavant, lorsque l'insidieuse déliquescence avait commencé – d'abord inaperçue, occultée, niée en dépit du bon sens ; par la suite, il avait consacré toutes ses facultés déclinantes à assurer à sa fille un mariage « de raison ». Cette seule idée l'avait obnubilé et maintenu à flot alors même que tout le reste lui échappait. Inévitablement, c'était parmi ses amis et connaissances qu'il lui avait cherché un époux. Pourquoi diable avait-il fallu que son choix se portât sur Henry Wylde ?

Accablée de peine et d'angoisse, Charlotte n'avait osé émettre la moindre protestation. Elle avait même ressenti une certaine impatience à l'idée de troquer sa maison de campagne isolée contre l'effervescence et les distractions de la ville. Ainsi, à l'âge de dix-huit ans, s'était-elle retrouvée mariée à un homme de presque trente ans son aîné. S'était-elle imaginé qu'elle vivrait une sorte de conte de fées hors du commun ? Avait-elle été sotte et naïve à ce point ? Elle ne s'en souvenait plus.

Ce n'était pas seulement de la stupidité ; les unions dissymétriques n'étaient pas toutes vouées au désastre. Elle avait pu observer quelques mariages où le mari, plus âgé, traitait sa jeune épouse avec prévenance. Certes, la différence d'âge n'était sans doute pas si prononcée…

Dès le lendemain de leurs noces, Henry s'était mis à la traiter comme une encombrante pupille imposée à sa maisonnée dans l'unique but de l'exaspérer. Il critiquait tout ce qu'elle faisait. Ce matin-là encore, au petit déjeuner, il l'avait accusée d'avoir oublié les instructions précises qu'il lui avait données concernant la manière de faire infuser son thé. Mais non, elle n'avait rien oublié, pas une seule des étapes fastidieuses qu'il lui imposait : elle avait pris garde à bien compter les minutes dans sa tête, acte facilité par le fait qu'Henry interdisait toute conversation à table. Il se munissait toujours d'un livre. Elle était certaine d'avoir compté à la seconde près, et pourtant il l'avait tancée vertement pendant dix minutes sous les yeux de la domestique. Charlotte en était sortie le ventre noué et la gorge serrée, des sensations qui lui étaient devenues familières. La nourriture en perdait tout attrait.

Et lorsque son mari daignait lui faire la conversation, c'était pour lui parler de Tibère, Hadrien, ou quelque autre figure de l'antiquité. Il dilapidait son argent – des sommes astronomiques, soupçonnait-elle, et principalement puisées dans ses ressources à elle – et son affection allait tout entière à ses collections. Le rez-de-chaussée de leur demeure ressemblait à un musée empli de vitrines contenant des pièces de monnaie et autres vestiges romains, et tapissé de bibliothèques chargées d'ouvrages sur la Rome antique. Voilà tout ce qui comptait aux yeux d'Henry, tandis qu'elle-même, de toute évidence, ne présentait que peu d'intérêt.

Après presque un an de mariage, Charlotte se sentait toujours comme une écolière. La situation aurait pu être différente si elle avait osé espérer avoir des enfants, mais son époux semblait résolument indifférent au procédé par lequel ils auraient pu en concevoir. Et les mois passant, la simple idée d'un contact physique était devenue si répugnante à Charlotte qu'elle n'aurait su que faire s'il avait soudain changé d'avis sur la question.

Les yeux rivés sur son reflet dans le miroir, elle contemplait la danse dorée des flammes des chandelles, sentait la caresse des courants d'air sur sa nuque et voyait sa vie s'étendre devant elle sur les décennies à venir, chacune plus insoutenable que la précédente. Il était devenu évident désormais que tout cela finirait par la rendre folle. C'est pourquoi elle avait établi une stratégie. Henry la fuyait le jour et elle ne pouvait pas lui parler au cours des repas, sous les yeux indiscrets des serviteurs. Après le dîner, il se rendait à son club et y restait jusqu'à ce qu'elle fût partie se coucher. Eh bien, elle n'irait pas au lit. Elle resterait levée pour lui parler en face dès son retour, même s'il rentrait à une heure tardive. Elle exigerait du changement.

Elle avait essayé d'attendre tout en restant au chaud sous les couvertures, mais avait échoué deux nuits de suite à rester éveillée. La veille, elle s'était endormie dans le fauteuil et avait laissé passer sa chance. Cette nuit-là, elle resterait assise bien droite sur le tabouret de sa coiffeuse, sans possibilité de s'assoupir. Elle se leva et entrouvrit la porte sans faire attention au courant d'air provoqué. Elle pouvait voir les premières marches de l'escalier de là où elle se trouvait, aussi ne pourrait-il pas s'esquiver. Cette nuit-là, elle lui dirait le fond de sa pensée, quoi qu'il en coûte et malgré les remontrances. En se remémorant sa voix froide et implacable qui énumérait tous ses défauts en une liste apparemment interminable, Charlotte frissonna. Mais elle ne se laisserait pas décourager.

La flamme des chandelles vacillait, et elles se consumaient à un rythme accru. Charlotte attendit, se redressant brusquement chaque fois qu'elle se mettait à dodeliner de la tête. À un moment, elle manqua de tomber du tabouret dépourvu de dossier. Mais elle résista, heure après heure, tandis que la nuit se faisait de plus en plus profonde. Elle remplaça les chandelles, ajouta du charbon dans l'âtre et mit un autre châle épais sur ses épaules pour se protéger du froid. Elle se frotta les mains pour les réchauffer et tint bon jusqu'à ce que la lumière vienne filtrer entre les rideaux et que les oiseaux se mettent à pépier. Un nouveau jour s'était levé, et Henry Wylde n'était pas rentré chez lui. Son époux avait passé la nuit ailleurs.

Charlotte serra ses châles autour d'elle tout en prenant la mesure de ce fait stupéfiant. Cet homme qui lui semblait de glace avait-il donc une vie secrète ? Rendait-il visite à une maîtresse ? Avait-il bu jusqu'à perdre conscience et fini écroulé à son club ? Hantait-il les maisons de jeux, victime de la fièvre des paris ? Ces éventualités étaient tout bonnement inconcevables. Mais elle ne l'avait jamais attendu si longtemps auparavant. Elle n'avait aucune idée de ce à quoi il occupait ses nuits.

Transie jusqu'aux os, elle se leva, alla fermer la porte de la chambre et se glissa entre ses draps glacés. Il fallait qu'elle se réchauffe, et qu'elle détermine si cette information inattendue pourrait lui servir à améliorer sa sinistre situation. Peut-être Henry n'était-il pas entièrement dépourvu de sentiments, comme elle l'avait cru jusqu'alors. Ses paupières se fermèrent malgré elle. Oui, peut-être l'espoir était-il permis.

Lucy Bowman jaugea la température d'un fer plat qu'elle avait mis à chauffer sur le feu. L'objet émit un sifflement de bon aloi. Satisfaite, elle le transporta jusqu'à une petite table recouverte de tissu dans un coin de la cuisine et l'appliqua sur le volant d'une robe en batiste. Elle était douée pour le repassage des vêtements délicats, et aimait se sentir adroite. Une autre chose qu'elle appréciait, ces temps-ci, c'était d'effectuer ses tâches aux moments où le reste du personnel était ailleurs. De si bon matin, la cuisinière et son aide avaient tout juste commencé à préparer le petit déjeuner. Maussades d'avoir dû quitter leur lit, elles ne pipaient mot. Ce n'était pas comme si les conversations allaient jamais bon train dans cette maison, et quand échange il y avait, il n'égalait jamais les reparties fulgurantes qu'elle avait pu entendre dans les quartiers des domestiques de leur ancienne demeure, dans le Hampshire.

Le manoir Rutherford avait fait figure de paradis en comparaison avec ce triste endroit. Tous les domestiques s'entendaient à merveille ; ils allaient ensemble aux fêtes de l'église, aux bals populaires, et formaient une sorte de grande famille. Pour sûr, la vieille intendante avait été une seconde mère pour Lucy. Quand celle-ci était arrivée pour travailler, à l'âge de douze ans, afin d'épargner à ses parents une bouche de plus à nourrir, Mrs Beckham l'avait accueillie chaleureusement et prise sous son aile. C'était elle qui, la première, avait assuré à Lucy qu'elle était intelligente, compétente, et qu'elle pourrait faire quelque chose de sa vie. Penser à Mrs Beckham et à la maisonnée d'antan était à la fois réconfortant et douloureux.

Lucy fit glisser le fer autour d'une patte brodée. Elle aimait l'odeur piquante du tissu amidonné que la vapeur portait à ses narines. Elle avait trouvé sa place dans la maison du Hampshire, d'abord chargée de la lessive avant de gravir les échelons en apprenant tout ce qu'elle pouvait aussi vite que possible, grâce à un tutorat bienveillant. Elle avait été si fière d'être choisie comme femme de chambre personnelle de Miss Charlotte, huit ans plus tôt! Mrs Beckham l'avait complimentée sans détour, devant tous les autres, sur son travail irréprochable; elle l'avait citée en exemple pour tous les domestiques les plus jeunes. Voir tout le monde lui sourire et se réjouir de sa promotion avait réchauffé le cœur de Lucy comme jamais auparavant.

Mais tout ceci appartenait au passé. La maison avait été vendue et les gens qu'elle avait connus, quand ils n'avaient pas pris leur retraite, s'étaient dispersés au gré des postes vacants qu'ils avaient pu trouver. Dans tous les cas, aucun n'était très porté sur la correspondance. Bon, Lucy elle-même ne l'était pas, il fallait bien l'avouer. Mais elle ne pouvait même pas prétendre de croire qu'elle retrouverait un jour cette heureuse maison de province.

Non qu'elle fût capable d'abandonner Miss Charlotte en la laissant seule dans ce terrible endroit! Lucy baissa

13

les yeux et manipula le fer pour contourner un double volant.

Mr Hines entra d'un pas lourd, les paupières tombantes, et réclama du thé en grognant. Il lui fallait bien ça, sans doute, après une autre soirée passée à boire sans relâche. C'était le mari de la cuisinière. Il se prétendait majordome, bien qu'en vérité, il ne fût pas davantage qu'un homme à tout faire. Lucy savait ce qu'était un véritable majordome, et Mr Hines en était à mille lieues. Cet homme efflanqué et taciturne n'était qu'un concentré de méchanceté. Lucy l'évitait comme la peste. Pas étonnant que la cuisinière soit soupe-au-lait, enchaînée à un ours pareil! Quant aux jeunes femmes avec qui elle aurait pu se lier d'amitié parmi les domestiques, la fille de cuisine et la bonne étaient toutes deux gourdes et sans esprit. Qu'on s'aventurât à leur adresser la parole – ce que Lucy ne faisait plus depuis longtemps – et elles se contentaient d'ouvrir des yeux ronds comme si elles ne parlaient pas la même langue. Et comme si tout cela ne suffisait pas, il y avait encore le valet, Holcombe, qui ne manquait jamais une occasion d'aventurer ses sales mains là où elles n'avaient pas lieu de se trouver. Ce dernier énergumène lui inspirait le plus grand mépris. Manifestement, il se faisait fort de doter chaque mot qu'il lui adressait d'un double sens évident. Ceux qu'elle comprenait lui répugnaient. Elle avait dépensé une partie de ses gages pour mettre un verrou à la porte de sa chambre, à cause de lui. Impossible de demander de l'argent à Miss Charlotte : elle avait déjà bien assez de soucis comme ça…

Le fer avait refroidi. Elle l'échangea contre un autre qu'elle avait fait chauffer sur les braises et repassa habilement la manche festonnée d'une robe d'intérieur. La chaleur qui lui montait au visage était bienvenue, même si la cuisine était de loin la pièce la plus confortable de cette maison glaciale. Pour dormir au chaud, il lui fallait empiler des couvertures jusqu'à avoir l'impression d'être couchée dans le tiroir d'une commode.

La fille de cuisine la frôla en se dirigeant vers le cellier.

— C'est s'donner ben d'la peine pour une robe qu'personne verra, dit-elle.

Lucy ne lui prêta pas attention. Toutes les remarques que lui faisaient les domestiques, que ce soit au sujet de son travail ou de sa maîtresse, étaient immanquablement désagréables. Ils en étaient quelque peu revenus après avoir constaté qu'ils ne la troublaient pas le moins du monde. Mais ils tourmentaient et humiliaient Miss Charlotte de façon inacceptable! Même après tout ce temps, Lucy en était encore scandalisée. Elle ne pouvait s'empêcher d'espérer qu'« il » – le maître de maison, qu'elle se refusait à appeler par son nom – allait finir par intervenir et les arrêter. Mais cet homme était le diable en personne; il semblait prendre plaisir à ce spectacle! Lucy aimait saisir les problèmes à bras-le-corps et y apporter des solutions lorsque cela était en son pouvoir, mais il n'y avait rien à faire pour sauver ce mariage du désastre total.

Holcombe fit irruption dans la cuisine. Vu son expression, il devait être en quête d'un thé matinal, et rien au monde ne pourrait le détourner de ce but. Lucy lui tourna le dos et se concentra sur son repassage.

— Hines, demanda le valet, vous avez vu Mr Henry ?

— Pourquoi je l'aurais vu ? marmonna l'homme renfrogné assis à la table de la cuisine, en guise de réponse.

Holcombe fronça les sourcils, resta un instant immobile, puis sortit d'un pas vif – et sans avoir réclamé la moindre goutte de thé. À la fois étrange et fort intéressant. Lucy glissa un regard aux autres à la dérobée. Ils ne montraient aucun signe de curiosité. Pour autant qu'elle pût en juger par les derniers mois passés à les côtoyer, ils en étaient totalement dépourvus.

L'odeur du porridge envahissait la cuisine, et l'estomac de Lucy gronda. Au moins Mrs Hines savait-elle préparer un porridge acceptable. C'était à peu près toute l'étendue de ses talents. D'un autre côté, le maître exigeait des plats si insipides qu'ils ne méritaient pas qu'on se donnât beaucoup de peine.

Holcombe réapparut soudain.

— Hines, venez avec moi, ordonna-t-il.

Le mari de la cuisinière grommela mais se leva de sa chaise et s'exécuta. C'était l'une des preuves que Hines n'était pas un véritable majordome : il cédait sur-le-champ et obtempérait dès que le valet employait ce ton bien particulier. Les deux hommes quittèrent la cuisine et ne revinrent pas.

Il se passait quelque chose, songea Lucy. Pour « lui », la routine était rien moins que sacrée et il était sujet à des accès de rage dès que le moindre détail allait de travers. Après des mois à serrer les dents de frustration,

Lucy entrevit l'ombre d'un espoir. Toute différence serait forcément pour le mieux, non ? Elle ramassa sa pile de linge et monta à l'étage pour voir ce qu'elle pourrait découvrir avant de réveiller sa maîtresse.

Quand Lucy ouvrit les rideaux, Charlotte émergea lentement de son sommeil tardif. Ses souvenirs brumeux lui revinrent peu à peu. Elle s'assit dans son lit.

— Tu aurais dû me le dire, Lucy.

— Vous dire quoi, mademoiselle Charlotte ?

— Qu'Henry passait ses nuits dehors. Le savoir ne pouvait guère heurter mes sentiments davantage qu'ils ne le sont déjà.

— Dehors… ?

— Allons, Lucy, les domestiques savent ce genre de chose.

— Personne ne m'adresse jamais la parole.

Voilà donc ce qui se tramait ? Il n'était pas rentré la nuit précédente ?

— Je sais que tu ne t'es pas liée d'amitié avec eux, mais il doit bien courir des ragots…

— Jamais, mademoiselle. Je ne sais pas de quoi vous parlez.

Lucy ouvrit la garde-robe et passa en revue les robes qui s'y alignaient.

— Tout ce que je sais… C'est que Mr Holcombe est dans un drôle d'état ce matin.

Charlotte repoussa les couvertures.

— Je vais m'habiller sur-le-champ et aller lui parler.

— Vous savez qu'il n'aime pas être…

— Ça m'est égal.

17

Et c'était vrai. Elle s'en moquait éperdument. Holcombe pouvait bien être le plus insolent de tous les domestiques, Charlotte ne se laisserait plus intimider.

Elle poussa Lucy à brûler les étapes de leur routine matinale. Elle allait exiger que Holcombe se présente face à elle, et s'il refusait, elle le traquerait où qu'il se terre et le forcerait à lui révéler la vérité. La tête haute et le regard glacial, Charlotte sortit de sa chambre à coucher et descendit le couloir d'un pas assuré. Arrivée dans une pièce qu'on qualifiait ici de petit salon, elle fit retentir une sonnette. Les minutes s'égrenèrent sans que personne ne répondît à son appel. Charlotte sonna derechef, puis elle abandonna et se dirigea vers l'escalier.

Soudain, on frappa lourdement à la porte d'entrée ; on eût dit que quelqu'un y assenait de violents coups de bélier. Charlotte jeta un regard par-dessus la rampe d'escalier. On frappa de plus belle, et les coups résonnèrent dans toute la maison. Qui pouvait bien leur rendre visite à une heure pareille ?

La bonne se précipita et entreprit de déverrouiller les divers loquets. Charlotte entendit s'ouvrir la porte battante au fond du couloir, et elle sut que d'autres domestiques la suivaient. La porte d'entrée s'ouvrit à la volée.

— Mad'moiselle, dit une voix profonde depuis le perron, l'un d'vos maîtres est-il là, siouplaît ?

Charlotte descendit l'escalier en toute hâte.

— C'est de la part de qui ? demanda Holcombe en surgissant au fond du hall.

— C'est la milice, répondit la voix grave. Vous êtes… ?

Charlotte pressa le pas.

—Je suis la maîtresse de maison, intervint-elle, davantage pour rappeler son statut à Holcombe que pour se présenter au visiteur. Je crains que mon mari soit sorti.

Elle jeta un coup d'œil à Holcombe et le découvrit pâle et anxieux, très différent de l'affreux serpent qui prenait habituellement un plaisir malsain à la tourmenter. Charlotte reporta son attention sur l'homme à la forte carrure qui se tenait sur le seuil. Il portait la barbe, un long manteau de laine et des mitaines, et ressemblait en tout point aux hommes qui patrouillaient dans les rues de Londres. Un long bâton était posé à côté de lui.

—M'dame, commença-t-il en se balançant d'un pied sur l'autre, mal à l'aise. Euh…

—Y a-t-il un problème ?

L'homme lui tendit une carte de visite, et ce geste parut si incongru à Charlotte qu'elle ne put que regarder l'objet avec des yeux écarquillés.

—Est-ce que par hasard vous reconnaissez ceci, m'dame ?

Elle se saisit du petit rectangle de carton et le lut rapidement.

—C'est la carte de mon mari.

—Ah.

Le milicien n'avait pas l'air surpris.

—Vous devriez peut-être vous asseoir, m'dame.

—Dites-nous simplement ce qui s'est passé ! aboya Holcombe en faisant fi de l'autorité de Charlotte, comme si elle n'avait même jamais existé.

—Oui, je vous en prie. Dites-nous tout, acquiesça Charlotte.

L'homme sur le seuil se redressa.

—M'dame, j'ai le regret d'vous informer qu'y a eu un… accident. On a retrouvé un monsieur tôt ce matin. Son portefeuille avait disparu, mais on a r'trouvé un étui dans la poche de son gilet. La carte que vous voyez là était dedans.

—Mais… Que s'est-il passé ? Est-il blessé ? Où l'avez-vous emmené… ?

—Désolé, m'dame, grimaça le visiteur, qui aurait visiblement donné n'importe quoi pour être ailleurs. J'ai l'regret de vous annoncer que le pauvre homme est mort. Des voleurs, apparemment. Agressé pendant qu'il…

—Il est mort ?

Charlotte ne savait trop comment Lucy s'était retrouvée à ses côtés, mais elle était à présent là pour la soutenir.

—Mais comment… En êtes-vous bien sûr ? Je ne puis croire…

L'homme frotta ses pieds l'un contre l'autre.

—Faut que quelqu'un vienne l'identifier pour sûr, m'dame. P'têt' un… ?

—J'irai ! l'interrompit Holcombe.

Il lança un regard mauvais à Charlotte, au milicien, puis aux autres domestiques. Personne ne broncha. Le milicien parut soulagé.

Tous restèrent là, immobiles, dans un silence stupéfait, tandis que Holcombe courait chercher son manteau et partait avec la milice. Charlotte fut incapable, plus tard, de se rappeler comment elle était remontée dans le salon. Tout ce qu'elle savait, c'est qu'elle y était assise quand Lucy entra après un laps de temps indéterminé, et lui annonça :

— C'est bien lui. Il est mort.

Charlotte fit mine de se lever.

— Holcombe est… ?

— Il est revenu et a confirmé la nouvelle. Complètement effondré, qu'il est, ajouta Lucy en faisant la moue.

— Henry est mort ? ne put-elle s'empêcher de répéter.

— On dirait bien, mademoiselle Charlotte. Paraît-il que ces choses-là arrivent plus souvent qu'on se l'imagine, d'après Holcombe. Les rues sont pas bien sûres, à la nuit tombée. Voilà bien Londres !

Lucy savait que beaucoup considéraient la ville comme un environnement palpitant qui offrait toutes sortes de richesses et de divertissements. Pour sa part, elle haïssait le bruit et la saleté : le fracas des roues sur les pavés, les gens qui vous haranguaient pour vous vendre ceci ou cela dès l'instant où vous posiez le pied dans la rue… Les étrangers qui vous bousculaient presque si vous marchiez trop lentement. Et pourtant, elle avait choisi de faire abstraction des horribles histoires de Holcombe. Il prenait un malin plaisir à terroriser la fille de cuisine, dont l'esprit n'était déjà pas bien vif, en lui racontant les mésaventures de domestiques malchanceux qui se fourvoyaient dans les mauvais quartiers de la ville et n'en revenaient plus jamais. Lucy avait refusé de se laisser aller à montrer la moindre peur, rien que pour l'irriter. Mais finalement, il semblait bien qu'il n'avait pas eu tout à fait tort.

Charlotte s'effondra sur le sofa. Elle n'avait rien voulu de tout ça, rien de la sorte! Certes, elle avait aspiré à du changement, mais jamais elle n'avait souhaité…

— Je peux vous apporter quelque chose? Une tasse de thé? Vous n'avez rien mangé du tout.

— J'en serais incapable.

— Il faut vous nourrir.

— Pas maintenant.

Lucy inclina la tête, inquiétée par la détresse qui transparaissait dans sa voix.

— Voulez-vous que je vous tienne compagnie?

— Non. Non, j'aimerais rester seule un moment.

Lucy hésita, puis s'inclina brièvement et quitta la pièce. Charlotte pressa ses mains l'une contre l'autre et se recroquevilla dans son fauteuil. Tout cela n'était pas du changement; c'était sa vie en proie aux plus violents bouleversements qui soient. C'était la trame de son existence quotidienne qui partait en lambeaux.

Elle n'avait jamais aimé Henry. Elle avait essayé de l'apprécier, et avait presque cru y être parvenue avant qu'il ne rendît la chose définitivement impossible. L'avait-elle haï ces derniers mois? Non, elle n'avait pas été jusqu'à le haïr. Elle avait certes souhaité qu'il n'eût jamais fait irruption dans sa vie. Mais à aucun moment, elle n'avait voulu sa mort. La veille encore, à cette même heure, il la houspillait sur sa façon de faire le thé, et voilà qu'il avait disparu de la surface de la terre. Comment cela était-il possible?

Chapitre 2

*S*ir Alexander Wylde mena sa monture dans la cour de l'écurie, à l'arrière de sa maison londonienne. Comme d'habitude, il avait le sentiment que toute excursion matinale à cheval dans les rues de la ville était le comble de la contrainte : le paysage demeurait étriqué, l'allure poussive, et les interruptions fastidieuses chaque fois qu'il fallait saluer une connaissance ayant elle aussi choisi de sortir tôt. C'était presque pire que de ne pas monter du tout.

Il laissa son cheval au garçon d'écurie et entra par la porte de derrière. À peine avait-il fait deux pas dans le couloir qu'il entendit un fracas assourdissant en provenance des étages supérieurs, suivi par des bruits de pas et des cris inarticulés. Puis un choc sourd, comme si un meuble assez lourd venait d'être renversé. Un autre homme aurait sans doute sursauté, pris de panique, avant de se précipiter vers l'escalier, mais Alec se contenta de froncer les sourcils et de presser légèrement le pas. Avant toute autre émotion, c'était de la déception qu'il ressentait ; Lizzy avait pourtant promis.

Il lui fallut gravir deux volées de marches avant de découvrir la source du vacarme. En chemin, il croisa une domestique dont le tablier débordait de porcelaine brisée ;

elle évita son regard. Frances Cole se tenait sur le seuil de la chambre à coucher d'Anne et se tordait les mains.

Dès qu'elle l'aperçut, elle se mit à gémir :

— C'est une créature vicieuse et dégoûtante. Il n'en est pas question, c'en est trop, Alec ! Elle a dépassé les bornes !

Cette dernière phrase était devenue une sorte de refrain ces derniers mois, depuis que la troisième gouvernante de Lizzy avait décampé sans demander son reste.

— Je refuse d'entrer là-dedans, ajouta Frances, au bord de la crise d'hystérie.

Cousine de la mère d'Alec, Frances avait la charge d'Anne et Lizzy depuis que leur mère était morte peu après la naissance de cette dernière ; une situation qui semblait se détériorer de plus en plus rapidement.

Alec ouvrit la porte de la chambre et entra. Pour une raison inconnue, Frances crut bon de refermer le battant pratiquement sur ses talons. Anne, sa jeune sœur de seize ans, était allongée dans son lit. Elle était toujours pâle mais sa langueur inquiétante l'avait quittée. À vrai dire, ses yeux verts avaient retrouvé un semblant de leur éclat d'antan. Ce printemps, Alec avait ordonné à toute la maisonnée de rejoindre la ville, après un hiver entier qu'Anne avait passé en proie à une toux qui l'affaiblissait un peu plus chaque jour. Rien ne semblait pouvoir la soulager, aussi avait-il fini par l'installer dans une voiture remplie de couvertures, de fourrures et de briques chaudes pour l'emmener consulter un éminent médecin de Harley Street. La veille enfin, ils avaient eu le bonheur d'apprendre qu'elle ne souffrait pas de phtisie ; cette crainte qui les hantait depuis des semaines. Alec suspectait que ce soulagement fût en partie à l'origine du présent grabuge, quel qu'en fût l'objet.

— Où se trouve… ?

Lizzy surgit derrière le lit.

— Je l'ai ramenée pour qu'elle divertisse Anne, déclara-t-elle d'un ton péremptoire.

— Je vais bien, Alec, assura Anne au même moment.

Rompu à ce genre de jeu, Alec alla directement au cœur du problème.

— « Elle » ?

De sous le lit provint un son qui ressemblait remarquablement à un feulement. Alec dévisagea Lizzy. Une ironie douce-amère voulait que sa sœur de treize ans fût le portrait fidèle de leur mère, emportée par la maladie causée par sa naissance. Alec, Anne et leur frère Richard tenaient tous de leur père : grands, minces, avec des cheveux blonds comme les blés et des yeux verts. Lizzy était plus petite et déjà plus ronde, avec les cheveux bruns de leur mère et ses yeux d'un bleu profond. Alec se doutait qu'elle deviendrait redoutablement ravissante en atteignant sa pleine maturité, et à la seule pensée de son entrée inéluctable en société – quand il osait seulement y songer –, il était terrifié.

Il était inutile de faire traîner les choses plus longtemps. Alec s'agenouilla pour regarder sous le lit. D'abord, il ne vit rien. Puis il distingua une paire d'yeux jaunes qui luisaient dans le coin le plus sombre et le plus éloigné. Une odeur de viande faisandée lui chatouilla les narines. Peu à peu, la forme dissimulée dans l'ombre se révéla être celle d'un chat. Un très gros chat. Une sensation de malaise le saisit, nourrie par plus de dix ans d'expérience.

— Où l'avez-vous trouvée ?

— Dans le jardin, près du portail, répondit Lizzy.

Un chat de gouttière. Alec n'osait même pas imaginer comment sa sœur avait ramené l'animal dans la maison et l'avait fait monter à l'étage. Le fracas qu'il avait entendu ne devait pas être étranger à cette situation. Il examina sa sœur à la recherche de morsures ou de griffures, mais n'en vit aucune.

— Nous n'avons aucun animal de compagnie ici, en ville, fit remarquer Lizzy. Cela manque beaucoup à Anne.

Alec posa les yeux sur cette dernière. Elle essayait de ne pas sourire, car elle savait pertinemment que son grand frère tomberait dans les rets de Lizzy.

— Oh vraiment, c'est donc Anne ?

Bien sûr, c'était avant tout Lizzy qui regrettait ses petits compagnons.

— La place des animaux est à la campagne.

— Beaucoup de gens ont des chiens en ville. Je les ai vus.

Certes, songea Alec, de petits chiens de salon cotonneux aux jappements agaçants, mais pas des créatures nées dans le caniveau.

— Si Anne a envie d'un chaton…

Ces mots le faisaient passer pour faible, il en était conscient. Mais les sourires d'Anne se faisaient si rares depuis quelque temps…

— Mais elle n'a pas de maison. Elle est affamée ; on peut sentir toutes ses côtes !

Une expérience sans doute fort plaisante, mais à laquelle Alec espérait bien échapper.

— Lizzy, ce chat est un animal sauvage. Qui sait quel genre de… ?

— Je sais qu'elle ne sent pas très bon, l'interrompit Lizzy. Mais comment pourrait-il en être autrement, quand on sait le temps qu'elle a passé à la rue ? Je vais lui donner un bain.

— Certainement pas ! Elle va vous mettre en pièces.

— Pas du tout. Tenez, regardez.

Lizzy disparut sous le lit. Alec se releva et la regarda, à croupetons, tendre la main et émettre un son doux et grave. Il y eut un instant de silence, puis le chat émergea à moitié de sous le couvre-lit. C'était une chatte au pelage tricolore, sale et maigre, avec une oreille déchirée. Elle fourra sa tête dans la main de sa petite sœur pour réclamer une caresse.

— Vous voyez ? dit Lizzy en lui adressant ce sourire angélique qui, trop souvent, lui permettait d'obtenir absolument tout ce qu'elle voulait.

Alec fit un pas dans leur direction. La chatte recula et gronda comme s'il s'était agi d'un animal bien plus gros.

— Il faut juste qu'elle s'habitue à vous. Pas vrai, Tricotte ? Je l'ai appelée Tricotte, parce qu'elle est « tricolore », vous comprenez ?

Anne éclata de rire ; peut-être à cause du nom choisi, mais plus sûrement amusée par la défaite imminente d'Alec. Il s'en moquait, cela dit ; cela faisait trop longtemps qu'il ne l'avait plus entendue rire. Alec fit un pas en arrière en se demandant lequel de leurs deux valets se laisserait recruter pour aider Lizzy à baigner un félin sauvage. Ethan, sans aucun doute. Ethan avait à maintes reprises prouvé qu'il était l'homme de toutes les situations. Alec sacrifierait ses gants de cuir pour le succès de cette entreprise.

— Très bien, concéda-t-il, tant que…

Lizzy bondit sur ses pieds et se jeta à son cou pour l'embrasser.

— Vous êtes le meilleur frère du monde !

Anne éclata encore de rire et ses yeux pétillèrent lorsqu'il lui sourit. Alec sentit soudain sa poitrine se serrer douloureusement sous le coup de l'espoir. Puis le rire d'Anne se mua en une violente quinte de toux, et ses espérances sombrèrent de nouveau.

Bien que la carrière universitaire d'Alec eût été brutalement interrompue par la mort de son père, lorsque la responsabilité de sa famille et de leurs biens lui était échue, ces charges ne lui avaient pas paru éprouvantes avant l'hiver dernier. Il avait laissé Frances s'occuper d'Anne et Lizzy, avait de temps à autre gardé un œil sur leur frère Richard qui menait actuellement une vie d'insouciance à Oxford, et avait su gérer leurs biens sans effort excessif. Il avait été bien préparé à ce rôle, conscient depuis toujours de ce que son avenir lui réservait, et avait amplement trouvé le temps de s'établir en ville lors de la dernière Saison mondaine, en profitant de tous les plaisirs offerts à un homme à la fortune et à la position avérées. Quatre ans durant, tout s'était déroulé à merveille ; puis la maladie d'Anne avait frappé, bouleversant ses habitudes et lui montrant où résidaient ses véritables priorités. Sa famille passait avant tout.

Anne parvint à maîtriser sa toux.

— Je vais bien, insista-t-elle, consciente de l'inquiétude de ses frère et sœur.

— Si cet animal aggrave votre état…

Les yeux si bleus de Lizzy s'emplirent de larmes. Tous ses gestes et les traits de son visage trahirent le désespoir qui s'empara d'elle.

— Si Tricotte rend Anne malade, il va de soi qu'elle ne pourra pas rester !

— Ce n'est pas la faute du chat, fit remarquer Anne, si lasse que tous les deux commençaient à l'agacer. Je toussais déjà bien avant son arrivée.

Le visage de Lizzy s'illumina.

— Une fois propre, elle pourra rester sur votre lit et vous tenir compagnie, comme moi.

— Allez donc la baigner, dans ce cas, intervint Alec, qui voyait combien Anne était épuisée.

Au cours des derniers mois, sa fatigue était devenue terriblement coutumière et affreusement persistante. Il fallait qu'ils se retirent et laissent Anne se reposer. Il reconduisit Lizzy à la porte. Le chat imposant lui débordait des bras. Frances s'était éclipsée, une habitude récente chez elle. Tandis qu'il allait trouver Ethan pour l'informer de son triste sort, Alec songea qu'il lui restait un seul espoir : assurément, comme tous les chats, celui-là ne manquerait pas de se rebiffer face à un bain. Avec un peu de chance, il réussirait à s'enfuir. Et il serait hors de question de pourchasser l'animal dans les rues de Londres, même si Lizzy déployait tous ses talents de persuasion.

Une certaine couardise poussa Alec à s'emparer de pain et de saucisses dans la salle du petit déjeuner pour ensuite battre en retraite dans son bureau, à distance respectable du chaos causé par le bain du chat, des reproches de Frances Cole, et des réflexions de l'intendante qui le connaissait depuis ses trois ans. Il ne manquait pas de prétextes : son bureau ployait sous les lettres de ses locataires du Derbyshire qui imploraient son assistance.

Beaucoup s'attendaient à ce que la situation du pays s'améliore quand la longue guerre contre Napoléon avait touché à sa fin. Mais ces gens-là ne voyaient pas les nouvelles machines de l'industrie textile qui privaient de plus en plus d'ouvriers de leur travail ; ils ignoraient la hausse des prix des denrées qui faisait planer sur les Anglais – les Anglais, entre tous ! – le spectre de la famine. Alec serra les mâchoires. Pas sur ses terres. Il ne pouvait pas, à l'instar de certains propriétaires terriens de sa connaissance, faire fi de tant de détresse.

Alec saisit une lettre au sommet de la pile et réprima un soupir. Peut-être aurait-il dû trouver quelqu'un pour l'aider à gérer cette correspondance en cascade. Ces derniers temps, les tâches à accomplir et les décisions qui ne pouvaient attendre semblaient se succéder sans fin. Certains hommes – il en connaissait quelques-uns – auraient simplement jeté ces monceaux de papier au feu avant de partir poursuivre leur propre plaisir sans penser une seconde aux conséquences de leur acte. Alec décacheta la première lettre et se mit à lire.

Il avait parcouru la moitié de la pile et commençait à envisager de déjeuner quand Ethan frappa à la porte et entra dans la pièce.

— Un visiteur vous demande, monsieur.

Alec remarqua une longue estafilade sur la joue droite du valet.

— Un visiteur ?

— Une affaire d'importance, a-t-il précisé.

Sans laisser à Alec le temps de répondre, il ajouta :

— Vos gants… Je suis navré, monsieur, mais…

Alec l'interrompit d'un geste.

— Je n'entretenais aucun espoir de les revoir un jour, Ethan.

Le jeune valet parut soulagé.

— Euh… pour l'animal ? Eh bien, il est propre.

Il afficha un air dubitatif

— Il semble très… affectueux envers Miss Elizabeth.

Alec décida qu'il ne voulait rien savoir de plus au sujet du chat.

— Très bien, faites entrer ce visiteur.

Ethan revint accompagné d'un petit homme d'un certain âge. Sa posture et son costume austère indiquaient un notaire ou un homme d'affaires. Pour une raison qui échappait à Alec, il n'avait ôté ni son chapeau ni son manteau, comme s'il se trouvait toujours dans la rue. À côté du valet à la stature imposante, il semblait minuscule.

— Mr Seaton, annonça Ethan avant de refermer la porte.

Le petit homme rabougri s'avança vivement.

— Je crains de vous apporter de bouleversantes nouvelles, sir Alexander, commença-t-il en secouant la tête, ses lèvres minces tirées vers le bas. Véritablement bouleversantes.

Alec se leva d'un bond.

— Mon frère ?

La brusquerie de ces mots fit sursauter le visiteur, qui recula d'un pas.

— Non, non, je n'ai aucune nouvelle de votre frère. Il s'agit de votre oncle.

— Lord Earnton ?

Mais au moment où il prononça ces mots, Alec songea que sa tante aurait dépêché quelqu'un qu'il connaissait pour lui communiquer toute nouvelle d'importance.

Seaton se redressa.

— Sir Alexander, j'ai le regret de vous annoncer que votre oncle, Henry Wylde, a été assassiné par des voleurs en pleine rue, à Londres. Encore un exemple scandaleux de la dégénérescence des classes inférieures. Je blâme le gouvernement qui…

— Oncle Henry ?

Il semblait étrange de l'appeler ainsi. Aussi loin qu'Alec se souvînt, le plus jeune frère de son père avait mené une existence de reclus. On ne le voyait jamais lors des réunions de famille et il ne manifestait d'intérêt pour aucun de ses parents. Le seul souvenir qu'Alec gardait de lui datait de presque vingt ans : un homme au visage rubicond qui jurait en le menaçant de le battre à coups de canne pour avoir touché à un vieil objet poussiéreux dans une vitrine. Alec s'affaissa sur son siège.

— Tué, vous dites ?

— Assassiné, monsieur, alors qu'il rentrait chez lui depuis son club. C'est à se demander à quelle catastrophe court ce pays si un gentleman ne peut même pas…

— Et vous êtes venu m'informer de son décès, l'interrompit Alec.

— Naturellement.

— En tant que parent. Je vois. Je vous remercie.

L'homme grisonnant posa sur lui un regard sévère.

— En tant qu'exécuteur testamentaire de Mr Wylde.

— Moi ?

Seaton tira de la poche de son manteau une épaisse liasse de documents.

— Il vous cite comme le mieux placé de ses écervel… euh, de ses héritiers.

En d'autres circonstances, Alec aurait pu s'amuser de la situation, mais sa stupéfaction était trop grande.

— Je le connaissais à peine.

Seaton hocha la tête.

— Il a indiqué ne pas être très proche de sa famille. Il souhaitait néanmoins que ses dernières volontés soient confiées à l'un de ses parents.

Et il a fallu qu'il me choisisse, songea Alec à part lui.

— Je vous en prie, asseyez-vous monsieur Seaton.

L'homme s'exécuta et posa le document sur le bord du bureau.

— Comme vous le savez, Mr Wylde était un individu… unique. Et je dois dire que son testament est pour le moins… original.

Comment pourrait-il en être autrement? pensa Alec. Il attendait la mauvaise nouvelle qui, il en était convaincu, ne manquerait pas de survenir.

— Les dispositions qu'il a prises concernant son épouse ne sont pas ce que l'on…

— Son épouse? Il n'était pas marié.

— Il l'était, monsieur. Depuis moins d'un an.

Alec essaya d'imaginer quel genre de femme pourrait bien épouser son oncle Henry. Corpulente, le nez épaté, revêche, désespérée: voilà les éléments de réponse qui s'imposèrent à son esprit. Il secoua la tête.

— Qu'entendez-vous par « original », au juste?

— Il vaudrait mieux que vous lisiez le document par vous-même, monsieur.

— Je vous demande pourtant de bien vouloir m'en faire un résumé.

Son ton se voulait intimidant et il obtint l'effet escompté. Seaton se leva, l'air confus, et détala en direction de la porte.

— Monsieur Seaton!

Le petit homme s'inclina – une révérence qui n'était guère plus qu'un tressaillement – en tendant la main vers la poignée de la porte.

— J'ai accompli mon devoir, sir Alexander. Mr Wylde était un client des plus… difficiles.

— Et vous voilà bien heureux de pouvoir vous débarrasser de ses affaires?

L'expression sur le visage de l'homme se suffisait à elle-même sans qu'il eût besoin de répondre. Il se glissa hors du bureau; Alec le suivit à grands pas.

— Monsieur Seaton!

Son visiteur se hâtait en direction de la porte d'entrée. Il l'avait presque atteinte quand le chat surgit à toute allure du fond du hall d'entrée, dérapa sur le sol de marbre dans un crissement de griffes et mit le cap sur le bureau d'Alec en titubant. Alec ferma vivement la porte. Contrarié, l'animal lui lança un regard mauvais, fit volte-face et planta ses dents dans la cheville d'Ethan.

— Tricotte ! appela la voix de Lizzy depuis l'arrière de la maison.

Seaton se rua à l'extérieur avec l'air d'un homme qui fuit une maison de fous. Ethan se pencha en avant pour se libérer, son visage avenant déformé par la douleur. La sœur d'Alec apparut à la porte battante au fond du hall d'entrée.

— Tricotte, non !

Le chat relâcha le valet.

— Elle en veut encore un peu à Ethan, j'en ai bien peur, expliqua Lizzy qui se hâta de les rejoindre.

En voyant l'expression qui se lisait sur le visage de son frère, elle ajouta :

— Et vous savez combien il est effrayant de se retrouver dans un nouvel endroit. Un chat doit apprendre à connaître son territoire avant de…

— Le rez-de-chaussée ne fait pas partie de son territoire, l'interrompit Alec. Si vous ne pouvez pas maîtriser cet animal…

Tricotte roula sur le dos, les pattes écartées, et posa sur Lizzy des yeux jaunes emplis d'adoration. C'était la plus parfaite incarnation de l'innocence qu'Alec eût jamais vue, et il y gagna un regard profondément réprobateur de la part de sa petite sœur.

—À l'étage, insista-t-il.

Lizzy fit la moue comme si elle cédait aux caprices d'un tyran. Elle ramassa le chat et entreprit de gravir l'escalier. Tricotte regarda Alec et Ethan par-dessus l'épaule de la jeune fille ; il était difficile d'interpréter son expression autrement que comme triomphante. Des taches de sang s'élargissaient sur le bas blanc d'Ethan.

—Faites examiner cette blessure, lui dit Alec. Et, Ethan ?

—Oui, monsieur ?

—Si ce chat vous mord encore, vous avez ma permission de vous défendre à coups de pied.

—Bien, monsieur. Merci, monsieur.

Sir Alexander retourna dans son bureau et Ethan s'autorisa une grimace. Baigner le chat ne l'avait pas dérangé, et il ne blâmait pas l'animal de s'y être opposé. Il… Non, elle – Tricotte – s'était comportée conformément à sa nature. Et à dire vrai, laver un chat de gouttière gesticulant était autrement plus distrayant que de disposer la porcelaine ou l'argenterie selon les arts de la table, que d'ouvrir la porte aux visiteurs, ou que tous ses autres devoirs londoniens. Sans mentir. Le « plaisir » de venir à Londres n'en était pas un à ses yeux. Il aurait préféré que sa mère n'ait pas fait jouer ses relations pour le faire partir. Oh certes, la qualité de son travail était appréciée, et il était probable qu'on l'aurait emmené cette année-là, dans tous les cas. Mais d'autres domestiques avaient ardemment aspiré à faire partie du voyage. Il était dommage de les en priver. Et son père serait toujours aussi furieux à son retour.

Ethan se dirigea vers l'escalier secondaire et grimaça. Cette chatte avait de sacrés crocs, pour sûr. Elle l'avait mordu de toutes ses forces. Il allait avoir droit à un joli sermon de la blanchisseuse, même si cette fois, ce n'était pas sa faute. Il descendit au sous-sol et entra dans la cuisine, en boitant juste un tantinet plus que nécessaire. Il y trouva un auditoire considérable qui observa sa cheville meurtrie.

— Le nouveau chat de Miss Lizzy, expliqua-t-il en exhibant le tissu ensanglanté.

La cuisinière, l'intendante, la fille de cuisine et le second valet n'eurent pas besoin de plus d'explications ; ils avaient tous entendu parler des exploits du nouveau membre de la maisonnée. Ils avaient également entendu ses miaulements déchirants en provenance de l'arrière-cuisine.

— M'a mordu, juste sous le nez d'un visiteur, ajouta Ethan. Et sir Alexander aussi.

— Cette bête sauvage a mordu sir Alexander ?

Les yeux de Mrs Wright lançaient des étincelles. L'intendante ne tolérait pas de telles incartades.

— Dieu tout puissant ! s'exclama la cuisinière.

— Non, il m'a mordu, moi, sous le nez de sir Alexander, rectifia Ethan avant d'affecter une expression pitoyable. J'ai bien besoin qu'on me raccommode un peu.

La fille de cuisine, une accorte jeune femme, fit un pas en avant.

— Je vais m'en occuper, Sally, intervint Mrs Wright. Je suis sûre que tu as du pain sur la planche. Et si ce n'est pas le cas, je peux te trouver…

— Sally pourrait me tenir la main pendant que vous soignez mon bobo, la taquina Ethan.

L'intendante, qui le connaissait depuis qu'il avait deux ans, haussa un sourcil.

— Vous pouvez bien être devenu joli garçon en grandissant, mais vous n'êtes pas aussi charmant que vous croyez, Ethan Trask.

— Oh, que si !

Il leur adressa ce sourire qui faisait fondre les cœurs féminins depuis qu'il avait quinze ans. Enfin, quatorze si l'on comptait Alice Ackerly – et il la comptait sans l'ombre d'une hésitation.

Cela suffit à les ébranler et son camarade, le valet James, afficha un large sourire approbateur.

— Ça suffit, avec tes vilains tours, lui dit Mrs Wright en le chassant en direction de la porte. Allez, viens. On va bander cette cheville. Et te trouver une nouvelle paire de bas, j'imagine. Ou bien…

Elle s'arrêta dans l'embrasure de la porte.

— Tu as gardé celui qui n'avait pas été déchiré pendant votre stupide « partie de cricket » ?

— Oui, m'dame, répondit Ethan rapidement.

Mieux valait ne pas trop s'attarder sur certains sujets.

— Bien. Va me le chercher, et on va te refaire une paire.

— Que je grimpe jusqu'au dernier étage de la maison sur ma jambe blessée ? geignit-il.

L'intendante s'esclaffa.

— Estime-toi heureux que je ne t'oblige pas à apprendre le tricot. Les bas en laine ne poussent pas sur les arbres, tu le sais, ça ?

Vingt minutes plus tard, Ethan était soigné et de retour dans la cuisine où l'on dressait les plateaux du déjeuner. Sir Alexander avait préféré sortir. Tandis qu'Ethan portait un plateau à l'étage dans le salon de Miss Cole, il se demanda comment allait tourner ce printemps à Londres. Depuis la maladie de Miss Anne, la maisonnée se retrouvait sens-dessus-dessous. Le spectacle de sa sœur si pâle et si fatiguée avait rendu Miss Lizzy aussi nerveuse et instable que… que son nouveau chat. Et Miss Cole, autrefois plus solide que le roc – Ethan s'en souvenait – sursautait en glapissant dès qu'on la prenait par surprise ; ce qui arrivait sans arrêt, car elle avait l'esprit embrumé la moitié du temps. Elle passait son temps à présenter ses excuses et à se ronger les sangs ; Ethan songea qu'elle finirait par avoir des palpitations comme sa grand-mère… Enfin, il était simplement heureux que ça ne soit pas son problème. Sir Alexander allait arranger la situation, comme toujours. Il était d'un naturel taciturne, mais plus malin qu'un furet apprivoisé.

La famille d'Ethan était liée aux Wylde depuis des générations, en diverses qualités. Du même âge que Richard Wylde, Ethan avait partagé certains des jeux, et participé à certaines des farces du cadet de la fratrie dans leurs jeunes années. Alexander, déjà parti à l'école, n'était qu'un garçon plus âgé, plus sérieux et distant que son frère. Mais au fil des ans, Ethan en était venu à admirer le maître de maison actuel. Il traitait ses domestiques avec aménité et gratitude. Plus important encore, il gérait ses domaines en tenant compte des centaines de personnes qui dépendaient de la terre pour subvenir à leurs besoins. Il reconnaissait leur travail et écoutait leurs inquiétudes, contrairement à nombre d'autres propriétaires terriens. Ethan ne lui aurait envié cette responsabilité pour rien au monde. Il aimait se savoir libre de ruer dans les brancards à tout moment, sans que cela porte plus à conséquence que cela. Et voilà quelle était sa situation, quoi qu'en dise son père.

Il frappa à la porte du salon et patienta jusqu'à ce qu'une voix distraite l'invite à entrer. Frances Cole était assise sur le petit sofa. Elle n'avait sur les genoux ni travail d'aiguille, ni livre, ni journal. Elle le regarda comme si elle avait oublié qui il était.

— Votre déjeuner, madame, dit-il en posant le plateau sur la table près de la fenêtre. Et une théière bien chaude aussi.

— Oh… oui. Merci bien.

Oh que oui, heureusement que tout ceci est le problème de sir Alexander, songea Ethan en quittant la pièce sans un bruit. Il avait bien assez à faire à s'occuper de lui-même, et détestait cordialement les complications.

Chapitre 3

— *T*ous les domestiques cherchent un nouvel employeur, dis-tu ? demanda Charlotte à Lucy.

La servante hocha la tête.

—Après la façon dont ils vous ont traitée, ils savent pertinemment que vous n'allez pas les garder ici. Bon débarras, si vous voulez mon avis.

Une fois Lucy partie, Charlotte considéra les choix qui s'offraient à elle. Elle avait grandement contribué à la richesse du ménage, surtout après avoir hérité d'une fortune à la mort de son père. Mais tout avait fini sous le contrôle de son mari, et Henry avait dépensé sans compter pour étoffer ses collections privées, tout le temps qu'ils avaient vécu dans cette maison. Certaines de ces pièces semblaient d'une grande valeur. *Elles pourront sans doute être vendues*, songea Charlotte ; *il doit y avoir un registre.* Elle pouvait découvrir comment faire cela.

Elle fit courir ses doigts sur les plis de la robe de deuil qu'elle avait portée pour son père, et qu'elle venait à peine de remiser au placard. Le noir ne lui allait guère, mais le neveu d'Henry s'attendrait à ce qu'elle ait revêtu une tenue de circonstance. Son neveu, dont elle avait ignoré jusqu'à l'existence, et qui devait arriver d'une minute à l'autre. Henry n'avait jamais évoqué sa famille ; elle avait donc présumé qu'il n'en avait aucune. Il était étrange de songer à quel point elle l'avait peu connu, personnellement. Mais il recevait la moindre question comme une insulte : il devenait cassant, narquois, critique. Bien évidemment, elle avait fini par ne plus rien demander. Charlotte redressa la tête. Elle était navrée de ce qui lui était arrivé, mais il n'allait pas lui manquer. Non, pas le moins du monde. Si ce fameux neveu s'attendait à une démonstration de douleur irrépressible, il allait être déçu.

La sonnette retentit. Elle entendit la porte, des pas qui montaient l'escalier, puis Lucy introduisit le visiteur et Charlotte sentit le désespoir la submerger. Il ressemblait à Henry : grand, mince, les traits réguliers rehaussés d'yeux verts perçants. Ses cheveux avaient plus la couleur du blé que de l'argent, mais leur air de famille crevait les yeux. Son visage n'était pas figé en un masque de lignes dures et menaçantes comme l'avait été celui d'Henry, mais après tout, il était encore bien plus jeune. Nul doute que le temps finirait par le marquer.

— Sir Alexander Wylde, annonça Lucy.

Le visiteur sembla désapprouver son accent rustique et regarder d'un mauvais œil la façon dont elle laissa tomber son chapeau, son manteau et ses gants sur le sofa.

Charlotte se leva. Mr Seaton l'avait prévenu que l'homme était baronnet et devait être traité avec tout le respect voulu par son rang.

— Bonjour.

Et ce fut tout ce qu'elle parvint à articuler. Il la dévisagea.

— Comment ? Vous seriez Mrs Henry Wylde ? demanda-t-il comme s'il ne parvenait pas à y croire.

Charlotte percevait dans sa voix le même écho constamment désapprobateur que dans celle d'Henry. Elle avait envie de fondre en larmes, de l'invectiver violemment, de le chasser hors de chez elle. Avec difficulté, elle reprit le contrôle d'elle-même.

— Oui, répondit-elle avant de s'asseoir. Merci, Lucy, ajouta-t-elle tandis que sa seule alliée tournait les talons pour quitter la pièce.

Sir Alexander s'installa en face d'elle sans attendre qu'elle l'y invitât.

— Je vous prie d'accepter mes excuses, mais nous n'avions pas idée que… Comment diab… Comment en êtes-vous venue à épouser mon oncle ?

— Selon l'usage.

Charlotte se tenait très droite. Elle gardait la tête haute pour essayer de lui montrer qu'elle ne se laisserait pas intimider.

— On m'a dit que vous aviez la charge de son testament ?

Il balaya la pièce du regard, calculateur et dédaigneux, sembla-t-il à Charlotte.

— N'avez-vous aucune famille pour vous soutenir en ces… pénibles circonstances ?

De toute évidence, il la prenait pour une femme de basse extraction qui avait parasité son oncle.

— Mon père, George Rutherford, est décédé l'été dernier dans son domaine du Hampshire. Je n'ai pas d'autre famille. Il m'a assuré s'être occupé de toutes les formalités d'usage lors de mon mariage. J'ai apporté une dot considérable…

Arrête de babiller, s'admonesta-t-elle.

Son visiteur affichait une expression étrange. On aurait presque pu croire à de la pitié, si une telle émotion avait été possible chez un parent d'Henry. Charlotte se prépara à accueillir une mauvaise nouvelle. Ce monde recélait-il encore rien d'autre que de mauvaises nouvelles ?

Son père avait-il su s'occuper de toutes les formalités en dépit de son esprit défaillant ? Elle avait tant voulu pouvoir compter sur lui, croire qu'il était toujours l'homme qui s'était occupé d'elle avec tant de gentillesse toute sa vie durant.

— Je vois.

Ces deux mots lui donnèrent un mauvais pressentiment.

— Le testament de mon oncle est… inhabituel.

Il semblait se dire que tout aurait été pour le mieux si Charlotte n'avait pas existé. Eh bien, elle pensait la même chose à son encontre. Elle serra les poings sur ses genoux.

— Sa dernière volonté est de faire de cette demeure un musée où seront exposées ses collections.

L'homme s'exprimait rapidement, comme impatient d'en finir.

— Les savants et autres… visiteurs avertis devront être admis sur simple demande. Vous êtes autorisée à rester tant que vous superviserez ces visites, tout en enrichissant vos propres connaissances sur ces objets afin de transmettre ce savoir. Il existe, apparemment, un catalogue. Si une seule pièce devait être vendue, tous les biens de feu mon oncle, y compris cette demeure, reviendraient au British Museum.

—Comment ?

—Les investissements de mon oncle rapporteront des fonds suffisants pour entretenir une… petite domesticité. Sans doute pas de l'envergure…

Charlotte était muette d'indignation.

—J'ai pris le temps d'étudier ce document avec mon notaire avant de vous rendre visite, et…

—Pris le temps, vous dites ? Votre bonté vous perdra !

—… selon lui, ce testament ne saurait être rompu par un tribunal, je le crains. Si vous aviez été mariés depuis plus longtemps…

—Je lui ai rapporté huit mille livres ! s'emporta Charlotte. C'est toute la fortune que mon père m'a laissée. Êtes-vous en train de me dire qu'il en a dépensé l'intégralité pour ses misérables « collections » ?

—Je ne peux l'affirmer…

—C'est ce qu'il a fait.

Elle se tordit les mains si fort qu'elle dut réprimer une grimace de douleur.

—Il m'a épousée pour l'argent, bien évidemment ; pourquoi ne m'en suis-je pas rendu compte ? Pourquoi mon père n'a-t-il pas… ?

Sa voix se brisa et elle en fut furieuse contre elle-même.

—Madame Wylde…

— Ne m'appelez pas ainsi ! Ne vous avisez plus jamais de m'appeler par ce nom !

Elle aurait dû comprendre. Il y avait tellement de choses qu'elle aurait dû comprendre. Pourquoi s'était-elle laissé manipuler comme un pion au milieu d'une partie d'échecs ? Pourquoi n'avait-elle pas réfléchi, au nom du ciel !

— Si je puis être de quelque assistance…

— Non, de toute évidence, vous ne pouvez pas.

Intérieurement, Charlotte se fit alors le serment que personne, jamais, ne lui dirait plus quoi faire. Jamais plus elle ne se laisserait prendre ainsi par surprise, de manière aussi abjecte.

— Contentez-vous de me donner…

La porte du petit salon s'ouvrit à la volée et Holcombe entra en trombe, plus impudent que jamais. Lucy, sur ses talons, faisait de grands gestes désespérés.

— Je veux savoir de quoi j'ai hérité, exigea-t-il.

Charlotte se leva sous le coup de la colère. Elle brûlait d'envie de le tancer vertement, de hurler sur tous ceux qui se trouvaient à proximité. Elle voulait les chasser d'un revers de la main comme une volée de moineaux. Il lui en coûta des efforts extraordinaires de volonté pour conserver une voix égale.

— Qu'a-t-il légué aux domestiques ?

— Qui est… ? commença sir Alexander.

Il s'interrompit, remarqua l'expression de Charlotte et de Lucy et dévisagea Holcombe. Puis il se leva.

— Le testament de mon oncle ne contient aucun legs destiné aux domestiques.

— Impossible ! Il m'avait promis…

— Vous avez entendu sir Alexander !

Le valet ignora Charlotte et s'adressa directement au visiteur :

— Vous n'allez pas me dire que tout revient à cette petite gamine à la face de craie ? Mr Henry n'aurait jamais fait une chose pareille.

Lucy semblait sur le point de le gifler.

— Vous êtes renvoyé, Holcombe, siffla Charlotte entre ses dents serrées. Faites vos valises et quittez cette maison sur-le-champ.

Holcombe lui jeta un regard mauvais.

— Comme si un seul d'entre nous allait continuer à travailler pour vous ! J'avais bien dit à Mr Henry qu'il commettait une grave erreur en vous épousant. À la seconde où j'ai posé les yeux sur…

— Silence !

La voix de sir Alexander claqua comme un coup de fouet.

— Comment osez-vous vous adresser à Mrs Wylde sur ce ton ?

Tout le monde écarquilla les yeux de stupéfaction ; c'était comme si un autre homme venait de faire irruption dans la pièce ; un homme dangereux, au visage dur.

— Elle n'est rien qu'une…

— Vous avez entendu ce qu'elle a dit : vous êtes renvoyé. Vous avez vingt minutes pour quitter cette demeure.

Holcombe le regarda, bouche bée.

— Et si quoi que ce soit n'appartenant pas à vos effets personnels s'avérait manquer après votre départ, soyez certain que vous vous retrouverez face à un juge en moins de temps qu'il n'en faut pour le dire.

Holcombe avait l'air presque effrayé. Il parut sur le point de répliquer, mais il se ravisa, haussa une épaule comme sur la défensive, et s'éclipsa sans demander son reste. Lucy patienta un instant, les yeux brillants, puis lui emboîta le pas.

Charlotte tremblait de tous ses membres. Elle attendait depuis de si nombreux mois de voir Holcombe remis à sa place, elle avait désiré si ardemment que quelqu'un d'autre que Lucy reconnût son insolence ! Et voilà que cet inconnu venait d'anéantir son tortionnaire avec quelques mots. Elle était bouleversée. Personne au cours de sa vie n'avait jamais pris si férocement son parti. Une vague de chaleur l'envahit ; elle était partagée entre le triomphe, les larmes et la honte tout à la fois.

— C'était… ?

— Le… le valet personnel d'Henry.

— Son valet ? répéta le visiteur, visiblement stupéfait. Vous savez, vous ne devriez pas laisser vos domestiques outrepasser…

La colère de Charlotte refit surface.

— Je ne devrais pas, dites-vous ? Et comment suis-je supposée les en empêcher quand le maître des lieux les encourage à la persécution… ?

Le ton de Charlotte se fit mordant sur ce dernier mot sous le coup des émotions contradictoires qui l'habitaient. Il était intervenu, mais bien évidemment, il ne comprenait pas réellement. Comment l'aurait-il pu ? Et pourquoi aurait-il seulement désiré comprendre ? Elle ne supportait pas que les humiliations de sa vie soient ainsi exhibées à ce second Mr Wylde.

—Avez-vous… des documents que je devrais conserver ?

Sir Alexander tira quelques papiers de sa poche intérieure.

—Comptez-vous vous assurer les services de Mr Seaton ?

—Non !

Elle ne voulait plus entendre parler de quiconque ayant été associé de près ou de loin avec Henry. Elle lui arracha presque les documents des mains.

—Dans ce cas, je vous recommande Harold Wycliffe. C'est le notaire qui a étudié ce testament pour mon compte. Voici sa carte, avec le…

—Très bien ! l'interrompit-elle en se dirigeant vers la porte. J'ai besoin d'y réfléchir.

—Bien sûr.

Il récupéra son manteau et son chapeau.

—Si je puis vous être d'une quelconque…

—Lucy va vous reconduire.

Du moins l'espérait-elle. Il devait sûrement penser que sa maisonnée était en proie au plus grand désordre. Et il aurait eu raison.

Sir Alexander s'inclina et passa la porte du petit salon.

—Je vous en prie, n'hésitez pas à…

Ce fut plus fort qu'elle. Elle lui claqua la porte au nez.

Voilà ce que j'appelle un vrai gentleman, pensa Lucy en refermant la porte d'entrée derrière leur visiteur. Elle se repassa mentalement le discours qu'il avait tenu à Holcombe. Cela faisait des mois et des mois qu'elle désespérait de voir quelqu'un écraser cette punaise nauséabonde, et ce fameux sir Alexander avait été au-delà de toutes ses espérances. Ah, cette expression sur le visage de Holcombe, lorsqu'il l'avait menacé de le traîner devant le juge ! Lucy chérissait ce souvenir. Le valet méritait pareille déconvenue depuis trop longtemps. Tout ceci lui mettait du baume au cœur. Peut-être était-il permis, après tout, d'espérer des jours meilleurs !

Soudain, toute la tension des derniers mois s'abattit sur Lucy en un instant. Elle dut prendre appui sur le mur pour ne pas s'écrouler tout d'un coup au sol. Les récriminations, les frustrations, l'impuissance… Cette année-là avait été la pire de toute sa vie, aucun doute là-dessus.

Elle chancela et son mouvement vacillant se refléta dans le miroir sur le mur opposé. Elle s'y reflétait tout entière, une jeune femme gracile revêtue d'une robe sombre et d'un tablier blanc. Lucy était toujours bien trop occupée à examiner la coiffure de Miss Charlotte ou le drapé de sa robe pour prendre le temps de s'observer dans un miroir, mais ce jour-là, elle se pencha en avant pour faire le point. Elle n'avait jamais été aussi jolie que sa maîtresse et ne s'en portait pas plus mal : dans ce monde, les jeunes filles avenantes recevaient toujours plus que leur lot de complications. Son visage lui parut encore plus émacié qu'auparavant, cela dit ; et son menton plus pointu. Le fils du jardinier, dans leur ancienne demeure, prétendait qu'elle ressemblait à un renard. Ce qui, venant de lui, était un compliment. Elle se demanda ce qu'il était advenu de Tom. Il était doué pour soigner les plantes, il n'avait pas dû avoir de mal à se trouver un nouvel employeur.

Les difficultés qui avaient pesé sur leurs épaules, à sa maîtresse et elle, n'avaient pas altéré ses formes. Lucy se tourna légèrement pour les faire apparaître dans le miroir. Ses cheveux bruns n'étaient peut-être plus aussi brillants qu'avant, ni ses pommettes aussi roses. Elle porta une main à sa joue ; son père avait toujours dit qu'elle avait des mains solides, comme lui. « On peut abattre un sacré travail, avec des mains solides », clamait-il toujours. Qui plus est, elle aimait s'en servir, travailler et apprendre de nouvelles tâches qu'elle effectuait avec diligence.

Elle se rapprocha du miroir. Ses yeux étaient toujours du même bleu égal et très banal. Mais elle n'avait encore jamais remarqué les rides d'inquiétude qui les entouraient. Elle semblait soucieuse, bien qu'elle ne s'en fît pas particulièrement à cet instant.

La vie l'avait accablée plus qu'elle ne voulait bien l'admettre. Servir de béquille ne la dérangeait pas ; elle en concevait même une certaine fierté. Mais Miss Charlotte avait eu besoin par le passé de plus d'aide que Lucy ne pouvait lui en apporter – et c'était encore le cas. Elle était trop ignorante et il n'était pas en son pouvoir de changer les choses.

Mais il y avait désormais ce neveu surgi de nulle part. Lui était assez fort. C'était un homme de haute naissance. Sa mise trahissait sa fortune. Ses manières – sa façon d'intimer le silence, qui avait immédiatement rabattu le caquet de Holcombe – prouvaient qu'il avait l'habitude de commander et de se faire obéir. Nul doute qu'il connaissait une foule de gens influents et que la loi n'avait aucun secret pour lui.

Il a laissé une carte, songea Lucy en s'éloignant du miroir. Elle allait faire en sorte de la mettre précieusement de côté, si Miss Charlotte ne l'avait déjà fait. Elle voulait savoir comment mettre la main sur sir Alexander Wylde. C'était exactement d'un homme de sa trempe dont elles avaient besoin.

Alec marchait à grands pas sous la bruine de ce mois de mars, en se demandant s'il avait la moindre chance de trouver un fiacre dans ce quartier excentré. Il payait à présent le prix d'avoir voulu épargner à ses chevaux d'attendre dans le froid.

Sa visite ne s'était en rien déroulée comme prévu. La femme de son oncle – même s'il avait bien du mal à songer à cette jeune fille en ces termes – s'était avérée à mille lieues de la marâtre au nez épaté qu'il s'était imaginée. Elle était plutôt plaisante, avec sa chevelure dorée, ses yeux noisette au regard profond, et sa silhouette qu'on devinait mince, même engoncée dans une robe noire austère. Elle se moquait de la mode – il ne s'était pas trompé sur ce point – mais la jeune femme avait un certain charme malgré l'inélégance de sa tenue.

Pourquoi, au nom du ciel, avait-elle épousé Henry Wylde ? La première explication qui lui vint fut la détresse pécuniaire ; mais s'il devait l'en croire, c'était au contraire son oncle qui avait convoité l'argent de la jeune femme. Il était également peu probable qu'elle ait été poussée par un désir d'élévation sociale : elle était visiblement bien éduquée et ne lui avait pas semblé idiote ; et son oncle n'avait rien qui puisse laisser imaginer qu'il évoluait dans les plus hautes sphères de la société. L'idée d'une quelconque affection… Non, imaginer son oncle maussade lui faisant la cour était tout bonnement grotesque. La jeune femme devait dissimuler quelque défaut qui n'apparaissait pas au premier regard.

Alec aperçut un fiacre d'où descendait un passager, droit devant lui, et fit signe au cocher. Cette maisonnée avait indéniablement quelque chose d'anormal. Le comportement du valet de son oncle dépassait l'entendement. Même son oncle Henry n'aurait pu manquer de renvoyer sur-le-champ un tel individu. Et l'endroit lui avait paru presque… à l'abandon, ce qui était ridicule. Qu'avait dit le valet, toutefois ? Qu'aucun des domestiques n'accepterait de travailler pour elle ? Impossible, cela n'était sûrement qu'une menace en l'air, du fait de l'hostilité plus qu'évidente de l'homme à l'égard de sa maîtresse.

Alec indiqua son adresse au cocher et monta dans le fiacre. Il avait fait son devoir et continuerait, bien qu'elle ne semblât pas vouloir de son aide. Voilà qui le soulageait grandement, en vérité. Il avait déjà bien assez à faire. Wycliffe se chargerait des comptes bancaires et autres démarches indispensables. Mais, brinquebalé sur les pavés, il se rendit compte que Charlotte Wylde s'attardait dans son esprit ; sa jeunesse – avait-elle seulement vingt ans ? – et son caractère déterminé malgré les mauvais coups du sort lui avaient fait forte impression.

Il s'était préparé à découvrir une femme larmoyante qui s'effondrerait sur son épaule en implorant son aide et son affection. Bien sûr, il était ravi que rien de tout ça ne se soit produit. Évidemment, il ne ressentait rien d'autre qu'un profond soulagement.

Ce sentiment se renforça encore lorsque Frances fondit sur lui dans son bureau, quelques instants à peine après qu'il fut rentré, pour lui demander :

— Vous n'allez pas vraiment permettre à Lizzy de garder ce chat ici ?

— Qu'a encore fait cet animal ? soupira Alec.

— Là n'est pas la question ! Si vous persistez à ne lui imposer aucune limite, Lizzy n'apprendra jamais à se discipliner.

— Elle s'inquiète pour Anne…

— Comme nous tous ! Mais pour autant, nous ne nous permettons pas de traiter les autres comme des moins que rien, sans aucune considération pour leurs sentiments.

Alec se retint de lui faire remarquer qu'elle-même semblait bien se le permettre. La Frances calme et égale d'autrefois avait complètement disparu ces derniers temps. Tandis qu'elle le fusillait du regard dans l'attente d'une réponse, il remarqua soudain une certaine ressemblance avec Lizzy dans les traits de son visage. Comme elle, Frances avait les cheveux bruns et les yeux bleus intenses de la branche maternelle de sa famille, il le savait ; mais le contraste entre leurs deux caractères avait toujours été plus frappant que toute similarité physique : Frances était posée et réservée ; Lizzy, sans cesse en mouvement et en effervescence.

Frances avait également hérité des formes généreuses de la branche maternelle. Alec le remarqua avec un certain étonnement ; dans son esprit, elle avait toujours été associée à son père, comme une figure paternelle. Il la voyait comme une femme d'un certain âge alors qu'elle n'avait pas plus de, quoi, quarante ans? Quoique à ce moment précis, elle semblait usée, lasse, exténuée et à bout de nerfs.

— Je prends ce chat à l'essai, répondit finalement Alec. Il est confiné à la salle d'études et à la chambre de Lizzy.

— Mais bien sûr, c'est cela!

Frances, sarcastique? Voilà qui était une autre nouveauté.

— Lizzy m'a promis que…

— Oh, Lizzy a promis? Et combien de promesses a-t-elle déjà tenues jusqu'à présent?

— Je vous trouve un peu trop sévère. Lizzy tient parole…

— Sauf lorsqu'elle n'a pas le choix, parce que, vous comprenez, les circonstances exigeaient qu'elle fasse précisément ce qu'elle avait promis de ne pas faire.

Les inflexions de la voix de Frances étaient exactement celles de Lizzy. Alec manqua presque de faire l'erreur d'esquisser un sourire.

— Donc, comme d'habitude, je ne peux attendre aucun soutien de votre part? reprit Frances. Vous allez me laisser rétablir la discipline et disparaître pour vous occuper d'affaires autrement plus importantes que la conduite ou l'avenir de vos sœurs?

Cette dernière accusation était si injuste et ressemblait si peu à Frances qu'Alec se sentit obligé de demander:

— Frances, quel est le problème? Tout l'hiver, vous avez été…

Il essaya de trouver un terme qui ne l'offenserait pas.

—Moi ? Vous allez me dire que c'est moi la fautive ?

—Il ne s'agit pas de désigner un coupable. Je me demandais simplement s'il y avait…

—Oh, pourquoi me donner tant de peine ? Personne ne m'écoute jamais !

Frances tourna les talons et quitta la pièce en trombe, furieuse, exactement comme Lizzy l'aurait fait, laissant Alec abasourdi et quelque peu inquiet. Frances était-elle souffrante ? Quelque chose de grave s'était-il produit sans qu'on l'en tînt informé ? Il resta immobile à côté de son bureau en se demandant s'il devait la poursuivre, mais finit par conclure qu'il n'en avait aucune envie. Il s'assit et considéra la pile de correspondance en attente sur son bureau. La situation critique du pays était-elle plus importante que la conduite et l'avenir de ses sœurs ? Bien sûr que non. Pas tout à fait. Mais la comparaison était injuste. *Je n'ai rien fait de mal*, songea Alec avec rancœur. Frances avait toujours semblé gérer la maisonnée avec aisance. Elle n'avait jamais requis son conseil. Il était déloyal de l'accuser d'indifférence. Et il le lui dirait au moment le plus opportun, lorsque la situation se serait tassée. Les choses s'arrangeraient d'elles-mêmes, bien sûr. Il ne pouvait en être autrement.

Alec tendit la main vers la lettre au sommet de la pile avec un soulagement quelque peu forcé.

Chapitre 4

C harlotte écoutait le silence en contemplant la lumière incertaine des chandelles qui dansait sur les pages de son livre. Confortablement installée dans son lit, adossée à une pile d'oreillers, et sa chambre à coucher réchauffée par un clair feu de cheminée, elle aurait dû se sentir comblée. Personne n'allait la réprimander pour la quantité de charbon utilisée, ni ne raillerait plus ses choix en matière de lecture. Le lendemain, personne ne l'insulterait dans sa propre maison ou ne la regarderait plus avec l'air de souhaiter qu'elle n'eût jamais existé. Et pourtant, ce vide lui semblait horriblement pesant. La maison londonienne paraissait minuscule comparée au vaste domaine où Charlotte avait passé son enfance. Toutefois, ses quatre étages étaient conçus pour abriter davantage qu'une jeune femme seule et sa servante. Le départ précipité des domestiques avait laissé un vide bien trop grand, comme une gueule béante qui s'ouvrait sur Charlotte et l'empêchait de trouver le sommeil jusque tard dans la nuit, lui laissant tout loisir de repenser aux erreurs qu'elle avait pu commettre. Comment avait-elle pu laisser sa vie tourner de la sorte ? Pourquoi n'avait-elle jamais manifesté son désaccord ?

Son esprit vagabond revint sur sa rencontre récente avec le notaire Harold Wycliffe. Ce choix-là au moins semblait avoir été judicieux. Elle s'était méfiée du conseil de sir Alexander, mais Wycliffe s'était avéré être un homme aimable, d'âge mûr, doté d'un bon sens et d'une compétence à toute épreuve ; aussi l'avait-elle invité à examiner et classer tous les papiers d'Henry. Ses explications, bien que démoralisantes, avaient le mérite d'être claires et empreintes de compassion. Charlotte recevrait une petite pension qui suffirait à entretenir la maison et à engager quelques domestiques, et peut-être à reconstruire une situation à peu près convenable sur les ruines de sa fortune. Mais cette dernière n'en était pas moins dilapidée. Son héritage avait servi à abreuver les étagères et les vitrines qui s'entassaient au rez-de-chaussée de la maison comme autant de boulets qu'elle traînait à son pied. Henry avait épuisé ses biens à une vitesse vertigineuse.

Et cela la rendait furieuse. En outre, elle devait désormais affronter des vautours tels que Mr Ronald Herriton, un antiquaire gras et fanfaron qui lui avait rendu visite pour la convaincre qu'Henry avait souhaité lui céder l'intégralité de sa collection. Il avait offert à Charlotte ce qu'il avait appelé un « excellent prix », d'un montant qui, elle le savait, n'approchait même pas la fortune dépensée par Henry. Et l'homme avait refusé tout net de croire qu'il lui fût interdit de rien vendre ; le comble de l'ironie, considérant qu'elle n'aurait rien voulu tant que se débarrasser de toutes ces vieilleries qui sentaient la poussière. Non sans mal, Lucy et elle avaient fini par réussir à lui faire quitter la maison.

Son seul réconfort au milieu du chaos lui était venu de la remarque que lui avait faite Wycliffe avant de prendre congé : « Vous savez, rien dans ce testament ne vous oblige à annoncer l'ouverture du musée. »

Il avait fallu un moment à Charlotte pour comprendre : « Je dois laisser toutes les vitrines, les bibliothèques et les piédestaux en l'état, mais si personne n'est informé... »

Un éclat malicieux avait illuminé les yeux marron du notaire.

« ... personne n'aura l'idée de venir le visiter », avait-elle conclu lentement.

Il était parti avec un sourire, et Charlotte s'en était trouvée rassérénée quelques heures jusqu'à se rendre compte que cela ne résolvait en rien son plus gros problème, à savoir de quoi serait faite sa vie désormais. Henry n'avait eu de relations sociales qu'à son club. Ils n'avaient jamais reçu quiconque ; elle n'avait pas le moindre ami à Londres. Elle pouvait sans doute inviter de vieilles connaissances du Hampshire, mais la plupart étaient mariées et fort occupées par leur nouvelle famille. Les joues de Charlotte s'empourprèrent à la seule idée de l'un d'entre eux découvrant ce musée glacial qui lui servait de logis. Elle imaginait aisément leurs regards stupéfaits et leur pitié silencieuse.

N'aurait-elle pu combattre avec plus de pugnacité les sarcasmes virulents d'Henry et les moqueries des domestiques dès qu'elle avait le dos tourné ? Mieux encore, n'aurait-elle pu refuser de l'épouser dès le départ ? Qu'est-ce qui ne tournait pas rond chez elle ?

Un souvenir datant d'avant son mariage lui revint en mémoire. Elle était allée trouver son père dans sa bibliothèque adorée. Mais au lieu de lire ou de prendre des notes, il faisait lentement les cent pas au centre de la pièce, un masque de perplexité qu'elle ne lui avait jamais vu lui tenant lieu de visage. « Où est *Le Banquet*? » avait-il demandé.

Après des années à vivre avec lui, elle savait exactement de quoi il était question. « Les œuvres de Platon sont ici, papa, avec les autres auteurs grecs », lui avait-elle répondu en désignant une étagère.

Les yeux noirs de son père, d'abord indécis, s'étaient illuminés : « Elinor, ma chère, êtes-vous de retour si tôt? »

Cela faisait dix ans qu'Elinor, la mère de Charlotte, était morte, et sa fille ne ressemblait en rien à son portrait.

« Père? » s'était-elle enquise d'une voix tremblante.

L'espace d'un insoutenable instant, il l'avait regardée comme si elle était une parfaite étrangère. C'était comme si elle rencontrait pour la première fois cet homme qui avait l'apparence de son père chéri. Puis il s'était repris, avait éclaté de rire et avait prétendu que ce n'était qu'une absence passagère comme cela pouvait arriver à n'importe qui. Mais c'était faux. Et ce n'était pas la première fois. Charlotte avait senti le roc de son existence se désagréger en sable. Elle était encore sous le choc lorsqu'il avait insisté pour qu'elle se mariât, et ses arguments lui rappelaient par trop l'homme qui l'avait soutenue et guidée toute sa vie. Les larmes lui serrèrent la gorge. Il avait eu tort. Il était mourant.

Un bruit sourd retentit à l'étage inférieur. Charlotte ravala ses sanglots, fronça les sourcils, et préféra l'imputer aux craquements d'une demeure vide qui se tasse. Elle s'était presque accoutumée à sursauter sans cesse, tant l'atmosphère de la demeure privée de ses habitants était différente. Le bruit se répéta – ce n'était définitivement pas un craquement – beaucoup plus fort cette fois. *Ce n'est sans doute rien*, songeat-elle sans y croire. Le cœur battant, elle se glissa hors de son lit, saisit un bougeoir et entrouvrit la porte. Elle perçut des bruits de pas. Il y avait quelqu'un au rez-de-chaussée. Lucy ?

Elle traversa le couloir sur la pointe des pieds et ouvrit la porte de la chambre de Lucy. Charlotte, en mal de compagnie, avait demandé à cette dernière de quitter sa chambre sous les combles pour s'installer au même étage qu'elle. Lucy était pelotonnée dans son lit, paisiblement endormie, mais la lumière de la chandelle la réveilla.

— Que… ?

— Chut ! Il y a quelqu'un en bas, murmura Charlotte.

Lucy repoussa ses couvertures et elles restèrent toutes deux immobiles en haut de l'escalier, à tendre l'oreille. Un autre choc sourd. Si Charlotte avait été assoupie, le bruit serait sûrement passé inaperçu. Les yeux écarquillés, Lucy serra ses bras autour d'elle.

La chandelle frémit ; des gouttes de cire chaude tombèrent sur la dentelle de la manche de Charlotte. Elle était aussi terrifiée que Lucy mais quelque chose en elle refusait dorénavant de se laisser intimider.

Elle inspira profondément et parla d'une voix aussi forte qu'elle put :

— Jonathan, j'ai l'impression qu'il y a quelqu'un en bas. Allez vérifier.

Lucy la dévisagea avec des yeux ronds.

Charlotte déglutit et continua, d'une voix aussi grave et rauque que possible.

— Bien, madame. Tout de suite.

Elle tapa du pied sur le sol du couloir, essayant de simuler une démarche lourde et menaçante.

Quelque chose se brisa avec fracas à l'étage inférieur, et elles entendirent un bruit de pas précipité. Puis tout fut silencieux. Charlotte se figea, la moindre parcelle de son être aux aguets.

— Mademoiselle… ?

— Chut.

Tous les sens en alerte, le cœur battant à toute allure dans sa poitrine, elle laissa s'égrener les minutes.

— Je crois qu'ils sont partis, finit-elle par conclure.

— Oh, mademoiselle ! Quand vous avez parlé…

Lucy s'affala contre le mur.

— Jonathan ? dit-elle avec un ricanement nerveux. Était-ce au valet de pied de la maison que vous pensiez ?

« La maison » référait toujours au domaine du Hampshire. Charlotte acquiesça.

— Si seulement il était là ! Qu'allons-nous… ?

— Pour l'heure, nous allons nous enfermer à double tour dans ma chambre à coucher. Au matin, nous consulterons Mr Wycliffe.

Charlotte essayait de parler d'une voix ferme, mais elle la sentait tremblante.

Lucy s'en aperçut et essaya immédiatement de trouver un moyen de réconforter sa maîtresse tout en la suivant dans sa chambre et en la regardant tourner la clef dans la serrure. Lucy connaissait Charlotte Rutherford depuis ses sept ans – une enfant douce que toute la maisonnée avait choyée après la mort de sa mère. Sa douleur avait fait peine à voir. C'était peu après cette terrible tragédie que Lucy était devenue sa femme de chambre personnelle. Âgée de quelque cinq ans de plus que Charlotte, elle s'était souvent sentie comme une grande sœur et avait souvent fait office de confidente et de conseillère comme l'aurait fait une aînée. Et pourtant, à ce moment précis, elle ne trouva pas les mots pour la rassurer. Les bruits clandestins en bas avaient mis ses nerfs à rude épreuve.

Miss Charlotte posa le bougeoir sur la table de chevet et se glissa sous ses couvertures. D'un geste, elle invita Lucy à la rejoindre dans le grand lit à baldaquin.

— Pouvons-nous laisser la bougie allumée ? hasarda Lucy.

— Absolument.

Lucy apprécia son ton sans faille et son air déterminé. Miss Charlotte avait été plus courageuse qu'un lion cette nuit, quand elle avait parlé et fait fuir le voleur. Elle avait retrouvé un peu de son ancienne assurance, quand elle était maîtresse de la maison du Hampshire ; une femme adulte, et non une petite fille perdue. Tandis qu'elles reprenaient leur calme, allongées sur le matelas de plumes, et que son cœur revenait à un rythme plus lent, Lucy se prit à espérer que Miss Charlotte avait un plan. Elle avait passé de longues heures en compagnie de son père, à apprendre les choses de l'histoire et Dieu seul savait quoi d'autre. Elle n'était jamais à court d'idées ; elle devait bien en avoir une ou deux qui pourraient leur être utiles dans leur situation. Lucy se recroquevilla sous le couvre-lit et essaya de se détendre.

Mr Rutherford avait été un drôle d'oiseau. Lucy savait qu'il aimait profondément sa femme et sa fille, mais cela avait parfois été difficile à voir. Souvent, il se retirait dans sa bibliothèque et… oubliait simplement tout et tout le monde : dîners, rendez-vous, sorties, anniversaires. Il avait causé bien des déceptions sans jamais s'en rendre compte. Si quelqu'un s'en plaignait – Miss Charlotte quand elle était petite, par exemple –, il ne comprenait jamais pourquoi, au début. La promesse, ou autre, lui était simplement sortie de l'esprit, sans aucune méchanceté intentionnelle. Et le pire de tout, c'était qu'il s'effondrait complètement lorsqu'on lui rappelait ses engagements. Il s'en voulait tellement que l'on regrettait amèrement d'avoir mentionné l'incident. À tel point que tous, dans la maison, finirent par ne plus prêter attention à ses étourderies. C'était plus simple.

Ce qui n'a pas porté chance à Miss Charlotte avec son misérable mari, songea Lucy. Si seulement elle avait exprimé ses griefs… Mais non. « Il » ne l'aurait pas écoutée ; il se serait contenté de lui rendre la vie encore plus lugubre ; et pourtant, Dieu seul savait comment cela aurait été possible. Le problème d'un mari, c'est que l'on se retrouve coincée avec lui et que la loi est invariablement de son côté ; c'est à cette conclusion qu'elle était arrivée. Lucy soupira et se retourna en prenant garde de ne pas réveiller Miss Charlotte dont la respiration avait pris le rythme lent et régulier du sommeil. Au moins n'avait-il pas été du genre lubrique. Lucy ne savait pas comment elle aurait réagi s'il avait posé ses vieux doigts secs sur celle dont elle avait la charge. Elle avait froid dans le dos à cette idée.

Les minutes s'égrenèrent, et Lucy resta allongée, éveillée dans le silence. Les troubles de cette nuit-là l'avaient déstabilisée mais ces derniers temps, si elle se réveillait en pleine nuit, elle avait le plus grand mal à retrouver le sommeil. Toute sa vie, elle avait fait chambre commune, d'abord avec ses sœurs, puis avec une autre servante ; elle n'aimait ni s'endormir, ni se réveiller seule. Une maison était faite pour abriter beaucoup de monde. Bien sûr, une demeure déserte valait mieux qu'une demeure peuplée de gens malveillants comme Holcombe… n'est-ce pas ? Lucy se rendit compte qu'elle n'en était pas certaine. Elle aurait préféré s'accommoder de n'importe quelle mauvaise compagnie plutôt que d'avoir à subir ce vide effroyable. Il fallait engager de nouveaux domestiques, et le plus tôt serait le mieux.

Lucy n'était pas très au fait de l'état de leurs finances. Elle savait qu'elles ne pouvaient rentrer dans le Hampshire. Le domaine avait été vendu et éparpillé aux quatre vents. Elle était à peu près sûre qu'elles avaient les moyens d'engager quelques nouveaux domestiques, mais comment procéder dans cette ville immense et dégoûtante ? Chez elle, les familles se connaissaient toutes et se portaient garantes pour vous. Sa grand-mère avait été amie avec la cuisinière de Mr Rutherford et l'avait recommandée. Tout le monde savait que sa grand-maman l'écorcherait vive si elle se conduisait mal. Chez elle, on savait à qui faire confiance, et qui risquait de vous faire faux bond.

Les gens de Londres avaient-ils seulement une famille ? Bien sûr, forcément. Mais comment les retrouver ? À qui pouvait-on demander si des personnes de confiance cherchaient un nouvel employeur ? Elle n'en avait aucune idée et doutait que Miss Charlotte en sût beaucoup plus qu'elle. Peut-être les domestiques que l'on trouvait à Londres étaient-ils tous du même acabit que ceux qui venaient de les quitter. Miséricorde, les voleurs de cette nuit pouvaient fort bien postuler, et elles n'en sauraient rien !

Pendant un instant, Lucy fut saisie de frayeur. Qu'allaient-elles faire ? Puis elle se souvint : elles iraient voir Mr Wycliffe le lendemain, et elle aurait parié qu'il raconterait à sir Alexander ce qui était arrivé. S'il ne le faisait pas, elle s'en chargerait, d'une façon ou d'une autre. Les deux hommes sauraient leur dire quoi faire et, plus important encore, comment s'y prendre. Lucy s'endormit sur ces bonnes pensées, plus confiante qu'elle ne l'avait été depuis un bon moment.

Aux premières lueurs de l'aube, elles descendirent ensemble l'escalier. Lucy portait un lourd chandelier comme une matraque. Les deux femmes découvrirent que l'une des vitrines avait été forcée ; restait un espace vide là où l'on avait retiré un objet. Une poterie, encore intacte, gisait au sol. Le petit verrou de la porte-fenêtre menant au jardin minuscule à l'arrière avait été crocheté.

N'ayant personne à envoyer, elles prirent elles-mêmes un fiacre jusqu'au cabinet de Wycliffe.

Ainsi Alec se retrouva-t-il face à Charlotte dans son petit salon un peu plus d'une semaine après leur première rencontre. On l'avait arraché à des lettres particulièrement pressantes, pour ne pas dire désespérées, au sujet de la situation dans le Derbyshire ; un sentiment d'urgence, l'impression d'un désastre imminent pesaient sur sa conscience. Et voilà qu'il devait gérer cela.

— La maison est déserte, il ne reste plus que vous et votre femme de chambre ? répéta-t-il.

Il parvenait à peine à y croire. Cette jeune femme semblait aussi nerveuse et angoissée que sa sœur Anne, et à peine plus âgée qu'elle. Manifestement, elle était incapable de gérer une maison.

— Je vais engager des domestiques, répliqua-t-elle avec un geste d'impatience. Mr Wycliffe et moi-même aurions pu nous occuper de ce problème. Je ne sais pas pourquoi il a cru bon de vous importuner…

— Il était tenu de m'informer, en tant qu'exécuteur testamentaire de mon oncle. Et comment comptiez-vous procéder, au juste ?

— Je vous demande pardon ?

— Comment entendiez-vous « vous occuper » d'un cambriolage ?

— Je… Je…

Bien sûr, elle n'en avait pas la moindre idée. L'expérience d'Alec lui avait appris que rares étaient les personnes capables de prendre les décisions intelligentes au moment crucial.

— Il s'agit d'une situation très grave.

— J'en suis consciente ! C'est moi qui étais là, qui aurais pu me faire assassiner dans mon lit !

C'était typique, les gens préféraient se laisser submerger par leurs émotions plutôt que réfléchir posément. Ce stratagème lui était bien trop familier.

— Vous viendrez séjourner chez moi avec mes sœurs.

— C'est hors de question.

— Vous proposez-vous de rester ici seule ?

Il lisait dans ses yeux qu'elle n'en avait pas envie ; au moins se montrait-elle raisonnable de ce point de vue-là. Il attendit qu'elle suggère une autre alternative sensée, mais elle se contenta de bouder.

— Je suis venu en voiture. Dites à votre femme de chambre de préparer vos affaires. Je parlerai à Wycliffe.

Elle fit mine de protester, serra les poings, puis les dents. Le conflit évident qui l'habitait toucha étrangement Alec. Déchirée, elle essayait peut-être de se montrer raisonnable. Qu'avait-elle dit lors de leur première rencontre ? Alec avait la vague impression qu'elle avait subi plus que sa part de difficultés ces derniers temps. Mais il n'avait pas de temps à perdre.

— Que comptez-vous faire ? lui demanda-t-elle abruptement quand il tourna les talons.

— Je vais poster quelques hommes dans la maison pour y monter la garde et mettre la main sur ce voleur s'il revenait. Ils installeront un verrou plus solide, bien sûr. Et je vais informer la milice et la justice…

— C'est ce que j'aurais fait ! Informer la milice, je veux dire.

Alec attendit. Elle se tut.

— Préparez vos affaires, lui répéta-t-il avant de descendre consulter Wycliffe pour engager un enquêteur chargé d'éclairer cet incident.

Une heure plus tard, il fut soulagé de constater que Charlotte et sa femme de chambre avaient rempli leurs valises et étaient prêtes à partir. Il considéra ce problème comme résolu et son esprit retourna aux lettres entassées sur son bureau et à la tragédie apparemment inéluctable qui s'abattait sur les campagnes. Tandis qu'ils quittaient le quartier pour le moins vulgaire de son oncle pour rejoindre des rues plus familières, Alec ne remarqua pas les regards que s'échangeaient ses deux passagères, ni l'angoisse qui grandissait dans les yeux noisette de Charlotte.

Chapitre 5

*C*harlotte descendit de la calèche devant une maison citadine qui reléguait celle d'Henry – la sienne – au rang de masure étriquée et misérable. La jeune femme était douloureusement consciente de son apparence. Dans le Hampshire, elle n'avait connu qu'une seule couturière, celle qui confectionnait les vêtements de sa mère avec une conception très datée de ce qui était à la mode. À la mort de son père, c'est à elle qu'elle avait fait appel pour sa robe de deuil, poussée en partie par un sentimentalisme excessif, sans doute, mais avant tout parce qu'Henry avait manqué cruellement de considération pour ses moindres besoins. Nul doute que sa tenue serait considérée avec le plus grand dédain dans cette demeure à la pointe de la mode. Manifestement, sir Alexander la méprisait d'ores et déjà. Non que cela lui importât. Elle se redressa et fit un pas sur le trottoir. Simplement, cela faisait si longtemps qu'on ne l'avait ni raillée, ni dénigrée qu'elle ne se pensait pas capable de supporter que cela recommençât. Lorsqu'ils franchirent la porte d'entrée que leur avait ouverte un jeune valet de pied à l'élégance rare, elle manqua de fondre en larmes.

Une petite chose mouchetée de noir dévala le magnifique escalier courbe en semant derrière elle une multitude de lambeaux blancs. Des bruits de pas résonnèrent à l'étage. Une femme de chambre apparut sur le palier, suivie par un domestique de plus haut statut qui raviva chez Charlotte le souvenir malvenu de Holcombe.

— Cette… cette créature est possédée par le diable ! s'exclama l'homme.

La bête noire était en fait un gros chat tricolore. Il se tapit dans le coin le plus éloigné du hall d'entrée pour protéger ce qui ressemblait aux restes lacérés d'un foulard.

— Il m'a attaqué, rien que ça, pendant que je montais l'escalier secondaire ! reprit le domestique en montrant sa main ensanglantée. Il s'était tapi dans l'ombre ! Six foulards tout juste repassés bons à relaver, et un autre… (Il pointa un index tremblant en direction du chat)… réduit en charpie.

Le valet s'approcha du chat avec circonspection. Soudain, une jolie jeune fille brune d'une douzaine d'années dévala l'escalier en courant.

— Lizzy ! l'interpella sir Alexander.

Charlotte s'attendait à voir la petite coupée dans son élan par le ton contrarié du maître de maison, mais elle se contenta de libérer le chat emberlificoté avant de le soulever dans ses bras. La férocité de l'animal s'évanouit dès qu'elle le toucha. Il pendait mollement entre ses bras.

— Je vous avais dit que cette bête devait être confinée dans…

— C'est Frances qui a laissé la porte de la salle d'étude ouverte. Je l'avais prévenue de ne pas le faire.

Une femme grande aux airs aristocratiques et aux mêmes cheveux bruns avait rejoint les domestiques à l'étage.

—Alec. Je ne peux pas… Je ne peux tout simplement pas…

La phrase mourut d'elle-même comme si définir ce dont elle était incapable était au-dessus de ses forces. Elle descendit lentement l'escalier. Son maintien rigide était celui d'une dame des plus hautes sphères de la société.

Sir Alexander soupira et Charlotte se tourna vers lui pour le dévisager. Sur son visage mince se lisaient l'exaspération, la perplexité, une certaine résignation… mais aucune trace de la fureur froide à laquelle elle s'attendait. La fillette – Lizzy, apparemment – raffermit sa prise sur le chat qui lui débordait des bras et se tourna vers elle.

—Bonjour, la salua-t-elle gaiement.

—Frances, Lizzy, je vous présente Mrs Wylde, reprit sir Alexander. Je lui ai…

—Je vous interdis de m'appeler comme ça !

Ces mots jaillirent sans qu'elle en eût conscience, suivis par un silence consterné. Charlotte rougit sous le coup de l'embarras. Mais elle ne supportait plus d'entendre répéter ce nom.

—Je m'appelle Charlotte.

—Dois-je vous appeler tante Charlotte ? demanda la fillette en gloussant. Si vous voulez mon avis, vous ne ressemblez pas du tout à une tante.

Son ton n'était pas moqueur, simplement amusé. Mais ce qui surprit le plus Charlotte, c'était son frère. Charlotte attendait en vain la réprimande sarcastique et les menaces de sanction. Au lieu de cela, quand le domestique avait déclaré que l'animal était possédé, elle avait cru voir ses lèvres se crisper. Mais c'était impossible.

— Voici mon incorrigible sœur, Elizabeth, reprit-il.

— Lizzy, le corrigea l'intéressée.

— Et notre cousine, Frances Cole.

— En voilà une manière d'accueillir une invitée, murmura la femme plus âgée.

Elle pressa un mouchoir contre ses lèvres.

— Bienvenue dans la demeure des Wylde.

Voilà qu'il paraissait… non, pas exactement sarcastique, mais sa voix était excessivement sèche. Charlotte avait l'impression d'avoir fait un pas dans l'obscurité et découvert que le sol était sensiblement plus bas qu'elle ne l'imaginait.

— Merci, sir Alexander, dit-elle sans trouver autre chose à ajouter.

— Oh, il ne faut pas l'appeler ainsi ! s'exclama Lizzy. Ça ne sonne pas juste du tout ! Montez avec moi. Je vais vous montrer votre chambre. Et il faut que vous fassiez la connaissance d'Anne.

Elle jeta un coup d'œil derrière Charlotte.

— Qui êtes-vous ?

— Lucy, mademoiselle, répondit la servante en esquissant une révérence.

— Bonjour, Lucy. Je vais vous présenter à ma femme de chambre, Susan. Vous vous entendrez à merveille.

Elle tourna les talons et commença à monter l'escalier. Voyant Charlotte et Lucy hésiter, elle répéta :

— Allons, venez.

Charlotte peinait à croire que personne n'allait émettre la moindre objection, mais tout le monde se tint coi. Elle gravit les marches aux côtés de Lizzy, Lucy leur emboîtant le pas. Le chat feula doucement.

— Ne vous formalisez pas, elle fait ça avec tout le monde, précisa la jeune fille. Elle n'est pas encore tout à fait habituée à la maison, vous comprenez.

Sur le palier, les domestiques reculèrent pour s'éloigner du chat autant que possible.

— Habituée à… ?

Charlotte songea que c'était plutôt la maison qui était forcée de s'habituer au félin. Ou plutôt de s'y soumettre – le terme était peut-être plus approprié.

— Elle vient d'arriver. Je l'ai trouvée devant le portail du jardin. Frances dit qu'elle se comporte comme un gamin des rues.

Lizzy sourit à pleines dents, et Charlotte s'aperçut qu'elle faisait de même. Elles commencèrent à monter une seconde volée de marches.

— J'avais un chat, étant petite, commença Charlotte. Il dormait au coin du feu et venait se coucher sur mes genoux.

— Tricotte est d'un tempérament bien plus indépendant.

— C'est ce que je vois.

— Je sais qu'elle n'a pas été éduquée. Il lui faut seulement un peu plus de temps. Voici la chambre d'Anne.

Lizzy tendit la main par-dessus le chat et ouvrit une porte.

— Anne, voici tante Charlotte ! annonça-t-elle en pouffant.

Elle la fit entrer dans une jolie chambre à coucher décorée de tissu aux motifs floraux et réchauffée par un grand feu. Les couleurs douces ravivèrent en Charlotte le souvenir de son ancienne maison. Une jeune fille qui devait avoir quelques années de moins qu'elle était allongée dans le grand lit à baldaquin. Ses cheveux blonds comme les blés et ses yeux verts trahissaient sa parenté évidente avec sir Alexander. Elle avait la peau bien plus pâle, toutefois, et la silhouette qu'on distinguait sous le dessus-de-lit semblait extrêmement mince.

— Bonjour.

Ce mot la fit tousser, et sa quinte se prolongea.

— Anne a été malade, mais elle va beaucoup mieux maintenant, expliqua Lizzy comme pour se convaincre que c'était vrai.

— Oui, je vais mieux, acquiesça Anne en reprenant son souffle.

Elle fut prise d'un frisson au niveau de l'abdomen tandis qu'elle luttait pour réprimer sa toux.

Charlotte savait que c'était faux. Elle avait entendu cette toux caractéristique presque tous les hivers quand elle était enfant.

— Je vois que vous avez fait la connaissance de Tricotte, ajouta Anne. Qu'a-t-elle encore fait, Lizzy ? J'ai entendu des cris.

— Elle s'est fait les dents sur l'un des foulards d'Alec. Ames était si furieux qu'il a prétendu qu'elle était possédée par le démon.

Elle sourit, révélant de ravissantes fossettes.

— Oh, Lizzy !

Les intonations d'Anne ressemblaient en tout point à celles de sir Alexander. Charlotte, qui n'avait ni frère ni sœur, en fut stupéfaite. Ils ne semblaient pas excuser Lizzy, mais ne semblaient pas non plus particulièrement fâchés. Était-ce de l'inquiétude ?

— Ce n'est qu'un foulard, et Ames est toujours si sévère…

— Cela n'excuse pas le comportement de Tricotte. Vous aviez promis de la garder enfermée ici…

— Et c'est ce que je ferai, à condition que les gens cessent de laisser les portes grandes ouvertes.

Lizzy se détourna pour échapper au regard sceptique de sa sœur.

— Je vais montrer sa chambre à tante Charlotte.

— Il semble étrange de vous appeler « tante », dit Anne avec un sourire las.

— Vous pouvez vous contenter de « Charlotte », cela me convient parfaitement.

Elle hésita mais ne put s'empêcher d'ajouter :

— Vous savez… Mon père souffrait de la même toux presque tous les hivers. Il existe une préparation à base d'herbes qui l'a aidé à s'en débarrasser.

Anne eut l'air surprise, puis intéressée.

— Vraiment ?

— Il faut nous en procurer tout de suite ! s'exclama Lizzy.

— J'aimerais beaucoup essayer, acquiesça sa sœur avant de se remettre à tousser. C'est éreintant.

L'espace d'un instant, son visage parut hâve à force d'épuisement.

— Donnez à Alec le nom de cette préparation ; il enverra quelqu'un pour mettre Londres à sac jusqu'à en trouver.

Charlotte hocha la tête et suivit Lizzy. Elles ressortirent dans le couloir puis le remontèrent jusqu'à une chambre tout aussi plaisante, aux murs et aux rideaux bleus.

— Voici la vôtre, annonça Lizzy.

Elle s'avança et fit tinter la cloche. Le chat se contorsionna pour se libérer et elle raffermit son étreinte.

— Il faut que je ramène Tricotte dans la salle d'étude. Elle veut descendre.

— C'est ce que je vois.

— Et je ne voudrais pas qu'elle se sauve de nouveau… pour l'instant.

— Sage précaution.

— Susan va monter tout de suite, indiqua Lizzy en se tournant vers Lucy. Elle pourra vous montrer…

Le chat se tortilla de plus belle et faillit lui échapper.

— Je dois y aller.

Lizzy s'enfuit en courant.

— C'est une drôle de maison, fit remarquer Lucy.

— N'est-ce pas ? acquiesça Charlotte.

Une fois que Susan eut pris Lucy sous son aile pour l'emmener explorer ses propres quartiers, Charlotte ôta son manteau et son bonnet et s'assit dans le fauteuil au coin du feu. Tout était charmant dans cette pièce : l'âtre de marbre veiné, le papier peint bleu aux délicates rayures couleur crème, les bougeoirs en argent et les porcelaines de Dresde sur le manteau de la cheminée. Le crépitement du feu emplissait avec douceur la chambre à l'abri des courants d'air ; et l'air embaumait d'effluves de pot-pourri. Charlotte sentit ses sens éclore et s'épanouir. Sa chambre du Hampshire avait beaucoup ressemblé à celle-ci. Elle avait confectionné son propre pot-pourri à partir des recettes de sa mère. Elle s'y était entourée de belles choses. Durant ces derniers mois, il avait été plus facile, essentiel même, de se fermer encore et encore à toute forme de sensation. Et voilà que, sollicitée de toutes parts, elle brûlait de renaître à la vie. Après tout, pourquoi pas ?

La main de Charlotte se referma dans le vide. Elle ne se laisserait pas confiner plus longtemps. Elle était libre à présent, libre de profiter, de s'épanouir et de faire ses propres choix. Rien ne pourrait la convaincre de retourner à la vie morne et racornie qu'Henry lui avait imposée. Rien.

En chemin vers le dernier étage, Lucy et Susan croisèrent une domestique qui portait une pile de linge propre. Tirée à quatre épingles dans sa robe bleu foncé et son tablier blanc impeccable, elle adressa à Lucy un sourire radieux lorsque Susan fit les présentations. Elle n'interrompit toutefois pas son travail pour partager quelques ragots, ce qui éleva encore la maisonnée dans l'estime de Lucy. Ce jugement se confirma lorsqu'elle constata qu'on avait déjà monté son sac dans la chambre douillette qui lui avait été allouée au dernier étage de la maison. Elle ne put cependant s'empêcher de faire remarquer :

—Curieux animal de compagnie pour une jeune dame.

Susan éclata de rire. La jeune femme, blonde, robuste et d'un tempérament bavard, avait un rire communicatif.

— Miss Lizzy a recueilli ce chat dans la rue, et je ne vous raconte pas le remue-ménage que ça nous a valu depuis !

— Il est stupéfiant qu'on lui ait passé ce caprice.

Lucy était même plus que stupéfaite, après des mois passés dans une demeure où tout semblait être interdit. Tout à l'heure, dans le hall d'entrée, elle s'était attendue à une explosion de fureur patriarcale, et avait été étonnée de constater que la tempête ne venait pas.

— Miss Lizzy a une façon bien à elle d'obtenir ce qu'elle veut. Cette enfant pourrait convaincre un oiseau de quitter sa branche pour entrer dans une cage. Voulez-vous vous installer ? Ou bien descendre avec moi pour rencontrer les autres ?

— Je vous accompagne.

Lucy en avait par-dessus la tête de la solitude.

Comme l'usage le commandait, Susan la mena d'abord à l'intendante. Grande, digne et cordiale, Mrs Wright faisait montre de la même autorité forgée par l'expérience que Lucy avait admirée chez les domestiques les plus âgés du manoir Rutherford. La cuisinière était de la même trempe, quoique d'abord plus aisé. À la table de la cuisine, elle apaisait à grand renfort de thé et de gâteaux le domestique que le chat avait mordu, qui s'avéra être le fameux Ames, le valet de chambre du maître de maison. Le pansement appliqué sur sa main ne semblait en rien entamer son appétit, bien qu'Ames persistât à gémir avec ostentation, de temps à autre, au détour d'une bouchée. D'après les regards amusés que s'échangeaient les témoins de la scène, Lucy comprit qu'il avait un goût certain pour la théâtralité. Lorsqu'il tendit sa tasse pour se faire resservir, la fille de cuisine – Agnès, se remémora Lucy – ne put s'empêcher de pouffer à la vue de son expression tragique. Elle n'en arrêta pas pour autant de couper les carottes en rondelles.

Lucy sentit quelque chose en elle se détendre. Le riche fumet du bouillon en train de mijoter emplissait la pièce. Le feu crépitait dans l'âtre. Les murs blanchis à la chaux et le sol de brique étaient impeccables. Les conversations allaient bon train entre les domestiques de la famille Wylde, qui s'entendaient visiblement à merveille. On la fit asseoir, une tasse et une assiette devant elle, et chacun lui souhaita chaleureusement la bienvenue. Petit à petit, ses angoisses s'apaisèrent. C'était ainsi que les choses devaient être. Les moindres détails révélaient les rythmes quotidiens d'une maison en bon ordre ; et pour Lucy, tout ceci promettait à la fois sécurité, respect, camaraderie, et de nouvelles perspectives.

Elle avait été épouvantablement seule, même avant que tous les domestiques de Miss Charlotte s'en aillent. Elle s'en rendait compte à présent. Personne, dans cette maison, n'avait reconnu ses mérites, ni ne lui avait prodigué de conseils lorsqu'elle rencontrait des difficultés. Pas même un éclat de rire partagé pour illuminer une dure journée. Cette complicité n'avait pas existé entre eux. Tous étaient uniformément maussades. À présent, de retour dans un endroit bouillonnant de vie et d'énergie, elle savait qu'elle ne voulait plus jamais se retrouver dans une telle situation.

Ethan, le valet qui s'était tenu à la porte un peu plus tôt, entra. Il croisa les bras et s'adossa au mur pour les écouter, un sourire paresseux aux lèvres, affichant sa silhouette avenante aux larges épaules. Lucy ne lui prêta pas attention. Elle connaissait les garçons dans son genre, contre qui on vous met en garde : imbu de lui-même, fier de son corps bien bâti et de son séduisant visage, un homme comme celui-là s'attendait à ce que toute femme croisant son chemin tombe immédiatement à ses pieds, de préférence pour ne pas se relever. On engageait davantage les valets de pied pour leur apparence que pour leur cervelle. Lucy se souvenait d'un homme de cette sorte, le serviteur d'une connaissance qui leur rendait visite dans le Hampshire, qui avait brisé le cœur de sa meilleure amie et avait failli lui coûter sa place. Lucy n'était pas prête à se laisser abuser.

Et pourtant, force lui était d'admettre que les cheveux noir de jais et les yeux marron pétillants d'enthousiasme du laquais attiraient l'œil, malgré tous ses efforts pour le nier. Lucy se surprit à l'observer plus que de raison, et il parvint à croiser son regard.

— Moi aussi, le chat m'a mordu.

Il leva un mollet aux proportions harmonieuses, revêtu d'un bas blanc, et qui ne présentait pas la moindre trace de morsure. Puis il lui sourit. Un sourire franc, éblouissant. Lucy frémit des pieds à la tête et sentit ses lèvres esquisser un sourire malgré elle. Elle détourna les yeux.

— Et Dieu sait que tu as bien profité de la situation, répliqua la cuisinière.

— Encore un peu de sauce, madame Wright, je suis blessé. Mieux vaut que ce soit James qui soulève ce tonnelet, Agnès… Ma jambe, vous savez bien.

— Petit polisson !

L'invective était affectueuse, et tous éclatèrent de rire, y compris Ethan. Il avait l'air d'être très apprécié. *Mais ça ne veut pas dire qu'il est digne de confiance*, songea Lucy. Elle ne ferait pas cette erreur. Ne venait-elle pas tout juste de passer des mois à contempler les malheurs que les hommes pouvaient infliger aux femmes ?

Ethan considéra la nouvelle venue qui se refusait à rire. C'était une femme petite au menton pointu, dotée de cheveux bruns brillants et d'yeux bleus circonspects. Sauf erreur de sa part, une silhouette tout à fait ravissante devait se cacher sous sa robe rustique. Et il ne se trompait jamais sur ce genre de chose. Elle laissait aller son regard de l'un à l'autre, attentive au moindre détail, s'attendant manifestement à ce que la situation ne soit pas ce qu'elle semblait être. Intéressant. Ethan était lui-même un fervent partisan de l'observation préalable. On apprenait énormément en regardant en silence, en particulier là où il aimait être plus que tout au monde : dans la forêt. En fait, l'observation était pour Ethan le seul moyen d'apprentissage. La lecture ne lui servait à rien. Les petits signes noirs alignés sur une page ne trouvaient jamais la porte de son crâne épais, contrairement à son frère Sam, qui adorait les chiffres au point d'être allé demander au pasteur de lui enseigner les « mathématiques ». Sam était désormais en apprentissage auprès de l'intendant du domaine, il était promis à un avenir glorieux. On aurait pu croire que cela suffirait au bonheur de leur père, mais non…

En bref, Ethan acquérait de nouvelles compétences en regardant faire les autres. L'observation lui avait appris toutes sortes de choses que nul n'aurait pu soupçonner.

Agnès dit quelque chose qui arracha enfin un véritable sourire à Lucy, et Ethan sursauta. Elle s'illuminait comme un arbre de Noël lorsqu'elle souriait. Ethan ne l'avait pas jugée jolie au premier abord, mais dès que son visage s'animait, sa beauté était éblouissante. Et il aurait parié qu'elle n'en savait rien. Elle ne lui semblait pas du genre à poser devant un miroir pour évaluer ses attraits.

Le mélange était irrésistible. Une jeune femme au charme incommensurable, qu'il n'avait pas connue toute sa vie, et largement supérieure à toutes les demoiselles espiègles qu'il avait rencontrées à Londres, incapables d'attiser son intérêt. Ethan essaya de croiser son regard encore une fois, mais elle semblait décidée à ne pas lui accorder ce plaisir. Ah, une épreuve ; il n'aimait rien tant que les défis !

En ville, Alec lisait son journal en prenant le petit déjeuner. Même cette année-là, avec ses sœurs à demeure, il n'avait aucun scrupule à conserver cette habitude. Lui excepté, Anne était la seule personne de la famille à se lever tôt, et sa maladie la forçait à rester au lit. Mais il avait à peine entamé sa lecture le matin suivant que leur invitée apparut. Elle s'immobilisa sur le seuil, comme stupéfaite.

—Bonjour…, commença-t-il.

Il s'interrompit. Cette histoire de nom était épineuse. Il ne pouvait pas l'appeler par son prénom. Mais elle lui avait formellement interdit de s'adresser à elle en tant que «Mrs Wylde», ce qui, il fallait bien l'admettre, sonnait étrangement à l'usage. Peut-être partageait-elle ce sentiment; elle murmura quelques mots inintelligibles en regardant ses pieds.

—J'espère que vous avez bien dormi.

—Oui, merci.

Pourquoi restait-elle en suspens, à moitié hors de la pièce?

—Je crois que le thé est encore chaud. Mais si vous désirez sonner pour demander une…

—Non, non.

Elle se précipita littéralement dans la salle du petit déjeuner, se servit en toute hâte dans les différents plats posés sur le buffet, et se glissa dans le fauteuil le plus éloigné de lui qu'elle put trouver. Alec se demanda si quelque chose l'avait effrayée dans la nuit.

—Je vous en prie, poursuivez votre lecture, dit-elle.

La théière trembla légèrement dans sa main.

—Je ne voulais pas vous interrompre.

Alec se souvint soudain que son oncle Henry avait été un véritable ours à la table du petit déjeuner. Il ne voyait pas d'autre raison pour expliquer son comportement. Ce n'était pas une manière pour elle de lui reprocher un quelconque manque de courtoisie. Il la regarda ajouter du lait à son thé. L'union de cette jeune fille avec son irascible parent lui semblait toujours un conte trop invraisemblable pour être vrai. Alec mangea un morceau de jambon et étala du beurre sur un morceau de pain grillé. Lorsqu'il jugea qu'elle avait eu le temps de se détendre, il dit :

— J'ai cru comprendre que vous connaissiez un possible remède contre la toux d'Anne ?

Elle sursauta derechef.

— Comment avez-vous… ?

— Lizzy en a parlé à sa femme de chambre, Susan, qui l'a répété à notre intendante, et cette dernière est immédiatement venue m'informer. Si vous souhaitez garder un secret, ne le partagez pas avec ma petite sœur.

— Ce n'était pas un…

— Bien sûr. (N'y avait-il donc aucun moyen de mettre cette jeune femme à l'aise ?) Le remède, donc ?

— C'est une préparation à base d'herbes. Un médecin de Bath l'avait recommandée à mon père pendant qu'il y séjournait, et nous en avons commandé sur-le-champ. Ce mélange a été d'une grande aide.

— Pour le soulager de sa toux ?

Elle hocha la tête.

— Donnez-moi le nom de cette mixture, et j'enverrai quelqu'un s'en procurer.

Enfin, elle s'autorisa l'ombre d'un sourire.

— Anne disait que vous mettriez Londres à sac pour en trouver.

— Évidemment.

Voilà qu'elle reprenait son air étonné, et il ne parvenait pas à s'expliquer pourquoi. Apparemment, elle était étrange. Comment pouvait-il en être autrement, de la part d'une femme qui avait épousé Henry Wylde ?

Le silence retomba sur la table. Anne manquait à Alec plus que jamais. Même lorsqu'ils ne parlaient pas, leurs silences matinaux étaient signes d'une compagnie agréable, et non vides et austères comme celui-ci. Alec observa Charlotte Wylde. Penchée sur son assiette, la tête baissée et les yeux rivés sur son petit déjeuner, elle portait une chose noire informe qu'il était certain d'avoir déjà vue auparavant. Ses cheveux cuivrés étaient relevés, tirés à outrance. Avec sa peau pâle, elle était l'incarnation vivante de la morosité.

Elle rappela soudain à Alec un pur-sang qu'il avait aperçu dans les écuries d'un voisin, une jument rouanne aux courbes exquises et à la grâce délicate. Dès l'instant où ils avaient approché, elle était devenue craintive, s'était ramassée sur elle-même, et éloignée d'eux autant qu'elle avait pu, frémissant au moindre contact. De toute évidence, elle avait été maltraitée, brisée même. Alec l'avait achetée aussitôt, en acceptant de payer le prix exorbitant réclamé par l'homme car la fureur le rendait muet. Il avait fallu de longs mois de patience pour convaincre cette jument qu'elle pouvait laisser libre cours à sa fougue naturelle et que celle-ci était même bienvenue. L'estime en laquelle Alec tenait ce voisin particulier en fut à jamais altérée.

Alec se reprit. Il était d'une stupidité sans nom, et fort vexante, de comparer cette jeune femme à un cheval. Elle leva la tête, s'aperçut qu'il la regardait, et baissa instantanément les yeux. Ses joues s'empourprèrent et Alec se sentit rougir à son tour tandis qu'il se détournait.

— Que se passe-t-il chez moi ? demanda-t-elle abruptement, comme si elle se sentait obligée de dire quelque chose, quel qu'en soit l'à-propos.

Alec dut s'éclaircir la gorge pour répondre.

— Comme prévu, j'y ai posté deux hommes robustes. Ils se relaieront pour faire le guet, en cas d'intrusion. Wycliffe doit être en train de rédiger un rapport à l'attention des autorités en ce moment même.

— Mais vous ne pourrez pas laisser ces deux hommes là-bas indéfiniment. Où vais-je… ?

— Précisément. C'est pourquoi je suis convaincu qu'il vaut mieux engager un enquêteur. Avez-vous entendu parler des « Bow Street Runners » ?

— Non.

— Il s'agit d'une organisation de détectives qui traquent les criminels, avec un certain succès.

— Engager… ? répéta-t-elle en fronçant les sourcils. Contre rémunération ?

Quand il hocha la tête, elle reprit :

— Et sont-ils fort onéreux ?

— Ils valent largement leur prix, d'après ce que je sais.

— Mais d'où viendra cet argent ?

— Ce serait sans conteste un usage approprié des biens de mon oncle…

— En amenuisant encore les ressources qu'il me reste. Je devrais avoir mon mot à dire dans cette décision.

— Il n'y a aucune alternative raisonnable.

Elle avait la tête haute à présent, le dos droit et les yeux luisants d'émotion. Le changement était plaisant, même si elle ne connaissait rien à la manière de gérer ce genre d'affaire.

— C'est faux… Le… le cambrioleur pourrait revenir et se faire attraper par vos « hommes ».

— Hautement improbable.

— Rien ne vous permet d'affirmer que…

— Nous nous trouvons face à une situation extrêmement grave, fit remarquer Alec. D'abord, mon oncle meurt assassiné ; ensuite quelqu'un s'introduit dans sa maison par effraction. Vous ne voudriez pas vivre là-bas en vous demandant constamment si vous êtes en danger, n'est-ce pas ?

— Non ! Bien sûr que non. Ce n'est pas ce que je…

— Les détectives dont je vous parle connaissent le milieu du crime. Contrairement à vous. Ou à moi. Remettre l'affaire entre leurs mains est la seule solution sensée.

Elle lui jeta un regard noir, les joues en feu, son teint pâle transfiguré par leur échange. Elle ne trouvait pas d'argument à lui opposer, bien sûr, parce qu'il n'y en avait aucun. Le plan d'action d'Alec était l'unique choix éclairé qui s'offrait à eux. Satisfait de l'avoir convaincue, il se leva.

— Si vous voulez bien m'excuser, j'ai beaucoup de travail qui m'attend, ce matin.

Elle se contenta de hausser les épaules, mais Alec ne lui en tint pas rigueur. Il savait à quel point il pouvait être difficile de s'avouer vaincu au terme d'un débat. À la place de Charlotte, Lizzy lui aurait jeté une tranche de pain à la figure.

Charlotte fulminait. Elle aurait pu répéter « du travail ? » d'un ton délibérément sarcastique et incrédule. Mais c'est seulement une fois qu'il eut quitté la pièce qu'elle y songea. Lui, dont la fortune crevait les yeux, avec sa demeure grouillant de domestiques, que pouvait-il

88

savoir du véritable labeur ? Oh, certes, donner des ordres nécessitait sans doute beaucoup de temps. Quel fardeau cela devait être, de tout savoir mieux que tout le monde ! Il lui avait parlé comme à une enfant, ou à une idiote.

Le pire, dans toute cette histoire… c'était qu'engager un détective était une excellente idée. Si elle avait eu vent de l'existence de tels hommes, elle en aurait recruté un elle-même. Elle était parfaitement capable de s'en charger.

Charlotte soupira et se laissa aller contre le dossier de sa chaise. Elle aurait pu le faire ; elle l'aurait fait. Mais il fallait bien admettre qu'il était fort agréable de ne pas avoir à effectuer les démarches, et de laisser quelqu'un d'autre s'occuper de cette affaire intelligemment et efficacement. Chaque fois qu'elle repensait aux bruits de pas furtifs qu'elle avait entendus cette nuit-là, elle ne pouvait s'empêcher de trembler de tout son corps ; preuve incontestable de sa propre faiblesse, et qui la rendait encore plus furieuse.

Elle reporta son attention sur son petit déjeuner. Ses œufs étaient froids, mais il ne tenait qu'à elle d'aller jusqu'au buffet pour en prendre d'autres. Le thé était succulent. *Sans doute bien meilleur que celui que je faisais pour Henry !* supposa-t-elle. Il y avait des saucisses, du pain grillé et de la marmelade faite maison ; tout était mille fois meilleur que les pauvres repas que Lucy et elle avaient pu s'offrir lorsqu'elles étaient seules. La demeure était décidément des plus confortables. Les domestiques semblaient pleins d'entrain et les sœurs d'Alec ravies, malgré la maladie d'Anne. Cela rappelait à Charlotte l'atmosphère de chez elle. Elle serra sa serviette entre ses doigts. Tout ceci appartenait à un passé révolu ; il fallait qu'elle cesse de se laisser aller à la nostalgie et qu'elle aille de l'avant.

Charlotte termina son petit déjeuner sans que personne d'autre ne survînt dans la pièce. Elle retourna dans le hall d'entrée sans trop savoir quoi faire. Elle n'avait pas envie de rester assise dans sa chambre à coucher. Aucune obligation ne l'attendait. Dans la précipitation de leur départ, elle avait oublié de glisser son matériel de couture ou un livre dans ses bagages. En désespoir de cause, elle finit par se mettre à explorer les lieux. Elle découvrit la salle à manger, un petit salon de réception et un office, avant d'arriver dans une bibliothèque, à l'arrière de la maison. Quand elle fut entrée et eut refermé la porte derrière elle, elle se sentit tout à coup beaucoup plus à son aise. La pièce était plus petite que ne l'avait été la bibliothèque de son père, mais également bien mieux rangée. La moindre parcelle de mur était recouverte d'étagères, à l'exception de la porte, de la cheminée et des deux fenêtres ; les livres semblaient avoir été souvent manipulés, ne se réduisant pas à des éléments décoratifs. Le feu de cheminée bien alimenté et les fauteuils moelleux prouvaient que la pièce était souvent utilisée. Charlotte fit courir ses doigts le long d'une rangée de reliures, choisit un livre et se pelotonna dans un fauteuil pour lire. Une intense sensation de contentement l'enveloppa comme la chaleur d'un édredon. Pour la première fois depuis des jours, Charlotte se détendit.

Une pluie glaciale s'abattait contre les vitres ; le feu crépitait dans l'âtre. Charlotte partit à la dérive à des milliers de miles de là en parcourant des récits de voyage au cœur des étendues sauvages de la Turquie, et oublia tout ce qui l'entourait jusqu'à ce qu'une voix féminine dise :

— Ah, vous voilà.

Charlotte sursauta, laissa tomber son livre et bondit sur ses pieds. La femme plus âgée qu'elle avait tout juste rencontrée la veille se tenait dans l'embrasure de la porte.

— Veuillez me pardonner, je ne voulais pas vous surprendre. Vous devez aimer la lecture, mademoiselle…

— Charlotte, je vous en prie.

Son interlocutrice inclina la tête.

— Appelez-moi Frances.

Elle semblait bien plus posée ce matin-là, avec ses cheveux noirs élégamment apprêtés et sa robe lilas immaculée. Charlotte lui envia son air gracieux et raffiné.

— J'aime beaucoup lire, c'est vrai.

— Je présume qu'Henry possède… possédait de très nombreux ouvrages.

— Pas vraiment. Il collectionnait d'autres choses, et les volumes qu'il détenait étaient tous trop rares pour qu'on pût les toucher.

Frances sembla surprise, et Charlotte regretta immédiatement d'avoir répondu avec tant de franchise. Elle avait si longtemps réprimé son ressentiment qu'à présent, il ne cessait de remonter à la surface malgré elle. Elle ne pouvait l'empêcher.

— Accompagnez-moi jusqu'au salon. Nous n'avons pas encore eu l'occasion de faire connaissance.

Charlotte suivit la maîtresse de maison à l'étage jusqu'à une pièce élégante décorée de brocart vert ; une fois de plus, elle était embarrassée en pensant à sa robe noire passée de mode et sa situation peu commune. Que pouvait bien penser d'elle Frances Cole ?

—J'espère que vous trouvez votre chambre à votre goût ?

—Absolument, répondit Charlotte en prenant place sur un canapé confortable à côté d'elle. Merci infiniment de m'accueillir malgré cette visite inopinée en ce…

Frances l'interrompit d'un geste nonchalant.

—Nous sommes ravis que vous soyez là.

Elle prononça ces mots et sourit ; mais Charlotte n'en crut rien.

—Je ne voudrais pas vous causer le moindre ennui. Je serais heureuse de…

—Oh, l'ennui…

Frances répéta son geste, et Charlotte aperçut quelque chose qui transparaissait sous son attitude courtoise. De la lassitude ? De la nervosité ? Elle n'aurait su le dire.

—Vous n'êtes source d'aucun ennui. Pas vous.

Ces deux derniers mots semblaient sous-entendre que d'autres posaient un problème. Charlotte ne sut que répondre.

—C'est un tel soulagement de savoir qu'il y a une autre femme dans cette maison, reprit Frances. Il n'y a jamais eu que moi, savez-vous, depuis qu'Elizabeth nous a quittés.

—Eliz…

—Ma cousine Elizabeth. La mère des petites.

—Ah, oui.

Frances laissa son regard errer à travers la pièce comme si elle contemplait une époque révolue. Charlotte se demanda si elle avait oublié à qui elle était en train de parler.

—Vous savez, la famille m'a désignée pour apporter mon aide quand elle est morte. Il faut dire que ma situation laissait à désirer : l'argent manquait, et je n'avais pas trouvé de parti en deux ans. Mon père ne pouvait plus se permettre d'attendre. À vingt-neuf ans, je vivais chez mes parents : une vieille fille dans toute sa splendeur. Je devais m'en aller, il n'y avait pas d'alternative. Et puis, bien sûr, James…

Elle cligna des yeux et sembla revenir soudain de l'ailleurs lointain où l'avaient entraînée ses pensées.

—Je vous prie de m'excuser. Je… Je voulais seulement m'assurer que vous n'aviez besoin de rien.

—Non, rien du tout, lui assura Charlotte.

Elle avait envie d'ajouter quelque chose – mais quoi ? La porte s'ouvrit à la volée et Lizzy entra en voltigeant.

Le visage de Frances se fit plus dur.

—Lizzy, vous êtes supposée être en train de faire vos devoirs.

—J'ai terminé.

—Tout ?

—Absolument tout.

Frances la gratifia d'un sourire crispé.

—C'est toujours elle qui a le dernier mot.

Au rez-de-chaussée, on sonna à la porte.

—Qui cela peut-il… Où est le chat ?

— J'ai enfermé Tricotte dans la salle d'étude, comme on me l'a ordonné, répondit Lizzy avec une moue boudeuse.

— Bien.

Frances se retourna vers Charlotte.

— Je ne reçois aucune visite ce matin, mais mieux vaut être…

Une voix impérieuse leur parvint depuis l'escalier.

— Balivernes ! Bien sûr qu'elle accepte de me recevoir, moi.

— Zut ! s'exclama Lizzy avant de se précipiter hors de la pièce.

Elle fut remplacée par un jeune valet à l'air nerveux – ce n'était pas celui que Charlotte avait vu la veille. Une femme un peu plus âgée que Frances et un jeune homme qui aurait pu être son fils lui emboîtaient le pas.

— Hum, lady Isabella Danforth et Mr Edward Danforth, annonça-t-il.

— Oh, bonté divine ! souffla Frances en se levant, pas assez discrètement pour rester inaudible.

Chapitre 6

— *É*tait-ce Elizabeth que nous avons vue détaler dans le couloir ? Franchement, Frances, cette petite est devenue un véritable garçon manqué, déclara la nouvelle venue.

Elle se retourna vers le valet en haussant un sourcil.

— Allez-vous prendre nos affaires, jeune homme ?

Charlotte avait trouvé les atours des dames de la famille Wylde d'une élégance rare, mais lorsque le valet se précipita pour débarrasser les visiteurs, l'une d'une sublime pelisse doublée de fourrure, et l'autre d'un long manteau de laine au col aux multiples drapés, elle comprit qu'elle avait face à elle l'expression de la véritable mode, telle qu'elle ne l'avait jamais vue qu'illustrée dans les magazines. La robe de la femme, d'un vert profond, était d'une coupe complexe et délicate à la fois, le col haut et les manches longues d'un raffinement sévère qui mettait en valeur sa silhouette maigre et sèche. Le jeune homme portait une culotte pâle et une veste bleu marine qui lui allaient comme un gant ; sa cravate et ses bottes rutilantes comme des miroirs trahissaient un dandy fort préoccupé de son image. L'un comme l'autre donnaient en outre une impression particulière, sans qu'elle pût définir quoi précisément – de l'assurance, peut-être.

Les cheveux couleur de sable et les yeux verts de lady Isabella Danforth soulignaient sa parenté avec la famille Wylde. Par contraste, son compagnon avait des cheveux plus noirs que le charbon, des yeux bleus et un visage plus mince et plus délicat, agrémenté de cils noirs et épais. C'était sans conteste l'un des hommes les plus séduisants que Charlotte avait jamais rencontrés. Il s'aperçut qu'elle le regardait et lui adressa un sourire.

— Bonjour, Bella, dit Frances pendant que le valet sortait. Charlotte, voici la tante d'Alec – la sœur d'Henry – et son fils, Edward Danforth. Bella, je vous présente Mrs Charlotte Wylde.

La visiteuse tourna des yeux avides vers Charlotte et l'examina des pieds à la tête, comme pour graver chaque détail de son apparence dans sa mémoire.

— C'était donc vrai ? Henry s'est marié en secret ? Nous venons tout juste de l'apprendre.

— Ce n'était pas un secret, répondit Charlotte en rougissant sous ce regard inquisiteur.

— Mais il n'en a informé personne, rétorqua lady Isabella avant de se tourner vers Frances. À moins que… Alec et vous n'ayez été prévenus ?

Frances secoua la tête.

— Quelle étrange histoire, conclut lady Isabella dont le regard revint examiner Charlotte. Une véritable… idylle romanesque.

La jeune femme ne put réprimer une grimace à cette idée, ce qui n'échappa pas à ses visiteurs.

—Edward et Henry se retrouvaient très régulièrement à leur club, savez-vous ? Je ne m'explique pas pourquoi il n'a jamais parlé de vous.

—Parce que rien ne comptait pour lui que de dilapider mon héritage pour étoffer sa maudite collection.

Charlotte s'empourpra. Elle avait recommencé, avait laissé échapper tout haut ce qu'elle pensait, comme une écolière maladroite. Une seule année de malheur avait-elle suffi à annihiler toutes ses bonnes manières ?

—Vraiment ? Ma chère, cela a dû être épouvantable. Allons-nous finir par nous asseoir, Frances ?

Les joues de leur hôtesse s'enflammèrent.

—Bien sûr.

Elle leur désigna le sofa d'un geste et s'assit. Les autres l'imitèrent.

—Si seulement j'avais su, continua lady Isabella, j'aurais pu vous faire entrer en société, vous enseigner les manières de faire, vous savez.

Elle adressa un sourire à Charlotte, puis détourna la tête. Charlotte avait l'impression que sa robe noire hideuse menaçait de crever les yeux de la visiteuse.

—Ce pauvre Henry était assez… excentrique, bien sûr. Je ne crois pas qu'il ait jamais accepté une seule invitation à déjeuner, mais enfin, de là à ne même pas informer sa famille de son mariage !

—Il ne parlait jamais de rien, sinon de fragments de poterie ou de morceaux de parchemin qu'il réussissait à acquérir, renchérit Edward Danforth d'une voix aussi grave et mélodieuse que son apparence le laissait présager. Toujours, chaque fois que je le croisais dans le salon du club.

Charlotte hocha la tête avec émotion. Edward Danforth et elle échangèrent un regard entendu, qui se prolongea assez longtemps pour qu'elle sentît une vague de chaleur l'envahir.

Lady Isabella haussa les épaules.

— Ah, eh bien, Henry a toujours été secret, même lorsqu'il était enfant. Je me rappelle qu'un jour – il devait avoir environ cinq ans, puisque c'était l'année où James est parti en pension – de petits objets se sont mis à disparaître ici et là dans la maison. Des babioles, pour la plupart, mais ensuite, l'une des boucles d'oreilles en diamant de maman s'est volatilisée. S'est ensuivi un véritable tohu-bohu ! On a fouillé la maison de fond en comble, interrogé les domestiques… Une des femmes de chambre a failli se retrouver devant un magistrat. Et c'est alors que l'on a retrouvé tout ce qui avait disparu dans une boîte cachée dans la chambre d'Henry. Il était dans une colère noire quand on la lui a reprise.

— Peu lui importait que la femme de chambre… ? commença Frances.

— Il n'en avait cure, l'interrompit lady Isabella avec un geste désinvolte.

Charlotte n'avait aucun mal à le croire. Aux yeux d'Henry, les choses avaient toujours eu beaucoup plus d'importance que les gens.

Le jeune valet revint avec un plateau qu'il posa sur une table basse devant Frances.

— Prendrez-vous une tasse de thé ? demanda-t-elle.

Edward secoua la tête, mais sa mère acquiesça.

— Charlotte… Puis-je vous appeler Charlotte ? Nous sommes parentes, après tout.

—Je vous en prie.

—Nous avons rencontré un homme des plus étranges chez Henry. Assez mal… dégrossi, je dirais. C'est à peine s'il répondait à nos questions ; c'est un exploit que nous ayons seulement découvert que vous étiez en visite ici.

—Il monte la garde dans la maison. Quelqu'un s'y est introduit en pleine nuit pour voler l'une des… pièces d'Henry.

—Non ! s'exclama lady Isabella en portant une main à sa joue. Et vous étiez présente ?

—Oui. C'était effrayant.

—Je dirais même plus, terrifiant.

Elle prit la tasse que lui tendait Frances et sirota son thé à petites gorgées.

—Vous devriez vous débarrasser de tout, sans exception, intervint Edward. Vendre aussi vite que possible.

—Rien ne me ferait davantage plaisir, mais c'est impossible. Dans son testament, Henry a exprimé sa volonté que ses collections deviennent un musée. Si j'en vendais quoi que ce soit, même une seule pièce, l'intégralité de ses biens reviendrait au British Museum, y compris la maison.

Lady Isabella se redressa si brusquement qu'elle manqua de renverser son thé.

—C'est monstrueux !

Charlotte fut touchée par la colère manifeste de son aînée.

—Mais parfaitement légal, à ce qu'on m'a dit.

— Oh, ma pauvre. Et vous vous retrouvez donc seule et livrée à vous-même…

— Pas tout à fait, car nous faisons de notre mieux pour qu'elle se sente chez elle ici, intervint une voix depuis la porte.

Sir Alexander entra et vint se placer à côté de la cheminée.

— Bonjour, tante Bella. Edward.

— Alec, mon cher, répondit lady Isabella tandis que son fils se contentait d'un signe de la tête.

Charlotte perçut l'absence d'enthousiasme dans leurs voix à tous deux, sans se l'expliquer. L'atmosphère de la pièce sembla s'alourdir.

— Vous êtes bien conscient que les rumeurs vont bon train dans toute la ville, ajouta lady Isabella, presque comme si sir Alexander en était responsable. D'abord, le meurtre d'Henry… un meurtre, parfaitement inconcevable ! Et voilà que j'apprends qu'il y a aussi eu cambriolage. Dans notre famille ! Nous devrions nous féliciter que cela arrive avant le début de la Saison mondaine.

— En effet.

— Comment avez-vous l'intention de procéder ?

Charlotte s'attendait à ce qu'il lui parlât des Bow Street Runners et de l'enquête, mais il se contenta de répéter « procéder ? » d'un ton qu'elle-même trouva rien moins qu'exaspérant.

— Pour faire cesser les ragots, bien sûr. Le nom des Wylde est quasiment devenu synonyme de « scandale ». Vous devriez entendre toutes les fastidieuses plaisanteries qui font rimer ces deux mots.

—Je n'ai pas manqué de les entendre, ma tante, à un moment ou à un autre.

—Il n'aurait pas pu les éviter, dit Edward à sa mère.

Charlotte ne put s'empêcher de comparer les efforts qu'il faisait pour apaiser la situation à l'intransigeance de sir Alexander. Les deux cousins semblaient s'opposer par de nombreux aspects.

Du coin de l'œil, elle perçut un léger mouvement. L'une des portes à double battant qui menaient dans le couloir s'entrouvrit imperceptiblement, mais personne n'entra. Une seconde plus tard, une petite forme noire fut poussée à travers l'embrasure. Charlotte aperçut une main blanche menue qui la dirigeait. La porte se referma. Tricotte, le chat, traversa la pièce sans un bruit et se glissa sous la table sur laquelle était posé le service à thé.

—Qu'était-ce… ? commença lady Isabella.

Une patte surgit et agrippa la frange de l'un des fauteuils.

—C'est une sorte d'animal !

—Rien qu'un chat, mère, à mon avis, commenta Edward d'une voix amusée.

—Oh, pour l'amour du ciel !

Se penchant en avant, sir Alexander tendit le bras sous la table pour se saisir de la bête, mais manqua sa cible. Tricotte fit irruption de l'autre côté, traversa la pièce à toute allure et escalada l'un des rideaux de brocard à la force des griffes. Elle resta suspendue là, loin au-dessus de leurs têtes, à les toiser d'un regard mauvais. Edward éclata de rire.

Lady Isabella, quant à elle, afficha un air sévère, considérant cet incident comme une attaque personnelle.

— Une petite plaisanterie signée Elizabeth, certainement. Ce n'est pourtant pas faute de vous avoir seriné de l'envoyer en pension.

— Je m'en souviens, dit Alec entre ses dents serrées.

— Eh bien, vous êtes bien obligé d'admettre que j'ai raison ! Elle est absolument incontrôlable. Je suis navrée, Frances. Loin de moi l'idée de remettre en cause vos méthodes disciplinaires, mais enfin vous…

— Assez.

D'un pas vif, sir Alexander alla sonner un domestique.

— Comme vous l'avez dit vous-même, ma tante, vous avez déjà exprimé votre opinion à ce sujet de manière très claire, et ce à maintes reprises.

Un valet entra précipitamment – pas le même qu'auparavant.

— Nos invités s'en vont, Ethan. Veuillez aller chercher leurs affaires.

Lady Isabella se leva, ses yeux verts étincelant d'une colère égale à celle de sir Alexander.

— C'est donc ainsi que vous me traitez ? Et vous vous étonnez que je…

— Au contraire, je ne m'étonne de rien. Permettez que je vous raccompagne.

Il poussa sa tante vers la porte. Edward suivit sans s'émouvoir et sortit en adressant à Charlotte un dernier regard amusé.

La voix de lady Isabella leur parvint encore depuis l'escalier.

—Ne comptez pas sur moi pour vous aider…

—Je n'attends rien de vous, répliqua sir Alexander.

Frances porta la main à son front. Charlotte envisagea un instant d'essayer de convaincre le chat de redescendre du rideau à grand renfort de mots doux, mais elle se ravisa ; l'immobilité lui paraissant être le meilleur choix pour le moment.

—Elle est presque entrée de force, gémit Frances quand sir Alexander reparut dans l'embrasure de la porte. Je n'ai rien pu faire.

Tricotte feula depuis les hauteurs.

Le maître de maison se retourna vers le couloir et cria « Lizzy ! » d'une voix si forte qu'on avait dû l'entendre dans toute la maison jusqu'au dernier étage.

C'est alors que Charlotte s'entendit demander :

—Cette maison est parfois digne d'un asile de fous, ne trouvez-vous pas ?

Sir Alexander se tourna vers elle.

—En aucun cas !

Lizzy entra en courant, le ruban qui ceignait sa robe traînant dans son dos. Ses yeux bleus étincelaient.

—Est-elle partie ? J'ai réussi à nous en débarrasser, n'est-ce pas ?

Sir Alexander traversa rapidement la pièce jusqu'au coin le plus éloigné, saisit une chaise au dossier droit et la porta jusqu'à la fenêtre où était perché le chat.

—Venez ici ! intima-t-il à sa sœur.

C'était la voix que Charlotte lui avait entendue quand il avait rabroué Holcombe, et Lizzy obtempéra sur-le-champ. Il monta sur la chaise sans s'inquiéter de ses bottes sur le coussin de satin. Les pieds délicats de la chaise craquèrent légèrement. Puis, sans hésitation, il attrapa Tricotte par la peau du cou. Pendant un instant, la chatte relâcha son emprise. Sir Alexander la décrocha du rideau et la jeta à Lizzy qui la réceptionna entre ses bras.

—Emmenez-moi cet animal, et que je ne le revoie plus.

—Quoi ? Jamais ?

—Ne jouez pas avec moi maintenant, Lizzy ! Faites ce que je vous dis !

Il descendit de la chaise.

La jeune fille le dévisagea avec des yeux ronds.

—Mais, Alec, c'était seulement…

—Tout de suite !

Lizzy eut l'air effrayée. Elle étreignit le chat et sortit en courant. Ils entendirent le bruit précipité de ses pas tandis qu'elle montait à l'étage. Sir Alexander resta immobile, le dos tourné et les poings serrés ; puis, sans ajouter un mot, il quitta la pièce à grandes enjambées. Ses pas résonnèrent dans l'escalier qui menait au rez-de-chaussée. Le salon sembla soudain étrangement vide, quand il fut parti.

Frances Cole retomba sur le sofa et éclata en sanglots.

En venant s'asseoir à côté de la pauvre femme en pleurs, Charlotte comprit que sir Alexander croyait contrôler sa maisonnée, son univers, mais que c'était faux ; il ne maîtrisait rien du tout. Elle tapota l'épaule de Frances. Peut-être cela avait-il été vrai, jadis ; il avait sans conteste les manières d'un homme habitué à se faire obéir. Mais quelque chose s'effilochait à présent. Les fils lui échappaient, se rompaient un par un comme sur un métier à tisser brisé. Charlotte n'espérait qu'une seule chose : être présente le jour où il s'en rendrait enfin compte.

— Je vous p-prie de m'excuser, hoqueta Frances. S'il vous plaît, pardonnez-moi pour ce… ce… J'ignore ce qui m'a pris. Vous devez avoir une bien piètre opinion de nous tous !

Ne sachant trop que faire, Charlotte lui tapota de nouveau l'épaule.

— Détrompez-vous. Bien au contraire.

Ces paroles réconfortantes ne firent qu'accentuer les larmes de Frances.

— Je suis certaine que Lizzy adorerait le pensionnat, sanglota-t-elle. Une bonne école, je veux dire. Avec toutes ces autres jeunes filles qui pourraient devenir ses amies et… auraient la m-même énergie. Mais elle rejette l'idée même de quitter la maison.

— Elle veut rester avec sa famille, je suppose.

Un sentiment que Charlotte pouvait comprendre sans peine.

— Et l'hiver dernier ! Il était si difficile, de soigner Anne… C'était une tâche si préoccupante ! Lizzy a besoin d'une gouvernante, c'est indispensable. Elle est trop désœuvrée, m-mais elle persiste à les chasser les unes après les autres, avec ses m-mauvais tours. Elle n'a jamais connu sa mère, vous comprenez. J'ai fait de mon mieux, m-mais…

Ses larmes eurent raison d'elle.

— Je suis sûre que vous avez effectué un travail remarquable, hasarda Charlotte sans trouver mieux.

—James, leur p-père, était d'une endurance à toute épreuve. Qui eût cru qu'il nous quitterait si jeune! Mais il n'hésitait p-pas à sortir, même lorsque le temps était épouvantable. Parfois, je m-me dis que ses misérables métayers comptaient plus pour lui que…

Elle ravala le reste de sa phrase.

—Quand est-il mort? l'interrogea Charlotte.

—Il y a q-quatre ans. La vie était plus éprouvante depuis, mais seulement… Quand Anne s'est montrée incapable de venir à bout de sa toux…

Frances renifla, et Charlotte en déduisit que le père d'Anne avait dû succomber à une affection des poumons.

—Cela a dû être terrifiant, murmura-t-elle.

—Épouvantable.

Frances reprit son souffle et sembla lutter pour retrouver sa maîtrise d'elle-même. Elle tira un mouchoir d'une poche de sa robe.

—Qu'allez-vous donc penser de moi!

—Je pense que vous avez été mise à rude épreuve.

—Oui.

Frances renifla, se tamponna les yeux, et se moucha. Elle hocha la tête, comme si elle ne pouvait s'empêcher de souligner la pression qu'elle avait subie, mais elle évita le regard de Charlotte.

—Je me sens… si vieille, ajouta-t-elle d'un ton abattu.

—Vous savez, commença Charlotte, une idée lui venant, j'ai moi-même eu une excellente gouvernante, ainsi que des leçons dispensées par mon père, et je prenais grand plaisir à étudier. Surtout la géographie;

j'adore les cartes. Peut-être pourrais-je passer un peu de temps avec Lizzy, lui raconter ce dont je me souviens.

—Le feriez-vous ? s'exclama Frances.

—J'en serais heureuse.

—Mais… pourquoi ?

Frances semblait trouver inconcevable que l'on pût vouloir s'occuper de Lizzy.

—Je serais ravie d'avoir de quoi m'occuper, répondit Charlotte.

Elle s'était sentie particulièrement inutile, l'an passé.

—Pour vous remercier de m'avoir accueillie chez vous.

—Mais vous n'êtes pas obligée de…

—Je sais. Ce serait un plaisir.

—Bien, dans ce cas, j'accepte, évidemment.

Frances lui saisit la main comme si elle la sauvait de la noyade. Charlotte aurait été flattée si elle n'avait pas eu la nette impression que toute proposition de divertir Lizzy aurait été accueillie avec la même gratitude. Comment une seule jeune fille avait-elle pu réduire cette femme cultivée à une telle détresse ?

Ainsi, peu de temps après, Charlotte partit-elle à la recherche de Lizzy. Elle trouva sans difficulté la salle d'étude, une pièce spacieuse et confortable au dernier étage de la maison dont les lucarnes donnaient sur les toits de Londres. Le feu était toutefois presque éteint, et il n'y avait aucune trace de Lizzy, ni du chat. Une intuition la poussa à redescendre frapper à la chambre d'Anne, où elle fut accueillie avec joie. Lizzy était recroquevillée dans un fauteuil près de la cheminée ; un doux ronron provenait de sous le lit.

Charlotte remarqua également une bouteille contenant une préparation à base de plantes sur une petite table au chevet d'Anne. La mise à sac avait rapidement porté ses fruits.

— Alec est vraiment furieux, dit Lizzy. Je ne l'ai jamais vu aussi fâché.

Le tout sonnait comme une litanie souvent répétée.

— Il finira par se calmer, la rassura Anne, elle aussi comme si c'était une habitude.

— Il va renvoyer Tricotte dans la rue, gémit la plus jeune.

— Ça m'étonnerait, Lizzy.

Anne regarda Charlotte et secoua la tête imperceptiblement.

— Il la déteste !

— Non, c'est faux. Il a seulement… Vous savez que vous n'auriez pas dû l'envoyer dans le salon. Vous aviez promis…

— C'était uniquement pour faire fuir tante Bella ! Je croyais qu'Alec serait content. Il ne l'aime pas.

— Ce n'est pas tout à fait vrai, Lizzy, rétorqua Anne en lançant un autre coup d'œil à Charlotte. Ils ont eu certains désaccords, mais cela ne signifie pas qu'il…

— Et elle essaie toujours de le convaincre de me faire partir, marmonna Lizzy. Je n'irai nulle part. Personne ne peut me forcer.

La jeune fille semblait si inquiète que Charlotte jugea le moment opportun d'intervenir :

— Une idée m'est venue, Lizzy. Ma… une de mes amies me racontait autrefois de merveilleuses histoires sur tous les pays du monde. Mon père aussi. Je me disais que vous aimeriez peut-être les entendre.

Ses efforts de subtilité échouèrent lamentablement :

— Des leçons ?

Dans la bouche de Lizzy, on aurait dit le pire des supplices.

— Comme c'est intéressant, intervint Anne. Pourrai-je venir vous écouter, quand j'irai mieux ?

Lizzy se redressa dans son fauteuil, surprise.

— Vous n'avez plus besoin de prendre des leçons, dit-elle avant de se tourner vers Charlotte : Anne a presque dix-sept ans. Notre tante l'emmènera avec elle, l'année prochaine.

— Lady Isabella ?

— Oh, non ! répondit Lizzy. Tante Amelia, la sœur de notre mère. Elle a épousé un comte !

Elle attendit de voir l'air admiratif que prendrait Charlotte, et cette dernière fit de son mieux pour paraître impressionnée.

— Maman nous a donné des noms de reines, vous savez. Elle était de la lignée de… un Tudor ou un autre. Pas celui qui avait plein de femmes !

— Une fois de plus, Lizzy nous éblouit avec sa connaissance parfaite de l'histoire, plaisanta Anne.

— Oh, au diable l'histoire ! C'est ennuyeux à mourir.

Lizzy fit mine de bâiller.

— Même celui qui avait plein de femmes ? demanda Charlotte.

Un léger sourire lui répondit.

— Si je comprends bien, lady Isabella est la sœur de votre père ?

Elle s'en souvenait, mais la tension palpable dans le petit salon peu de temps auparavant avait éveillé sa curiosité. Lizzy hocha la tête.

—Alec ne l'aime pas, vraiment. Elle a fait quelque chose de mal, en rapport avec le testament de mon grand-père.

—Lizzy, intervint Anne.

—Mais c'est vrai. Même si je ne sais pas quoi exactement.

Manifestement, la jeune fille aurait donné n'importe quoi pour savoir.

—Il n'y a pas de raison de ne pas en parler à Charlotte. C'est notre tante, elle aussi.

Elle semblait retrouver rapidement sa bonne humeur.

—Et si nous allions jeter un petit coup d'œil à la mappemonde dans la salle d'étude ? suggéra Charlotte. J'ai cru voir que c'était une très belle pièce.

Lizzy lui adressa une moue fugace.

—Oh, d'accord… Mais j'emmène Tricotte !

—Je suis sûre qu'elle sera fascinée par la géographie. Les chats ont un sens aigu du territoire.

Lizzy pouffa de rire.

En entrant dans la cuisine, les bras chargés d'affaires pour la blanchisseuse, Lucy Bowman resta pétrifiée en surprenant Ethan qui pressait un torchon contre sa cheville nue. Son bas blanc froissé gisait au sol à côté de sa chaise, exposant sa jambe jusqu'au genou.

Son visage se fendit d'un grand sourire lorsqu'il l'aperçut.

— La morsure du chat n'est pas belle à voir, expliqua-t-il. La cuisinière m'a fait un cataplasme.

Lucy détourna les yeux de sa jambe. Bien sûr, il aurait pu se soigner dans sa chambre, en toute décence, mais il fallait qu'il attire l'attention en exhibant le galbe de son mollet au monde entier. Quel genre d'homme se faisait mordre par un chat, de toute façon? Le genre à flanquer des coups de pied auxdites bestioles. Sans lui prêter attention, Lucy déposa son linge dans le panier prévu à cet effet et se dirigea vers le plan de travail à côté de l'âtre. Agnès et la cuisinière étaient absorbées par les préparatifs du déjeuner.

— Y a-t-il un apothicaire dans le voisinage? demanda-t-elle. Miss Charlotte n'a plus d'eau de rose.

— Vous devriez demander à Jennings, répondit la cuisinière. Elle sait où il vaut mieux se procurer ce genre de chose.

Lucy avait été présentée à l'habilleuse personnelle de Miss Cole lors du dîner des domestiques, et elle vouait une profonde admiration à cette femme.

— Oh, je ne voudrais surtout pas l'ennuyer.

— Il y a une échoppe à deux rues d'ici, dit Ethan. J'y ai déjà trouvé toutes sortes d'articles pour les Wylde.

Lucy refusa de le regarder.

— Merci.

La cuisinière prit une bonne cuillerée de glaçage et entreprit de l'appliquer sur le gâteau devant elle. Devant ce spectacle, Lucy sentit l'eau lui monter à la bouche.

— Alors comme ça, elle a grimpé au rideau jusqu'au plafond?

À son intonation, on comprenait que ce n'était pas la première fois que la cuisinière posait cette question, mais qu'elle se délectait d'entendre la réponse.

— Suspendue comme une boule de Noël, affirma Ethan. À feuler et à cracher sur tout le monde.

— La chatte ? Lucy ne put-elle s'empêcher de demander.

Le récit des aventures de Tricotte était devenu le sujet de prédilection dans les quartiers des domestiques.

— C'est pour ça qu'on a entendu crier tout à l'heure ?

— Sir Alexander était dans une colère noire, répondit Agnès, apparemment ravie de ce fait. Maintenant Susan dit que Miss Lizzy a peur qu'il abandonne le chat. Je suis d'avis qu'il s'en débarrasse. C'est une bête enragée, pour sûr.

— Ah, voyons, c'est surtout qu'elle a peur, à mon avis, dit Ethan. Elle n'a sans doute jamais eu de bonne raison de faire confiance aux gens qu'elle croisait dans la rue.

Surprise par un tel degré d'empathie, Lucy se tourna vers lui. Il était en train d'enfiler son bas. Elle rougit et se détourna derechef.

— Bon, je vais courir chez l'apothicaire. Ça ne prendra qu'une minute…

— Je vous accompagne.

Ethan se leva. Qu'est-ce qu'il était grand !

— Inutile que vous…

— Vous ne devriez pas vous promener seule dans un quartier inconnu, déclara la cuisinière.

Et elle n'eut plus son mot à dire.

Quand ils eurent récupéré manteaux et chapeaux et qu'ils se mirent en route, Lucy dut bien admettre qu'il était fort agréable de se faire ainsi escorter. Lors de ses courses précédentes dans les rues de la ville, il lui était déjà arrivé d'attirer involontairement l'attention; une fois, elle s'était même fait une belle frayeur. Et personne à qui en parler, bien sûr; elle n'avait que Miss Charlotte, qui avait déjà plus que son lot de tracas. Ce jour-là, Lucy pouvait observer l'animation bruyante des rues avec plus d'intérêt que de circonspection.

— Vous êtes de la campagne, pas vrai? demanda Ethan.

Lucy baissa les yeux avec embarras. Il aurait aussi bien pu lui dire de refermer sa bouche béante de péquenaude.

— Et alors?

— Ah, tant mieux pour vous. J'ai moi-même grandi à la campagne.

— Vous?

Il avait l'air tellement à l'aise, à parcourir les rues de la ville, élégant dans sa riche livrée. Mais il hocha la tête, avec une émotion certaine.

— Je suis née dans le Hampshire. Nous y avons vécu jusqu'à l'année dernière, jusqu'au mariage de Miss Charlotte.

— Avec Mr Henry Wylde. Voilà qui a dû paraître bien étrange, non?

Lucy releva le menton. Pas question qu'elle se prête à des commérages au sujet de Miss Charlotte.

— Je viens pour ma part du Derbyshire. C'est aussi mon premier séjour à Londres. Bien sûr, on m'en avait déjà pas mal parlé, des gens de ma famille.

— Ils étaient déjà venus ?

— Oui, avec les maîtres précédents. Y sont morts il y a quelques années de ça. Mon père est maître des écuries du domaine. Ma mère y était nourrice avant qu'ils se marient. Mon grand-père était chef jardinier avant, jusqu'à ce que ses articulations le fassent trop souffrir.

Lucy avait entendu parler de ces dynasties de serviteurs. C'étaient en quelque sorte les nobles parmi les domestiques. Elle-même n'était que la fille d'un ouvrier de ferme. Consciente de leur différence, elle garda le silence jusqu'à ce qu'ils atteignent l'échoppe.

Son affaire fut rondement menée. Ethan échangea quelques plaisanteries avec l'apprenti de l'apothicaire comme avec un vieil ami, en faisant participer Lucy à la conversation jusqu'à ce qu'elle ait l'impression qu'elle aussi le connaissait depuis des lustres. Quand son paquet fut fait, Ethan s'en saisit ; puis il lui ouvrit la porte. Lucy se rappela de n'y accorder aucune importance. Elle était certaine qu'il jouait de son charme naturel avec toutes les femmes.

Ils quittaient l'échoppe lorsqu'une lourde charrette passa lentement à leur niveau, manquant de peu de leur rouler sur les orteils, pendant que le cocher jurait à s'en arracher les poumons. Ethan la fit reculer dans l'embrasure de la porte et la retint là un peu plus que nécessaire. Avant que Lucy pût protester, un fracas retentissant vint expliquer la fureur du conducteur ; en faisant le tour du véhicule, ils constatèrent qu'elle était entrée en collision avec la charrette à bras d'un balayeur de rues. Les pavés et le trottoir d'en face étaient recouverts d'un tapis pestilentiel de crottin. Le gamin serrait son balai et tremblait de tout son corps sous les remarques cinglantes du cocher.

—Arrêtez ça! lança Ethan d'une voix qui couvrit aisément le chahut ambiant.

L'homme à la forte carrure se retourna pour le fusiller du regard. Debout dans la charrette, il les dominait de toute sa hauteur.

—C'est vous qui l'avez percuté, fit remarquer Ethan.

—L'était en plein milieu d'la route, mordious! Imbécile!

Le balayeur pleurnichait. Il s'essuya le nez dans sa manche sale.

—Et maintenant il doit tout recommencer. Fichez-lui la paix.

Ethan ne semblait pas intimidé le moins du monde par l'air menaçant du cocher. Il lui faisait face avec calme. Après un moment, l'homme grommela un autre juron et fit claquer les rênes de son attelage massif. Les chevaux se mirent en branle et la charrette s'éloigna lentement. Ethan s'approcha du balayeur en évitant adroitement les tas de crottin.

Le gamin rentra la tête entre les épaules, comme s'il s'attendait à recevoir un coup. Ethan tira une petite pièce de sa poche et la lui tendit. Les yeux écarquillés, osant à peine y croire, le jeune balayeur la prit et la fit disparaître dans son manteau en lambeaux.

— Les grosses voitures ne peuvent pas tourner si facilement, tu sais, lui dit Ethan. Tu devrais faire attention quand tu en vois une approcher.

Le gamin acquiesça, bouche bée.

Ethan rejoignit Lucy en prenant garde où il mettait les pieds et la fit contourner les immondices pour reprendre le chemin de la maison.

— Je hais cette grande ville répugnante ! s'exclama-t-il.

Lucy avait la gorge nouée, émue par ce qu'il venait de faire. Nul ne prêtait jamais attention aux gamins qui balayaient les rues.

— Oui, tout ce bruit, et ces bousculades, acquiesça-t-elle.

— Quel genre de vie est-ce là, pour un gamin ? continua-t-il comme s'il ne l'avait pas entendue. Nettoyer une écurie, c'est une chose. Ça ne prend pas toute la journée. Et après, on peut sortir prendre l'air. Promener les chevaux, peut-être.

Il marchait si vite que Lucy devait trottiner pour rester à sa hauteur.

— J'ai hâte de rentrer à la maison, déclara Ethan avec ardeur.

Lucy aurait été de tout cœur avec lui, et non moins passionnément, si elle avait pu espérer rentrer un jour chez elle, à la campagne. Se rappelant que Londres était sûrement le seul foyer que lui promettait son avenir, elle se contenta de l'interpeller :

— Dites, ralentissez donc un peu.

Chapitre 7

*T*rois jours plus tard, Alec frappa à la porte de la chambre d'Anne, un peu avant midi. Invité à entrer, il fut stupéfait de la découvrir habillée et installée dans le fauteuil au coin du feu, un livre entre les mains.

— Que faites-vous hors du lit ?

— Je me sens tellement mieux que le médecin m'a autorisée à m'asseoir, aujourd'hui.

— Est-ce bien raisonnable ?

— Il m'a interdit de monter et descendre les escaliers en courant à toutes jambes. Mais j'ai dormi à merveille, ces derniers jours. Sans tousser. Et je sens que j'ai repris des forces. Le médecin a dit que la potion de Charlotte était incroyable, et il compte fermement la conseiller à ses autres patients.

Alec osait à peine y croire, mais Anne avait effectivement meilleure mine. Ses joues avaient repris de la couleur. Elle n'avait plus l'air épuisée, comme prête à se briser au moindre effort.

— Je l'apprécie beaucoup.

— Qui donc ?

— Charlotte, idiot !

— Oh, oui.

Il prit place sur la chaise de l'autre côté de la cheminée et continua à examiner sa sœur. Son état l'inquiétait depuis de si nombreuses semaines qu'il était difficile de se fier à cette soudaine amélioration.

— Elle a réussi l'exploit d'intéresser Lizzy aux cartes et aux contrées exotiques du monde. Lizzy a décidé de devenir une intrépide exploratrice. Laissez-moi vous prévenir : elle veut s'offrir une canne-épée.

— Comment ?

Anne le regarda de travers.

— Vous ne m'écoutez pas.

— Bien sûr que si. Lizzy... Notre Lizzy apprend la géographie ?

— Charlotte lui donne des leçons.

— Elle n'a pas à faire cela. Elle est notre invitée.

— Toutes les deux semblent y prendre un plaisir certain.

— Vraiment ?

Il peinait à imaginer sa turbulente sœur prendre plaisir à quelque étude que ce fût.

— Lizzy me considère toujours comme le diable en personne, je présume ?

Anne haussa les épaules.

— Jusqu'à ce que vous libériez le chat de sa « prison ».

— Le cellier n'est pas...

— Je plaisantais, Alec. Vous ne songez pas vraiment à vous débarrasser de Tricotte, n'est-ce pas ?

Il fit la grimace.

— On croirait que j'ai menacé de noyer cet animal. Je parie qu'elle serait bien plus heureuse si je l'envoyais à la campagne. Si seulement vous pouviez voir les regards noirs que l'on me lance quand j'ose passer par la cuisine…

— J'ai entendu dire que Tricotte s'était attiré les bonnes grâces de la cuisinière. Je ne m'explique pas comment.

— Elle a attrapé une souris dans l'arrière-cuisine, et l'a cérémonieusement offerte à Mrs Dunne. Bête sournoise. Elle a les instincts d'un diplomate russe. Elle est en train de retourner toute cette maison contre moi.

Anne éclata de rire.

— Mais Alec, vous allez bien finir par la libérer ?

— Si Lizzy promet… Voyons, que dis-je ? Lizzy ne manquera pas de promettre, et puis elle «oubliera» ou trouvera une situation qui «l'obligera» à ne pas tenir parole.

Sur ce point, Frances avait vu juste. Alec se sentait dans une posture de plus en plus inconfortable. Il n'avait jamais eu à surveiller sa capricieuse petite sœur ici, en ville, où elle était entourée d'étrangers et de pièges dont elle ne savait rien. Et Anne, à qui il s'était toujours fié pour tempérer les accès de folie de Lizzy, n'était pas en état de s'en charger.

— Elle ne veut pas…, commença Anne.

Il fallait qu'il se lève ; il ne supportait plus de rester assis là sans bouger.

— N'en faites pas trop, et n'allez pas vous épuiser, lui dit-il par-dessus son épaule.

Il ferma la porte sans répondre à l'inquiétude qui se lisait sur le visage d'Anne et tenta de faire abstraction de son propre trouble. En fait, il connaissait un moyen imparable de chasser de son esprit ses contrariétés : il rejoignit son bureau et s'immergea dans sa correspondance.

À l'heure du déjeuner, la sensation de malaise avait disparu, et lorsqu'il fit mander Charlotte à 15 heures, Alec avait retrouvé son sang-froid.

— Le détective des Bow Street Runners va arriver, et il a demandé à ce que vous soyez présente, lui annonça-t-il quand elle entra dans le bureau.

Pour une raison qui lui échappa, elle fronça les sourcils.

— Si vous ne souhaitez pas lui parler…

— Bien sûr que si, l'interrompit-elle d'un ton sec.

Alec se demanda si ce n'était pas sa tentative d'enseigner la géographie à Lizzy qui la rendait si irritable. Mais un coup à la porte du bureau chassa cette pensée de son esprit. Ethan ouvrit et annonça :

— Votre visiteur, monsieur.

Il fit entrer l'intéressé et referma la porte derrière lui.

Alec avait face à lui un étrange petit homme qui n'avait rien que de très banal. De taille moyenne, les cheveux châtains, les yeux bleu-gris, et un visage peu marquant, il portait de surcroît un long manteau gris qui passerait inaperçu presque partout à Londres. Pas aux abords de la maison, peut-être, mais dans la plupart des autres quartiers.

— Soyez le bienvenu, monsieur…

Pourquoi Ethan n'avait-il pas annoncé le nom du visiteur ? Et d'ailleurs, pourquoi n'avait-il pas pris son manteau ?

— Jem Hanks, m'sieur, madame.

Comme en réponse aux interrogations intérieures d'Alec, il ajouta :

— J'donne pas mon nom à n'importe qui, 'savez.

Il parlait sans cesse de les observer d'un regard perçant – un regard pénétrant que d'aucuns auraient jugé déplacé. C'était étrange. Le détective était issu de la classe des serviteurs, mais il n'avait rien d'un domestique. C'était à vrai dire la première fois qu'Alec rencontrait un homme comme lui.

Il tira un calepin et un crayon grossier de la poche de son manteau.

— J'ai déjà eu l'occasion de m'entretenir avec Mr Wycliffe. Et j'ai jeté un coup d'œil aux alentours. J'avais queq' questions pour la dame.

— Bien sûr, opina Charlotte.

Elle s'assit sur le petit sofa sous la fenêtre. Alec retourna à son bureau.

— Je vous en prie, asseyez-vous, monsieur…

— J'aime autant rester debout, m'sieur, merci bien. Alors, cet homme qu'est venu vous voir, Ronald Herriton, qu'est-ce qu'vous pouvez m'dire sur lui, m'dame ?

Charlotte se redressa, les mains jointes sur ses genoux.

— Eh bien, il prétend être antiquaire et vouloir acheter l'intégralité de la collection de mon époux sans plus attendre. Il m'a dit qu'il en offrirait un très bon prix. De toute évidence, il s'attendait à ce que je le croie sur parole. Comme si je n'aurais pas le bon sens de consulter plusieurs experts avant une telle vente. Il a aussi prétendu qu'Henry lui avait promis qu'il lui serait donné l'opportunité d'acheter après sa mort.

Un mensonge éhonté, si l'on considère le testament d'Henry. Il parlait fort et s'est montré désagréable. Ma servante et moi-même avons eu toutes les peines du monde à nous en libérer.

Elle s'interrompit et s'accorda un instant de réflexion.

— Il est de très forte corpulence.

Un demi-rictus se dessina au coin des lèvres de Jem Hanks.

— J'vous l'fais pas dire. Vous lui avez dit que l'testament vous interdisait d'vendre ?

— Non, je ne voulais pas lui dévoiler quoi que ce soit, ni prolonger notre entretien plus longtemps que nécessaire. Il… il avait quelque chose d'inquiétant, à vrai dire, ajouta-t-elle en frissonnant.

— Vous m'en direz tant.

Le détective leva un instant ses yeux perçants de son calepin, puis baissa la tête pour noter quelque chose.

— J'ai jeté un coup d'œil aux papiers d'vot' mari dans le cabinet de Mr Wycliffe. Y a une pile de lettres sur des vieux pots, des pièces de monnaie, des statues. Connaissiez-vous ces correspondants ?

— Non. Enfin, excepté…

Elle se tut.

— Oui, m'dame ?

Le crayon du détective resta en suspens.

— Mon père, poursuivit Charlotte d'une voix sourde. Ils ont correspondu ensemble pendant plusieurs années au sujet de la Rome antique. Mais mon père est mort il y a six mois.

— J'suis navré d'l'apprendre, m'dame.

Jem Hanks attendit un moment, puis reprit :

— Et donc, les autres… ?

Elle secoua la tête.

— Lors des très rares occasions où mon mari recevait de la visite – toujours pour exposer sa collection –, je n'étais pas conviée.

Alec se demanda si son oncle n'avait pas en fait perdu la tête. Plus il en apprenait sur sa vie, et plus le vieil homme solitaire baissait dans son estime.

— Dommage. J'aurais bien aimé retrouver ces gentlemen.

— Avez-vous parlé à Holcombe ? De toute la maisonnée, je dirais que c'était lui qui connaissait le mieux Henry. Je n'irais pas imaginer que mon époux… se confiait à lui. (C'était tout bonnement inconcevable.) Mais Holcombe aimait fourrer son nez dans ce qui ne le regardait pas.

— Qui est ce Holcombe ? demanda Hanks en se penchant en avant, comme un limier en train de flairer une piste.

— Le valet personnel de feu mon oncle, répondit Alec, qui se sentait par trop exclu de la conversation. Il a été renvoyé juste après sa mort.

— Et personne ne m'a rien dit ?

— Je croyais que Wycliffe vous avait fait parvenir une liste des domestiques.

— Apparemment, il en a loupé un. Prénom ?

Le crayon du détective attendait au-dessus du calepin.

— Oh…

Charlotte eut l'air pensive, puis embarrassée.

— Je n'en sais rien.

Le crayon retomba.

— Pas grave. Je l'trouverai.

— Donc, qu'avez-vous découvert pour l'instant ? demanda Alec. Avez-vous du nouveau à nous apprendre ?

— C'est que l'début, m'sieur. Y a une chose que j'sais, c'était pas un p'tit pilleur de jardins comme on en voit tous les jours qu'est venu dans vot' maison. D'abord, comment il aurait été au courant, pour c'te fameuse « collection » ? Et c'est pas l'genre de butin qui s'revend facilement, pas vrai ? Des vieilles pièces, des papiers, et le reste. Deuxième chose qu'est sûre : personne dans la rue n'a entendu parler de c'te affaire.

— Voilà pourquoi vous vous interrogez sur les collectionneurs du cercle d'Henry ? intervint Charlotte.

Très habile, songea Alec.

— Mais enfin, aucun d'entre eux n'irait…

Jem Hanks haussa les épaules.

— D'après c'qu'on m'a dit, certains font fi de tout bon sens, tellement y sont obsédés par toute cette camelo… ces « antiquités ». Y s'raient prêts à faire n'importe quoi pour mettre la main dessus.

— Il est vrai qu'il existe une grande rivalité entre les collectionneurs, acquiesça Charlotte d'un air pensif. Henry exultait littéralement lorsqu'il coiffait quelqu'un au poteau sur une vente.

— Oui, m'dame. Et s'ils ont découvert qu'ils avaient aucune chance d'acheter ces pièces-là…

— Il se pourrait qu'ils essaient de les dérober ?

—Envoyer quelqu'un les dérober pour eux, plus vraisemblablement. (Hanks secoua la tête.) Y a juste une chose…

—Quoi ? demandèrent Charlotte et Alec au même moment.

—Ben, des gens à qui j'ai causé disent qu'Henry Wylde s'est fait rouler plus d'une fois, l'aurait acheté à prix d'or des pièces qui valaient pas tant, voire des faux. Alors…

—Il ne manquait plus que ça ! s'exclama Charlotte. Non content de dépenser mon argent, il a fallu qu'il le dilapide pour du vent !

Elle abattit son poing sur le bras du sofa. Jem Hanks l'observa avec un intérêt qu'Alec trouva perturbant.

—Avez-vous d'autres questions ? demanda Alec.

—Juste une, m'sieur, dit Hanks avant de se tourner vers Charlotte. Y a-t-il quelqu'un dont vot' mari parlait plus que de raison ? Un ami, un ennemi, quelqu'un qu'il enviait ? En gros, quelqu'un qui mériterait que j'm'intéresse plus particulièrement à son cas ?

Charlotte fronça les sourcils et prit le temps de réfléchir. Mais elle finit par secouer la tête négativement.

—Pas dans mon souvenir. Henry parlait avant tout d'objets, vous savez. Des objets et de leur histoire… Pas de personnes. Il n'avait que peu d'intérêt pour les gens.

—Tiens donc…

Jem Hanks referma son petit calepin.

—Bien, je f'rais mieux d'y retourner. Y aura sûrement d'aut' questions qui m'viendront au fil de l'enquête. Faites-moi savoir si quelque chose vous revient.

N'importe quoi, même si c'est qu'un détail. Merci bien, m'dame, m'sieur.

Il les salua d'un signe de tête, tourna les talons et se glissa hors de la pièce sans attendre de réponse.

Le silence s'installa. Les sourcils froncés, Charlotte gardait les yeux rivés sur le tapis. L'entretien l'avait manifestement troublée.

— Un homme fort étrange que ce Mr Hanks. Mais il a l'air de connaître son affaire, dit-elle.

— Il m'a été chaudement recommandé, acquiesça Alec.

Elle se leva, fit un pas vers la porte et s'immobilisa. *Pourquoi y a-t-il une telle gêne entre nous deux?* se demanda Alec. *D'abord au petit déjeuner, et voilà que ça recommence.* Faire la conversation n'avait généralement rien d'ardu pour lui; il était réputé parmi ses amis pour savoir apaiser les rencontres épineuses. Mais cette jeune femme dégageait quelque chose qui lui paralysait la langue. Et pourtant, il ne voulait pas qu'elle s'en aille.

— Vous avez une correspondance impressionnante, fit remarquer Charlotte.

— La gestion de mes propriétés.

— En avez-vous beaucoup? Jamais mon père n'a reçu tant de lettres.

— C'est l'époque qui veut cela.

— L'époque…?

— La situation actuelle de nos campagnes.

— Que voulez-vous dire?

Elle fit la grimace.

— Je suis terriblement ignorante. Henry ne lisait pas de journaux contrairement à mon père, et il refusait de me laisser m'inscrire à la bibliothèque ambulante.

— Diantre! fulmina Alec. Qu'est-ce qui ne tournait pas rond chez cet homme?

— Pur égoïsme, à mon avis, répondit-elle d'un air plus triste que révolté. L'égoïsme le plus absolu qui soit. Parlez-moi de ce qui se passe dans les campagnes.

Contrairement à ses frères et sœurs, ou à Frances qui semblait véritablement rendre leurs métayers responsables de la mort de son père, Charlotte semblait sincèrement intéressée.

— Avez-vous entendu parler des nouvelles machines de l'industrie textile?

— Peu. La région où j'ai grandi était majoritairement paysanne.

— Eh bien, ces machines sont en train de faire changer le monde en ce moment même, et cela affecte de nombreuses familles. Des gens qui vivent sur mes terres ou dans des villages voisins, qui vendaient jusque-là ce qu'ils tissaient sur les métiers qu'ils avaient chez eux, se retrouvent aujourd'hui sans travail à cause des produits moins chers qui sortent des usines.

Charlotte hocha la tête. Ce sujet semblait l'intéresser au plus haut point.

— Certains quittent leur foyer pour travailler dans les manufactures, mais ce sont des emplois harassants qui ne permettent pas de gagner de quoi survivre. Ils sont condamnés à mourir de faim dans tous les cas.

— Ne pourraient-ils pas simplement… faire autre chose?

—Par exemple?

—Je… je ne sais pas. Cultiver de quoi manger?

Alec soupira. Il ne savait que trop à quel point il était futile d'exposer ce problème aux membres de sa classe.

—La plupart font déjà pousser tout ce qu'ils peuvent. Quelques-uns trouvent des places de domestiques ou rejoignent l'armée. Mais c'est un véritable bouleversement. Et de manière générale, ils n'ont pas d'autre alternative.

—Ne peut-on pas leur fournir de l'aide, pour trouver de nouveaux…

Alec sentit son amertume le submerger.

—Selon notre gouvernement, s'y opposer équivaut à trahir son pays, et nous devrions pendre haut et court tous ceux qui s'insurgent contre cette situation.

—Certainement pas!

C'est toujours pareil, songea Alec. À présent, elle allait se rappeler qu'elle avait une affaire urgente qui l'attendait ailleurs. Une tasse de thé, peut-être, ou quelque roman palpitant. Il attendit, mais Charlotte se contenta de le regarder, comme si elle attendait qu'il propose une solution à ce mal insoluble.

—Vous aimez lire?

Elle eut l'air étonnée.

—Oui.

—Vous appréciez peut-être Lord Byron?

—J'ai lu quelques-uns de ses…

—Mais pas ses pamphlets concernant la détresse des artisans du textile, je présume, qui dénoncent le fait que le gouvernement pend bel et bien de jeunes

Anglais pour s'être attaqués aux nouvelles machines. Les « briseurs de machines », les appellent-ils.

Alec fouilla dans les papiers qui jonchaient son bureau.

— Voilà.

Charlotte le rejoignit. Elle se pencha sur la page et lut à voix haute :

On aurait pu penser que tous seraient choqués
Quand frappe la Famine et vient la Pauvreté
Qu'une Vie pût valoir moins cher qu'un bas de laine,
Que briser les machines, au bris des os nous mène.
Si cela advenait, j'espère par ce poème,
(Qui se refuserait à partager ce souhait ?)
Que les os des idiots, soient les premiers qu'on brise,
Ceux qui, pour tout remède, vous envoient au gibet.

Elle se tourna vers lui pour le dévisager d'un intense regard cuivré empreint d'émotion.

— Mais que peut-on faire pour leur porter assistance ?

Son visage était tout proche. La compassion et le désir d'agir qui se lisaient sur ses traits étaient à la fois un indicible soulagement et une révélation inattendue. Personne, dans l'entourage d'Alec, ne s'était laissé toucher par le sentiment d'urgence qu'il sentait s'intensifier un peu plus chaque jour. Personne ne semblait vouloir écouter ou comprendre, alors qu'Alec voyait le monde au bord du gouffre et peu – si peu – de gens s'efforçant de l'empêcher de basculer.

129

Soudain, il se rendit compte que leurs épaules se touchaient. Il sentait sa chaleur contre la manche de son manteau. Sous le tissu noir froissé de sa robe se cachait un corps svelte et harmonieux. *Elle est ravissante*, pensa-t-il. Il ne s'en était pas aperçu plus tôt. Il avait fallu qu'elle le touche par son tempérament charitable et flamboyant. Un seul geste aurait suffi pour la prendre dans ses bras ; il n'avait qu'à pencher la tête, et leurs lèvres se rencontreraient.

Il recula d'un pas, choqué. La jeune femme vivait sous son toit et sous sa protection, avec ses sœurs.

— Je fais tout mon possible pour soulager les gens qui dépendent de moi, dans le Derbyshire, déclara-t-il sur un ton plus sévère qu'il ne le souhaitait.

— Toutes ces lettres concernent ce problème ?

— Évidemment.

Il ne voulait pas paraître condescendant, mais était profondément troublé par leur proximité.

— Il y en a tellement. Avez-vous besoin d'aide ? Peut-être pourrais-je…

— Je pense avoir les choses bien en main, mentit Alec.

Charlotte recula devant cette rebuffade manifeste.

— Je ne vais pas vous empêcher de travailler plus longtemps, dans ce cas.

— Merci.

Elle fit volte-face et sortit vivement dans un frou-frou de jupons. Alec s'effondra dans son fauteuil, aux prises avec ses pulsions rien moins qu'inappropriées. Charlotte Wylde était seule, sans famille ni aucune autre autorité protectrice, et dépendait de lui uniquement en sa qualité d'exécuteur testamentaire. Elle était terriblement attirante. Son deuil était récent, même si Alec peinait à concevoir qu'elle pût sincèrement pleurer la perte de son oncle dont l'attitude avait été si répréhensible… Il lui arrivait de paraître encore plus jeune que son âge – dix-neuf ans, avait-il découvert dans les papiers de son oncle… Bien sûr, elle n'avait rien d'une enfant innocente. C'était une veuve, pas une débutante. Il avait connu l'une de ses aventures les plus agréables avec une veuve. Mais la situation était totalement différente !

Ils se connaissaient à peine. Elle avait partagé si spontanément ses inquiétudes, la compassion s'était lue dans ses yeux… pour les artisans, pas pour lui. C'était sa tante, pour l'amour du ciel ! Il grogna ; tout ceci était vain et contrariant. La meilleure chose à faire était de s'interdire de penser à elle, et de s'y tenir. Alec se retourna vers les lettres qui requéraient son attention et lutta un moment contre lui-même pour s'en tenir à l'excellente résolution qu'il venait de prendre.

Ethan vit leur invitée monter l'escalier comme une furie et se demanda ce qui avait bien pu se passer dans le bureau pour la mettre en colère. Impossible que ce soit du fait de sir Alexander ; ce dernier ne se montrait jamais discourtois. Leur visiteur, sans doute. Un étrange petit homme s'il en était : il avait refusé de donner son nom et avait lorgné Ethan comme si c'était un voleur quand le valet avait voulu prendre son manteau. Ils n'avaient jamais reçu son pareil auparavant.

Il rappela soudain à Ethan Harry Saunders. Tout le monde, là où il vivait à la campagne, savait que ce dernier était un braconnier, même si personne n'aurait pu le prouver. Il avait le même air sournois, et la même insolence que l'homme qui venait de partir. Harry était un fourbe qui surgissait toujours là où on l'attendait le moins pour dérober quelques lapins, ou même un cerf, au nez et à la barbe des gardes-chasses. Il adorait ça, en plus ; pour rien au monde il n'aurait troqué le braconnage contre un travail honnête, malgré quelques démêlés avec les juges. Leur visiteur était pareil, mais apparemment, de l'autre côté de la barrière. Quelqu'un – Mrs Wright peut-être ? – avait dit qu'il se faisait payer pour attraper des criminels.

Ethan essaya de s'imaginer traquer une proie dans les méandres de Londres plutôt que dans la forêt. Il aurait fallu savoir où chercher, où se poster en embuscade, mais il ne voyait aucun endroit approprié. Il ne voulait même pas savoir : ce seraient sûrement des coins sombres, sales et semés d'embûches. Il ne pouvait se défaire de cette certitude que les citadins étaient nécessairement plus malveillants et malhonnêtes que les gens de la campagne. Il suffisait de voir certains des valets qu'il avait rencontrés dans d'autres maisons ; ils ne semblaient se soucier que de trouver comment obtenir de plus juteux pourboires pour des tâches qui leur incombaient de toute façon, puis ils allaient gaspiller leur argent en boisson, en habits et autres futilités.

Ethan se demanda si la mauvaise humeur de sa maîtresse ne pourrait pas jouer en sa faveur avec Lucy. Il n'avait guère progressé de ce côté-là. Elle continuait à l'éviter, même s'il s'était montré aussi charmant qu'il savait l'être. De temps à autre, il s'imaginait entrevoir dans ses yeux une étincelle qui prouvait qu'elle n'était pas insensible à ses efforts. Mais tant qu'elle garderait ainsi ses distances, il ne pourrait rien espérer de plus. Et aller plus loin revêtait de plus en plus d'importance aux yeux d'Ethan. Peut-être allait-il simplement aller la trouver pour lui dire que sa « Miss Charlotte » était contrariée. Elle voudrait le savoir. S'inquiéter des humeurs de leurs maîtres faisait partie de leurs obligations. Parfois, aux heures des repas par exemple, il fallait même écouter aux portes pour anticiper leurs requêtes.

Mais avant qu'il ait pu partir à la recherche de Lucy, Miss Cole descendit l'escalier, une petite enveloppe dans la main.

— Ethan, voulez-vous bien porter cette lettre chez lady Earnton ? demanda-t-elle.

— Oui, madame. Tout de suite.

Il se demanda pourquoi elle n'avait pas sonné pour qu'il vienne lui-même chercher la missive. Mais ça faisait déjà quelque temps que Miss Cole se montrait volage et n'était plus elle-même.

Elle le remercia d'un hochement de tête et remonta l'escalier. Ethan attrapa son manteau et ses gants et informa Mrs Wright de sa destination. C'était un après-midi de mars ; le froid était vif et le soleil déclinait déjà, mais Ethan ne s'en souciait pas. Les commissions lui donnaient une excuse pour sortir. Livrer des messages, des paquets, et escorter les jeunes dames dans les rues représentaient la meilleure partie de son travail ici, en ville. Ce n'était rien à côté des longues randonnées à travers bois qui occupaient son temps libre chez lui ; mais il avait beau détester cordialement Londres, au moins y avait-il toujours quelque chose à voir. Il passait bien trop de temps à claquer des talons dans le hall d'entrée, ou bien à dresser des tables, servir des repas, puis débarrasser de nouveau. Ethan aimait avoir l'impression d'accomplir quelque chose, et aucune de ses tâches n'avait rien d'un accomplissement.

Il marchait vite. Le chemin de la majestueuse demeure de la tante de sir Alexander lui était familier ; il s'y était déjà rendu plusieurs fois auparavant et pouvait en avoir fini rapidement. Il allait profiter de l'occasion pour passer voir ses grands-parents sur le chemin du retour. Ils étaient en visite chez sa tante Liv, et elle ne vivait pas très loin de là. Parmi les membres de sa famille, tante Liv était l'une des rares à aimer Londres ; après avoir passé quelques années dans la ville à servir les Wylde en tant que domestique, elle avait épousé un épicier et s'était établie dans la capitale. Personne ne se douterait qu'il avait passé un quart d'heure chez elle.

Son grand-père était toujours de bon conseil, et Ethan pourrait lui exposer ses projets pour l'avenir et lui demander comment les réaliser. Tout était déjà prêt. Le vieux Elkins était plus qu'heureux à l'idée de céder sa place pour rejoindre la ferme de sa fille en Cornouailles. Ses articulations l'avaient tant fait souffrir l'hiver précédent que la douleur avait eu pour ainsi dire raison de lui. Presque tout ce que savait Ethan, c'était lui qui le lui avait appris. Il ne restait que la dernière étape – la plus délicate : exposer sa requête. Ça, et affronter la déception de son père. C'était ce dernier point qui poussait Ethan à se taire, quand tout le reste l'encourageait à passer à l'action.

Chapitre 8

— *J*e pense que nous devrions installer à Tricotte un endroit rien qu'à elle ici, dans la salle d'étude, déclara Charlotte. Sous la lucarne, ce serait idéal.

Lizzy jeta un coup d'œil dubitatif sur l'alcôve en question. Anne, désormais tout à fait remise et à qui il ne restait plus qu'à reprendre un peu de poids, leur sourit depuis un fauteuil au coin du feu.

— Nous pourrions dégager cet espace et en faire un endroit parfait pour elle. Je suis certaine qu'elle serait plus calme si elle avait un refuge comme celui-là.

La chatte tricolore, tapie sous l'autre fauteuil, n'émit aucun commentaire. Depuis qu'on l'avait libérée du cellier, elle se défiait encore plus de tout le monde – à l'exception de Lizzy.

— Pas une sorte d'enclos, finit par répliquer la jeune demoiselle.

— Bien sûr que non. Ce sera très douillet. Elle pourra aller et venir à son gré dans cette pièce.

— Je trouve injuste qu'elle doive rester cloîtrée ici.

— Vous avez le droit de l'emmener dans votre chambre, intervint Anne.

—Vous savez, je pense même que Tricotte pourrait préférer cela, ajouta Charlotte.

C'était toujours une erreur de débattre avec Lizzy ; elle était aussi rusée et tenace qu'un avocat.

—Les chats ont besoin de connaître leur territoire à la perfection, savez-vous ? Mais cette maison est trop grande pour que Tricotte l'explore entièrement, avec tous ces recoins qu'elle ne connaît pas. Je pense que ça la met mal à l'aise.

C'est une façon comme une autre pour ne pas dire grimper aux rideaux et cracher sur son hôte, songea Charlotte.

—Comment se fait-il que vous en sachiez autant sur les chats ?

—Je lis beaucoup.

Lizzy lui adressa une grimace. Elles avaient déjà eu cette conversation.

—Oh, d'accord, céda la jeune fille.

Sous les yeux amusés d'Anne, Charlotte et Lizzy déplacèrent la petite bibliothèque et les autres babioles qui s'étaient entassées au fil du temps dans la jouée de la lucarne. Elles formèrent un nid avec de vieilles couvertures et une boîte à chapeau retournée qui servirait de cachette. Lizzy rapprocha les coupelles d'eau et de nourriture de la chatte.

—Tricotte pourra regarder les pigeons depuis le rebord de la fenêtre, fit observer Charlotte.

Lorsqu'elles eurent terminé, Lizzy appela sa petite protégée pour la faire sortir de sous le fauteuil et la porta jusqu'à la lucarne. Elle s'accroupit sur les couvertures, Tricotte sur les genoux.

— C'est ta place, lui annonça-t-elle.

La chatte se roula en boule sur ses genoux.

— Ça lui plaît, décréta Lizzy.

Soulagée, Charlotte alla s'asseoir dans le fauteuil vacant, sans craindre que ses chevilles devinssent la cible de griffes cinglantes. Anne lui adressa un gracieux sourire et Charlotte remarqua, non pour la première fois, à quel point une compagnie féminine lui était agréable. Les jours s'écoulaient si agréablement. Elle avait conçu une véritable tendresse pour Anne et Lizzy; Frances lui semblait beaucoup plus calme et chaleureuse. Lucy aussi était heureuse et se faisait de nombreux amis parmi les domestiques, dont elle admirait le zèle. Vivre au sein de cette maison était un délice à bien des égards. Enfin, exception faite du maître des lieux…

Alec se montrait distant, et surtout absent. Ou peut-être cela avait-il toujours été dans ses habitudes, qui n'avaient été troublées que par l'arrivée de Charlotte. Il passait le plus clair de son temps enfermé dans son bureau avec pour ordre de ne pas le déranger, ou sorti pour se rendre à son club, ou… ailleurs. Un ailleurs où abondait une compagnie féminine d'un tout autre ordre, soupçonnait-elle. La plupart du temps, Charlotte et les deux jeunes filles dînaient sans lui dans l'un des petits salons plutôt que dans la salle à manger. Les repas étaient animés et plaisants, cependant Charlotte regrettait parfois…

Toutefois, Alec la trouvait manifestement aussi inintéressante qu'inutile. Pourquoi avait-elle proposé de l'aider à s'occuper de la pile de lettres qui s'amoncelaient chaque jour un peu plus sur son bureau ? Il lui avait bien fait comprendre qu'il la jugeait comme une gamine parfaitement incompétente tout juste bonne à s'esbaudir en lisant Byron et à lui faire perdre son temps. Assurément, elle ne s'aviserait plus de l'importuner à l'avenir.

— Racontez-nous une histoire du monde, la pressa Lizzy.

Mieux valait ne pas penser du tout à lui, se dit Charlotte en fouillant dans sa mémoire à la recherche de l'un des récits que lui avait racontés son père au sujet de contrées lointaines et de peuplades exotiques. L'espace d'un instant, sa gorge se noua ; elle s'était si souvent assise auprès de lui pour réclamer des histoires, exactement comme Lizzy à ce moment précis. Un chat bien différent entre les bras, cependant, se rappela-t-elle avec un sourire.

— Vous souvenez-vous du capitaine Cook ?

— Il a mené son navire à la découverte de tout l'océan Pacifique, répondit Lizzy.

— Exactement. Eh bien, lorsqu'il toucha terre pour la première fois en Nouvelle-Zélande en… 1769, si mes souvenirs sont bons, il rencontra de grandes difficultés avec les hommes des tribus maories.

Voyant Anne et Lizzy de plus en plus attentives, jusqu'à être captivées, Charlotte sentit une vague de bien-être l'envahir. Elle avait toujours désiré avoir des sœurs, et ce jour-là, c'était comme si son vœu avait été exaucé.

Lucy s'accroupit près de la cheminée de la cuisine en gardant un œil vigilant sur le fer à friser qu'elle avait mis à chauffer sur les braises. Il était délicat d'obtenir la température exacte, assez chaude pour boucler les cheveux proprement, mais jamais jusqu'à risquer de les faire roussir. Elle avait entendu d'épouvantables anecdotes au sujet de servantes qui faisaient brûler les jolies anglaises de ces dames, qu'il était à la mode de porter près des oreilles. Elle imaginait sans difficulté les cheveux racornis qui tomberaient sur le plateau de la coiffeuse… sans parler de l'odeur épouvantable ! Miss Charlotte ne la renverrait jamais pour une telle bourde ; elle comprendrait. Voilà pourquoi il était d'autant plus important de bien faire son travail.

— D'après mon expérience, il faut pouvoir toucher le fer, l'avertit une voix au-dessus d'elle. S'il vous brûle méchamment les doigts, il en fera autant avec vos cheveux.

Lucy se releva précipitamment et se retrouva face à l'habilleuse altière de Miss Cole. L'expérience et l'assurance légendaires de Jennings emplissaient toujours Lucy d'une admiration sans bornes. Elle ne put s'empêcher de s'incliner. Sa révérence fut accueillie avec un léger sourire.

— Vous allez coiffer votre maîtresse ?

Pas question de se montrer muette et gauche comme une petite paysanne, se dit Lucy.

— Non, madame. J'allais juste m'entraîner un peu, sur Agnès par exemple.

La fille de cuisine gloussa derrière la pile de pommes de terre qu'elle était en train d'éplucher.

— Ah…

Le sourire d'Agnès s'évanouit sous le regard froid et critique de Jennings.

— C'est admirable.

Même l'intendante se soumettait parfois à l'autorité de Jennings. La rumeur courait que ses gages étaient les plus élevés de tout le personnel. Elle avait à peine la mise d'une domestique. Ses robes étaient certes de couleur sombre, aptes à se fondre dans le décor, mais elles étaient superbement coupées. Lucy avait entendu dire que l'habilleuse vendait les vêtements dont sa maîtresse ne voulait plus, l'apanage de sa position, et pouvait choisir sa propre garde-robe. Grande et mince, le visage anguleux, Jennings rassemblait ses cheveux en un chignon serré qui la rendait encore plus élégante.

— Venez avec moi, dit-elle à Lucy.

Agnès loucha derrière son dos et tira la langue, mais Lucy n'avait aucune envie de rire.

Jennings se retourna et surprit Agnès, qui écarquilla les yeux.

— Retirez le fer du feu, ordonna l'habilleuse.

Agnès obtempéra aussitôt.

Lucy suivit Jennings à l'étage jusqu'à la chambre qu'elle occupait, attenante au dressing de Miss Cole. L'habilleuse avait son siège attitré dans un coin de la pièce, et désigna une chaise à Lucy.

— Je me suis laissé dire que vous étiez plutôt habile avec un fer plat.

Lucy rougit de plaisir.

— J'essaie de bien faire.

— Vous aimez votre travail ?

— Oui, madame.

—Être domestique ne vous dérange pas ?

—Me déranger… ?

Lucy n'était pas sûre de comprendre.

—Certains considèrent cette fonction comme avilissante, voyez-vous. J'ai moi-même une sœur qui trime de l'aube au crépuscule à la ferme de son époux – un travail sale, harassant, et qui suffit à peine à les nourrir, ces temps-ci. Et pourtant elle me regarde toujours de haut.

—Travailler dans une ferme est horriblement difficile.

Lucy se souvenait du dur labeur qu'elle avait connu dans son enfance. Son père se levait chaque matin perclus de courbatures et se couchait le soir éreinté.

—Effectivement. Tandis que moi, je ne suis pas pieds et poings liés à un lopin de terre presque stérile. J'ai une profession reconnue pour laquelle on me paie extrêmement bien. Si je trouve qu'on ne m'estime pas à ma juste valeur, je peux m'en aller à tout instant et chercher un endroit qui me soit plus propice. Je ne suis pas une esclave.

Lucy se demandait pourquoi Jennings lui racontait tout cela. Ce n'était pas inintéressant, mais cela la mettait quelque peu mal à l'aise.

—Non, madame. Bien sûr que non.

—Tout le monde ne peut pas prétendre à ma situation, bien entendu. J'ai fait en sorte d'acquérir les compétences adéquates.

Lucy savait que tout cela était vrai. Toutes les dames d'importance, jusqu'aux duchesses, se battaient pour s'attacher les services des meilleures habilleuses. Elles se les dérobaient les unes aux autres et leur offraient toutes sortes de privilèges pour leur apporter une satisfaction pleine et entière.

— Plus l'on sait faire de choses et plus l'on peut prétendre à être indépendante. J'ai remarqué que vous aimiez apprendre, Lucy.

Cette dernière hocha la tête.

— C'est vrai.

— Je suis heureuse que vous ne manquiez pas d'ambition. Rien ne me révolte plus qu'une jeune fille talentueuse qui gâche son potentiel.

Aimer apprendre était-il synonyme d'ambition ? Lucy n'en était pas certaine.

— Avec le temps, vous pourriez obtenir un poste comme le mien, à Londres, dans les plus hautes sphères.

Lucy n'osait lui avouer qu'elle attendait avec impatience de retrouver la campagne. Elle était convaincue que Jennings n'approuverait pas.

— Avez-vous reçu une quelconque éducation ?

Lucy hocha fièrement la tête.

— Ma mère faisait en sorte que nous allions tous à l'école du village dès que possible. Je sais lire et écrire, et j'ai appris les rudiments du calcul. On ne peut pas m'escroquer au marché, précisa-t-elle en insistant d'un nouveau hochement de tête.

— À la bonne heure, dit Jennings en lui adressant l'un de ses minces sourires. Je serais heureuse de vous enseigner tout ce qu'une habilleuse de qualité se doit de connaître, si cela vous agrée.

— Oh, oui, madame.

Lucy était enchantée à cette idée. S'il y avait une seule chose dont elle était sûre, c'était que plus on avait de cordes à son arc, plus on avait de chances de s'en sortir.

Jennings inclina la tête d'un air docte.

— Je crois fermement que l'on se doit de transmettre ses savoirs, de donner autant que l'on a reçu en aidant autrui à se perfectionner à son tour. Lorsque c'est mérité.

Sans prêter attention à la froideur sous-jacente qui transparaissait dans la voix de Jennings, Lucy dit :

— Merci, madame. Merci infiniment.

— Va-t-elle raconter à la cuisinière que j'ai été insolente ? murmura Agnès quand Lucy redescendit dans la cuisine récupérer le fer à friser.

De toute évidence, la question la taraudait depuis que Lucy avait quitté la pièce.

— Qui donc ? demanda Ethan en soulevant un plateau, prêt à monter le déjeuner à l'étage.

— Jennings. J'ai…

Agnès imita la grimace qu'elle avait faite peu de temps auparavant. Ethan éclata de rire.

— Je ne pense pas qu'elle va te dénoncer, la rassura Lucy.

Jennings avait semblé avoir autre chose en tête.

— Ça ne lui ferait pas de mal de se dérider un peu.

Sur ce, Ethan quitta la pièce, en adressant à Lucy l'un de ses sourires qui la faisaient frémir de la tête aux pieds.

Après le déjeuner, Frances Cole invita Charlotte à la rejoindre dans le salon. Lizzy et Anne échangèrent un regard entendu et disparurent à l'étage, mais Charlotte fut heureuse d'accepter l'invitation. Elle avait découvert, le troisième jour après son arrivée dans la maison, que Frances avait entamé un ouvrage de broderie titanesque : une tenture destinée à la demeure des Wylde située dans le Derbyshire. Elle était toujours à la recherche de petites mains supplémentaires. Les deux sœurs considéraient cela comme un châtiment, mais Charlotte appréciait les travaux d'aiguille à petite dose. Ainsi avait-elle déjà passé plusieurs heures fort agréables en compagnie de Frances, et cela lui avait permis de découvrir une autre facette de cette dernière. Lorsqu'elle brodait, Frances était détendue et heureuse, intarissable sur son enfance et les moments qu'elle avait passés à manier l'aiguille avec sa mère.

Elle avait déjà narré plusieurs anecdotes de ce genre, et Charlotte finissait tout juste un pétale de rose quand Frances lui dit :

— J'ai écrit à ma cousine Amelia Earnton pour lui dire qu'Anne sera finalement en mesure d'assister aux leçons de danse qu'elle a arrangées. Je suis ravie. Je craignais qu'elle ne soit trop malade.

Un moment plus tard, Charlotte se rappela ce nom : c'était la tante qui avait épousé un comte.

— Des leçons de danse ?

— Cela se fait souvent. On a rassemblé un groupe de jeunes gens qui feront leurs premiers pas en société l'an prochain.

— Pour leur apprendre à danser ?

Frances sourit. Lorsqu'elle était d'humeur si paisible, on aurait presque dit une autre personne.

— Si nécessaire, mais il s'agit surtout de les présenter les uns aux autres, afin qu'ils aient déjà lié un certain nombre de connaissances avant d'être propulsés pour la première fois dans le tourbillon de la Saison londonienne.

—C'est une excellente idée.

Comme j'aurais aimé disposer d'un cercle d'amis avant mon arrivée en ville, songea Charlotte.

Frances se pencha sur un point complexe.

—Amelia va de plus en plus se charger de chaperonner Anne, évidemment. J'imagine que d'ici un an, je ne la verrai pour ainsi dire plus.

Elle soupira.

—Il ne restera que Lizzy et moi. Cela ne sera pas pour plaire à Lizzy.

—Je ne pense pas qu'elle…

—Oh, ne vous méprenez pas. Nous nous aimons beaucoup l'une l'autre, malgré ce que je peux parfois dire sous le coup de la colère.

Frances sourit de plus belle.

—Mais Lizzy a besoin de tant d'activités ! Il faudrait vraiment qu'elle aille en pensionnat.

—Peut-être reconsidérera-t-elle cette idée quand Anne aura d'autres occupations ailleurs.

—Peut-être.

Frances ne semblait pas vraiment y croire. Elles continuèrent à coudre un moment en silence.

—Dans quelques années, ils partiront tous suivre le cours de leur vie. Alec se mariera, évidemment, et on n'aura plus besoin de moi ici.

Charlotte avait entendu parler de familles qui négligeaient leurs parents trop démunis, et sentit l'inquiétude grandir en elle.

—On ne vous renverrait pas, tout de même ?

—Oh non. Alec ne ferait jamais une chose pareille. Et de toute façon, James, son père, m'a légué une somme confortable dans son testament. Je ne dépends de personne. Seulement, j'ai l'impression que mon travail… la tâche que l'on m'a confiée il y a quatorze ans de ça est presque terminée. C'est étrange d'y penser ainsi.

—Vous avez eu fort à faire.

—Trop, parfois, rectifia Frances en riant. Mais de moins en moins. Avant, j'aidais beaucoup James à gérer ses biens et ses domaines, mais Alec préfère s'occuper de cela lui-même.

Charlotte avait eu l'occasion de s'en apercevoir !

—Richard est à Oxford ; Anne sera bientôt partie. Elle secoua la tête.

—Mais qu'aimeriez-vous faire, si vous aviez le choix ? demanda Charlotte.

—Comment ?

—C'est une question que je ne cesse de me poser ces derniers temps. Pour une raison qui m'échappe, je n'y avais jamais vraiment pensé auparavant. Mais il faut y penser, ne trouvez-vous pas ? Si nous ne le faisons pas, qui s'en chargera ?

—De… ?

—De chercher ce que nous désirons – pour nous-mêmes, pas en fonction des besoins ou des projets d'autrui.

—Ah.

Frances ne répondit plus rien pendant un si long moment que Charlotte se demanda si elle était allée trop loin pour elle. Mais elle finit par reprendre d'une voix très douce, les yeux rivés sur son ouvrage :

— Il y a eu un temps où je pensais… j'espérais, peut-être, que James… Il avait vingt ans de moins que moi, bien sûr. Mais j'avais presque le même âge que sa femme – ma cousine Elizabeth. Cela ne semblait pas être un obstacle. Mais il n'a pas… Jamais il ne m'a abordée pour…

Elle s'interrompit, fit passer quelques fils vert foncé à travers le tissu, puis ajouta :

— Il me parlait sans détour, vous savez, il avait confiance en moi. Nous étions bons amis, et je pense qu'il trouvait du réconfort à ma compagnie par bien des aspects. Qui plus est, je m'occupais des enfants ; j'aimais… j'aime ces enfants comme si c'étaient les miens. Je possédais moins que d'autres femmes, mais j'étais plus fortunée que la plupart d'entre elles.

Elle lança un bref coup d'œil à Charlotte puis ses yeux retombèrent sur sa broderie.

— Depuis qu'il n'est plus là, je me sens un peu… égarée. Tout est tellement différent.

Émue, Charlotte se pencha vers elle et recouvrit sa main de la sienne. Elle n'avait pas de mots pour la réconforter. L'histoire de Frances lui donnait l'impression de n'être qu'une jeune fille inexpérimentée. Mais elle pouvait au moins lui témoigner sa compassion.

Frances lui adressa un sourire bienveillant. Elle fit tourner sa main pour serrer celle de Charlotte.

— Vous êtes arrivée il y a peu, mais j'ai l'impression que vous avez toujours fait partie de la famille, dit-elle.

Charlotte en eut les larmes aux yeux. Rien de ce que Frances eût pu dire n'aurait été accueilli avec plus de gratitude. Frances lui tapota la main et retourna à son aiguille. La conversation se reporta ensuite sur des sujets plus généraux. Mais c'était un souvenir que Charlotte chérirait à tout jamais.

Quelques coups rapides se firent entendre à la porte du salon, et Ethan entra. Il leur présenta un plateau d'argent sur lequel reposait une carte de visite. Frances s'en saisit.

— Edward ?

— Mr Danforth est en bas, madame.

— Oh, eh bien… Je ne… Je suppose qu'il devrait monter.

Que se passe-t-il avec les Danforth ? se demanda Charlotte. Frances ne semblait pas avoir d'aversion à leur endroit ; c'était plutôt comme s'ils la troublaient au point qu'elle ne savait plus quelle conduite adopter.

Le cousin d'Alec entra d'un pas nonchalant, plus attrayant que jamais dans son manteau de cocher au col à drapés multiples. La quintessence du citadin à la pointe de la mode.

— Bien le bonjour, mesdames.

Il sourit à Charlotte.

— Comme ce maudit printemps glacial nous gratifie enfin d'une journée un peu plus clémente, je me suis aventuré à faire sortir mon cabriolet.

À sa voix, on eût dit une véritable odyssée.

— Que diriez-vous d'une promenade, ma tante ?

Ses yeux bleus pétillèrent de malice à ce titre ridicule.

— Maintenant ? demanda Charlotte avant de se reprocher la bêtise de sa question.

— Eh bien, sauf si vous étiez trop occupée pour cela.

Edward regarda l'immense tapisserie comme s'il la plaignait de tout cœur.

— Je ne sais pas si…, commença Frances.

Un regard amusé d'Edward la réduisit rapidement au silence.

Je ne requiers la permission de personne, se dit Charlotte. Un frisson d'euphorie la parcourut à cette idée, à laquelle s'ajoutait la perspective d'avoir enfin un aperçu de la bonne société londonienne. Elle en avait rêvé lorsqu'elle avait quitté sa maison campagnarde et avait été amèrement déçue. Elle se dégagea de sous la toile de la broderie.

— Je vais me préparer.

Mais une fois dans sa chambre, elle faillit se raviser. Elle n'avait rien d'autre à se mettre que le manteau qu'elle avait reçu lorsqu'elle avait atteint sa taille adulte à l'âge de seize ans. Le vêtement était vert foncé, pas noir, et conçu pour être fonctionnel. Son bonnet était noir, mais effroyablement démodé. Edward Danforth ne lui accorderait qu'un regard avant d'annuler son invitation pour s'épargner la honte d'être vu en compagnie d'un tel épouvantail. Charlotte se contempla dans le miroir, désespérée, avant de se forcer à réprimer sa détresse. Il n'oserait pas faire preuve de pareille incivilité. Elle allait saisir sa chance de sortir enfin, quoi qu'il en dise.

Mais contre toute attente, son accoutrement n'inspira pas au jeune homme un seul haussement de sourcil désapprobateur. Il lui offrit sa main pour la faire monter dans un attelage resplendissant tel qu'elle n'en avait jamais vu que de loin, étendit une couverture sur ses genoux, puis leva l'index à l'intention de son laquais. Ce dernier lâcha la bride des chevaux et sauta à l'arrière.

— Un détour par le parc ? proposa-t-il.

Charlotte leva le visage vers lui avec un sourire.

Ce n'était pas loin. Elle admira les talents de cocher d'Edward lorsqu'ils abordèrent certains virages serrés sur leur route. Filer ainsi à toute allure dans la voiture décapotée et voir les rues qui défilaient sous leurs pieds était grisant. Tout semblait si différent depuis là-haut.

Les promeneurs étaient rares dans les allées de Hyde Park ; Charlotte mit en cause les températures glaciales avant de se souvenir qu'il était de bon ton de sortir à cheval à cette heure matinale. Edward avait-il organisé cela à dessein ? Il salua quelques passants d'un signe de tête sans interrompre leur course.

— La ville est encore un peu endormie, bien que tout le monde soit en train de revenir petit à petit.

Il ne parlait pas du commun des mortels, mais uniquement de la haute société, comprit soudain Charlotte. Les rues de Londres, bien évidemment, grouillaient de hordes d'ignares en matière de mode.

— La Saison mondaine n'a pas encore débuté, fit-elle remarquer en essayant de paraître plus au fait de ces choses-là qu'elle ne l'était.

Il lui sourit et Charlotte eut l'impression que son ignorance, bien que flagrante, lui conférait un certain charme. Elle rougit.

— Non. Mais le temps exécrable a gâté les parties de chasse et tout le monde devrait être bientôt de retour. Chassez-vous ?

Charlotte se contenta de secouer la tête.

— Quelles sont donc vos occupations, ma tante ?

À l'étincelle dans ses yeux, on voyait bien qu'il plaisantait, mais Charlotte ne put que se sentir blessée par ce rappel de sa pathétique histoire.

— Je vous en prie, ne m'appelez pas ainsi.

— Vos désirs sont des ordres, madame…

— Pas comme cela non plus !

Edward éclata de rire.

— Comment dois-je vous appeler, dans ce cas ?

Elle s'empourpra de plus belle ; elle ne pouvait pas décemment demander à un jeune homme qu'elle connaissait à peine – et qui était si séduisant – de l'appeler par son prénom.

— Pourquoi pas « m'dame » ? proposa-t-il. Un soupçon de majesté, une pointe de déférence. C'est exactement ce qu'il nous faut.

— Vous vous moquez, mais…

— Pas du tout, m'dame. On ne peut plus sérieux.

Elle ne put résister à son sourire, à ses yeux bleus étincelants – sans compter qu'elle n'avait aucune autre alternative. Elle ne voulait plus jamais entendre personne l'appeler « Mrs Wylde ».

— Oh, très bien.

— Oui, m'dame ; merci bien, m'dame.

Puis, avant que la plaisanterie n'ait le temps de devenir agaçante, il ajouta :

— Il paraît qu'une exposition de beaux-arts au coin de la rue va faire fureur dès le début de la Saison. Voudriez-vous y jeter un coup d'œil ?

Charlotte rassembla sa dignité en lambeaux.

— Cela semble intéressant.

Edward fit virer son équipage vers les grilles du parc, avec le bon sens de ne pas répéter le mot « m'dame ». Leur destination ne se trouvait pas vraiment « au coin de la rue », mais à proximité. Edward tira sur les rênes devant une imposante bâtisse de briques rouges et les tendit à son laquais.

— Faites-les marcher un peu, Sam, ordonna-t-il en sautant à terre avant de tendre la main à Charlotte.

À l'intérieur, les murs des immenses pièces étaient tapissés de tableaux jusqu'au plafond. Des visiteurs allaient et venaient, çà et là ; la plupart semblaient plus intéressés par leurs pairs que par les œuvres d'art. Charlotte examina le portrait d'un homme ventru apprêté comme un magistrat, et se demanda ce qu'il pouvait bien y avoir à dire de ce tableau. Il lui semblait seulement très laid.

— Très chers, bonjour, bonjour ! roucoula une voix haut perchée.

Charlotte se retourna et aperçut la mère d'Edward qui fondait sur eux.

— Quel plaisir de vous revoir !

Lady Isabella et son parfum de violette étreignirent brièvement Charlotte. La noble dame lui prit le bras. Avec son manteau doublé de fourrure, accompagné d'un chapeau et de manchons assortis, elle réléguait définitivement la jeune femme au rang d'épouvantail.

— Tous mes efforts ont été vains à convaincre Edward de venir à cette exposition. Je vois maintenant ce qu'il lui fallait : une compagne plus accorte que sa mère.

Elle rit et entraîna Charlotte. Bras dessus, bras dessous, elles parcoururent quelques salles, Edward suivant lentement dans leur sillage.

— Ce paysage est très joli, avança Charlotte.

Elle avait le sentiment qu'il lui fallait exprimer une quelconque opinion, si cette exposition était d'une importance si capitale.

— Voici Cecily Harcourt, repartit lady Isabella. Elle a toujours l'air un peu replète, ne trouvez-vous pas ? Elle a accouché du fils de Seton il y a un mois à peine. On dit que son mari ne se doute pas le moins du monde que l'enfant n'est pas de lui. J'imagine que Cecily est habile à choisir… son moment.

Charlotte tourna discrètement les yeux vers la femme en question, puis se détourna. Elle essaya de ne pas avoir l'air choquée. C'était la première fois qu'on la traitait comme une femme mariée, et non comme une jeune fille qu'il fallait protéger des rumeurs et des scandales.

— N'est-ce pas Helen Trent ? continua lady Isabella. Je suis stupéfaite qu'elle ose encore se montrer en public, avec toutes ces dettes de jeu impayées. Trois mille livres, voire plus, m'a-t-on dit. Je sais bien qu'on ne peut lui fermer les portes des clubs comme on peut en bannir un gentleman, mais enfin, n'a-t-elle donc aucun amour-propre ?

— On lui refuse l'accès de toutes les maisons de jeux dignes de ce nom, indiqua Edward.

— Vraiment ?

Lady Isabella semblait se délecter de cette information.

—Que va-t-elle faire ? Je me le demande. Il paraît qu'elle ne peut pas vivre sans cartes et sans dés.

— Trouver un autre « protecteur », sans doute, répondit Edward avec indolence.

Sa mère éclata d'un rire cristallin.

—Elle n'a plus la beauté de sa jeunesse, mon cher. Je ne crois pas qu'un seul homme puisse se laisser persuader de couvrir ses pertes.

Elle remarqua l'expression de Charlotte et ajouta à son intention :

—Cette pauvre Helen a tendance à perdre.

—Elle n'a aucun sens du jeu, renchérit Edward. Si elle ne trouve personne qui puisse l'affranchir, il lui faudra se tourner vers les prêteurs sur gages.

—Edward, honte à vous ! Ce serait tout bonnement scandaleux !

En vérité, sa mère paraissait trouver l'idée exquise.

—Asseyons-nous. Contempler des œuvres d'art est épuisant.

Non qu'elle ait vraiment contemplé quoi que ce soit, songea Charlotte. Mais il ne lui déplut pas de s'installer sur l'un des bancs rembourrés de la galerie. Cet aperçu de ce qui se dissimulait sous le vernis doré de la bonne société l'avait quelque peu étourdie.

—Ma chère Charlotte.

De sa main gantée, lady Isabella tapota l'une des siennes.

—Je suis ravie de cette occasion. Depuis notre première rencontre, je voulais que nous parlions du testament d'Henry. Tout ceci est tellement injuste pour vous.

Charlotte ne put s'empêcher d'acquiescer. Chaque fois qu'elle faisait le point sur sa véritable situation (ce qu'elle se forçait à faire le moins possible), elle se sentait piquée au vif par tant d'iniquité. Elle préférait de loin ne pas y songer.

— Je vous plains de tout mon cœur, car je me suis moi-même trouvée dans la même situation.

— Vraiment ?

Edward s'était éloigné. Immobile, les mains derrière le dos, il contemplait une immense fresque historique représentant la femme de Loth transformée en colonne de sel.

— Quand mon père est mort, expliqua lady Isabella, il ne m'a pratiquement rien laissé. Ni à Henry. Il a tout légué à James.

Elle vit Charlotte froncer les sourcils et prit cela pour un signe de perplexité.

— Notre frère aîné, le père d'Alec, vous savez. C'était révoltant. J'ai saisi un tribunal.

Charlotte se souvenait d'avoir entendu quelqu'un évoquer vaguement cette histoire.

— Pour remettre en cause le testament ?

— Oui, absolument. C'est moi qui étais restée à la maison pour m'occuper de notre mère, voyez-vous. Ce genre de tâche échoit toujours à la fille de la famille, n'est-ce pas ? James et Henry étaient entrés à l'école, ou en ville, ou partis ailleurs. Savez-vous que je n'ai quitté la demeure parentale pour me marier qu'à mes trente et un ans ? Pouvez-vous imaginer cela ?

Elle éclata d'un rire discordant.

Charlotte ne savait que dire. Lady Isabella semblait attendre une réponse.

—La cour vous a-t-elle donné raison?

Les yeux de lady Isabella se perdirent dans le vague. Ses minces épaules étaient crispées.

—Eh bien… non. Mais au moins ai-je pu exposer mes arguments, voyez-vous? Je leur ai exposé le fond de ma pensée.

Ce qui expliquait l'accueil qui lui avait été réservé chez sir Alexander, conclut Charlotte.

—On m'a dit que le testament d'Henry est tout ce qu'il y a de plus légal. Il était libre de disposer de la maison et des biens comme bon lui semblait; je n'ai aucune raison de le contester.

—Bien sûr, qu'ils vous disent cela, soupira lady Isabella en se penchant vers elle. Ceux qui en bénéficient ont tout intérêt à décourager…

—Seulement… Je vous demande pardon, lady Isabella, mais il me semble qu'au contraire, personne ne bénéficie réellement du testament d'Henry. Sauf à considérer le droit de résider dans la maison comme un avantage.

Ce qui n'était pas de son avis. À ses yeux, ce testament était à l'image de la personnalité d'Henry Wylde : sournois et malveillant. Elle ne voulait pas penser à lui, et se lancer dans une longue bataille judiciaire.

—Je ne veux pas aller au tribunal.

Son interlocutrice resta penchée vers elle avec inquiétude pendant quelques secondes, puis elle se redressa.

—Eh bien, naturellement, la décision vous appartient, ma chère.

Elle se leva.

—Allons donc voir les autres tableaux, voulez-vous ?

Elles pénétrèrent dans la salle suivante et y trouvèrent Edward, qui avait l'air de s'ennuyer ferme. Lady Isabella jeta à peine un coup d'œil sur les tableaux avant de poursuivre sa route. *Il est impossible de tout voir en si peu de temps*, songea Charlotte. Il devait y avoir au moins cinquante tableaux dans chaque salle. Quand ils eurent fini le circuit à travers le bâtiment, les formes et les couleurs s'entremêlaient dans son esprit.

—Superbe ! s'exclama lady Isabella tandis qu'ils revenaient à l'entrée. Ne trouvez-vous pas, Charlotte ?

—Euh… oui. Il est très agréable de sortir un peu.

C'était la vérité. Elle sourit aux Danforth.

—Ma pauvre amie, je serais ravie de vous faire découvrir Londres la Saison prochaine, mais… Je vous en prie, ne le prenez pas mal…

Charlotte savait pertinemment ce qu'elle s'apprêtait à dire.

—Il me faut des vêtements convenables ! complétat-elle.

Lady Isabella inclina la tête en signe d'assentiment.

—Bien sûr, en habits de deuil… Votre trousseau de mariage est bien plus élégant, je présume ?

Charlotte hésita, puis décida de s'en remettre entièrement à lady Isabella. En matière d'habillement, son expertise était manifeste.

—Je… Mon père pensait que l'on devait faire confectionner mon trousseau à Londres. Mais le mariage s'est fait à la hâte et… ma couturière dans le Hampshire…

Charlotte suivit du bout des doigts le drapé de son manteau passé de mode.

—Puis, je suis arrivée ici, et Henry a toujours refusé de me laisser dépenser…

—Ma chère, n'en dites pas plus. Les hommes n'entendent rien à ces choses-là.

Henry comprenait très bien, songea Charlotte. *Il voulait consacrer le moindre penny à ses propres dépenses.*

—Ma couturière personnelle est très douée, et travaille très vite en plus de cela. Je serais heureuse de vous recommander à elle.

Un désir que Charlotte avait impitoyablement réprimé jusque-là resurgit soudain avec fracas :

—Je ne veux pas d'une garde-robe regorgeant de vêtements noirs.

C'était pour elle une épreuve insoutenable – et d'une hypocrisie flagrante – que de devoir faire semblant de pleurer Henry.

—Oui, je vois. Hum. Le mariage a été des plus brefs, et personne n'a su… après tout. Il est fort peu probable que des rumeurs circulent… Henry n'a jamais véritablement pris part aux événements mondains. Non, je ne pense pas que le noir soit indispensable. Vous ne pourrez pas porter de couleurs claires, naturellement.

Lady Isabella l'examina.

—Ce vert sombre vous va à ravir, et peut-être qu'une couleur bronze… Oui, cela serait du plus bel effet dans les soirées.

Charlotte savait que certaines personnes s'attendaient à ce que le deuil dure des mois et des mois. Cette idée lui était odieuse. Elle sentit la révolte prendre possession d'elle. Non, elle ne porterait pas d'atours de veuve au nom d'Henry Wylde ; elle se moquait de qui s'en offusquerait.

— Il me plairait de sortir un peu en société.

— Bien évidemment, ma chère.

— Je hais le noir !

Lady Isabella la dévisagea.

— Cela va à ravir à certaines, mais avec un teint comme le vôtre…

— Je n'en veux plus !

— C'est très sage.

— Mais vous pensez que je pourrais assister… Enfin, vous accepteriez de…

— Participer aux soirées serait acceptable. Pas aux bals, j'en ai peur.

C'était plus qu'elle n'avait osé espérer. Charlotte décida d'écrire à Wycliffe sans plus attendre pour demander à ce qu'un peu de sa fortune fût mis à sa disposition. Elle pourrait bien obtenir un petit quelque chose.

C'est ainsi que, quelques jours plus tard à peine, elle se retrouva face au miroir de sa chambre revêtue de sa toute première robe à la pointe de la mode. La couturière de lady Isabella avait fait des merveilles. Elle avait modifié deux robes pour les adapter à Charlotte. Il y avait en particulier une robe du soir bleu nuit – presque noire – en velours, de loin plus superbe que tous les autres vêtements qu'elle avait jamais portés. Et deux autres étaient en cours de confection tout spécialement pour elle. La femme lui avait fait un prix spécial en sa qualité d'amie d'une cliente de longue date.

— Oh, mademoiselle Charlotte ! s'extasia Lucy en ajustant un volant de la robe lavande ornée de rubans violets. Elle est magnifique, pour sûr !

Charlotte eut les larmes aux yeux en découvrant son reflet dans le miroir. Elle espérait ne pas faire preuve de vanité ou de frivolité. Mais elle n'avait rien possédé de si beau depuis tellement longtemps !

— J'ai eu une idée, mademoiselle.

Lucy hésita.

— Quoi donc ?

Charlotte se retourna pour admirer le tombé de la robe dans son dos.

— Jennings, l'habilleuse de Miss Cole, a une très grande expérience. Elle sait tout ce qu'il y a à savoir sur la mode. Je me disais que je pourrais lui demander de vous coiffer une fois, pour me montrer, vous voyez.

Lucy parlait de plus en plus vite, comme par peur de susciter l'opposition.

— Elle est très gentille avec moi, elle m'a dit que j'étais douée avec un fer à friser. Si je pouvais la regarder faire, je pourrais prendre le tour de main.

— C'est une excellente idée, Lucy. Si tu penses qu'elle serait d'accord.

— Oui, mademoiselle. Elle a proposé de m'aider à apprendre.

— Dans ce cas, je t'en prie, demande-le-lui.

Un sourire radieux illumina le visage de Lucy.

Chapitre 9

*A*lec se demanda comment au juste il s'était retrouvé au théâtre, seul dans une loge pleine de femmes, sur le point de subir Edmund Kean pendant toute une soirée. Il préférait de loin les comédies ; il méprisait Kean et ceux qui se pâmaient devant son jeu d'acteur qui frisait l'hystérie. Un an ou deux auparavant, Alec se serait livré à des formes de divertissement très différentes, bien plus… savoureuses. Et en compagnie de femmes d'un tout autre genre.

Était-ce Lizzy qui avait voulu à toute force assister à une pièce ? Non, c'était Anne, se souvint-il. Il l'avait surprise à regretter tout haut de devoir se contenter de lire des pièces sans jamais avoir assisté à une véritable représentation. Il alla de soi, quand il parla d'acheter des billets, que Lizzy, Frances et Charlotte seraient de la partie. Lizzy avait été intenable ; il était impossible de la décevoir. Même Frances avait apprécié l'offre, et Charlotte… Il faisait de son mieux pour l'éviter, et pourtant voilà qu'elle se tenait à ses côtés, éblouissante dans sa robe de velours sombre. Elle avait subi une véritable métamorphose depuis leur dernière entrevue : d'avenante, elle était devenue rien moins qu'envoûtante. Chaque fois qu'il tournait la tête, il était subjugué par l'éclat d'or cuivré de ses cheveux, ses yeux étincelants, ses beaux bras blancs et lisses, et ses courbes apparentes sous le drapé délicat de…

Comme si elle avait lu dans ses pensées, Lizzy s'émerveilla :

— Charlotte n'est-elle pas superbe ? Avez-vous seulement remarqué sa nouvelle robe ? Jennings l'a coiffée spécialement pour l'occasion.

Il fallut un moment à Alec pour retrouver l'usage de sa voix.

— Très joli.

— « Très joli », se moqua Lizzy. Quel rabat-joie vous êtes depuis quelque temps, Alec ! Toujours ailleurs, sans jamais prendre le temps de…

— Voici une belle assemblée, bien que l'on soit si tôt dans l'année, n'est-ce pas ? les interrompit Anne, comme toujours conciliatrice dans l'âme.

Elle se pencha par-dessus la balustrade de la loge pour embrasser la scène du regard ; Alec vit que ses joues avaient repris leur rose d'antan, et un élan de gratitude le saisit. Il lui serait profitable d'avoir un avant-goût de la société londonienne, sachant qu'elle y ferait ses premiers pas l'année suivante. Cette idée n'avait jamais effleuré Alec. Il y avait tant de sujets qu'il n'aurait jamais pensé avoir à considérer.

— La dame assise dans la loge là-bas semble vous connaître, Alec, gloussa sa sœur cadette.

— Lizzy, la réprimanda Frances.

— Eh bien, il ne peut pas s'agir de l'une d'entre nous ! Et elle ne cesse de regarder par ici en souriant et en jouant avec son éventail.

Alec suivit son regard et reconnut la jeune veuve distinguée qui avait contribué à rendre son dernier séjour à Londres considérablement plus trépidant. Le profond décolleté de la dame raviva en lui des souvenirs sulfureux. Le sourire radieux qu'elle lui adressa quand il la salua d'un signe de tête courtois indiquait clairement qu'elle était prête à ajouter de nouveaux souvenirs aux anciens dès qu'il le voudrait.

— Est-elle sur votre liste ? s'enquit Lizzy.

— Taisez-vous donc.

Comment avait-il fait pour ne pas se rendre compte que cette soirée risquait de mettre en vis-à-vis deux parties de sa vie qui n'avaient rien à voir l'une avec l'autre ? Hors de question qu'il en soit autrement.

— Alec a l'intention de conclure un mariage arrangé, continua Lizzy à l'intention de Charlotte. Il est extrêmement cynique et ne croit pas au mariage d'amour.

— Qui pourrait y croire, après avoir été témoin de la façon dont nos grands-parents se déchiraient continuellement ? Notre père a choisi son épouse en toute connaissance de cause, se fiant à sa raison.

Toutes le dévisagèrent, bouche bée. Anne sembla sur le point de dire quelque chose, mais se ravisa. Frances avait l'air profondément choquée ; cependant, c'était Alec lui-même le plus stupéfait de tous. Il ne revenait pas d'avoir pu laisser échapper de telles paroles. Il avait l'habitude des taquineries de ses sœurs ; jamais il n'avait perdu le contrôle en de telles… Dévoiler ainsi les secrets les plus intimes de sa famille devant… Son visage s'enflamma de honte. Pourquoi diable Lizzy était-elle incapable de tenir sa langue? Pourquoi ne pouvait-elle se conformer aux usages?

— Si vous n'êtes pas capable de vous tenir convenablement, Lizzy, je peux vous raccompagner sur-le-champ.

— Mais je n'ai fait que…

— Nous donner en spectacle devant les personnes ici présentes.

— Et comment ai-je donc fait? Ce n'est pas juste!

Lizzy le regarda avec de grands yeux peinés. Anne avait l'air bouleversée, Frances mal à l'aise. Conscient que sa jeune sœur était dans le vrai, Alec n'osa pas se tourner vers Charlotte. Providentiellement, avant que le silence ne devienne insoutenable, le rideau se leva et la représentation commença.

Kean se pavanait sur les planches, jouant le rôle d'Hamlet. Un obscur poète avait un jour déclaré qu'à le regarder jouer, on avait l'impression de lire Shakespeare à la lumière des éclairs. *Et pourquoi aurait-on eu envie de faire une telle chose?* se demanda Alec. Laissant la pièce suivre son cours sans y prêter attention, il s'efforça de recouvrer son calme. Que lui arrivait-il? Jamais il ne perdait son sang-froid. Jamais il ne critiquait sa famille. Jamais jusqu'à présent, et il refusait que cela change. Alors pourquoi…?

Sans même regarder en direction de la scène, il incrimina intérieurement la fatigue et les préoccupations qui l'accablaient. Les temps étaient si durs que les campagnes se transformaient en poudrières et n'attendaient qu'une étincelle. Peut-être pas ses propres locataires, mais il avait entendu parler de certains individus – sans donner de nom – qui menaçaient de recourir à la violence. S'ils passaient à l'acte pour exprimer leurs doléances, le gouvernement les écraserait sans hésiter, et dans ce cas, qu'adviendrait-il des gens qui dépendaient de lui ? Alec ne rentrerait-il que pour découvrir des potences alignées sur ses terres verdoyantes ? Que pouvait-il faire à ce stade pour s'assurer que cela n'arrive jamais ?

Des serveurs pénétrèrent dans la loge avec de la citronnade et des fruits glacés, et Alec revint à la réalité pour se rendre compte qu'on était déjà au premier entracte. Il avait demandé à ce que des rafraîchissements leur soient servis à ce moment-là, afin d'éviter la cohue dans le foyer des spectateurs. Lizzy, ravie, accueillit bruyamment les boissons.

— Ce que je ne comprends pas, dit-elle en piochant un fruit glacé, c'est pourquoi Hamlet n'est pas roi. Pourquoi ? Son père était bien roi !

— C'est son oncle qui a succédé à son père, répondit Charlotte.

— Mais quelle raison a-t-il invoquée ? Tous les habitants du…

— Danemark, lui souffla Anne.

— Oui. Ne devraient-ils pas s'attendre à ce qu'Hamlet devienne roi ? Tout le monde sait que le prince régent deviendra roi, et pourtant il a de nombreux oncles, n'est-ce pas ?

— C'est tout à fait exact, répondit Alec d'un ton sec.

Et il était difficile d'imaginer plus grande troupe de joueurs invétérés, de débauchés et d'incompétents.

— Claudius a usurpé le trône, expliqua Anne en savourant chaque syllabe du verbe.

—Mais comment? Avec une armée? s'interrogea Lizzy.

—Avec… euh… son sens de la persuasion et de l'intrigue, avança Charlotte.

Avec une ingéniosité admirable, songea Alec.

Lizzy médita cette réponse en finissant son fruit glacé et tendit la main pour en prendre un autre.

—Pourquoi n'a-t-il pas tué Hamlet, dans ce cas? Dans les livres d'histoire que tout le monde veut me faire lire, c'est ce que font les usurpateurs.

Elle grimaça en voyant les expressions de surprise qui lui répondirent.

—Eh oui, j'en ai lu quelques-uns!

—J'imagine qu'il pensait que ça ne plairait pas à la mère d'Hamlet, intervint Frances.

—Ah, oui. Il voulait rester dans ses bonnes grâces, parce qu'il comptait l'épouser.

Lizzy hocha la tête d'un air savant. Alec se surprit à sourire.

—Elle a l'air plutôt stupide, ne trouvez-vous pas? demanda Lizzy en les regardant tour à tour. Je veux dire, elle ne comprend pas pourquoi Hamlet est contrarié. Mais on l'a empêché de devenir roi. Qui ne serait pas en colère?

—C'est très vrai, acquiesça Alec.

Se retournant vers lui, Lizzy vit son sourire et le lui rendit. Soulagé, Alec sentit un poids se dissiper dans sa poitrine. Il n'aimait pas être en froid avec sa sœur.

—Donc, Hamlet croit que son oncle a tué son père. Il sait que son oncle a épousé sa mère et s'est emparé de son royaume?

Les autres hochèrent la tête, prenant visiblement un immense plaisir à écouter ainsi les commentaires de Lizzy.

—Mais il ne va rien faire pour y remédier ?

—Il réfléchit à ce qu'il va faire, intervint Anne.

Lizzy inclina la tête.

—Il est un peu mou, non ? Comparé au roi Arthur et à ses chevaliers ou aux princes des contes de fées ? Eux, ils combattent le mal et redressent les torts. Mais Hamlet ne fait que parler et parler.

—Félicitations, Lizzy. Vous venez de mettre le doigt sur ce qui a valu à Hamlet sa célébrité, lui dit Alec.

Le rire fut général. En voyant Frances rejeter la tête en arrière et s'esclaffer de bon cœur, Alec fut soudain frappé par le souvenir d'un pique-nique, plus de dix ans auparavant. Il n'était pas au pensionnat, cela devait donc être pendant les vacances d'été. Frances, son père, son frère et ses sœurs étaient tous rassemblés autour d'une couverture blanche sur les berges de la rivière qui traversait leur domaine. La scène était très claire dans sa mémoire : l'herbe verte, les saules plus pâles, les bouquets de fleurs sauvages, le murmure de l'eau et les éclats de rire de sa famille en fond sonore. Mais ce qu'il se rappelait par-dessus tout, c'était la sensation de bien-être qui l'avait enveloppé cet après-midi-là, pour la première fois depuis fort longtemps – depuis la mort de sa mère, peut-être. Et il avait compris, même du haut de ses quatorze ans, que ce moment était une bénédiction pour Frances Cole. Elle ne riait plus assez ces derniers temps. Il fallait remédier à cela.

— Que devrait faire Hamlet, selon vous ? demandait Charlotte à Lizzy lorsqu'il revint à la réalité.

Lizzy plissa les yeux et termina son second fruit glacé.

— Défier son oncle en duel. Ils pourraient se battre pour décider à qui doit revenir le royaume.

— Ce n'est pas une mauvaise idée, dit Alec.

Il aurait préféré cette version à ce qui allait suivre sur scène. Lizzy se tourna vers lui.

— Est-ce ce qu'il va faire ?

— Il va falloir patienter pour le savoir, la taquina Anne.

Lizzy fit la grimace à sa sœur.

— Eh bien, la prochaine fois, je préférerais voir une comédie.

— Je suis on ne peut plus d'accord, renchérit Alec. Que pensez-vous de la pièce, Anne ? Y assister vous plaît-il plus que de la lire ?

— Bien sûr. Même si Mr Kean est…

Alec attendit.

— Il semble terriblement… émotif, ajouta Anne après une hésitation pour trouver le mot juste.

Alec éclata de rire en chœur avec ses sœurs. Charlotte aussi riait. Leurs regards se croisèrent, et il se rendit compte qu'il était prisonnier de ces profondeurs cuivrées étincelantes. Il brûlait de se lever et de lui tendre la main. Anne se pencha vers Charlotte pour lui glisser quelque chose, et la jeune femme se détourna. Alec la contempla jusqu'à ce que le rideau se lève et qu'Edmund Kean revienne pester et fulminer sur scène.

Dans le foyer des domestiques de la demeure londonienne de sir Alexander Wylde, Ethan observa à la lumière des lampes le cercle de visages qui l'entouraient. La famille était de sortie pour la soirée, et tout le personnel s'était rassemblé, à l'exception du cocher, Thomas, et de Jennings. Comme d'habitude, elle avait prétendu avoir du travail qui l'attendait dans sa chambre. *Elle se comporte comme si elle nous était supérieure à tous,* songea Ethan, *même à l'intendante, ce qui est un peu fort.*

Mrs Wright tricotait en gardant un œil bienveillant sur les domestiques les plus jeunes. La cuisinière et Agnès épluchaient des marrons, dont elles feraient griller une partie sur le feu peu après. Ethan souleva sa chope de cidre chaud et laissa son regard s'attarder sur Lucy. Elle souriait, semblait heureuse. C'était la première fois qu'Ethan la voyait si détendue. Ce spectacle lui plaisait ; depuis son arrivée, elle était si anxieuse ! Ce soir-là, elle était l'image même de la gaieté – et c'était un tableau réjouissant.

— Oh, Ethan adorait les animaux, quand il était petit ! s'exclama Susan. Il suffisait de parler d'un oiseau ou d'un hérisson blessé pour qu'il accoure, du haut de ses huit ans, avec une petite trousse remplie de pansements et de bandages.

Ethan lui adressa un grand sourire. La femme de chambre de la petite demoiselle était presque une sœur pour lui. Enfants, ils avaient joué ensemble et grandi côte à côte dans le domaine des Wylde.

— La plupart mouraient quand même, évidemment, continua Susan. Et alors, à quelle mise en scène avait-on droit! Mais au bout d'un moment, tu as arrêté de leur organiser des funérailles, Ethan. Pourquoi donc?

— J'ai commencé à me demander si je leur rendais vraiment service en les forçant à vivre, d'une certaine façon. Je me suis dit que certains mouraient sûrement parce qu'ils ne pourraient jamais vivre dans une cage.

Et cela lui avait beaucoup appris sur les lois de la nature.

— Notre Ethan est un sacré philosophe, dit James en butant quelque peu sur ce dernier mot.

Ethan gratifia son camarade valet d'un coup de coude dans les côtes, et une courte bagarre s'ensuivit. Les taquineries ne dérangeaient pas Ethan. Il savait que l'affection qu'il portait aux autres était réciproque.

— Laissez-le tranquille, maintenant, intervint Mrs Wright. Notre Ethan est certes facile à vivre, mais il y a des limites.

Et voilà. Ils n'allèrent pas plus loin, et l'instant d'après c'était James que l'on asticotait sur son perfectionnisme lorsqu'il cirait des chaussures, ou Agnès sur sa gourmandise, qui aurait fait n'importe quoi pour une part de tarte. Mais personne ne fit preuve de méchanceté.

Ethan aperçut une ombre noire du coin de l'œil. Si c'était un rat, la cuisinière allait… mais non. C'était Tricotte qui se faufilait le long du mur. La chatte essayait-elle de s'échapper de la maison où elle était de moins en moins libre de ses mouvements? Ce genre de bête avait l'habitude de passer la nuit à vagabonder. Mais elle devait aussi être accoutumée aux coups de pied et aux jets de pierre. Voilà qui ne lui manquait sûrement pas. Tricotte vint s'installer près du feu, les pattes repliées sous elle. Elle vit qu'Ethan la regardait et détourna la tête. Peut-être se sentait-elle simplement seule, livrée à elle-même à l'étage.

Ethan n'y pensait plus lorsque, quelques minutes plus tard, une patte fulgurante passa par-dessus le rebord de la table, attrapa le morceau de fromage restant sur l'assiette de James et disparut, vive comme l'éclair. Sans cesser de bavarder, James tâtonna sur son assiette avant de baisser les yeux, perplexe, sur le récipient vide.

Ethan se mordit la lèvre pour ne pas éclater de rire et se retint de jeter un coup d'œil sous la table. Tricotte était une habile petite voleuse, cela ne faisait aucun doute. Et pourquoi pas ? C'était son adresse qui lui avait permis de survivre dans la rue. Ethan leva les yeux et croisa le regard pétillant de Lucy. Elle avait tout vu, elle aussi. Il haussa les sourcils. Devaient-ils dénoncer le chat ? Lucy lui adressa un sourire guilleret et épanoui qui le toucha de plein fouet, et son cœur manqua de s'arrêter. Que lui arrivait-il avec cette fille-là ? Il en avait connu de plus jolies, et de plus enthousiastes. Mais pour une raison qui lui échappait, Lucy Bowman éclipsait toutes les autres dans son esprit. *En remerciement pour ce sourire, Tricotte ne sera pas inquiétée*, songea Ethan.

James finit par conclure qu'il avait dû déjà manger son fromage.

— Je n'sais pas comment tout ça va finir, dit-il. Les gens que je connais meurent littéralement de faim. Sans rire, leurs petiots ont le ventre vide plus souvent qu'à leur tour.

Mrs Wright secoua la tête.

— Ils vivent un véritable enfer à la campagne.

— Et mon frère m'a dit que certains veulent passer à l'action, ajouta James. Ils en ont assez d'attendre une aide qui n'arrive pas, et un gouvernement qui n'écoute rien. Et c'est chez nous, que ça se passe!

— Tu devrais en parler à sir Alexander, si les gens envisagent la violence, conseilla Mrs Wright.

James serra les dents. Ethan savait qu'il ne prendrait jamais le risque de mettre ses amis en danger.

— Il fait de son mieux pour arranger les choses, poursuivit l'intendante. Il collecte des fonds pour aider les plus démunis, et tout ça.

Mais James n'était visiblement pas convaincu.

— Tout le monde disait que les choses s'arrangeraient quand on aurait battu les Français, renchérit Agnès. On se battait déjà avec ces démons avant que je sois née. Pourquoi rien n'a changé, maintenant que la guerre est finie?

Personne ne savait. James avait beau lire fidèlement les journaux qui arrivaient à la maison, et Mrs Wright correspondre avec un certain nombre de personnes du Derbyshire, le problème était trop épineux même pour leur sagesse collective.

Des casseroles s'entrechoquèrent, et l'une d'elles tomba au sol avec fracas dans l'arrière-cuisine. Une boule noire fusa à travers la cuisine en direction de l'escalier.

— Peste soit de cette bête! s'exclama la cuisinière. Elle ne peut pas avoir faim. J'ai fait monter une pile de restes il n'y a pas deux heures.

—Je pense que c'est la sensation de faim qu'elle a du mal à oublier, dit Ethan en se levant. Je vais aller m'assurer qu'elle retourne dans la chambre de Miss Lizzy.

Il lui fallut un moment pour coincer Tricotte dans un coin. Quand ce fut chose faite et qu'il l'eut ramenée à sa place au prix de seulement deux ou trois griffures, Ethan eut une idée. Il s'attarda dans le vestibule en attendant que Lucy remonte de la cuisine, priant pour qu'elle ne soit pas accompagnée.

La chance était avec lui. Un moment plus tard, elle apparut dans l'escalier, seule. Il fit semblant de revenir tout juste de sa mission.

—Elle a le diable au corps, cette bête, dit-il.

—Elle t'a encore mordu?

—Non, on a atteint une certaine entente.

Comme Lucy faisait mine de reprendre sa route, il ajouta :

—C'est une belle nuit.

Enfin, il espérait qu'il ne faisait pas trop froid.

—Tu veux sortir prendre un peu l'air?

—Il faut que je…

—La lune est superbe.

Lucy lui adressa un regard circonspect, et Ethan dut bien reconnaître que ce n'était pas là une approche des plus subtiles.

—Quel est ton endroit préféré pour regarder la lune? ajouta-t-il avant qu'elle puisse s'éloigner.

Elle réfléchit quelques instants avant de répondre :

—Dans les jardins de notre ancienne maison, dans le Hampshire, il y avait tout un bosquet de roses blanches. Je m'y suis retrouvée une fois quand elles étaient en fleurs, une nuit où la lune était pleine. C'était magnifique.

Sa voix s'était adoucie.

— Moi, c'est dans la forêt.

Ethan l'aiguilla doucement vers la porte de derrière, et ils sortirent. Ils tournèrent à droite et pénétrèrent dans le petit jardin à l'arrière de la maison.

— En fait, l'endroit que je préfère en toutes circonstances est la forêt.

— Tu veux dire, dans les bois, c'est ça ? demanda Lucy.

— Les bois, je trouve que ça fait petit, objecta Ethan. Une bonne partie des terres de la famille Wylde est couverte d'arbres ; ils s'en servent surtout pour se ravitailler en bois. Et c'est bon pour les zones les plus escarpées, ça empêche les glissements de terrain. Si on s'enfonce assez loin dans cette forêt, c'est… un autre monde.

— En quoi un autre ?

La lune déversait ses rayons sur les parterres de fleurs soignés tandis qu'Ethan luttait pour trouver ses mots.

— La lumière est toute verte quand elle passe à travers les feuillages, et l'air a souvent… une odeur de vert. Les sons sont plus étouffés, quelques-uns, ou plus sonores. Une brindille qui craque peut retentir comme un coup de feu. Et il n'y a personne, nulle part ; on pourrait aussi bien être le premier être humain à avoir marché à cet endroit.

Lucy leva la tête et le dévisagea comme si elle le découvrait pour la première fois.

— Tu n'as pas peur de te perdre ?

—Il y a un risque ; c'est assez vaste pour ça. Mais le vieux Elkins m'a appris à trouver mes repères.

—Elkins ?

—C'est le garde-forestier. Il m'a instruit. C'est ce que j'ai l'intention de faire : prendre sa place, maintenant qu'il est sur le point de la laisser.

Les mots lui avaient échappé tout naturellement. Il n'avait jamais parlé à âme qui vive de ses projets pour l'avenir. Mais à présent qu'il s'était ouvert à Lucy, il ne semblait plus pouvoir endiguer le flot :

—Le garde-forestier possède un cottage à la lisière de la forêt. C'est ce que j'ai toujours voulu : m'occuper d'un lopin de terre, et peut-être fonder une famille, un jour.

Ethan n'avait jamais rêvé de posséder quoi que ce soit, contrairement à ses sœurs qui désiraient toujours de nouvelles choses.

—Mon père va considérer ça comme une régression pour notre famille. Il me voit déjà comme un bon à rien, et ça va le rendre proprement furieux.

Pourquoi racontait-il tout cela à Lucy ? Il lui semblait qu'il n'avait pas le choix, qu'il fallait qu'elle l'entende.

—Ton père ne sait pas ce que tu veux faire ?

—Personne ne sait. Je n'en ai parlé à personne… d'autre.

Et si elle allait tout raconter ? songea Ethan.

—Je te serais reconnaissant de garder ça pour toi.

Lucy leva les yeux sur lui, les lèvres entrouvertes. Était-elle émerveillée, ou juste abasourdie ? Ethan n'aurait su le dire. Tout ce qu'il savait, c'était que le monde s'était évaporé. Il ne voyait plus que son visage nimbé d'argent par la lune, à la fois familier et étrange, terriblement attirant. Il s'approcha, tendit la main vers elle. Il se pencha sur elle pour dérober ses lèvres.

Elle sentait le cidre et la cannelle. Son corps était souple et docile entre ses mains. Ethan l'attira contre lui, encore plus près, tandis que les lèvres de Lucy se faisaient plus accueillantes. L'éclair d'un désir réciproque passa entre eux et les sens d'Ethan s'embrasèrent. Il laissa le baiser se prolonger ; il en voulait davantage.

Lucy se raidit et se débattit. Elle le repoussa et recula en portant une main à sa bouche frémissante.

— J'ai failli croire que tu n'étais pas…

Elle semblait au bord des larmes.

— Je suis sûre que tu es bien fier de toi, maintenant. Tu pourras te vanter auprès de tes amis d'avoir finalement réussi à m'embobiner. Une conquête de plus à ajouter à ta longue liste.

— Ce n'est pas vrai, Lucy. Je ne ferais jamais…

Elle fit volte-face et s'enfuit en courant.

Voilà, c'était réussi. Intérieurement, Ethan se maudit d'avoir fait preuve de tant d'inconséquence. Il s'était comporté exactement comme le genre de crapule pour qui elle le prenait. Et à présent, impossible de la convaincre que ce baiser était différent de tous ceux qu'il avait connus dans sa vie ; que la vérité, c'était qu'il avait été parfaitement incapable de lui résister. Pire encore, ils auraient tous les deux de gros ennuis si quelqu'un apprenait ce qui s'était passé cette nuit-là.

D'un pas beaucoup plus lent, Ethan revint vers la maison. Il allait devoir retourner à la cuisine, échanger quelques plaisanteries au sujet du chat et feindre la légèreté et l'insouciance comme si Lucy Bowman était totalement étrangère à ses pensées. Voilà qui n'allait pas être une mince affaire. Mais il y arriverait. Ethan comprit soudain qu'il était prêt à faire n'importe quoi, si c'était pour protéger Lucy.

Alec attendait le second entracte avec impatience, mais ses attentes furent brusquement réduites à néant lorsque Edward Danforth écarta les rideaux au fond de leur loge.

—Mère m'envoie vous saluer, dit-il en s'inclinant galamment. Elle est entourée de sa cour, bien évidemment.

Il indiqua une loge sur la gauche et Alec y découvrit sa tante Bella qui conversait avec plusieurs gentlemen plus âgés. Elle avait dû arriver avec un retard de bon ton, car il ne l'avait pas vue s'installer. La courtoisie le contraignait à une révérence. Elle le salua d'un petit geste de la main qui incarnait tout ce qui rendait cette branche de la famille antipathique aux yeux d'Alec : leur air perpétuellement condescendant, la nonchalance avec laquelle ils se riaient de ceux qui ne pouvaient rivaliser avec leur aisance mondaine, et leurs penchants pour les ragots et les médisances. Mais pire que tout, c'était l'égocentrisme sans faille de sa tante. Toute la famille avait été scandalisée par son action en justice absolument sans fondement. Et pourtant elle se pavanait là comme si elle n'avait rien fait de mal ; de fait, Alec savait qu'elle était persuadée d'être dans son bon droit, malgré le verdict univoque qu'avait rendu le tribunal.

Edward se pencha par-dessus le dossier du fauteuil de Charlotte.

— La pièce vous plaît-elle? Le génie de Mr Kean vous a-t-il ensorcelée?

Alec essayait de se convaincre que son cousin n'était qu'un dandy maniéré, mais c'était faux. De trois ans son aîné, Edward avait toujours surpassé Alec pour ce qui était des galanteries.

— Nous le trouvons un peu... excessif, répondit Charlotte en souriant à Edward.

Alec éprouva soudain une folle envie de pousser son cousin par-dessus la balustrade jusque dans la fosse d'orchestre.

— Que personne ne vous entende dire une telle chose! s'exclama Edward en feignant l'indignation. Il fait fureur, m'dame, vous pouvez m'croire.

Ils échangèrent un regard espiègle. Pourquoi diable l'appelait-il « m'dame »? C'était grotesque, bien que Charlotte donnât l'impression de s'en amuser.

— Je trouve Hamlet de plus en plus ennuyeux, intervint Lizzy.

Edward lui sourit avec flegme sans lui accorder plus d'attention que ça.

— La scène de la mort de Kean est très admirée, dit-il à Charlotte. Peut-être vous fera-t-elle changer d'avis.

— Va-t-il mourir? demanda Lizzy. Je suppose que ça ne devrait pas me faire plaisir...

— Vous êtes ravissante, cousine, dit Edward à Anne. L'an prochain, vous aurez dans votre loge de nombreuses connaissances et des soupirants plus intéressants qu'un malheureux parent.

Anne rougit et lui répondit par un sourire timide.

— Ne délaissez donc pas vos amis pour nous, mon cher cousin, Alec ne put-il s'empêcher de lui dire. Je sais combien les réunions de famille vous ennuient.

— Je les apprécie davantage chaque jour, répliqua Edward en partageant un sourire entre Anne et Charlotte. En fait, je pense que je devrais être plus attentif à mes devoirs familiaux.

Il avait prononcé ces derniers mots comme s'il pensait en fait à quelque chose de complètement différent. Mais il ne laissait rien de répréhensible transparaître dans le ton de sa voix. Dès l'âge de huit ans, Edward était déjà un enfant sournois et hypocrite, se souvint Alec.

— La pièce est sur le point de reprendre, déclara-t-il.

Il se moquait que ce soit vrai ou non. Tout ce qu'il voulait, c'était être débarrassé d'Edward. Ce dernier croisa son regard et lui rit au nez.

— Encore quelques minutes, cher petit cousin ! Ne me flanquez pas dehors, je vous en conjure.

Il ne pouvait rien répondre à cela, et il le savait. Alec fut contraint de le regarder flirter de main de maître avec Anne et Charlotte pendant dix longues minutes avant que l'entracte touche enfin à son terme. Et à la fin, même Lizzy semblait séduite. C'était là, sans nul doute, un don inné chez Edward : son charme décontracté. Alec ne lui avait jamais envié ce talent autant que ce soir-là, et il refusa de se demander pourquoi.

Sur scène, le dénouement sanglant ne se fit pas attendre. Alec alla récupérer les manteaux et les gants de ses pupilles tandis qu'elles babillaient autour des

179

morts en cascade de la pièce et que Lizzy leur expliquait comment Hamlet aurait pu éviter de commettre tant d'erreurs en série. Pendant qu'ils attendaient dans la cohue des spectateurs qui cherchaient leur voiture, Alec remarqua que Frances semblait fatiguée.

—Marchons un peu, suggéra-t-il. J'ai demandé à Thomas de nous attendre un peu plus loin.

Ainsi trouvèrent-ils leur voiture bien plus vite que prévu, même si personne n'eut l'air d'avoir remarqué sa prévoyance. Lizzy avait orienté la conversation sur Edward Danforth.

—Il vous sera d'une grande aide l'an prochain, Anne, disait-elle. Il pourra vous présenter à tous ses nobles amis gentlemen.

—Les gens de son cercle ne sont pas convenables pour Anne, ne put s'empêcher de faire remarquer Alec.

—Pourquoi ?

—Peu importe, Lizzy. Mais croyez-moi, je sais ce qu'il y a de mieux pour Anne et pour vous.

—Vous parlez remarquablement comme votre oncle Henry, commenta Charlotte.

—Balivernes !

Il se rebiffa à cette insulte, raide de colère. Son ton cassant retentit dans la voiture ; il en résulta un silence pesant que rien ne rompit sur tout le chemin du retour.

Chapitre 10

Le jeudi suivant, Charlotte descendit l'escalier de la demeure londonienne des Wylde pour trouver lady Isabella qui l'attendait dans le salon en conversant avec Frances de manière plutôt décousue. Charlotte suspectait qu'elle était venue à sa rencontre afin de vérifier sa mise et d'y apporter quelques retouches si nécessaire avant de la prendre sous son aile pour l'introduire en société. Néanmoins, pour la première fois depuis plus d'un an, Charlotte se sentait confiante. Non contente d'apprendre à Lucy une nouvelle coiffure élégante pour Charlotte, l'habilleuse sophistiquée de Frances les avait orientées vers des boutiques et des marchés où l'on pouvait trouver n'importe quoi, des chapeaux aux souliers, à des prix défiant toute concurrence. Charlotte n'avait eu à dépenser que bien peu pour un résultat sensationnel, de sorte que, bien qu'elle portât la même robe de velours qu'au théâtre, elle était ravie du changement. Elle était aussi éminemment soulagée que l'air soit doux en cette soirée d'avril ; cela lui permettait de porter un nouveau châle plutôt que de subir la honte d'avoir à sortir son vieux manteau fatigué.

Lady Isabella, vêtue d'une robe flottante de satin verte comme les vagues, de la couleur de ses yeux, l'examina des pieds à la tête. Elle esquissa un geste. Docile, Charlotte fit un tour sur elle-même. Elle se sentait intégralement jaugée, depuis les rubans argentés noués dans ses cheveux jusqu'aux nouvelles pantoufles de soirée à ses pieds. Brièvement, sa nervosité refit surface.

—Très joli, finit par trancher lady Isabella.

Elle avait l'air un peu surprise, et Charlotte ne pouvait pas le lui reprocher. Son horrible accoutrement de deuil avait sans doute donné l'impression qu'elle était dépourvue de tout sens de la mode.

—Vous êtes ravissante, renchérit Frances qui s'était tenue à l'écart pendant l'inspection.

Charlotte lui adressa un sourire radieux. Elle savait que Frances ne voulait que son bien, indépendamment des tensions qui pouvaient exister entre elle et lady Isabella.

—N'allons-nous pas être en retard ? s'inquiéta Charlotte tandis qu'elles se dirigeaient vers la voiture à l'extérieur.

—Ma chère, seuls les moins que rien arrivent avant 21 heures.

L'invitation stipulait 20 heures ; sans les bons conseils de lady Isabella, Charlotte serait arrivée en même temps que les moins que rien. *Il est vrai, je ne suis encore personne*, songea-t-elle. Mais se tenir en marge des intrigues mondaines avait ses avantages. C'était l'une des raisons qui faisaient qu'elle pouvait s'affranchir de la robe de deuil conventionnelle. Elle ne comptait pas se faire remarquer au cours de cette soirée ; elle resterait en retrait pour apprendre comment se comporter à un rassemblement mondain de premier ordre.

Leur destination se révéla être une imposante demeure sur Grosvenor Square. Le bourdonnement des conversations, intimidant, s'intensifiait à mesure qu'elles gravissaient l'escalier. L'atmosphère crépitait littéralement. C'était exactement ce dont elle avait rêvé quand elle avait appris qu'elle allait vivre à Londres. Tout était gai, coloré et vivant ; tout ce qu'Henry avait toujours interdit à Charlotte.

Lady Isabella salua l'imposante dame qui se tenait au sommet des marches et elles échangèrent un sourire mesuré. Elle lui murmura un nom que Charlotte ne parvint pas à distinguer, puis ajouta :

— Et voici ma belle-sœur, Mrs Charlotte Wylde.

Ce nom lui écorcha les oreilles. Elle avait fini par oublier qu'il resurgirait lors des présentations, et elle n'y pouvait rien changer. Elle esquissa une révérence sous le regard circonspect de leur hôtesse – qu'elle eût désapprouvé sa jeunesse, son existence, ou quoi que ce soit d'autre, Charlotte n'aurait su le dire.

— Ravie de faire votre connaissance.

Ayant passé ce premier obstacle, elles pénétrèrent dans une vaste salle de réception peuplée de gens qui babillaient. Des domestiques louvoyaient entre les convives avec des plateaux chargés de coupes de champagne doré. La soirée serait musicale, mais il n'y aurait pas de danse. Cela ne dérangeait pas Charlotte. Tout était exactement tel qu'elle l'avait imaginé : le tourbillon chatoyant de la soie et du satin, les bijoux étincelants, le rythme animé des discussions pleines d'esprit. Elle suivit lady Isabella à travers la foule en la regardant adresser de courtois signes de tête à droite et à gauche quand elle croisait des connaissances, lui enviant son aisance sur ce terrain inconnu.

Elle semblait avoir une destination précise en tête, et ne s'arrêta pour parler à personne. Finalement, elle s'arrêta devant deux dames d'environ son âge et tout aussi mondaines. Postées dans un coin, elles scrutaient la pièce. Elles la saluèrent de bises en plein air en minaudant un « Bella, très chère. Vous êtes superbe. »

Le compliment retourné, elle présenta ses amies à Charlotte en tant que Mrs Reverton et Mrs Prine, sans préciser clairement laquelle était laquelle. Toutes les deux avaient des cheveux bruns frisés, des silhouettes épaisses sous leurs tenues raffinées, et des yeux d'oiseaux de proie. Elles examinèrent Charlotte comme des clientes prudentes qui évaluent un achat, avant de reporter leur attention sur la soirée.

— Croyez-en mon expérience, si Sara Lewis continue à transpirer ainsi dans ses robes, elle finira par attraper la mort un de ces jours, déclara soit Mrs Reverton, soit Mrs Prine.

Charlotte suivit leur regard et aperçut une jeune femme dont la robe rose diaphane épousait les formes comme une seconde peau, révélant l'absence surprenante de… quoi que ce fût en dessous.

— Elle s'imagine sans doute que cela fera tomber le jeune Thornton entre ses griffes, répliqua soit Mrs Prine, soit Mrs Reverton. Un coup d'œil à la marchandise, pour ainsi dire, gloussa-t-elle. Regardez-le, un peu plus et il lui baverait dessus.

Sa compagne hocha la tête, et Charlotte cessa d'essayer de les différencier. Un jeune homme dégingandé était penché sur la jeune femme en rose. Il mesurait presque un pied de plus qu'elle et était d'une maigreur telle qu'on eût dit un épouvantail en smoking. Il semblait peiner à croire que c'était bien à lui qu'elle souriait.

— Elle sous-estime sa mère, commenta lady Isabella.

— N'est-ce pas ce qu'elles font toujours ?

Les trois femmes échangèrent un regard entendu. La même reprit :

— Une fille sans fortune ni relations a-t-elle jamais fait preuve d'un esprit affûté ?

— Très rarement, répondit lady Isabella d'un ton sec comme un coup de trique. Oh, miséricorde, voici Teddy Symmes !

Les autres hoquetèrent de stupeur.

— Non, où donc ?

— Là-bas, près de la porte du jardin.

Leurs têtes pivotèrent à l'unisson.

— Il a l'audace de paraître en public ?

— Il n'y a pas eu de recours en justice, fit remarquer lady Isabella.

— Mais, très chère, tout le monde est au courant… Surpris avec son valet ! Comment ose-t-il montrer son visage ?

Leurs regards se posèrent sur un homme trapu qui se tenait près des portes-fenêtres, comme s'il s'était agi de quelque bête de foire. Charlotte faillit demander ce qu'il y avait de si choquant à se trouver en compagnie de l'un de ses domestiques, mais elle préféra ne pas dévoiler son ignorance. Elle ne voulait pas que ce bataillon d'yeux de vautours se retourne sur elle.

La conversation des trois dames se poursuivit sur la même lancée. Elles semblaient avoir complètement oublié la présence de Charlotte, et cette dernière apprit bien plus qu'elle n'aurait désiré savoir au sujet d'un certain nombres des convives. Elle en venait à espérer que le concert annoncé commencerait sans attendre, afin qu'elles reportent leur attention sur autre chose. Il lui fallut une demi-heure supplémentaire pour comprendre que le quatuor qui jouait d'ores et déjà sur le petit balcon constituait en fait le divertissement promis. Quelques accords filtraient de temps à autre par-dessus le brouhaha des conversations, mais jamais assez fort pour qu'elle pût distinguer quel morceau on jouait.

Elle finit par s'ennuyer de rester figée au même endroit. Lady Isabella était de toute évidence trop occupée pour la présenter à de sémillants jeunes gens, ainsi qu'elle l'avait promis. Edward ne semblait pas être là, contrairement à ce qu'elle avait imaginé, et elle ne connaissait personne d'autre que les Danforth. Quand bien même Charlotte en aurait eu l'aplomb, on n'allait pas tout simplement entamer une conversation sans une présentation en bonne et due forme. Bien sûr, elle passait une soirée formidable, et prenait soin d'afficher un sourire radieux de bon aloi. Elle sirota une coupe de champagne qui lui fit monter le feu aux joues, déjà rosies par la chaleur de plus en plus écrasante qui régnait dans la pièce. Elle finit un verre vide à la main, et aucun serveur en vue.

— Puis-je vous débarrasser ?

Charlotte sursauta, se retourna, et découvrit sir Alexander à son côté. Sous le coup de la surprise, elle laissa échapper les premiers mots qui lui vinrent à l'esprit :

— Comment m'avez-vous trouvée ?

— J'avais une invitation personnelle pour cette soirée.

Les joues de Charlotte s'enflammèrent de plus belle. Bien sûr, il ne s'était pas renseigné sur ses faits et gestes pour la suivre jusque-là. Pourquoi aurait-il été faire cela ? C'était un homme du monde, tout à fait à sa place dans cette assemblée, tandis qu'on ne tolérait sa présence à elle qu'à titre exceptionnel.

Il était fort élégant en habit de soirée, avec un air et un maintien bien différents de ceux qu'il adoptait à domicile. Il rappela soudain à Charlotte l'homme qui, d'une phrase cinglante, l'avait sauvée des griffes de Holcombe.

Il entraîna Charlotte un peu à l'écart de lady Isabella et de ses deux amies. Elles étaient si profondément occupées à dépecer une malheureuse débutante qu'elles ne le remarquèrent même pas. Il s'empara de son verre vide et le fit disparaître sans qu'elle vît comment. Les convives lui adressaient en passant des signes de tête cordiaux qu'il leur rendait.

— Passez-vous une bonne soirée ?

— Délicieuse.

Il se pencha vers elle.

— Comment ?

À l'instar de lady Isabella et ses amies, il semblait savoir exactement comment placer sa voix pour rester audible malgré la cacophonie. Charlotte avait l'impression de presque crier quand elle répéta :

— Délicieuse.

— Bien.

Ce seul mot, et l'expression qui l'accompagnait, mirent Charlotte sur la défensive sans qu'elle sache trop pourquoi.

— Nous sommes en bonne compagnie, n'est-ce pas ? Il est très intéressant de voir un peu de beau monde.

Elle était consciente de lever la tête d'un air opiniâtre, mais peu lui importait. De ses yeux verts, il la dévisagea avec ce qui ressemblait à de la compassion – mais elle devait se tromper. Il n'avait pas lieu de la plaindre.

— Tante Isabella vous a-t-elle guidée efficacement, vous a-t-elle soufflé les clefs de la bonne conduite en société ?

— Oh oui.

Charlotte pria pour qu'il ne lui demande pas d'exemple.

Il eut un demi-sourire, comme si ces deux petits mots révélaient plus qu'il n'y paraissait, mais il se contenta de se retourner vers la foule.

— Voyez-vous le jeune homme près de l'entrée, avec un gilet rayé ?

Charlotte sentit son cœur sombrer. Les aristocrates londoniens ne parlaient-ils donc que de scandales ? Elle parcourut la pièce des yeux et n'eut aucun mal à repérer l'homme en question. Les rayures du gilet, larges d'un pouce, étaient d'un jaune et d'un vert saisissants.

— Paddy Gerard, l'exemple parfait du dandy, reprit-il. Une veste ouvragée, comme vous voyez, et d'innombrables… fanfreluches.

Le jeune homme semblait dangereusement sur le point de s'étrangler avec sa cravate sophistiquée. Sa veste était si étriquée au-dedans et ornementée au-dehors qu'il ressemblait davantage à une grenouille arborant sur le poitrail un harnais scintillant de chaînes et de parures.

— Les vrais dandys sont légion, ce soir, fit remarquer sir Alexander sans bien sûr les pointer du doigt.

À présent qu'elle savait quoi chercher, Charlotte repéra de nombreux costumes tout aussi excessifs qui émaillaient la foule.

— Toute leur attention va à leur tenue. C'est à qui lancera le plus de nouvelles modes.

— Quel est cet… instrument que tient Mr Gerard?

L'homme en question observait les autres convives à travers une sorte de lentille montée sur un manche.

— Un lancetier. Conçu pour vous donner l'impression d'avoir une tache sur le nez ou des atours passés de mode. Mais j'ai toujours soupçonné notre ami de n'y voir goutte sans son aide.

Charlotte éclata de rire. Les commentaires de sir Alexander étaient différents des critiques méprisantes de lady Isabella; tout cela ressemblait plus à une carte conçue pour lui donner des repères en territoire inconnu.

— Lord Wraxton, maintenant. D'un genre complètement différent.

Charlotte suivit son signe de tête subtil et aperçut un gentleman saturnien, de stature imposante, appuyé contre le mur. Sa veste était sobre, de couleur sombre, et son gilet comme sa cravate d'une austère sévérité.

—L'un de nos plus éminents corinthiens, annonça sir Alexander. Ces gens-là se passionnent pour les épreuves d'athlétisme et la boxe, dressent leurs chevaux à grand renfort d'éperons et de cravache, conduisent sans concession et exhibent leur modération sans vergogne. Des caractères orageux, en plus de cela ; Wraxton est célèbre pour ses reparties cinglantes.

—À qui sont-elles adressées ? demanda Charlotte, fascinée.

—À peu près tous ceux qui ont le malheur de croiser son chemin.

—Donc, ils sont au final assez semblables, les dandys et les… corinthiens.

Il haussa un sourcil.

—Comment ça ?

—Tous ont une haute opinion d'eux-mêmes.

Il rit.

—Et vous, qu'êtes-vous, sir Alexander ?

Il eut l'air surpris.

—Moi ? Je… J'espère n'être qu'un gentleman.

Il reprit avant que Charlotte puisse répliquer :

—On peut repérer les jeunes filles dont c'est la première ou la deuxième Saison mondaine à leur…

—Leur âge, sûrement, l'interrompit-elle pour montrer qu'elle avait au moins un peu de bon sens.

—Pas nécessairement. Une jeune fille peut être mariée…

Il se tut brièvement à cette remarque qui n'était pas sans rappeler l'infortune de Charlotte.

— … mais les débutantes portent des robes plus simples, ni en satin ni en velours, des bijoux plus sobres et moins nombreux.

— Je ne m'attendais pas à ce que vous remarquiez des tissus différents, plaisanta Charlotte pour chasser ce bref instant d'embarras.

— Un citadin doit apprendre à faire la différence.

L'espace d'un instant, elle se sentit perdue.

— Que devez-vous apprendre à distinguer au juste… ? Ah. Les jeunes filles mariées ou non, termina-t-elle.

Les épouses jouissaient de bien plus de liberté et de possibilités, si elles choisissaient d'adopter ce point de vue. Si Charlotte n'avait pas déjà su cela, la conversation de lady Isabella n'aurait laissé aucun doute à ce sujet.

— En effet. Les débutantes sont accompagnées de dragons, qui…

— Des dragons ?

Sir Alexander baissa les yeux sur elle et sembla revenir à lui. Il s'empourpra.

— Je me suis laissé emporter par ma description de la situation. C'est un de mes grands défauts, d'après Anne.

— Mais qu'entendiez-vous par « dragons » ?

— Mères, duègnes, chaperonnes, murmura-t-il rapidement. La troupe de celles qui s'assurent que les jeunes filles ne s'attirent pas d'ennuis.

— Contrairement aux femmes mariées, qui peuvent s'attirer autant d'ennuis qu'elles le désirent ?

— Non, je ne voulais pas dire… Rien de la sorte !

Elle ne put résister :

— Donc, vous autres gentlemen devez pouvoir repérer ces indices pour déterminer avec qui vous pouvez vous attirer des ennuis ?

Sir Alexander lui jeta un regard noir.

— Vous ne savez pas de quoi vous parlez.

C'était vrai ; elle n'en avait aucune idée – précisément. Mais elle voulait savoir. Et le taquiner s'avérait fort distrayant. Il y avait quelque chose d'enivrant à savoir qu'elle n'était pas entourée par une horde de critiques impatients de lui dire comment se comporter. Elle était par trop lasse de se voir dicter ses actes.

— Je suppose que les dragons sont les dames sur ces fauteuils, reprit-elle pour changer de sujet.

Des fauteuils dorés s'alignaient le long des murs, presque tous occupés par des femmes plus âgées. Elles donnaient l'impression de discuter entre elles, mais Charlotte avait remarqué la façon dont leurs yeux perçants balayaient la pièce comme la lumière de phares sur des récifs rocheux.

Il acquiesça sèchement.

— Vous vous méprenez à mon sujet si vous pensez…

Charlotte sentit une main lui effleurer le bras. L'instant suivant, il était sous celui d'Edward Danforth.

— Bonjour, cousin, dit-il à sir Alexander. Je crois que cette jeune dame me revient.

Il parlait presque sur le ton de la plaisanterie.

— J'ai promis de la présenter à quelques-uns de mes amis, ajouta-t-il avec désinvolture.

Sir Alexander regarda Edward s'éloigner avec Charlotte, l'air courroucé.

— N'était-ce pas assez malpoli ? demanda-t-elle.

Mais aussi assez exaltant.

— Nous sommes cousins, inutile de faire des manières, répliqua-t-il.

Ce qui était totalement faux, mais Charlotte accepta cette réponse.

— Vous êtes très en retard.

— Au contraire, je suis très exactement à l'heure, dit-il en lui décochant un sourire à se damner.

— Un retard de convenance ?

— D'une précision raffinée.

Il s'esclaffa à sa propre plaisanterie, et elle ne put que rire de conserve.

— Venez rencontrer mes amis.

— Vous auriez pu inviter sir Alexander.

— Et devoir partager votre compagnie ? Jamais !

Avec un regard théâtral, il porta sa main libre à son cœur.

Charlotte sentit le sien s'affoler quelque peu. Du badinage. L'effet était comme celui du champagne ; il pétillait.

— Mon cousin Alec est toujours tellement digne, voyez-vous, ajouta Edward. Un charmant garçon, au demeurant, mais il a une fâcheuse tendance à jouer les rabat-joie.

Charlotte ne savait pas comment répondre. Le ton qu'il affectait la mettait mal à l'aise, même si elle partageait son avis. Sir Alexander Wylde pouvait se montrer bourru, dédaigneux et profondément exaspérant. Ce soir-là, toutefois, il avait été plutôt agréable, et lui avait permis de se sentir bien plus à sa place dans cette pièce en effervescence.

— Nous y voilà.

Ils avaient atteint le coin le plus reculé d'un second vaste salon de réception qui s'ouvrait à gauche du premier. Un groupe de jeunes gens avait disposé certains des fauteuils dorés en un vague cercle non loin des portes qui donnaient sur le jardin, restées ouvertes pour aérer. Une table qui semblait avoir été récupérée dehors avait été placée au milieu, et deux jeunes hommes étaient en train d'y déposer des victuailles.

— George et William sont allés piller la salle à manger, déclara l'une des femmes à Edward. Ils ont dû maîtriser un valet qui montait la garde. Mais vous savez que George ne peut pas tenir deux heures sans manger.

— Allons donc, c'était vous qui clamiez être sur le point de périr de faim, répliqua le plus musclé des deux hommes.

— Votre attention s'il vous plaît, je vous présente Charlotte Wylde, annonça Edward.

— C'est elle qui était mariée à votre vieil oncle poussiéreux ? demanda la même jeune femme.

Charlotte rougit. Elle n'avait pas pensé qu'Edward aurait déjà parlé d'elle.

— Celle-là même.

Personne ne semblait s'en indigner. Edward les désigna du doigt les uns après les autres. Cela non plus ne sembla scandaliser personne.

— Et dans cette joyeuse troupe, nous avons George et Célia Elliott, William et Margaret Billings, Richard Taylor-Smythe, Sally… euh…

— Beaton, compléta Margaret, la jeune femme qui avait parlé en premier.

— Tout à fait. Et…

— Lydia Trent, souffla Célia.

— Enchantée de faire votre connaissance, dit Charlotte en essayant désespérément de mémoriser tous ces noms ainsi que les visages correspondants.

Edward s'éloigna et elle faillit céder à la panique. Mais l'instant d'après, il était de retour avec un siège supplémentaire. Le cercle se réorganisa, s'élargit, et Edward l'invita à y prendre place d'un geste emphatique. Elle s'assit sans cesser de passer en revue les noms et les visages dans son esprit.

Le jeune homme le plus râblé – George, aux cheveux bruns et au visage rond – désigna le plateau de la table. Le second – William, mince, les cheveux noirs – avait pris place à l'opposé du cercle.

— Nous avons des petits pâtés au homard, un fromage de Stilton très prometteur, des sortes de pâtisseries fourrées et des tartelettes au citron, énuméra George.

— Mon ange, intervint la jeune femme ronde et potelée – Célia, se remémora Charlotte – qui semblait être davantage la femme de George que sa sœur ou une autre parente.

— Serais-je revenu vers vous les mains vides de tartelettes au citron, ma chère ? la taquina George.

Aucun doute, il s'agissait de sa femme.

Un jeune homme au visage grave et au physique avenant les rejoignit, deux bouteilles de champagne coincées sous chaque bras.

— Ah, voici le dernier de la bande, dit Edward.

—Et le meilleur d'entre nous, renchérit le nouveau venu, s'attirant un concert de huées.

—Tony Farnsworth, termina Edward.

—Attaquez, attaquez, déclara George. Fondez donc sur cette table comme une nuée de corbeaux. Je pourrai la regarnir. Il faut plus qu'un simple valet pour m'empêcher de me sustenter.

Il fourra un petit pâté au homard dans sa bouche.

—Hum, pas mauvais.

Célia Elliott prit deux tartelettes au citron. Le reste du groupe se servit chacun selon son envie. Tony ouvrit la bouteille de champagne ; quelqu'un trouva un verre pour Charlotte.

La plupart d'entre eux semblaient se connaître depuis des années. Du moins, en ce qui concernait les hommes, d'après les déductions de Charlotte. Ils se taquinaient mutuellement sans répit à grand renfort d'anecdotes tirées de leurs études ou des précédentes Saisons, autant d'histoires que tous trouvaient désopilantes. Elle en vint à conclure que Margaret avait simplement rejoint la mêlée suite à son mariage, tandis qu'il se pouvait que Célia ne soit que la sœur de Richard Taylor-Smythe. Après un moment, Edward changea de siège pour s'installer à côté de Charlotte et commenter la conversation au fur et à mesure en pensant clarifier leurs plaisanteries d'initiés. Le propos n'en était pas beaucoup plus clair, mais elle s'en moquait. Le rire était enivrant et elle avait apparemment été acceptée sans réserve au sein du groupe.

Au bout d'un moment, une femme plus âgée passa parmi eux, les sourcils froncés, et leur enleva Lydia Trent pour l'emmener comme une enfant fautive.

196

Tout le monde sembla trouver cela extrêmement drôle. Le verre de Charlotte n'était jamais vide, quelle que soit la fréquence à laquelle elle sirotait son contenu ; les mets exotiques étaient délicieux. C'était exactement le genre de soirée qu'elle s'était imaginé des années auparavant, dans le Hampshire, alors prise au piège à des lieues de toute véritable société. Ici se trouvaient des gens pourvus du sens de l'humour, prêts à prendre du bon temps et à accueillir tous ceux qui partageaient cet état d'esprit. Cette joie de vivre à l'état pur lui faisait tourner la tête. Elle riait de conserve avec eux à des plaisanteries qu'elle ne comprenait pas, et leva son verre avec les autres chaque fois que Tony proposa un toast. Il semblait avoir un penchant prononcé pour les toasts.

Bien plus tard, sur le chemin du retour, très convenablement accompagnée de lady Isabella, Charlotte eut un mal fou à ne pas se mettre à glousser chaque fois que cette dernière ouvrait la bouche. Fort heureusement, son hôtesse était concentrée sur quelque anecdote juteuse récoltée au gré de la soirée. Elle déposa Charlotte chez les Wylde sans prolonger les adieux et repartit sitôt que la porte d'entrée fut ouverte.

Charlotte entra en esquissant un pas de danse et s'arrêta net en découvrant que le portier n'était autre que sir Alexander.

— Où est Ethan ? Ou bien le deuxième… Quel est son nom, déjà ? James. C'est cela. Comme votre père.

Elle gloussa.

— Je les ai envoyés se coucher. Il est très tard.

— Si tard que l'on devrait dire qu'il est tôt, acquiesça-t-elle.

C'était une expression de son père.

— Vous jouez les valets ? demanda-t-elle en pouffant de nouveau.

— Je présume que vous avez passé une charmante soirée ?

— Merveilleuse !

Elle virevolta sur elle-même, les bras écartés.

— Si seulement j'avais pu danser ! Mais non, pas de danse pour moi. Porter le deuil d'Henry… Tellement stupide !

Elle tournoya plus vite, captivée par la belle cloche de velours que formait sa jupe en se déployant autour d'elle. Elle sentit son châle glisser de ses épaules et le laissa choir. Soudain, le sol parut s'incliner ; elle trébucha.

Sir Alexander la rattrapa et la remit d'aplomb sans effort. Elle leva les yeux vers lui.

— Vous froncez les sourcils. Pourquoi cet air si féroce ?

Elle chancela et il raffermit son étreinte. Ses bras autour d'elle sonnaient juste. Sans que Charlotte s'en rende compte, les siens se déplacèrent d'eux-mêmes ; elle vit ses mains glisser sur les larges épaules de son hôte pour venir se nouer derrière sa nuque. Elle avait passé toute la soirée à savourer la vie et la gaieté. Elle en voulait encore.

— Vous êtes… ivre.

Elle eut du mal à reconnaître la voix de sir Alexander.

— Pas l'habitude du champagne, reconnut Charlotte avant de se remettre à glousser. Je dois admettre que c'est très agréable… toutes ces bulles.

Mue par l'espoir, ou un caprice, ou un désir, elle se hissa sur la pointe des pieds, l'attira vers elle et l'embrassa.

Ce n'était qu'une folie : elle voulait savoir à quoi ressemblait un vrai baiser, surtout venant de cet homme-là. La seule expérience similaire qu'elle avait connue auparavant, avec un jeune homme maladroit au cours d'une fête de campagne, n'avait pas été très concluante. Charlotte savait qu'il devait y avoir plus que ça, au vu de la façon dont les gens parlaient des étreintes passionnées.

Avant qu'elle pût y réfléchir plus avant, sir Alexander l'attira brusquement contre lui et prit le contrôle de l'opération avec une ardeur impérieuse à lui faire fondre les os. Non, jamais elle n'avait été véritablement embrassée auparavant, jamais elle n'avait compris le vrai sens de ce mot ! Il l'instruisait avec ses lèvres, et la moindre parcelle de son corps hurlait son désir d'apprendre. Le moment était foudroyant, fabuleux.

Ces sensations grisantes prirent fin brutalement. Il la repoussa et la maintint en équilibre à distance, une main sur chacune de ses épaules. Démunie, elle tendit la main vers lui. Il la relâcha complètement et fit un pas en arrière. Charlotte vacilla légèrement, principalement du fait de la déception.

— Saurez-vous rejoindre votre chambre sans aide ? demanda-t-il, l'air furieux. Ou dois-je sonner un domestique ?

— Bien sûr que je saurai ! Je ne suis pas… ivre.

— Vous en faites une très bonne imitation, si c'est vrai.

L'allégresse de Charlotte s'effondra à son ton réprobateur. Il recommençait à parler comme son oncle.

— Ne vous amusez-vous donc jamais ? Tout oublier et… et… savourer l'instant présent ? Vous êtes si…

— Peu disposé à discuter avec vous dans ces conditions, l'interrompit-il.

— Vous voulez dire les conditions qui me permettent de profiter de la vie ? le nargua-t-elle.

— J'espère que vous profiterez tout autant de votre migraine, demain matin !

Il tourna les talons et s'éloigna en direction de son bureau, malgré l'heure tardive. La porte se referma derrière lui avec un claquement sévère. Charlotte souleva ses jupes et gravit lentement l'escalier. Si les marches tanguaient légèrement de temps à autre, elle refusait catégoriquement de l'admettre.

Quelques minutes plus tard, Ethan se glissa par la porte battante au fond du hall, s'avança tranquillement jusqu'à la porte d'entrée et tira les verrous. Il n'avait pas eu l'intention de jouer les espions ; il était simplement resté levé, bien qu'ayant reçu de son maître la permission de se retirer, pour s'assurer que chacun rentrerait sain et sauf et que l'on n'oublierait pas de verrouiller les portes. Après tout, c'était son devoir, et si l'on trouvait l'endroit béant le lendemain matin – et considérant l'humeur actuelle de sir Alexander, la chose aurait été possible – c'est à lui que l'on demanderait des explications. Ainsi avait-il été témoin de ce qu'il n'aurait pas dû voir, et pour une surprise, c'était une surprise ! D'après ce qu'il avait vu, son maître avait été pris au dépourvu – mais ça n'avait pas eu l'air de lui déplaire. Il n'y avait rien de bien méchant à un baiser, et c'est ce qu'il dirait à Lucy si elle lui reparlait un jour. Même un baiser comme celui-là.

L'étreinte avait semblé particulièrement torride, ça oui, et qui aurait imaginé ça ? Leur invitée était veuve, se rappela Ethan. Lucy avait beau l'appeler Miss Charlotte, elle n'en restait pas moins Mrs Wylde, et apparemment, elle connaissait son affaire en matière de baisers. C'était incroyable !

Une fois la maison fermée, Ethan retourna rapidement à l'escalier secondaire et se mit à monter. Au premier palier, il entendit des bruits de pas au-dessus de sa tête. Lucy, sans doute, sa maîtresse mise au lit sans encombre. Il se hâta et la rattrapa dans le couloir étroit du dernier étage où se trouvaient les quartiers des domestiques.

— Lucy, chuchota-t-il, éminemment conscient des gens qui dormaient de part et d'autre du couloir.

Lucy sursauta et fit volte-face en portant une main à sa poitrine.

— Je ne voulais pas te faire peur, murmura-t-il avec précipitation. Je viens de verrouiller la maison.

Lucy se contenta de reculer en direction de sa chambre.

— Attends. Parle-moi juste une…

— Laisse-moi tranquille, siffla Lucy.

— Je t'ai dit que je ne pensais pas à mal.

— Peu importe ce que tu pensais, ou ce que tu penses maintenant, je ne veux même pas en entendre parler.

— Chut.

Ethan jeta un regard en direction des portes fermées qui les entouraient.

— Tu n'es qu'un don juan imbu de sa personne. Contente-toi de me ficher la paix, grinça Lucy entre ses dents serrées.

— Ce n'est pas vrai, Lucy. Ce n'était qu'un baiser.

— Un baiser, ce qui ne veut pas dire grand-chose, pas vrai ? rétorqua-t-elle âprement. Quelque chose que tu fais tout le temps. Je sais.

Ses lèvres tremblaient.

Elle avait l'air tellement amère… Ethan n'avait qu'une seule envie : la prendre dans ses bras et lui avouer à quel point cela l'avait troublé. Mais ce n'était ni l'endroit, ni le moment. Il serra les poings. Ce n'était jamais le bon endroit ou le bon moment. Bonté divine !

— Je ne suis pas ce genre de fille, reprit Lucy. Je ne vais pas à droite à gauche en…

Sa voix se brisa.

— Que penserait Miss Charlotte si elle apprenait ce que j'ai fait ?

Il n'y a pas lieu de regretter la chose tant que ça, songea Ethan. Il aurait mis sa main à couper que cela lui avait plu sur le moment.

— Ta « Miss Charlotte » comprendrait mieux que tu ne croies, manifestement. Il n'y a pas deux minutes, elle embrassait sir Alexander dans le hall d'entrée.

Lucy le regarda, bouche bée.

— C'est un mensonge éhonté.

— Imbibée de champagne plus que de raison. Ce n'est pas le genre de manège auquel nous sommes habitués dans cette maison.

L'expression sur le visage de Lucy lui fit immédiatement regretter ses paroles.

— Y a quelqu'un là-dehors ? demanda la voix de James à travers la cloison de bois. Ethan ?

Un sommier à ressort craqua.

Lucy fit volte-face dans un froissement de jupes, remonta vivement le couloir et disparut dans la chambre qu'elle partageait avec Susan. Ethan l'imita, avec un affreux sentiment de gâchis.

James était assis dans son lit.

— Tu parlais à quelqu'un ? demanda-t-il d'une voix endormie.

— À qui je pourrais bien parler à une heure pareille ? Rendors-toi.

À demi engourdi, James obtempéra. Mais il fallut un certain temps pour qu'Ethan trouve le sommeil à son tour.

Chapitre 11

A lec trouva la salle du petit déjeuner miraculeusement déserte le lendemain matin. Il rassembla ce qui lui passa sous la main, attrapa une théière et s'enferma dans son bureau avant que quelqu'un n'arrive. Toute la nuit, son sommeil intermittent et ses rêves agités avaient été hantés par Charlotte. Ses lèvres, la chaleur de son corps contre le sien, l'éclat de ses yeux cuivrés s'évanouissant alors qu'il la repoussait… Ses sens se noyaient dans des souvenirs d'elle qui semaient le chaos dans son esprit. Des visions qui persistaient encore ce matin-là, quoi qu'il fît pour s'en débarrasser.

Alec avait toujours considéré avoir hérité du bon sens de son père. Bien sûr, il savait « s'amuser » – les accusations de Charlotte lui cuisaient toujours. Mais il savait s'imposer des limites. À ses yeux, il était déterminant, en toutes circonstances, de préserver la stabilité, et d'agir avec raison. Mais désormais, il commençait à craindre que le sang de son grand-père qui coulait dans ses veines ne prenne le dessus – ledit grand-père avait succombé aux attraits de l'amour et empoisonné le giron de sa famille pendant des décennies. À cet instant, Alec se sentait tout aussi impétueux, tout aussi impuissant que son aïeul qu'il avait toujours… méprisé ? plaint ?… car sa vie avait été bouleversée par une jeune fille gracile qui s'était jetée sur lui comme une…

Non, ça n'avait rien à voir. Elle était tombée dans ses bras aussi naturellement que… Dans sa demeure, ses sœurs endormies à l'étage, il avait failli la soulever et la porter jusqu'à son lit. Insensé. Il voulait qu'elle s'en aille, ou mieux encore, il aurait préféré ne l'avoir jamais rencontrée. Le désir de la voir était si pressant qu'il devait lutter pour ne pas faire irruption dans ses appartements. Quand Edward la lui avait arrachée au cours de la soirée, il avait été furieux. Il ne savait que faire. Il n'avait conscience que d'une chose qui lui faisait horreur : cette pente-là paraissait dangereuse.

Alec se força à se mettre au travail, et à mesure qu'il enchaînait les récits de détresse dans les lettres qui s'empilaient sur son bureau, ses préoccupations personnelles s'estompèrent. Des familles entières mouraient d'inanition ; il ne parvenait même pas à imaginer ce que l'on pouvait ressentir à regarder ses propres enfants dépérir à vue d'œil à cause de la faim. Quoique, peut-être pouvait-il s'en faire une petite idée. La maladie d'Anne avait failli le rendre fou d'impuissance. S'ils n'avaient pas fini par la vaincre, grâce à Charlotte… Voilà qu'il pensait de nouveau à elle.

Il grinça des dents et ouvrit le rapport de l'un de ses intendants, Hobbs, qui administrait un capital de secours qu'Alec avait mis en place pour soulager les locataires de ses terres. Cette idée avait bien fonctionné. La seule difficulté, c'était qu'ils recevaient de plus en plus de requêtes venant de gens extérieurs à ses domaines. Alec avait accepté celles des habitants des villages voisins, mais la nouvelle s'était répandue toujours plus loin. Ils recevaient désormais des demandes venant d'un peu partout dans le comté et même au-delà, bien plus qu'Alec aurait pu satisfaire même s'il avait donné jusqu'à son dernier sou. Désabusé et fébrile, croulant sous des piles de papiers, il dut se faire violence pour ne pas céder au désespoir. Il se forcerait à effectuer une autre série de visites pour exhorter ses pairs propriétaires à venir en aide à leurs gens. Certains le traitaient comme un mendiant, d'autres comme un imbécile qui « gaspillait » ses revenus. Certains se contentaient de lui rire au nez. Mais ces gens-là ne le revoyaient pas une deuxième fois.

Quelqu'un frappa doucement et la porte s'ouvrit sur Frances, fraîche et pimpante dans sa robe bleue.

— Puis-je vous interrompre un instant, Alec ?

Il se rappela qu'il avait eu l'intention de s'entretenir avec elle. Encore une chose qui avait été balayée de son esprit par leur envoûtante invitée.

— Y a-t-il un problème ? demanda-t-il en espérant qu'elle comprenait que la question concernait autant le passé que la situation présente.

— Non, pas du tout. C'est simplement que Charlotte m'a fait réfléchir à un certain nombre de choses.

Elle parlait d'une voix distraite, comme si elle était à moitié ailleurs.

— Charlotte ?

Ne pouvait-il donc pas lui échapper ? Il ne cessait de la retrouver sur sa route.

— Oui. C'est une jeune femme très attentionnée.

Ce jugement était tellement en rupture avec la sirène virevoltante qu'il avait rencontrée la nuit précédente qu'Alec ne put se convaincre qu'il s'agissait de la même personne.

— Cette maison que vous possédez près de Butterley est-elle toujours vacante? Le petit manoir dont les jardins sont si jolis?

— Le…?

Alec rassembla ses idées.

— Il me semble que oui. Hobbs ne m'a parlé d'aucun locataire.

— Ah. Que me répondriez-vous si je vous la demandais?

Frances inclina la tête avec un sourire.

— Me demander quoi? La maison? Pour quoi faire?

— Eh bien, pour y vivre. Pas tout de suite, bien sûr, mais un jour. Quand je m'en irai.

— Vous en aller?

Alec avait l'impression d'avoir pris tant de retard dans cette conversation qu'il ne pourrait jamais le rattraper.

— Vous en aller… d'ici?

Frances leva les yeux vers lui avec une impatience compatissante.

— Les enfants finissent tous par grandir, Alec. Vous n'aurez pas besoin de moi indéfiniment.

— Mais… Vous… Nous…

Un petit coup à la porte précéda Ethan.

— Ce fameux Mr Hanks est de retour, monsieur, annonça le valet.

Frances tourna les talons avec un geste léger.

—Cela peut attendre. Il n'y a pas urgence, bien évidemment.

Elle sortit dans un chuintement de batiste. Alec s'installa à son bureau, étourdi par la révolution que son invitée avait initiée dans le fonctionnement de sa maisonnée.

—Monsieur? demanda Ethan au bout d'un moment.

—Quoi? Oh, le détective. Faites-le entrer.

L'homme n'avait pas changé d'un iota, toujours grisonnant et quelconque avec les yeux nuancés d'un faucon.

—Vous avez un rapport à faire?

—Pas vraiment un rapport. J'voulais vous parler, en fait.

—Vous avez d'autres questions pour Mrs Wylde?

—En quelque sorte. Plus tard, p'têt.

Quelque chose dans sa diction troubla Alec.

—Asseyez-vous. Dites-moi ce que vous aviez en tête.

—Oui, m'sieur.

Hanks prit place de l'autre côté du bureau, rumina une seconde, puis reprit:

—Voilà c'qu'y a. J'suis pas du genre à croire aux coïncidences. Alors ça m'restait en travers du gosier, qu'on vienne tuer Henry Wylde, pis qu'sa maison soit cambriolée dans la foulée, vous voyez c'que j'veux dire?

—Vous pensez que les deux événements sont liés.

Cela semblait plus qu'évident après ce qu'il venait d'exposer.

—Ben on a affaire à un homme qu'a une routine réglée comme une horloge, aucun incident jusque-là. Pis tout d'un coup, deux crimes d'affilée.

—Vous pensez donc que quelqu'un l'a tué à cause de sa collection?

Alec marqua une pause.

—Lors de votre dernière visite, vous avez mentionné certaines erreurs commises par mon oncle lors de ses achats d'antiquités. Peut-être y a-t-il eu dispute avec quelqu'un qui l'aurait trompé?

—Bien vu, m'sieur, dit Hanks en approuvant d'un hochement de tête. Mais j'ai rien trouvé d'la sorte. Et j'pense avoir causé à presque tous les vendeurs à qui il a eu affaire.

—Ah.

Alec, qui s'était un instant vu comme un brillant investigateur, fut ramené sur terre.

—Voilà c'qu'y a.

Hanks hésita.

—Oui?

—Ben, m'sieur, les voleurs sont en général pas des tueurs. Ils frappent, prennent c'qu'ils peuvent, et galopent. P'têt' de temps en temps, ils cognent trop fort, par accident en fait. Mais c'est pas c'qu'on a là. Mr Wylde s'est fait tout bonnement enfoncer l'crâne.

Il ignora la grimace d'Alec et ajouta:

—En général, le meurtre, c'est personnel.

Refroidi, Alec intervint:

—Dites-moi clairement ce pour quoi vous êtes venu.

—J'ai parlé à c'fameux Holcombe.

— Un homme cruel, et je le soupçonne d'être un fieffé menteur.

— Oui, m'sieur, acquiesça Hanks. J'ai aussi parlé aux aut' domestiques. J'les ai cherchés dans toute la ville. Et c'que j'ai appris, en lisant entre les lignes et en déboursant quelques pièces, v'voyez, c'est qu'tout était fait pour que Mrs Wylde soit affreusement malheureuse, dans c'te maison. Presque d'la torture, j'dirais même. P'têt assez pour... la faire craquer.

Alec repensa aux paroles de Charlotte et à ce qu'il savait de son existence précédente.

— Elle avait toutes les raisons du monde de vouloir qu'son mari...

— Arrêtez, l'interrompit Alec, déchiré entre ses humeurs et la crainte soudaine qui s'abattait sur lui. Ne me dites pas que vous êtes sur le point d'accuser une jeune femme de qualité du meurtre de son époux ?

— Pas elle, m'sieur, non. On l'a vue chez elle, c'te nuit-là. Mais recruter des gars pour le faire, p'têt. C'est juste une hypothèse...

— Ridicule ! Révoltant !

Hanks ne tressaillit même pas devant sa colère.

— Dans ce genre d'affaire, la femme s'attend à toucher l'héritage, mais l'testament d'votre oncle a coupé court à tout ça, et donc...

Aucun des deux hommes n'avait entendu s'ouvrir la porte du bureau.

— Vous me demandez de croire que Charlotte Wylde aurait recruté un assassin, puis un voleur... ?

— Eh ben, ça s'rait sûrement l'même homme, m'sieur. Et j'dis pas pour sûr...

—Comment? demanda une voix tremblante.

Alec leva les yeux et découvrit Charlotte dans l'embrasure de la porte, qui le regardait, les yeux exorbités, comme si elle ne pouvait pas en croire ses oreilles.

—Comment? répéta-t-elle.

—M'dame, la salua Jem Hanks.

Il n'avait pas l'air le moins du monde embarrassé. Il se contenta de la scruter de ses yeux d'oiseau de proie.

Alec, pour sa part, prit une teinte cramoisie.

—C'est une théorie insensée…, commença-t-il.

—On m'a dit que le détective était là. Je suis descendue apporter mon aide. Vous m'accusez de…?

La main sur la poignée de la porte, elle chancela. Son visage était livide.

—D'avoir engagé…? Vous croyez que j'aurais…?

—Bien sûr que non.

Elle ne sembla pas l'entendre; elle avait les yeux rivés sur Hanks.

—Comment aurais-je pu engager…? Henry ne me donnait pas d'argent.

—Théoriquement, une… quelqu'un pourrait promettre de payer après avoir touché un héritage. Mais si l'héritage part en fumée…

Charlotte agrippait le bouton de la porte comme si sa vie en dépendait.

—« Quelqu'un » aurait pu faire cela. Pas moi.

Hanks continuait de la dévisager. Soudain, Alec se demanda si ce n'était pas précisément dans ce but qu'était venu le détective. Il les regarda tour à tour, bouleversé par les événements de la nuit précédente et de ce matin-là. Dans son esprit, une petite voix insidieuse lui souffla qu'il avait fait entrer une étrangère chez lui, sous le même toit que ses petites sœurs. Il avait accordé foi à tout ce qu'elle disait sans poser de question. Mais en fait, il ne savait rien de son passé, excepté ce qu'elle-même en avait dit. Bien sûr, ces accusations étaient ridicules ! Il ne s'agissait pas de meurtre. C'était un simple malentendu, mais voilà que le doute s'insinuait en lui… l'avancée inéluctable du chaos.

— Je pense qu'il vaudrait mieux…

— Ne me dites pas cela ! s'écria Charlotte. Je vous l'interdis ! Mon père a pensé « qu'il valait mieux » me faire épouser un homme froid et cruel. Mon mari pensait « qu'il valait mieux » me traiter comme une paria. Personne ne me demande jamais ce que moi, je désire ! Et vous… De toute façon, vous n'avez aucun droit de décider ce « qu'il vaudrait mieux » faire. Vous n'avez aucun droit sur moi !

Alec fut submergé par une avalanche de souvenirs : les tirades hystériques de sa grand-mère. Cette dernière avait semé la terreur dans leur famille ; elle mentait, montait les uns contre les autres, les manipulait sans scrupules.

— Vous êtes une invitée sous mon toit, dit-il âprement. Ce qui me confère certains droits.

— Le droit de vous comporter en tyran ? demanda Charlotte en lui jetant un regard noir. Me croyez-vous vraiment capable d'une telle chose ?

Anne et Lizzy avaient été, fort heureusement, trop jeunes pour se souvenir clairement de cette époque… Alec s'était juré qu'elles ne connaîtraient jamais ne serait-ce que l'écho de ces hurlements furibonds.

Et voilà que cette jeune femme qu'il connaissait à peine l'invectivait sans retenue.

— Je vois.

Charlotte ressortit de la pièce et claqua la porte derrière elle. Le fracas sembla résonner à travers la pièce comme un écho vieux de plusieurs années. Alec eut l'impression qu'il ricochait à l'intérieur de son crâne.

— J'avais pas prévu d'faire ça tout d'suite, dit Jem Hanks.

— De… ?

— J'préfère avoir queq' preuves avant d'parler en face à la…

— Il n'y aura aucune preuve !

À quoi donc pensait-il ? N'avait-il plus confiance en sa capacité à juger les gens ? Il avait parlé avec Charlotte, l'avait vue en compagnie de ses sœurs. Il savait qu'elle était une personne admirable.

Hanks se leva, manifestement conscient de ne plus être le bienvenu.

— Ça m'arrangerait qu'vous ayez raison, m'sieur.

— Bien sûr que j'ai raison !

Hanks le salua d'un signe de tête et se retira.

Alec s'accorda un moment pour reprendre ses esprits. Il ne voulait pas reproduire son erreur ridicule. Mais il était resté abasourdi trop longtemps. Quand il revint à lui, Charlotte était déjà partie.

Lucy avait les larmes aux yeux. Elle cilla deux ou trois fois dans l'espoir de les retenir. Malgré ses efforts, quelques-unes tombèrent sur le couvre-lit tandis qu'elle fourrait ses affaires dans son sac. Susan avait promis de faire le nécessaire pour que les possessions de Miss Charlotte soient emballées et renvoyées, mais Lucy n'avait pas voulu laisser à quelqu'un d'autre le soin de s'occuper de ses effets personnels. En fait, elle n'avait voulu voir personne depuis qu'elle avait appris qu'elles retournaient vivre dans cette horrible maison glaciale. Et pourquoi ? Elle n'en savait rien. Tout ce qu'elle savait, c'était que Miss Charlotte avait quitté la maison en claquant la porte, plus furieuse qu'un incendie. Elle avait adressé quelques mots à Ethan et l'univers s'était effondré tout autour de Lucy.

Lucy n'avait qu'une envie : s'écrouler sur le lit et pleurer toutes les larmes de son corps. Elle avait eu l'impression qu'elles étaient chez elles, ici. Elle avait oublié tous les malheurs de l'année passée et les jours terrifiants qu'elles avaient connus dans la maison déserte. À présent, sans que rien l'ait laissé prévoir, voilà qu'elles y retournaient. L'endroit les attendait, comme un maléfique château de conte de fées, pour les engloutir à jamais.

Ce n'était pas le travail supplémentaire qui la chagrinait. Elle aimait travailler. C'était la solitude et les responsabilités. Bien sûr, elle n'abandonnerait jamais Miss Charlotte, mais que pouvait-elle faire toute seule ? Il y avait tant de complexités à leur situation auxquelles elle n'entendait goutte !

Au cours de ces jours passés dans une véritable maisonnée, Lucy s'était sentie rajeunir, et à présent elle se sentait peut-être encore moins capable de s'en sortir seule. Là-bas, il n'y aurait ni intendante, ni cuisinière pour lui donner des conseils ; il n'y aurait plus de

Jennings pour lui enseigner de nouveaux talents utiles. Lucy courba la tête. Elle n'avait jamais été si proche de connaître le véritable désespoir.

Ethan apparut dans l'embrasure de la porte restée ouverte.

—J'ai fait venir un fiacre pour toi.

Lucy lui tourna le dos pour ne pas qu'il voie les traces de ses larmes.

—Il a été payé, tout est prêt, ajouta-t-il en entrant dans la chambre. Peut-être qu'il s'agit juste d'un malentendu, et vous serez de retour dans un jour ou deux.

Lucy secoua la tête.

—Miss Charlotte ne perd pas souvent son sang-froid, mais quand ça arrive…

Elle était plus têtue qu'une mule.

—Elle allait finir par rentrer de toute façon. C'est sa maison.

Et je le savais pertinemment depuis le début, songea Lucy. *Je n'aurais pas dû prendre mes aises ici.*

—Eh bien, tu pourras venir nous voir…, commença Ethan.

Lucy mordit :

—Je vais devoir m'occuper seule de la maison ! Je n'aurai pas le temps de souffler, alors faire des visites !

—Mais vous allez engager…

—Je ne sais pas où trouver de bons domestiques à Londres, pas plus que Miss Charlotte. S'ils sont tous comme Holcombe et les autres…

Horrifiée, Lucy entendit sa voix se briser.

L'instant d'après, Ethan était là, un bras autour de ses épaules.

—Ah, ne fais pas ça. Ne pleure pas. Je ne peux pas supporter de te voir pleurer. J'en trouverai pour toi.

Lucy leva les yeux vers lui, déchirée entre l'envie de le repousser et le désir de se serrer contre lui.

—Toi ? renifla-t-elle.

—Bien sûr. Je connais pas mal de monde.

—Ce n'est pas une riche maison comme ici. Il n'y aura pas de pourboires, pas de repas extravagants.

Le ton larmoyant de sa propre voix la rendait furieuse.

—Pas grave.

Une nouvelle expression se peignit soudain sur les traits agréables d'Ethan, comme s'il venait d'avoir une idée.

—Je vais te trouver des gens bien. Ils vont te plaire, Lucy. Ils prendront soin de toi.

—Quoi ?

—De la maison, je veux dire. Ils s'occuperont bien de la maison.

Ethan lui étreignit les épaules.

—Je vais le faire. Promis.

Il parlait avec une certitude absolue qui étonna Lucy. Elle leva les yeux vers lui ; il semblait déterminé, comme s'il était on ne peut plus sincère. Et il était si grand, et si capable… Lucy sentit comme une grosse bulle de soulagement se former dans sa poitrine, prête à éclater. Elle n'osait se laisser aller à y croire.

—Tu n'es pas obligé de faire ça seulement parce que tu m'as embrassée.

Il se pencha encore plus près.

—Si. Je dois le faire.

Le monde s'abîma dans le silence tout autour d'eux. Les contours de ses lèvres, à quelques pouces à peine, ravivèrent en Lucy le souvenir des sensations vertigineuses de son baiser. Elle mourait d'envie de se laisser aller à goûter de nouveau à tant d'émois. Son odeur fraîche, ses bras puissants, lui faisaient tourner la tête. Elle s'égarait dans ses yeux profonds et sincères.

— Le fiacre attend, appela James du haut de l'escalier. Il dit que son cheval se refroidit.

Ethan étreignit ses épaules une dernière fois et la libéra.

— Ne t'inquiète plus.

Il souleva son sac comme s'il ne pesait rien. Étourdie, Lucy descendit l'escalier derrière lui. Elle se sentait encore plus abattue. Quoi qu'il arrive à présent, il y avait peu de chances qu'elle revoie Ethan Trask un jour.

Chapitre 12

Charlotte se pelotonna dans le fauteuil élimé de son ancienne chambre à coucher, sans prendre garde au froid glacial de la pièce dont l'âtre était éteint. Elle était en proie à la pire migraine de sa vie et se sentait nauséeuse, mais ce n'était pas son corps qui souffrait le plus. Sir Alexander était resté assis là à laisser cet homme l'accuser de meurtre. Et lorsqu'elle lui avait demandé s'il y croyait, le doute qui était passé dans ses yeux… Elle ramena ses genoux contre sa poitrine et se recroquevilla en une petite boule de douleur. Ce regard lui avait écorché l'âme et elle s'était enfuie de cette maison sans même un manteau, ayant à peine de quoi payer un fiacre, et nulle part où aller que l'endroit où elle avait connu les affres du désespoir. Voilà qui était approprié, songea-t-elle.

Elle avait mis dehors les hommes postés ici avec une férocité qui les avait laissés bouche bée, en leur remettant une note à l'attention de Lucy afin de l'inviter à empaqueter ses affaires et à la rejoindre. Elle ne se souvenait plus si elle l'avait dit à Ethan en partant. Elle avait verrouillé la porte et s'était effondrée dans ce fauteuil pour se morfondre. Charlotte relâcha ses genoux et se redressa lentement. Très bien. Oui, elle s'apitoyait sur son sort. Mais n'avait-elle pas amplement de quoi ? N'avait-elle pas droit de se laisser aller à un peu d'amertume ? Cependant, s'il y avait une chose qu'elle avait apprise depuis qu'elle avait quitté la maison de son enfance, c'était ceci : si on n'y prenait garde, on pouvait finir dévoré par ses propres regrets.

Les yeux rivés sur le hideux papier peint, Charlotte serra les poings. Comment osait-il croire ce que racontait cet odieux petit homme ? Elle avait habité sous le toit de sir Alexander, parlé avec lui, dîné à la même table. Comment pouvait-il imaginer… ? Et elle l'avait embrassé ! Charlotte enfouit sa tête entre ses mains. Pourquoi diable l'avait-elle embrassé ?

Un soupçon de l'exaltation enivrante qu'elle avait ressentie à ce moment-là lui revint. Elle s'était laissée griser par la liberté de cette soirée, par tant de beau monde et de gaieté après une année d'affliction et de morosité. Et puis il avait été là, inattendu, frémissant d'émotion, irrémédiablement séduisant. Il avait été si naturel pour Charlotte de l'entourer de ses bras et d'attirer ses lèvres sur les siennes. Un frisson la parcourut au souvenir de cette sensation extraordinaire. Même à présent qu'elle le méprisait du plus profond de son âme, elle mourait d'envie de retrouver cette sensation.

Mais cela n'arriverait pas.

Charlotte releva la tête. Non, jamais – jamais ! – elle ne pardonnerait à sir Alexander Wylde. Pas même s'il rampait à genoux depuis son quartier si huppé jusqu'à chez elle, qu'il proclamait au monde entier qu'il n'était qu'un imbécile fini, et qu'il la suppliait, le chapeau à la main. Si elle le croisait dans la rue, il n'aurait pas droit à un seul regard. Non qu'elle risquât de le rencontrer dans les parages – « les bas-fonds », comme disaient les gens de bonne société du haut de leur suffisance. Mais sur le principe, elle était résolue. Oui. C'était décidé ; rien ne pouvait être plus clair. Sir Alexander n'avait plus sa place dans sa vie.

Si seulement le sang qui battait à ses tempes… non, ce n'était pas la migraine. Quelqu'un frappait à la porte d'entrée. Charlotte se leva et descendit lentement l'escalier.

— Mademoiselle Charlotte, appela Lucy. C'est moi.

Charlotte déverrouilla la porte et Lucy se précipita à l'intérieur.

— Oh, mademoiselle, que s'est-il donc passé ? Pourquoi êtes-vous partie si vite ?

Charlotte ne répondit rien. Elle ne pouvait pas dire, même à Lucy, qu'on l'avait accusée de meurtre. Elle referma la porte et s'empressa de la verrouiller derechef.

— Quelle histoire ! Et Miss Anne et Miss Lizzy qui voulaient savoir pourquoi vous étiez partie, et sir Alexander de plus mauvais poil qu'un ours qui a pris un coup sur la tête !

— Nous nous sommes querellés, expliqua-t-elle, laconique. Mes effets personnels ?

— Susan a promis de faire en sorte qu'on nous les envoie. Je ne voulais pas attendre et vous laisser seule ici, mademoiselle.

— Merci, Lucy.

L'inquiétude qui se lisait sur le visage de sa femme de chambre faillit faire fondre la colère de Charlotte comme neige au soleil, et elle battit des paupières pour refouler ses larmes. Elle débordait de gratitude envers Lucy, sa compagne fidèle avec qui elle avait surmonté tant d'épreuves, mais elle ne pouvait répondre aux questions qui se lisaient dans ses yeux pour le moment.

— Il va nous falloir engager du personnel, dit-elle pour changer de sujet.

— Nous restons, donc ?

Lucy semblait plus résignée que véritablement surprise.

— Oui. Aucun cambrioleur n'est revenu depuis tout ce temps. Je suis sûre que nous sommes en sécurité.

À vrai dire, cela lui était plus ou moins égal.

— Nos finances ne nous permettront pas une cohorte de domestiques ; une cuisinière, et peut-être une bonne, même si je pense qu'il serait plus sage d'avoir au moins un homme à notre service.

— Oui, mademoiselle.

Le flot d'énergie né de sa colère était en train de refluer. Sa chambre, le fauteuil, la solitude l'appelaient.

— Seulement, je ne sais pas comment…

— Eth… certains domestiques de chez sir Alexander pourraient avoir des recommandations, en fait. Ils vont se renseigner de leur côté.

— Tu le leur as demandé ? Lucy, tu es une perle !

C'était tant mieux, car ces domestiques auraient été informés du cambriolage et de ses suites ; elle n'aurait pas à leur expliquer ou jouer de malhonnêteté en taisant les faits. C'était un grand soulagement.

Charlotte sentit son estomac se nouer et elle se rendit compte qu'elle était en proie à de multiples douleurs.

— Penses-tu que nous ayons ici un remède contre la migraine ?

— Je vais aller voir, répondit Lucy.

Le dos courbé, Ethan était assis à la table de cuisine de sa tante. La tasse de thé qu'il tenait paraissait minuscule entre ses grandes mains. Il se rendit compte qu'il la serrait au risque de la briser et se força à se détendre. Mais il ne pouvait se débarrasser de ce sentiment d'urgence qui le tenaillait depuis qu'il avait dit au revoir à Lucy. Elle avait eu l'air si terrifiée ! La peur et la tristesse qu'il avait lues dans ses yeux avaient profondément remué Ethan. Il voulait taper du poing. Il aurait souhaité qu'il soit en son pouvoir de changer le monde. Il se sentait prêt à faire n'importe quoi – n'importe quoi – pour protéger Lucy, pour qu'elle ne soit pas seule et apeurée. Il se retrouvait donc chez sa tante au-dessus de l'épicerie, et à vouloir à tout prix se faire entendre, il en était devenu presque incohérent.

Face à lui, de l'autre côté de la table, ses grands-parents semblaient perplexes. John et Edith Trask avaient été son point d'ancrage et son refuge, toute sa vie. Quand il se disputait avec son père et ne pouvait s'enfuir dans la forêt, leur chaumière était son havre de paix. Grand-ma était une cuisinière hors pair et sa maison regorgeait toujours de mets succulents. Ethan avait hérité de la stature et du tempérament égal de son grand-père, qui avait été jardinier en chef dans le domaine de sir Alexander à la campagne. Il avait toujours pu compter sur eux. Mais cette fois-ci, ils ne semblaient pas comprendre.

— Qu'est-ce que cette fille a de si spécial ? demanda sa tante Liv.

Elle avait pris place à côté de lui, et il ne pouvait pas décemment lui demander de sortir de sa propre cuisine. Mais elle aimait le taquiner, et trouvait toujours le point le plus sensible où le chatouiller. Manifestement, il était hors de question qu'elle rate cette conversation.

— Elle est toute seule…

Que pouvait-il dire ? Que Lucy était plus courageuse, intelligente, ensorcelante que toutes celles qu'il avait connues ? Connaissait-il lui-même la réponse à cette question ?

— Nous aimerions t'aider, mais nous repartons pour le Derbyshire la semaine prochaine, dit Grand-ma. Tu sais la chance que nous avons d'avoir notre propre chaumière et de ne pas avoir à travailler loin de chez nous. On a des choses à faire là-bas.

— Je sais.

Ethan laissa son regard se perdre dans son thé. Ses grands-parents avaient trimé toute leur vie et avaient fini par économiser assez pour louer leur propre lopin de terre. C'était une réussite extraordinaire. Ils méritaient d'en profiter en toute quiétude. Mais Ethan n'avait d'autre choix que de leur demander plus.

— Tu es sérieux à propos de cette fille ? demanda sa tante. Ta situation ne te le permet pas vraiment, mon petit Ethan.

Elle avait raison. Mais ça ne faisait pas l'ombre d'une différence.

—Ce serait temporaire, en fait, dit-il. Je vais demander à droite à gauche, et trouver quelqu'un d'autre aussi vite que je peux.

Mais il comprit soudain que personne d'autre ne conviendrait mieux. Il voulait des gens de confiance pour s'occuper de Lucy.

—C'est seulement que… elles ont besoin de quelqu'un sans attendre… Elles sont toutes seules dans cette maison.

—Où se sont introduits des criminels, ajouta sa grand-mère.

Ethan se sentit égoïste et cruel. Après tout, comment pouvait-il leur demander à tous deux, qui ne rajeunissaient pas, de s'exposer ainsi au danger ?

—Ce n'est arrivé qu'une fois, précisa-t-il. Il n'y a rien eu depuis. Sir Alexander pense qu'ils n'y reviendront pas.

Ethan l'avait vraiment entendu dire cela à l'un des hommes qu'il avait postés là-bas, quand ce dernier était venu lui demander ses consignes.

—Tom s'occupe de notre jardin, à la maison, dit Grand-pa.

C'était sa première intervention depuis qu'Ethan était arrivé.

—On pourrait se permettre de rester un peu plus longtemps.

Grand-ma croisa son regard et ils communiquèrent en silence ainsi que quarante ans de mariage leur avaient appris. Elle secoua la tête. Mais c'était un signe de résignation amusée, pas un « non ».

— N'oublie pas de demander autour de toi pour trouver quelqu'un d'autre, Ethan, ajouta-t-elle seulement. Il faudra qu'on rentre chez nous.

— Oui, m'dame.

Un soulagement et une gratitude intenses l'envahirent. Non, ils ne l'avaient jamais laissé tomber.

La chose étant convenue, tante Liv offrit sa propre contribution :

— Vous pourriez engager Tess Hopkins pour donner un coup de main. Elle a perdu son dernier poste parce que le jeune gentleman de la maison ne cessait de lui courir après. Et dire qu'elle n'a que quinze ans !

Elle fit une moue de dégoût.

— Il n'y a pas de jeune gaillard dans cette maison, dis-moi ?

— Non ! s'exclama Ethan.

Son ton véhément fit hausser un sourcil à Grand-ma.

— Ce serait bien pour Tess, reprit sa tante. Ça l'aiderait à se remettre d'aplomb. Et un peu d'apprentissage ne lui ferait pas de mal.

Grand-ma la foudroya du regard.

— J'dis ça, j'dis rien, grimaça tante Liv. Mais personne ne sait former les jeunes gens comme toi, maman.

— Allons bon, caresse-moi donc dans le sens du poil avant de me mettre à contribution pour tes plans !

Mais Grand-ma était visiblement flattée.

Ainsi en fut-il décidé. Les grands-parents d'Ethan partiraient pour la maison plus tard ce jour-là, pour lui laisser le temps d'annoncer leur arrivée.

— Merci, leur dit Ethan.

Il ne put empêcher sa voix de trembler. Ni sa famille de s'en rendre compte.

Le matin suivant, Charlotte se persuada qu'elle était entièrement remise, bien qu'elle eût fort mal dormi. Et quand elle fut descendue à la cuisine en suivant le fumet appétissant du bacon, elle découvrit que, contre toute attente, elle avait désormais du personnel ainsi qu'un petit déjeuner tout prêt. Une femme robuste aux cheveux gris se tenait penchée sur le poêle en fonte, en train d'expliquer quelque chose à une jeune fille blonde à côté d'elle. Quand Charlotte entra, un véritable colosse se leva d'une chaise de cuisine. Ses cheveux blancs n'étaient pas loin de frôler les poutres du plafond. Lucy lui sourit depuis un coin de la pièce, comme si elle avait réussi un tour de magie – et c'était le cas.

— Voici Mr et Mrs Trask, annonça-t-elle. Et Tess Hopkins.

Cette dernière esquissa une révérence avec nervosité tandis que les Trask la saluaient d'un signe de tête. De toute évidence, ils appartenaient à une classe de domestiques de la plus haute qualité – un véritable miracle. Leur maintien et leur prestance proclamaient qu'ils savaient exactement ce qu'ils avaient à faire et comment s'y prendre.

— Soyez les bienvenus, leur dit Charlotte. Merci à vous d'être ainsi venus au pied levé.

Les Trask hochèrent de nouveau la tête.

—Où voulez-vous que soit servi le petit déjeuner, madame ? s'enquit Mrs Trask. Apparemment, la salle à manger…

—Oui, je sais que c'est un peu curieux, reconnut Charlotte, mais le rez-de-chaussée de la maison est entièrement occupé par la… collection d'antiquités de mon défunt mari. Ces pièces…

C'était presque trop pour qu'elle pût leur expliquer : la table de la salle à manger était couverte de statues.

—…. ne doivent pas être déplacées. Je ne vis pas vraiment… Il y a une pièce au premier étage où j'avais l'habitude de… Enfin, une pièce où je prends mes repas, et une autre aménagée en petit salon. Ma chambre à coucher se trouve au deuxième étage.

Qu'allaient penser les Trask de cette maisonnée excentrique ? Ils venaient visiblement d'un endroit de classe bien supérieure. Mais aucun d'entre eux ne s'émut de sa réponse.

—J'ai montré à Tess la chambre à côté de la mienne, indiqua Lucy, ce qui signifiait qu'elle avait repris ses quartiers habituels au dernier étage. Mr Trask se disait qu'ils pourraient rester là en bas.

—Ça a l'air propre et sec, fit remarquer le colosse en baissant la tête pour lui sourire.

L'homme avait quelque chose de très rassurant, et pas uniquement du fait de sa taille.

Le sous-sol abritait le foyer des domestiques et une autre grande pièce, ainsi que la cuisine et le cellier. La lumière y pénétrait par de hautes fenêtres. Ils pourraient récupérer un lit et quelques autres meubles dans l'une des chambres inutilisées.

—Bien sûr, si vous êtes certains que cela a votre préférence ?

—Oui, madame, affirma Mrs Trask.

—Très bien. Je puis vous montrer…

—Inutile, madame. Nous allons nous en occuper. J'enverrai la petite Tess vous monter un plateau avec le petit déjeuner, si cela vous agrée.

L'assurance sereine de la vieille dame apaisait l'esprit tourmenté de Charlotte.

—Merci. Ce serait… parfait.

Et ce fut parfait. La nourriture était excellente ; la jeune bonne très agréable, à sa timide façon. Il semblait que Charlotte n'ait plus à se préoccuper de rien sinon du naufrage de toutes ses perspectives d'avenir.

Elle avait terminé son repas et essayait de se pousser à faire quelque chose d'utile quand Tess réapparut pour l'informer qu'elle avait de la visite.

—Deux jeunes demoiselles, madame. E' disent qu'elles ont pas… qu'elles ont pas de carte.

Elle marqua une pause avant de répéter avec application :

—Miss Anne et Miss Elizabeth Wylde.

Le cœur de Charlotte se mit à battre la chamade.

—Faites-les monter au salon, Tess, s'il vous plaît.

Elle ne les y devança que de justesse.

—Charlotte, que s'est-il passé ? demanda Anne en déboulant dans la pièce.

Derrière elle, Lizzy déposa un panier en osier près de la porte et se précipita vers elle.

—Pourquoi vous êtes-vous sauvée ? demanda-t-elle. Il nous a fallu une éternité pour trouver votre adresse.

J'ai dû fouiller dans les papiers d'Alec, sur son bureau ! Ethan vous a entendue crier après lui.

Deux paires d'yeux étaient rivées sur elle, dans l'attente d'une réponse.

Charlotte était heureuse de les voir, mais ne savait que dire. Elle secoua la tête.

— Mais il faut que vous nous racontiez, pour que nous puissions tout arranger et que vous reveniez ! s'exclama Lizzy.

Se laissant tomber sur le sofa vieilli, elle rebondit une fois et fusilla les coussins d'un regard désapprobateur.

— Je n'ai jamais été qu'une invitée chez vous, Lizzy. Et c'est… terminé, maintenant. Il est temps que je remette de l'ordre dans ma propre maison.

Elle devait leur paraître insensible. Mais que pouvait-elle dire d'autre ?

— Je vous en prie, Anne, asseyez-vous.

— Mais…, commença Lizzy.

— Charlotte doit s'occuper de sa demeure, l'interrompit Anne, non sans un regard interrogateur qui indiquait qu'elle était loin d'avoir abandonné le sujet.

Lizzy parut sur le point de protester, mais elle se contenta de pousser un profond soupir. Elle balaya la pièce du regard tandis qu'Anne prenait place dans le fauteuil élimé.

— Pourquoi restez-vous ici ? Toutes les meilleures pièces sont en bas.

— Lizzy, la réprimanda Anne.

— Quoi ? C'est vrai.

—La collection de votre oncle est exposée en bas, et elle doit y rester, conformément à son testament. C'est pourquoi je… me suis installée ici.

—C'est si petit !

Soudain, Charlotte se rendit compte qu'il y avait bien longtemps qu'elle ne voyait plus vraiment cette pièce, ni la maison d'ailleurs. Il lui avait été interdit d'y modifier quoi que ce soit, et ses opinions étaient toujours tournées en ridicule. Il lui était devenu plus facile de se mettre des œillères pour ne plus rien voir.

C'était vrai, son salon était minuscule. La pièce avait jadis servi de boudoir à une maîtresse de maison du xviiie siècle, et il y avait à peine assez d'espace pour le petit sofa et les deux fauteuils. D'insipides statuettes en porcelaine encombraient le manteau de la cheminée ; et elle n'avait jamais aimé le motif floral passé des rideaux, d'un rose vulgaire. Comparée à la demeure raffinée des deux sœurs, la sienne paraissait quelconque, sans charme et négligée.

—C'est très douillet, fit remarquer Anne en jetant un regard réprobateur à sa benjamine.

Charlotte perçut soudain un curieux grattement. *Cette demeure est-elle envahie par les souris, en sus de tout le reste ?* se demanda-t-elle, au bord du désespoir. Mais le bruit semblait venir du panier d'osier posé dans un coin.

—Que… ?

Lizzy fit la grimace.

—Je ne peux pas laisser Tricotte seule à la maison.

—Tricotte a été surprise sous un placard de la cuisine, en train de grignoter un rôti de bœuf, expliqua Anne, le visage impassible. Un rôti de bœuf hors de prix.

— Non, je ne l'ai pas laissée sortir de la salle d'étude !
La cuisinière prétend qu'elle peut passer à travers les
murs.

— Vous avez amené la chatte ?

— Je ne peux pas la laisser là-bas, répéta Lizzy. Alec
va s'en débarrasser.

— Il va seulement l'envoyer à la campagne, Lizzy.

— Elle ne se sentira pas bien là-bas. C'est un chat
de Londres. Elle ne se méfiera pas des renards. Ils vont
la manger !

— Je suis navrée, Lizzy…, commença Charlotte.

C'est alors qu'elle vit poindre une idée dans les
prunelles bleu nuit de la jeune fille.

— Si vous vivez ici désormais…

— Certes, mais je…

— Vous pourriez la garder, et je pourrais venir lui
rendre visite.

— Je suis sûre que Tricotte n'aimerait pas…

— Elle vous tiendrait compagnie, continua Lizzy
en hochant la tête comme si de nouvelles perspectives
s'ouvraient en son for intérieur. Je suis certaine qu'elle
serait sage comme une image. Et je viendrais tous les
jours la nourrir et jouer avec elle.

Charlotte était convaincue que l'animal serait tout
sauf sage, mais elle aimait l'idée de recevoir les visites
quotidiennes de Lizzy. Bien sûr, elle ne viendrait pas
tous les jours, mais… L'agréable tableau s'évanouit.
La venue des deux sœurs lui avait presque fait oublier
la récente catastrophe. Mais voilà que cette dernière
refaisait surface.

— Votre frère refusera que vous veniez ici. Cela…

— Je me moque de ce qu'il pense! C'est un âne bâté en ce moment!

Une pensée traversa l'esprit de Charlotte.

— Sait-il que vous êtes ici?

Anne esquiva son regard; Lizzy plongea ses yeux dans les siens d'un air suppliant savamment étudié, et cependant irrésistible.

— Alors, Tricotte peut-elle rester? S'il vous plaît?

Charlotte se fit violence, mais fut incapable de lui dire non.

— Eh bien… D'accord. Mais lorsque vous retournerez à la campagne, il faudra l'emmener avec…

Lizzy était déjà debout et se dirigeait vers le panier. Avec un train de retard, Charlotte pensa soudain aux étagères chargées de poteries antiques et aux vitrines emplies de vestiges fragiles, à l'étage inférieur. Elle se leva d'un bond et ferma la porte du salon au moment où Lizzy défaisait le loquet.

— Tu vas te plaire ici, roucoula Lizzy. Charlotte est là. Et moi, je viendrai te voir tous les jours.

La chatte tricolore jaillit hors de sa prison, regarda éperdument autour d'elle et disparut sous le sofa. La seconde d'après, un éternuement félin vint signaler le trop-plein de poussière qui devait se cacher sous le meuble. Lizzy tomba à genoux et scruta l'obscurité.

— Tricotte.

— Souvenez-vous qu'elle doit s'habituer à une nouvelle maison, dit Charlotte d'une voix faible.

Qu'avait-elle fait?

Lizzy resta au sol. Il fallut un moment avant que les deux autres se rendent compte qu'elle sanglotait.

Quand elle vit cela, Anne se leva et s'approcha d'elle. Elle la releva gentiment et la fit rasseoir.

— Tout est tellement horrible ! s'écria Lizzy. Alec est méchant, Frances ne fait rien que se plaindre, et maintenant, Anne sera tout le temps par monts et par vaux !

— Pas tout le temps, Lizzy. Très occasionnellement.

Charlotte l'interrogea du regard, et elle expliqua :

— Je dois assister à quelques réunions de jeunes gens qui feront leur entrée en société l'an prochain. Et à des leçons de danse. C'est ma tante Earnton qui a organisé cela afin que je noue quelques connaissances.

— Oui, c'est vrai. Frances m'avait parlé de cela. Une idée judicieuse.

Lizzy renifla.

— Je sais que je ne suis qu'une sale petite égoïste. J'ai conscience que c'est une bonne chose pour vous. Seulement… pourquoi les choses ne peuvent-elles rester telles qu'elles étaient ?

Charlotte la plaignait de tout son cœur. Elle ne connaissait que trop bien ce sentiment que la vie ne changeait jamais que pour le pire.

Aucune d'entre elles ne remarqua Tricotte qui sortait en rampant de sous le sofa. Soudain, la chatte fut là, une patte posée sur le genou de sa maîtresse. La jeune fille la ramassa, la posa sur ses genoux, et se pencha sur elle. Lizzy pourrait venir voir son chat aussi souvent qu'elle le souhaiterait, décida Charlotte. Et si son détestable frère venait en personne accuser Charlotte d'essayer d'assassiner sa petite sœur, ou toute autre semblable calomnie… Eh bien, il serait bien reçu !

Lizzy leva les yeux du pelage panaché de Tricotte. Elle deviendrait l'une de ces heureuses jeunes filles qui peuvent pleurer tout leur soûl sans que leur joli minois en perde ses attraits, songea Charlotte. Des hordes de damoiseaux tomberaient sous sa coupe le jour où elle évoluerait librement parmi eux. Lizzy renifla une fois, se redressa, renifla encore. Charlotte remarqua qu'elle se ragaillardissait à vue d'œil. Tricotte entreprit de débarrasser sa fourrure épaisse de la poussière qui s'y était incrustée à grands coups de langue.

—Parlez à Charlotte de votre soupirant, Anne.

—Ce n'est pas…!

—Il l'a invitée à danser trois fois à leur première leçon. Il est sous le charme !

—Lizzy !

Anne avait le feu aux joues.

—Il ne faisait que se montrer courtois, parce que j'ai longtemps vécu à la campagne et que je ne connais personne.

—Et il est très séduisant, renchérit Lizzy. Il a de « charmants » yeux marron.

—Jamais plus je ne vous ferai de confidences, diablesse ! la menaça Anne.

—Je n'en parlerais pas à n'importe qui ! Charlotte fait partie de la famille.

La querelle des deux petites ne fut bientôt plus qu'un bruit de fond tandis que Charlotte luttait contre la boule qui lui serrait la gorge. Elle aurait tout donné pour faire véritablement partie de leur famille.

La porte du salon s'ouvrit. Lizzy étreignit le chat si fort que l'animal protesta.

—Inutile de m'annoncer, affirma une voix raffinée dans le couloir.

Une fois de plus, Tricotte bondit pour retrouver la sécurité de son refuge sous le sofa.

Frances Cole entra, impeccable dans sa pelisse bleu marine.

—Je pensais bien vous trouver ici, dit-elle en regardant Anne et Lizzy d'un air sévère. À quoi donc pensiez-vous ? Partir sans prévenir personne, et seules de surcroît ! Vous savez que cela vous est interdit.

—Nous l'avons fait parce qu'Alec est méchant, répliqua Lizzy. Et nous voulions voir Charlotte. Pourquoi n'aurions-nous pas le droit de la voir ? Ce n'est pas juste !

L'air coupable, Anne ne pipa mot.

Frances fit semblant de ne pas entendre les excuses de Lizzy.

—Vous n'êtes sûrement pas sans savoir que vous allez toutes les deux au-devant de graves ennuis. Attendez-moi au rez-de-chaussée.

Son regard était acéré comme l'acier. *Voilà une femme qui a élevé quatre enfants en faisant bien son travail*, songea Charlotte.

—Regardez donc les antiquités, cela sera fort instructif, ajouta Frances avec une pointe inattendue d'un humour cassant.

Lizzy affecta un air de martyr. Elle semblait sur le point de protester, mais Anne l'entraîna hors de la pièce. Frances s'assit sur le sofa. Si elle trouvait le mobilier en piteux état, elle n'en laissa rien paraître.

— Que diable s'est-il passé entre vous et Alec ? Tout ce que j'ai pu apprendre, c'est qu'il y a eu des cris.

Charlotte ne pouvait se résoudre à lui expliquer. Que deviendrait ce regard compatissant si elle lui révélait les accusations de Jem Hanks ?

Frances attendit.

— Bien sûr, vous n'êtes pas obligée de m'en parler. Mais j'aimerais vous apporter mon aide.

Des sanglots montèrent dans la gorge de Charlotte. Elle ne put que secouer la tête.

L'autre la dévisagea pendant un long moment.

— Très bien. Mais s'il y a quoi que ce soit que je puisse faire pour arranger les choses, n'hésitez pas à me le demander.

— Merci, Charlotte réussit-elle à articuler.

Frances plongea son regard dans le sien. Soudain, ses yeux noirs s'éclairèrent comme si elle venait de trouver toutes les réponses aux mystères de l'univers.

— Oh, ma chère…

— Quoi ?

Frances alla pour poursuivre, mais se ravisa.

— Je vais bien. Tout ira bien, lui assura Charlotte.

Frances hésita encore, puis hocha la tête. Tout à coup, une patte griffue jaillit de sous le sofa et se prit dans le galon tressé de sa pelisse. Après quelques petits coups secs, le tissu fut relâché.

— Qu… ? Lizzy n'a tout de même pas amené cet affreux chat ici ?

L'horreur qui se lisait sur son visage arracha un sourire à Charlotte.

— Je suis chargée de la garder jusqu'à ce que vous retourniez à la campagne.

— Vous êtes… Non, c'est inacceptable. Lizzy dépasse les bornes.

— Ce n'est pas un problème.

Du moins l'espérait-elle…

— Charlotte, rien ne vous oblige à prendre cet animal sous votre toit !

— Je veux le faire…

Elle s'interrompit net sous le regard sceptique de Frances.

— Enfin, je n'en ai peut-être pas envie, mais j'aimerais aider Lizzy.

— C'est très aimable à vous.

— Comment ne pas l'être, avec Lizzy et Anne ?

Frances eut un sourire chaleureux. Elle se leva.

— Eh bien, si vous êtes sûre de vous… Je dois les ramener à la maison, maintenant. Alec va se faire un sang d'encre.

— Bien sûr.

— Mais n'oubliez pas : s'il y a quoi que ce soit que je puisse faire, ou dont vous ayez besoin, il suffit de le dire.

— Merci, dit Charlotte du fond du cœur.

Frances lui tendit la main. Charlotte la serra brièvement, et sa visiteuse s'en fut.

Charlotte resta quelques minutes assise dans le petit salon désert. Finalement, elle se secoua, alla pour se lever, mais aperçut Tricotte à quelques pas à peine, qui la scrutait de ses yeux jaunes. Des moutons de poussière s'attardaient encore dans sa fourrure malgré sa toilette.

— Nous allons passer un coup de balai sous ce sofa, lui promit-elle. On commence tout juste à s'organiser, tu sais. Nous allons te trouver un petit coin douillet rien que pour toi. Oh… J'espère que Mrs Trask aime les chats.

Tricotte la regarda fixement.

— Je fais de mon mieux. Mais c'est… assez difficile.

Tricotte tourna lentement la tête ; elle donnait l'air d'examiner la pièce avec dédain. S'approchant du sofa, elle planta délicatement une griffe dans le tissu.

— Non ! Tout misérables qu'ils soient, je t'interdis formellement de mettre les meubles en pièce !

La chatte la regarda de nouveau, et ne la quitta pas des yeux tout en labourant posément le tissu. Ce dernier était si vieux qu'il se déchira sans peine.

— Tricotte !

Les prunelles dorées du chat semblaient dire : « Je peux faire ce que je veux. Je ferai tout ce qu'il me plaît. »

Loin d'être furieuse, Charlotte sentit soudain monter en elle une euphorie grisante : elle aussi pouvait agir à son gré dans cette maison, désormais ! L'odieux testament d'Henry ne stipulait rien concernant les étages supérieurs.

— Cette pièce conviendrait mieux comme salle à manger, dit-elle à voix haute.

Elle était plus petite que celle où se trouvait actuellement la table. Il serait logique de les inverser, et cela était en son pouvoir. Elle pouvait faire ce qu'elle voulait de l'espace qu'on lui avait laissé. Elle se leva vivement. Elle allait examiner chaque pièce et chaque objet, et ne garderait que ce qui lui plaisait.

Le reste pourrait être jeté ou relégué dans les combles, à commencer par ces ignobles statuettes sur le manteau de la cheminée. Peut-être même y aurait-il assez d'argent pour acheter de nouveaux rideaux, si elle était prudente.

Les gens soutiendront qu'il me faut un chaperon, songea-t-elle.

Tricotte continua à renifler le plancher sans lui prêter attention.

Exactement. Elle ne leur prêterait pas la moindre attention.

Je vois mal pour quelle raison… Pour repousser les hordes de soupirants qui ne manqueront pas de venir assiéger une veuve sans le sou ?

Cette idée était ridicule.

Pas question d'avoir un chaperon, parbleu ! se dit-elle.

Elle n'avait jamais juré de toute sa vie, et savait combien les gens seraient choqués d'entendre un mot pareil dans sa bouche.

— Pas question, parbleu ! ajouta-t-elle.

Tricotte faisait ses griffes sur les moulures. Il devait y avoir des souris.

— Tu as ma permission de tuer tous les rongeurs que tu trouveras, déclara Charlotte.

Puis, regardant autour d'elle, elle fut soulagée de voir que Lizzy avait laissé le panier.

— Viens là, minette.

Chapitre 13

*M*rs Wright entra dans le bureau d'Alec sans frapper, en se tordant les mains. C'était mauvais signe. Alec s'était préparé au pire avant même que l'intendante lui annonce :

— Miss Anne et Miss Lizzy ont disparu.

— Comment ça, disparu ?

— Elles ne sont pas dans la maison, et nul ne sait où elles se trouvent.

Mrs Wright semblait s'attendre à le voir entrer en éruption.

Alec avait déjà traversé la moitié de la pièce.

— Leur femme de chambre…

— Susan ne les a pas vues depuis tôt ce matin. Tout le monde pensait qu'elles étaient ensemble dans la salle d'étude.

Il était presque 11 heures. Alec réprima un élan de panique.

— Peut-être sont-elles sorties se promener dans le parc ou…

Mais il savait aussi bien que Mrs Wright qu'il leur était formellement interdit de sortir sans informer quelqu'un, et sans être accompagnées de leur femme de chambre ou d'un valet.

Il aurait dû engager une nouvelle gouvernante pour Lizzy, il en était conscient. Mais il lui semblait que cela aurait été vain.

— Rassemblez tout le personnel.

Il allait organiser une battue – dans le quartier, dans Londres tout entière, s'il le fallait.

Tous les domestiques s'alignèrent dans le hall d'entrée.

— Où est Frances ? demanda Alec une fois que tous furent rassemblés.

— Elle est sortie, répondit Ethan.

— Où ça ?

— Elle ne l'a pas précisé, monsieur.

— Formidable.

Alec entreprit de répartir les domestiques par groupes de deux pour aller quadriller les rues. Il venait à peine de terminer quand une clef tourna dans la serrure et que la porte s'ouvrit sur Anne et Lizzy, Frances sur leurs talons. Elles s'arrêtèrent net sur le seuil, ébahies.

— Où étiez-vous ? s'écria Alec.

Anne cligna des yeux ; Lizzy redressa le menton à sa manière bien trop familière qui présageait un orage sur le point d'éclater. Alec, la gorge serrée, était partagé entre le soulagement et la fureur. Il s'était assez donné en spectacle pour aujourd'hui. *Du calme,* se dit-il, *reste maître de toi, reste raisonnable.*

— Merci à tous, réussit-il à articuler. Manifestement, elles sont rentrées saines et sauves.

Il les conduisit dans son bureau et ferma la porte sur une foule de regards inquisiteurs.

— Quelqu'un aurait-il l'obligeance de me donner une explication ?

— Je suis allée les chercher, commença Frances, ce qui ne l'éclairait pas davantage.

— Les chercher. Et où étaient-elles ?

Il regarda Anne, puis Lizzy, en se faisant violence pour résister à l'envie de hurler.

— Et quelle excuse pouvez-vous bien avoir pour être sorties sans prévenir qui que ce soit ?

— Nous sommes allées voir Charlotte, déclara Lizzy. Et on ne vous l'a pas dit parce que vous êtes d'affreusement mauvais poil, en ce moment.

— Nous savions que vous vous étiez… disputés à cause de quelque chose, renchérit Anne.

— Et il était hors de question qu'on nous empêche d'y aller ! termina Lizzy.

Frances se contenta de rester là, immobile, à l'observer comme un étranger qui piquait sa curiosité.

Les sentiments contradictoires qui animaient Alec menaçaient de faire prendre un mauvais tournant à cette conversation. Il les balaya du revers de la main.

— C'est inacceptable. En fait, il ne me vient pas une seule bonne raison qui justifierait que vous quittiez cette maison sans en informer quelqu'un. Et puisque, de toute évidence, vous n'avez pas assez de jugeote pour vous en rendre compte, vous êtes désormais privées de toute sortie.

— Anne a une leçon de danse demain, objecta Lizzy.

— Elle aurait dû y penser avant…

— C'est moi qui l'ai forcée à partir sans le dire à personne, l'interrompit Lizzy.

—Je suis plus âgée ; j'aurais dû refuser, intervint Anne.

Ce qui était parfaitement vrai, mais Alec ne connaissait que trop les talents persuasifs de Lizzy.

—Anne se rendra à sa leçon avec sa femme de chambre, comme d'habitude. En revanche, vous, Lizzy…

Le menton de sa jeune sœur se redressa encore d'un pouce.

—J'irai voir Tricotte. Si vous essayez de m'en empêcher, je passerai par la fenêtre et je m'enfuirai !

—Vous savez bien que vous ne pouvez pas aller à la campagne si…

—Chez Charlotte. Tous les jours. J'ai promis.

Il fallut un moment à Alec pour comprendre.

—Vous avez laissé ce chat infernal à… ?

—Elle était contente de la garder ! Elle est gentille, elle !

Il avait envie de demander de ses nouvelles. Mais l'intensité même de ce désir, et le fait qu'elle lui ait manqué même pour un si court laps de temps, lui interdisaient pareille question.

—Vous êtes toutes les deux consignées dans la salle d'étude pour le reste de la journée.

—J'ai faim, protesta Lizzy. Irez-vous jusqu'à nous faire mourir de faim ?

Alec lui lança un regard noir.

—On vous montera un plateau. Mais je vous préviens ! Si vous ne commencez pas à vous conduire de manière convenable, Elizabeth, je me verrai contraint de prendre des mesures drastiques.

Lizzy allait répondre, mais Anne lui tira le bras.

—Venez, Lizzy.

Elle l'entraîna hors de la pièce, et Alec en conçut une immense reconnaissance. Il n'avait pas la moindre idée de ce qu'il entendait par « des mesures ».

Frances le considérait toujours avec un regard étrange.

—Il faut faire quelque chose au sujet de Lizzy, lui dit-il. J'ai l'impression qu'elle est devenue incontrôlable depuis la maladie d'Anne.

Frances acquiesça sans répondre ; que lui arrivait-il, à celle-là ?

—Devrions-nous trouver une gouvernante – en espérant qu'elle soit capable de la cadrer ? Devrions-nous l'envoyer en pensionnat ?

Lizzy refusait si ardemment l'idée d'être envoyée au loin… Avec elle, ces derniers temps, tout prenait des allures de tragédie grecque. Elle n'écoutait pas la voix de la raison ; elle refusait tout compromis. Nul doute que, quel que soit le pensionnat qu'il choisirait, elle y sèmerait le chaos avec ses farces séditieuses.

—Frances ? M'écoutez-vous ?

—Je suis certaine que vous trouverez une solution, lui répondit-elle calmement.

Lui adressant un sourire, elle le laissa là à se demander si tout le monde dans sa maison n'était pas subitement devenu fou.

Alec s'assit à son bureau et regarda sans le voir le fatras des papiers. Une angoisse sourde et glacée le saisit soudain ; l'obstination et les réactions disproportionnées de sa sœur commençaient à lui rappeler l'intransigeance de sa grand-mère. Les caractères se transmettaient de génération en génération ; il s'en était rendu compte en observant ses propres connaissances. Mais de telles dispositions ne pouvaient-elles pas être… altérées, orientées sur des voies plus saines ? Comment ? Crier sur Lizzy était inutile, et pourtant il s'obstinait à le faire. Il semblait ne pas pouvoir s'en empêcher.

Alec appuya son front contre sa main. Frances ne lui était d'aucune aide, ces jours-ci. L'idée d'aller demander conseil à sa tante Earnton, altière et sentencieuse, le faisait grincer des dents. Il se rendit compte qu'il désirait demander quoi faire à Charlotte. Elle avait été d'une telle efficacité, avec Anne comme avec Lizzy ; elle saurait…

Pour la centième fois au moins, il revit l'expression de son visage lorsqu'elle avait quitté son bureau en claquant la porte. Il fallait qu'il aille la voir de lui-même. Il avait remis cela à plus tard parce que cette idée faisait naître en lui trop de remords, de doute, de confusion… ainsi qu'un désir bien trop intense.

Lucy entra dans la cuisine, couverte de poussière après une matinée de ménage, et la découvrit pleine des crépitements du feu et d'une odeur de pommes. Tess Hopkins, qui était descendue peu de temps auparavant, se tenait à côté de Mrs Trask et épiait le moindre de ses mouvements.

— Il faut couper le pain d'épice en petits morceaux avant de l'incorporer dans la farine avec ceci.

Mrs Trask montra à Tess l'ustensile adéquat et lui fit une démonstration vigoureuse.

— Regarde comme les pommes séchées ont gonflé une fois qu'on les a bien imbibées, ajouta-t-elle en s'activant.

La jeunesse et le manque d'expérience de Tess permettaient à Lucy de se sentir mûre et compétente. Tess était une gentille fille, quoiqu'un peu timide. Elle sursautait au moindre incident. C'était pur plaisir que de voir comment Mrs Trask la faisait sortir de sa coquille tout en lui transmettant son savoir-faire.

Lucy prit un verre d'eau et s'installa à la table de la cuisine. En ce qui concernait Mrs Trask, et son mari aussi, presque tout devenait pur plaisir. La cuisine était un autre monde depuis qu'ils tenaient les rênes : rutilante, emplie d'odeurs délicieuses, calme et confortable. Il était extraordinaire que la même pièce, les mêmes murs, et le poêle, et les équipements, en fussent tellement altérés. Et tout le sous-sol était à l'avenant. Ethan et James étaient venus aider à descendre des meubles depuis les chambres inoccupées, et Mrs Trask avait aménagé des quartiers douillets à l'arrière. Lucy n'aurait pas cru cela possible avec du mobilier de cette maison, mais Mrs Trask avait un don, tout simplement. Elle, et Miss Charlotte également, qui opérait de même à l'étage. Lucy soupçonnait qu'elle était encore en train d'arranger et de réarranger, même après les avoir congédiés. C'était comme si l'endroit avait été purifié d'une malédiction, et les Trask étaient leurs bonnes fées.

Cette pensée la fit sourire. Lucy admirait et respectait profondément le vieux couple. Elle ne pouvait imaginer aucun problème pratique que Mr Trask ne saurait résoudre. Elle espérait qu'eux aussi l'appréciaient en retour, bien qu'elle se sentît parfois surveillée de bien près. Normal lorsque des étrangers apprennent à se connaître, sans doute.

Au tout début, elle n'avait pas compris que c'étaient les grands-parents d'Ethan. Leur nom aurait dû la mettre sur la piste, mais à ce moment-là, elle avait été trop abasourdie pour avoir les idées claires. Quand elle s'en était rendu compte, elle avait été stupéfaite de la gentillesse dont il avait fait preuve en les invitant à venir ici. Et depuis qu'elle l'observait avec eux, elle commençait à se demander si elle ne s'était pas méprise sur son compte. Oh bien sûr, un garçon pouvait se tenir d'une façon avec sa famille, et complètement différemment avec les femmes qui lui plaisaient. C'était même plus que probable ; Lucy le savait. Pourtant…

À ce moment-là, comme invoqué par ses seules pensées, Ethan descendit lourdement l'escalier qui menait au sous-sol depuis le hall d'entrée.

— Grand-pa ne peut pas résister à un jardin, hein ? dit-il. Qu'est-ce qu'il pense pouvoir faire de ce lopin de terre rocailleuse là-dehors ?

— Est-ce qu'il faisait attention à son dos ? demanda abruptement Mrs Trask.

Ethan esquissa un salut militaire.

— Conformément aux ordres, m'dame ; éviter de creuser trop dur. Je pense qu'il a confié cette mission au chat. Elle a commencé un bien beau trou près du mur. Bien sûr, c'est peut-être un tunnel pour s'évader. Elle en serait capable, que ça m'étonnerait pas.

— Chenapan, dit-elle en retournant froncer le bord de sa pâte à tarte. Et toi, qu'est-ce que tu fiches ici ? Tu ne négliges pas tes tâches, dis-moi ?

— Non, m'dame. Ces dames sont parties chez lord Earnton, accompagnées par James, sauf Miss Lizzy qui est toujours consignée à demeure. J'ai une liste de commissions longue comme le bras. Je ne peux même pas rester jusqu'à ce que cette tarte soit sortie du four.

Il lui adressa un sourire polisson.

— C'est pour le dîner, mon garçon. Bas les pattes, tu n'as rien à faire dans ma cuisine.

Mais elle lui rendit son sourire.

Ethan se laissa choir sur une chaise.

— Lucy. Tess.

Le saluant d'un signe de tête, Lucy remarqua une fois de plus à quel point Ethan se montrait courtois envers Tess. Jamais il ne badinait avec elle.

— Puisque tu es tellement désœuvré, tu peux sortir donner un coup de main à ton grand-père, dit Mrs Trask.

Il y avait une petite inflexion curieuse dans le ton de sa voix, à la fois plus et moins taquine que d'habitude.

— Il ne fait que se promener en rêvant un jardin, Grand-ma. Il n'a pas besoin que je traîne dans ses jambes.

Ethan se tourna vers Lucy et lui expliqua :

— Grand-père anticipe les moindres détails concernant le jardin. Tu devrais voir ce qu'il a fait pousser dans la maison de campagne des Wylde. Sir Alexander dit que c'est comme un tableau. Les nobles gens viennent de partout pour voir les jardins de Grand-pa et lui demander son avis sur ce qu'ils devraient faire du leur. Une vraie célébrité !

Les joues de Mrs Trask rosirent de plaisir.

— Ça a l'air merveilleux, dit Lucy. J'espère que j'aurai l'occasion de les voir un jour.

Un ange passa. Lucy eut l'impression d'avoir dit quelque chose de maladroit, alors que ce n'était pas le cas.

— Susan te salue, reprit Ethan sur ces entrefaites. Oh, et Jennings voulait que tu saches qu'elle sera heureuse de continuer ton apprentissage, si tu veux venir la voir pendant ton jour de relâche.

La poitrine de Lucy se gonfla de joie. Peut-être les choses finiraient-elles par s'arranger, après tout. Qui aurait cru qu'elle pourrait se sentir chez elle dans cette terrible demeure, par exemple ? Et pourtant, c'était de plus en plus vrai.

Ethan et sa grand-mère parlaient de certaines connaissances du Derbyshire. L'air embaumait la tarte aux pommes. Un moment plus tard, Mr Trask les rejoignit, Tricotte sur ses talons. À leur grand étonnement, la chatte se roula en boule près du foyer et s'endormit.

Quelqu'un sonna à la porte d'entrée. Tess sursauta et la casserole qu'elle était en train de récurer lui échappa des mains. Mais l'instant d'après, elle rajustait son tablier et s'en allait ouvrir. Lucy ne put réprimer un frisson d'appréhension. Qui pouvait leur rendre visite ici, et que pourrait-il en sortir de bon ?

Devant la porte de l'ancienne résidence de son oncle, Alec tendit sa carte à une toute jeune servante. Elle le fit patienter dans la rue plusieurs minutes.

— Madame est sortie, lui dit-elle en tremblant quand elle réapparut.

Une vie entière de bonnes manières bouillonna et partit en fumée.

— Ridicule.

Il força le passage et la fille s'enfuit comme si une armée d'envahisseurs investissait la maison. Après un rapide coup d'œil au rez-de-chaussée désert, il monta l'escalier au pas de charge. Il pénétra dans ce qui était un petit salon dans ses souvenirs, mais y trouva une table et des chaises. Il dénicha enfin Charlotte dans la pièce opposée. Elle portait un tablier par-dessus une robe élimée, un plumeau poussiéreux à la main.

— Pourquoi faites-vous le travail de la bonne ? demanda-t-il, en regrettant immédiatement de ne pas avoir tenu sa langue.

Charlotte lâcha le plumeau comme si c'était un rat mort. Elle attrapa son tablier pour l'ôter précipitamment.

— Comment osez-vous… ?

Des pas lourds dans l'escalier précédèrent un colosse aux cheveux blancs.

— Tout va bien, madame ? demanda-t-il.

Alec était déconcerté. Cet homme ne lui était pas inconnu. Où avait-il… ?

— Trask ? Que faites-vous ici ?

—Ma bonne dame et moi travaillons là, répondit-il avant de se tourner vers Charlotte. Madame ? Tout va bien ?

La tête d'Alec lui tournait. Apparemment, son ancien jardinier en chef était prêt à le mettre à la porte de cette maison.

—Je croyais que vous aviez pris votre retraite, avança-t-il sans trouver rien d'autre à dire.

—Tout va bien, Trask, merci, dit Charlotte. Que voulez-vous ? ajouta-t-elle quand le vieil homme fut parti.

Au contraire, que ne voulait-il pas ? se demanda Alec. La revoir ainsi, ravissante même dans cette tenue d'intérieur, lui faisait perdre la tête. Il était envoûté par ses prunelles cuivrées, et ses lèvres qui s'étaient posées sur les siennes avec tant d'ardeur… Il fouilla sa mémoire à la recherche du discours qu'il avait préparé.

—Je suis venu pour vous présenter mes excuses, bien entendu. J'ai dit à Hanks qu'il était fou, et l'ai démis de ses fonctions. Il m'avait pris au dépourvu avec sa ridicule…

—Et si d'autres venaient à penser comme lui ?

—Personne ne…

—Vous y avez cru. L'espace d'un instant.

—Jamais !

—Je l'ai vu dans vos yeux.

Sa voix se brisa, et Alec en souffrit comme si on l'avait frappé en pleine poitrine. Elle déglutit.

—Ramenez Hanks. Qu'il fouille cette maison, qu'il dissèque mon passé, qu'il me suive dans les rues s'il le souhaite. Il ne trouvera rien de suspect !

—Je le sais. Il faut me comprendre : je pense toujours en priorité à protéger mes sœurs…

—De moi ?

—Non, non, bien sûr que non. Je reconnais mon erreur. J'en suis profondément navré.

Charlotte ne dit rien.

—Les remous de notre histoire familiale me rendent sans doute… trop protecteur.

Charlotte jeta son tablier sur le dossier d'une chaise. Elle regardait partout sauf dans sa direction. De plus en plus mal à l'aise, Alec reprit :

—La maison de mes grands-parents, où nous avons vécu jusqu'à mes six ans, était un endroit où l'agitation et les rancœurs étaient permanentes. Mes sœurs et mon frère, étant plus jeunes, ont été préservés en grande partie, et j'ai fait le serment que leur vie serait… paisible.

—Paisible, répéta Charlotte.

Il était incapable de déchiffrer le ton de sa voix. Mais… avait-elle le regard rivé sur ses lèvres ? Non, ridicule.

—Bien sûr, mon père avait été encore plus… affecté par l'échec catastrophique du « mariage d'amour » de ses parents. Toute sa vie, ils le rendirent misérable. J'ai tiré un enseignement de son exemple. Il s'efforçait toujours de suivre les chemins de la raison. Il choisit une épouse au caractère égal et dont la situation serait compatible avec la sienne ; ils eurent toute raison d'être satisfaits…

J'ai complètement perdu le fil de cette conversation, songea Alec. Il en disait trop. Et qu'avait à voir tout ceci avec les excuses qu'il était venu présenter ?

—Vous ne croyez donc pas à l'amour ? demanda Charlotte, les yeux toujours rivés au plancher.

—Bien sûr que si. J'aime mon frère et mes sœurs. Et Frances. J'ai la plus haute estime pour ma tante et mon oncle Earnton.

—Ah, l'estime.

Dans sa bouche, ce mot parut presque vulgaire.

Cet échange manquait complètement à son objectif premier ; Alec devait le remettre sur les rails. Il était venu ici pour une raison bien précise.

—Ce que vous avez dit au sujet de Hanks…

—Vous pouvez le charger de me surveiller ! Je vous l'ai dit, je n'en ai cure.

—Ce n'est pas dans mes intentions. Mais ce que vous avez souligné tout à l'heure est très pertinent. Je n'avais pas considéré les choses sous cet angle.

Charlotte fronça les sourcils.

—Nombreux sont les gens prêts à croire n'importe quoi… surtout le pire. Et contre la calomnie, il n'y a de meilleure parade que la vérité.

—Exactement. Voilà pourquoi vous devez remettre Hanks au travail.

—Mais s'il ne cherche pas dans la bonne direction – et il se fourvoie bel et bien – comment pourra-t-il découvrir la vérité ? Je pense que nous devrions prendre part à l'enquête.

—Nous ?

Elle s'était adoucie, imperceptiblement. Alec éprouva un immense soulagement.

—Vous devez connaître certains détails au sujet de mon oncle, que des étrangers ne pourraient…

— Je ne sais qu'une seule chose à propos d'Henry. Il ne se préoccupait de rien d'autre que de sa collection. Il y consacrait toute sa vie : ses connaissances, ses pensées, ses paroles, absolument tout y passait.

— Très bien. Ceci confirme que ce qui s'est passé doit y être lié également. La tentative de cambriolage corrobore aussi cette hypothèse.

— Donc ?

— Je pense que nous devrions…

Quoi ? songea Alec. Que devaient-ils faire ? Elle posa sur lui un regard tel que ses méninges cessèrent de tourner instantanément, ne lui laissant qu'une pensée unique en tête.

— Nous devrions… ah… ah… demander à un expert d'estimer la valeur de la collection. Nous aurions dû y songer plus tôt. Oui, c'est cela.

— Mais que pourrions-nous apprendre sur le cambriolage, ou sur le meurtre ?

— Qui sait ? répondit précipitamment Alec sans lui laisser le temps de protester. Ce que j'essaie de dire, c'est que l'argent exerce un pouvoir d'attraction considérable sur nombre de personnes. Je vais m'occuper des démarches pour demander cette expertise, si vous le voulez bien.

Charlotte hésita, puis hocha la tête. Il mourait d'envie de lui demander si elle lui avait accordé son pardon, mais n'osa pas. Soudain, il se rendit compte qu'il était en train de s'inventer une excuse pour la revoir régulièrement. Il aurait dû prendre congé sur-le-champ, quitter la table tant qu'il menait encore la danse, mais il ne pouvait se résoudre à franchir le seuil de cette pièce.

— Mr Trask est un homme bien.

La remarque manquait cruellement d'à-propos.

— Oui.

— Je suis heureux que vous l'ayez à votre service.

Elle acquiesça et attendit.

— Eh bien, je… Oh! Ce maudit chat. Je vais le reprendre, si vous le désirez.

Sa réticence était trop réelle pour ne pas transparaître dans sa voix. Enfin, Charlotte s'autorisa un sourire.

— Mrs Trask adore les chats. Et, aussi surprenant que cela puisse paraître, Tricotte a l'air de lui obéir la plupart du temps. Mr Trask va lui confectionner une petite chatière pour qu'elle ait accès au jardin derrière la maison. L'espace et le grand air semblent la rendre plus calme.

— Peut-être va-t-elle s'enfuir, fit remarquer Alec, plein d'espoir.

— Lizzy ne me le pardonnerait jamais. Néanmoins, je doute que cela arrive. À mon avis, elle aime simplement avoir sa part de liberté. J'espère, ajouta-t-elle en se redressant, que Lizzy pourra venir lui rendre visite de temps en temps.

Alec était sur le point de lui dire que Lizzy était actuellement en disgrâce et n'aurait la permission de rendre visite à personne avant un très long moment, mais quelque chose dans sa façon d'éviter soigneusement de croiser son regard le fit changer d'avis. Manifestement, Charlotte espérait sincèrement une réponse positive et craignait d'essuyer un refus.

— Bien sûr.

Ces mots lui valurent un nouveau sourire et il sentit enfin l'atmosphère se détendre.

Il faudrait toutefois qu'il se satisfasse de cette maigre victoire. Après l'avoir remercié, Charlotte lui indiqua que toute sa maisonnée était fort occupée, et il n'eut d'autre choix que de prendre congé.

Chapitre 14

Quelques jours plus tard, Charlotte attendait une seconde visite dans un décor métamorphosé. Le salon était désormais aménagé dans la plus grande des pièces, à l'avant, et ne contenait plus que des meubles choisis par ses soins. Elle portait l'une de ses robes neuves et arborait une coiffure minutieusement élaborée. Nul signe d'un quelconque tablier, et encore moins d'un plumeau. Il était hors de question que pareille humiliation se répétât. Elle était furieuse au souvenir de l'accoutrement dans lequel sir Alexander l'avait surprise – affublée d'une vieille robe hideuse ourlée d'une croûte de poussière, les cheveux hirsutes, une tache sur la joue. C'était sa faute à lui, qui était entré chez elle de force, mais tout de même…

Lorsqu'il était apparu, sa haute taille et ses larges épaules avaient suffi à faire paraître la pièce bien plus petite. Et elle avait été si heureuse de le voir… ce qui la mettait encore plus en colère. Elle était résolue à ne pas faire cas de son opinion. Oh, cet instant où il l'avait dévisagée avec des yeux d'étranger, à se demander si elle représentait un danger pour sa famille ! Cet instant l'avait blessée plus qu'aucun affront qu'elle avait essuyé jusque-là. Elle s'était soudain rendu compte à quel point elle voulait qu'il la trouve belle, accomplie et désirable. Le souhait était peut-être vaniteux, mais quoi qu'il en fût, poussière et tablier ne contribueraient pas à le rendre réalité.

Et pourtant, il était venu la voir. Cet homme, qui avait été capable d'anéantir Holcombe d'une seule parole cinglante, avait pris la peine de lui rendre visite afin de lui présenter ses excuses. Des excuses ! Cela faisait si longtemps qu'aucun homme ne s'était soucié de ce qu'elle pouvait bien ressentir ! Henry aurait préféré mourir que… Non, elle ne pouvait pas imaginer une seule raison qui aurait pu le pousser à lui présenter des excuses.

Il était convenu que sir Alexander passerait de nouveau une fois la collection expertisée, puis lorsqu'ils « enquêteraient » ensemble. À cette idée, le cœur de Charlotte se mit à battre plus vite.

Nulle mention n'avait été faite du baiser, bien évidemment. Et pourtant, quelque chose dans ses yeux avait soufflé à Charlotte que ce moment était aussi intensément gravé dans sa mémoire que dans la sienne. Rien qu'à se remémorer les sensations éblouissantes qu'avait fait naître ce baiser, elle était restée muette, submergée par un désir irrépressible de renouveler l'expérience. C'était impossible, naturellement. On pouvait imputer un baiser volé à l'excès de champagne, et passer outre. Recommencer serait… quoi donc ? Sa ruine ? Elle n'avait aucune perspective, de maigres revenus ; sa position sociale ne tenait qu'à un fil. Sitôt que lady Isabella se lasserait de l'escorter de-ci de-là, ce qui ne manquerait pas d'arriver, Charlotte se retrouverait de nouveau isolée et oubliée de tous.

Elle s'était juré de n'agir qu'à son gré désormais. Se pourrait-il qu'elle goûtât à la passion physique ? Rien qu'oser y songer était une révolution en soi. L'espace d'un instant, elle se laissa aller à imaginer ce qu'aurait fait sir Alexander si elle avait jeté ses bras autour de son cou et…

La cloche qui retentit au rez-de-chaussée fit voler en éclats ces agréables divagations. Peu après, Tess fit entrer lady Isabella. Charlotte ne s'était pas attendue à ce qu'elle vînt jusqu'ici, si loin des quartiers à la mode. À dire vrai, elle pensait que lady Isabella occulterait purement et simplement le lien qui les unissait. Recevoir une missive de sa part avait été une surprise des plus agréables. La visiteuse s'installa sur le sofa.

— Je suis venue vous prier de bien vouloir m'accompagner à une réception, jeudi prochain.

Charlotte pensait plutôt qu'elle était venue poussée par la curiosité, afin de voir la maison et son équipage. Mais cela ne la dérangeait pas.

— Comme c'est aimable à vous.

— Ma chère, Edward ne me pardonnerait jamais si je ne vous y emmenais pas.

Charlotte n'avait pas remarqué qu'Edward lui portât une attention particulière. Mais à cheval donné, on ne regarde pas la bride.

— Je serais ravie de vous accompagner.

Lady Isabella balaya la pièce du regard comme s'il s'agissait d'une cabane de sauvageons.

— Si l'on nous pose des questions, nous expliquerons qu'Henry était un homme horriblement excentrique. Un savant farfelu.

Dans sa bouche, les deux mots semblaient synonymes.

— Il est venu s'enterrer ici, dans les bas quartiers. Comme une sorte de… d'ermite. En vous entraînant dans sa folie, bien entendu. Qu'auriez-vous pu faire ? Mais maintenant, vous voilà sauvée.

Son visage se fendit d'un sourire triomphant.

Pourquoi devrions-nous expliquer quoi que ce soit à quiconque ? se demanda Charlotte. Puis elle comprit qu'il s'agissait d'une histoire à raconter. Lady Isabella se sustentait de telles histoires, surtout des plus indiscrètes. Oui, c'était une commère. Mais elle puisait encore plus de jubilation dans la médisance que dans le fiel des ragots. Elle aurait pu trouver bien pire sur le compte d'Henry ; mais Charlotte s'en moquait éperdument.

Tess apporta le thé et lady Isabella se mit à babiller en passant en revue tous les potins mondains du moment. À un moment, elle mentionna quelque chose à propos de sa jeunesse, et Charlotte ne put réprimer sa curiosité :

— Sir Alexander a parlé de vos parents, l'autre jour.

Sa visiteuse fit la moue.

— Je devine ce qu'il a pu en dire. Alec a toujours méprisé maman.

— Il parlait de son enfance.

— C'était l'enfant le plus arrogant qui soit. Je suppose qu'il vous l'a décrite comme une femme épouvantable ?

— Euh…

— Elle avait la beauté d'un ange, savez-vous ? Mon père l'a aimée dès l'instant où il a posé les yeux sur elle.

Elle rit.

— À l'église, ne vous en déplaise ! C'était la fille d'un évêque.

Lady Isabella échangea avec Charlotte un regard de connivence comme pour partager avec elle l'ironie mordante de la situation. Incertaine quant à la réponse à donner, Charlotte lui sourit.

— Cela ne plut guère à leurs parents. De chaque côté, on espérait des unions plus juteuses. Mais il n'y avait vraiment pas de quoi s'alarmer ; ils étaient issus de la même classe, leurs situations étaient semblables… et ils surmontèrent tous les obstacles.

— Comme dans un conte de fées, commenta Charlotte, fort intriguée de savoir comment ledit conte pouvait être relié au point de vue très divergent de sir Alexander.

— Eh bien, il y eut un somptueux mariage à la cathédrale. Maman m'en reparlait souvent.

Lady Isabella haussa les épaules.

— Les contes de fées ne mentionnent généralement pas ce qu'il advint par la suite, n'est-ce pas ?

— Non.

Personne ne parlait jamais des désastres qui pouvaient survenir après la marche nuptiale jusqu'à l'autel.

— Ils étaient aussi séduisants l'un que l'autre, reprit lady Isabella avant de jeter un coup d'œil au miroir au-dessus de la cheminée. C'est étrange ; aucun d'entre nous n'est aussi beau que ne l'étaient nos parents. Leur union n'a pas fonctionné. Ni pour cela, ni pour le reste d'ailleurs. Ils n'étaient jamais d'accord, sur les petits détails comme sur les choses importantes, ajouta-t-elle en haussant les épaules.

Charlotte se contenta de lui adresser un regard inquisiteur. Lady Isabella sembla se perdre dans un flot de réminiscences, et la curiosité de Charlotte était trop piquée à vif pour qu'elle l'interrompît.

— Maman ne supportait pas qu'on lui tienne tête. C'était là sa nature ; la moindre contestation la mettait dans tous ses états. Et se trouver en société lui mettait les nerfs à fleur de peau.

Elle esquissa un geste vague.

— Seul un mélange de cognac et de laudanum parvenait à l'apaiser. Mais le temps passant, elle se mit à en prendre de plus en plus. J'ai entendu dire qu'il s'agit d'une addiction courante.

Elle parlait d'une voix qui manquait singulièrement de passion. Charlotte eut l'impression qu'elle en entendait trop.

— Je ne voulais pas être indiscrète, lady Isabella. Je vous en prie, ne vous sentez pas…

Mais l'invitée de Charlotte semblait avoir oublié sa présence.

— Elle m'a toujours dit que j'étais tout pour elle – son unique fille, voyez-vous. J'étais à elle, bien plus que les garçons. Elle me faisait mander dans ses appartements et me racontait tout. Parfois, elle pleurait et fulminait des heures durant. Il avait fallu ôter tous les objets décoratifs, car elle avait une fâcheuse tendance à les lancer contre les murs.

L'image que Charlotte se faisait de lady Isabella changeait à chaque instant.

—Cela devait être terrifiant.

—C'était comme un jeu. Nous n'avions pas beaucoup de jeux à notre disposition.

Ses lèvres s'étirèrent en un mince sourire.

—Elle me faisait sortir habillée en garçon.

—Habillée en… ?

—Il y avait un… homme dans le quartier qui vendait du cognac. Enfin, je soupçonne qu'il le distillait lui-même. Ce n'était pas un endroit digne d'une jeune fille.

—Et elle vous envoyait là-bas… ?

Charlotte était épouvantée.

—Papa gardait l'alcool sous clef, et elle ne pouvait pas décemment…

Avec un temps de retard, lady Isabella sembla sentir combien son interlocutrice était choquée.

—Peu importe. Bien sûr, à la fin, Simon m'a emmenée.

—Simon ?

—Mon mari. C'était un voisin. Je l'avais connu toute ma vie. Un jour, il vint me voir, me dit que je devais me sortir de cette maison, et me proposa de l'épouser.

Elle éclata de son rire cristallin.

—J'avais trente et un ans ! Me croirez-vous si je vous dis que j'ai d'abord refusé ?

—J'imagine que c'était une surprise…

—Je ne pouvais penser à rien d'autre qu'aux hurlements de maman si j'allais mentionner que… Mais Simon ne s'avoua pas vaincu. Il alla voir papa. J'ignore ce qu'il lui a dit ; tout ce que je sais, c'est que papa vint me dire que j'étais une idiote, si je ne saisissais pas cette chance d'échapper à l'enfer. C'était un homme franc, mon père. C'était très courageux de sa part, cela dit, car j'étais la seule qu'elle écoutait encore lorsque ses délires prenaient le dessus. Je sais que la situation a empiré pour lui après mon départ.

Charlotte s'aperçut qu'elle avait les larmes aux yeux.

— Ce fut donc un sauvetage romantique.

— Oh, pas vraiment, dit lady Isabella avec un geste indifférent. Maman avait publiquement hurlé sur Simon lors d'un bal de campagne. Une sacrée humiliation ! Je pense qu'il aimait l'idée de s'emparer de quelque chose qui était à elle. Bien entendu, il consacrait tout son argent à la chasse.

— Simon ? demanda Charlotte, désorientée par ce brusque retournement.

— Il chassait comme un forcené ! Tous ses chevaux coûtaient les yeux de la tête. Sans compter les écuries, et les hommes pour s'en occuper. J'ai toujours été convaincue qu'il se souciait davantage de ses chevaux que d'Edward.

Cette affirmation était dénuée de toute émotion.

— Il devait sûrement aimer son fils… ?

— Il était heureux d'avoir un héritier, bien entendu. Sa première femme était morte sans lui en avoir donné. Pauvre idiot de Simon ! Il s'est tué à cheval, en sautant un obstacle envers et contre tout à l'âge de soixante-cinq ans, pouvez-vous le croire ? L'idée de n'être plus capable de monter au mépris du danger lui était tout simplement intolérable. Au moins avons-nous pu ensuite vendre les chevaux et le pavillon de chasse du Leicestershire, et consacrer cet argent à d'autres usages.

Charlotte se demanda si elle parlait à tout le monde aussi librement, ou si elle la considérait comme un membre de la famille, ayant de ce fait le droit d'en connaître les secrets. Les commérages la fascinaient-ils autant parce que sa propre vie était un récit à sensation ?

— Voilà ma triste petite histoire, conclut-elle avec une moue, comme si elle venait de lire les pensées de Charlotte. Tout le monde en ville la connaît. J'ai toujours voulu vivre à Londres, donc tout est bien qui finit bien.

Le regard de lady Isabella brillait d'insouciance ; son sourire était le même que d'habitude. Charlotte ne put que lui sourire en retour. Mais manifestement, ce n'était pas la réponse attendue ; une consternation intense se peignit sur le visage de son invitée.

— Ne me dites pas que vous avez amené cette affreuse bête ici ? s'exclama-t-elle.

Charlotte baissa les yeux et aperçut Tricotte qui venait d'entrer dans la pièce. La queue dressée, la chatte s'avança entre elles d'un pas altier.

— Je la garde pour Lizzy. Cette bête revient de loin…

Tricotte sauta sans effort sur le bras du sofa, à quelques pouces à peine de lady Isabella. Ses prunelles jaunes ne quittaient pas les franges de son châle qui se balançaient doucement. Lady Isabella se leva comme si elle venait d'être frappée par la foudre.

— Viendrez-vous à la réception ?

— Oui, merci. Elle essaie seulement de vous témoigner sa sympathie, je p…

—Formidable. Cela vous dérangerait-il, ma chère, de prendre un fiacre et de m'y retrouver ? Je sais que je devrais passer vous prendre, mais la route est tellement longue jusqu'ici !

—Bien sûr.

—Vous devez absolument déménager de ce faubourg reculé.

Lady Isabella se dirigea vers la porte sans quitter Tricotte des yeux. C'était comme si elle avait oublié que Charlotte n'avait pas d'autre choix que de vivre dans un quartier que les Londoniens à la mode considéraient comme à peine préférable à l'exil.

—À jeudi, en ce cas.

—C'est très aimable à vous de m'avoir invitée.

Lady Isabella balaya cette remarque d'un geste. Charlotte la raccompagna jusqu'à la porte d'entrée, déconcertée par l'étrange mélange des traits de caractère qui composaient sa personnalité, puis elle retourna dans le salon. Tricotte était assise au même endroit et se nettoyait la patte avant à grands coups de langue râpeuse.

—Était-ce vraiment nécessaire ? lui demanda Charlotte. Nous n'avons pas tant de visiteurs que nous puissions nous permettre de les décourager.

La chatte poursuivit sa toilette sans lui prêter attention.

—Je suis consciente que tu n'as pas été jusqu'à t'en prendre à son châle. Même si je soupçonne que c'est l'occasion qui t'a manqué, et non un effort conscient de ta part. Mais j'aimerais te rappeler qu'il t'est interdit de monter sur les meubles du salon.

Tricotte interrompit sa toilette et la dévisagea. Charlotte pouvait presque l'entendre objecter que la pièce était souvent déserte, et que nul ne pouvait l'empêcher de grimper sur les meubles si elle avait décidé de s'y installer. Charlotte soupira. Face à l'attitude de Tricotte, elle était partagée entre l'admiration et l'inquiétude de la sentir si facile à déchiffrer. N'était-elle pas en train de devenir folle ?

— Pas question que je finisse comme une vieille radoteuse dans une maisonnée emplie de chats, déclara-t-elle.

Elle plaisantait, tout en étant sérieuse. Charlotte serra les poings, comme pour empêcher la vie de lui filer entre les doigts.

Debout dans le cellier qui jouxtait la salle à manger, les mains gantées, Ethan polissait machinalement de l'argenterie. Il termina un couteau à poisson, le mit de côté, et s'attaqua à une cuillère à soupe. Il lui fallait un plan, et il n'avait pas de temps à perdre. Grand-ma commençait déjà à exprimer son désir de rentrer chez elle. Il fallait qu'il trouve quelqu'un d'autre pour travailler chez la maîtresse de Lucy, ou bien il devrait parler à cette dernière des agences de recrutement. Mais un personnel composé de parfaits étrangers londoniens ne lui donnerait plus aucune excuse pour leur rendre visite, sans parler de ces visions insidieuses qui lui montraient de sournois serviteurs prompts à lui dérober l'affection de Lucy.

Non qu'il en fût dépositaire, bien entendu. En dépit de tous ses efforts, il n'avait pas réussi à gagner son cœur.

Depuis peu, Ethan se surprenait sans cesse à l'imaginer à ses côtés dans le cottage du garde-forestier du Derbyshire. À attendre un sourire et un baiser à la fin de la journée. À partager leurs repas, et le lit, oh oui. Peut-être, plus tard, une famille.

Cet agréable tableau s'estompa. Pour que cette vie soit sienne, il fallait qu'il demande le poste à sir Alexander, ce qui aurait pour effet de générer un véritable remue-ménage dans sa famille. Il ne voulait même pas y penser. Mais même en occultant cette partie du problème, Lucy accepterait-elle seulement de quitter sa Miss Charlotte ? Il n'y croyait pas, bien qu'elle aspirât ardemment à quitter Londres. Et donc… ses pensées revinrent au point de départ, plus inextricables qu'elles ne l'avaient jamais été. Il lui fallait un plan.

— Ethan.

Le ton employé indiquait que sir Alexander n'appelait pas pour la première fois.

Ethan essaya de masquer son sursaut. Il n'avait même pas entendu la porte battante.

— Oui, monsieur. Désolé, monsieur.

— Je m'en vais rendre visite à Mrs Wylde. Je serai sorti un moment.

— Bien, monsieur.

Sir Alexander fit mine de tourner les talons, puis il hésita.

— Comment vos grands-parents en sont-ils venus à travailler pour elle, Ethan ? Je croyais qu'ils avaient pris leur retraite et vivaient dans ce cottage qu'ils possèdent.

— Ils étaient v'nus… venus rendre visite à ma tante, et je leur ai demandé de me rendre ce service, monsieur.

Je n'aimais pas l'idée que Lu... que ces dames restent seules là-bas.

— Ah. Bon travail.

Quelque chose dans sa façon de dire cela fit dresser les oreilles à Ethan. Peut-être l'amour lui embrumait-il le cerveau, mais il eut soudain l'impression que son maître était plus inquiet que de raison du bien-être de la maîtresse de Lucy.

Sir Alexander hocha la tête et partit. La porte se referma brusquement derrière lui.

Les mains d'Ethan s'immobilisèrent tandis qu'il se remémorait les dernières semaines qui venaient de s'écouler. À présent qu'il revoyait les choses sous cet angle, il décelait des signes qui ne trompaient pas. Si son maître et la maîtresse de Lucy convolaient, Lucy s'installerait dans le Derbyshire, précisément où il le voulait. Ce qui devait arriver pourrait ensuite... arriver. Et sans que Lucy n'ait rien à faire, ce qui était idéal, car il était aussi facile d'obtenir l'attention de cette fille-là que d'arracher des dents. Donc, comment pouvait-il... mettre toutes les chances de son côté ?

Il reçut une bourrade dans les côtes.

— Ethan, espèce de vieille souche.

Il baissa les yeux et vit Susan à côté de lui.

— Qu'est-ce qui ne va pas ?

— Rien du tout.

— Allons donc. Jamais tu n'as été comme ça.

— Comme quoi ?

— À rêvasser au lieu de travailler. Sans entendre qu'on sonne à la porte.

— On a sonné ?

Il était horrifié à cette idée.

—James est allé ouvrir.

Susan lui lança un regard par en dessous. Ses yeux se plissèrent lorsqu'elle formula son hypothèse avec jubilation.

—Serais-tu amoureux?

Ethan faillit jurer. Avec toutes les complications qui pleuvaient sur sa vie tout d'un coup, la dernière chose dont il avait besoin, c'était bien de personnes indiscrètes venant fourrer leur nez dans ses affaires. Il en avait eu plus que sa part.

—Moi? Bien sûr que non! Petite sotte.

Susan continuait de le regarder comme un cheval qu'elle envisageait d'acheter.

—C'est que j'ai reçu une lettre de mon père, ajouta Ethan.

Ce n'était pas un mensonge; il avait effectivement reçu une lettre deux jours auparavant, pleines des injonctions habituelles lui intimant de bien faire son travail.

—Oh.

Susan était au fait des difficultés entre Ethan et son père.

—Y a-t-il quelque chose que…?

—Ça va.

Ethan détestait l'idée de tromper son amie d'enfance.

—Rien de nouveau.

Seulement une nuée de problèmes que, d'une façon ou d'une autre, il était le seul à pouvoir résoudre.

Susan lui tapota le bras avec sollicitude et le laissa seul. Ethan essaya de se concentrer sur l'argenterie, bien que cette occupation fût parmi les plus inutiles qu'il connût. Il aimait obtenir des résultats concrets où transparaissaient les efforts qu'il avait investis ; il avait horreur des tâches ingrates qui, une fois achevées, ne demandaient qu'à être recommencées une semaine ou deux plus tard.

Une agréable routine s'installa dans la maisonnée de Charlotte. Plus elle observait son personnel, et plus elle l'appréciait. Tout particulièrement Mrs Trask, qui avait accompli l'exploit de limiter les déprédations de Tricotte à une unique côte d'agneau et un petit bout de saucisse. Lors de sa première visite, Lizzy n'en crut pas ses yeux.

— Vous aviez donc le secret espoir de la voir démolir ma maison ? la taquina Charlotte.

— Bien sûr que non !

Installée sur les genoux de Lizzy, Tricotte débordait comme un tapis de fourrure. On l'entendait ronronner.

— Je savais qu'elle adorerait cet endroit… ainsi que vous.

Cette assertion s'accompagna d'un regard d'une chaleur telle que la gorge de Charlotte se serra.

— Si seulement je pouvais vivre ici, moi aussi !

— Vous ne voudriez pas abandonner votre sœur et votre frè…

— Ils n'ont aucun scrupule à m'abandonner sans arrêt ! ronchonna Lizzy. Vous ne feriez jamais cela si je venais vivre avec vous.

Un océan de complications à venir s'abattit sur Charlotte.

— Eh bien, il le faudrait parfois, du fait de… euh… mes obligations domestiques et… hum… de commissions.

— Vous ne voulez donc pas de moi ?

Un orage de larmes menaçait d'éclater dans les yeux de Lizzy.

Même en écartant toutes les autres difficultés que cela engendrerait, Lizzy s'ennuierait à mourir au bout d'une seule journée dans une si petite demeure, songea Charlotte. C'était la recette parfaite pour un désastre. Elle tenta de lui opposer une raison que Lizzy n'aurait sûrement pas envisagée :

— Malheureusement, je n'ai pas vraiment les moyens de recevoir.

Comme prévu, la jeune fille la regarda sans comprendre.

— Je crains que le budget de ma maison soit horriblement restreint, Lizzy. Je regrette.

— Vous n'avez pas d'argent ?

— Vous viendrez nous voir très souvent, Tricotte et moi.

Lizzy fronça les sourcils, pensive, une expression troublante sur le visage. Elle ne parla plus de déménagement, mais lorsqu'elle prit congé, Charlotte ne savait que trop qu'il lui fallait trouver un plan pour anticiper les manigances qui s'échafaudaient dans cette jolie petite tête.

Sir Alexander arriva à 14 heures, accompagné d'un expert du British Museum. Charlotte se demanda s'il avait informé le dénommé Gerald Mortensen que la collection d'Henry reviendrait au musée si le testament n'était pas suivi à la lettre. Probablement pas.

Mortensen était un homme mince et laconique à l'allure de furet.

— Les clefs ? demanda-t-il une fois arrivé devant les vitrines du petit salon.

— Oh.

Charlotte n'avait pas songé à cela. Elle évitait autant que possible de penser à toutes ces maudites antiquités.

— Henry les gardait toujours sur lui. Il avait un porte-clefs spécifique afin de distinguer ces clefs de celles de la maison. Elles… elles ont sûrement été volées avec son portefeuille.

Elle regarda sir Alexander.

— Ses effets personnels ont été remis à Wycliffe. Il n'y était fait nulle mention de clefs, déclara-t-il avant de se tourner vers Mortensen. Ne pouvez-vous faire une estimation rien qu'en les regardant ?

La réponse fut sans appel :

— Il me faut manipuler les objets pour les authentifier.

— Ah.

Sir Alexander contempla les rangées de vitrines.

— Je n'aime pas l'idée de briser les serrures.

— L'un de mes collègues du musée serait très probablement en mesure de les ouvrir, dit Mortensen.

— Vous voulez dire, de crocheter les serrures ? demanda Charlotte, intriguée.

— Sa spécialité est l'histoire des mécanismes de fermeture, s'insurgea l'homme. Il lui fallut par nécessité apprendre à ouvrir toutes sortes de verrous, car les vestiges ne sont que rarement retrouvés avec la clef.

Néanmoins, dans notre cas, dit-il en désignant la pièce d'un geste ample, ces vitrines sont un modèle standard, similaire à celles que nous utilisons. Il est stupéfiant de constater la fréquence à laquelle les clefs se perdent.

— Mais jamais celles des vitrines dont il avait la charge, compléta Charlotte en percevant le dédain dans sa voix.

— Il possède un passe-partout qui fonctionne sur la plupart des modèles. Voudriez-vous que j'écrive un billet pour lui demander de venir ? ajouta Mortensen.

— S'il vous plaît. Mon cocher le lui portera.

Ainsi fut fait, après quoi Mortensen s'éloigna. Il arpenta les salles du rez-de-chaussée pour examiner les objets disposés hors des vitrines. Charlotte n'obtint aucune réponse quand elle lui demanda s'il désirait du thé ou tout autre rafraîchissement.

— Il est très concentré sur son travail, commenta-t-elle une fois hors de portée de voix.

— En effet, et je puis certifier qu'il n'a aucun autre sujet de conversation. Le trajet en voiture depuis le musée a été un brin… silencieux.

Heureusement, son collègue arriva moins d'une demi-heure plus tard et n'eut aucune difficulté à ouvrir les vitrines. Son passe-partout confectionné par un serrurier permettrait en outre de les refermer. Charlotte n'aurait plus aucun moyen d'accéder aux objets, se rendit-elle compte, mais ce n'était pas comme si la chose l'intéressait.

— Cette collection comporte-t-elle des verrous ? demanda le nouveau venu à Mortensen en lui remettant le passe-partout.

La réponse fut négative, et il repartit sans ajouter quoi que ce soit.

— Cela va prendre un certain temps, les avertit Mortensen, qui aurait manifestement préféré les voir ailleurs.

— Nous voici congédiés, dit sir Alexander à Charlotte d'un air amusé.

— Il semblerait. Et vous, prendrez-vous une tasse de thé ou… je crois que nous avons du vin de Madère.

— Du thé, répondit-il.

Charlotte donna ses ordres et ils montèrent au salon. Elle était heureuse d'avoir l'occasion de lui montrer combien elle avait embelli les lieux depuis sa dernière visite. Il ne fit cependant aucun commentaire tout en s'asseyant.

— Lizzy m'a dit qu'Anne prend beaucoup de plaisir à ses leçons de danse ?

— Elle en a tout l'air. Peut-être pas autant que Lizzy aime à le laisser entendre pour la taquiner, cela dit.

— Et à quoi Lizzy occupe-t-elle son temps, maintenant qu'Anne est si souvent absente ?

Sir Alexander secoua la tête.

— À manigancer de mauvais tours, j'imagine.

Il hésita un instant, puis ajouta :

— Vous êtes devenue très proche de mes sœurs. Vous connaissez Lizzy. Pensez-vous que je devrais l'envoyer en pensionnat ? Contre son gré ?

C'était exactement l'ouverture qu'attendait Charlotte. Elle avait beaucoup réfléchi à Lizzy ces derniers temps.

— Je ne pense pas que le moment soit bien choisi pour la séparer de sa famille.

— Le moment ?

— Je crois qu'elle a peur.

— Peur ? De quoi donc ?

Il se redressa, comme s'il se préparait à voler à son secours.

— Qu'Anne rejoigne le vaste monde et la laisse seule.

— Ah.

Il fronça les sourcils.

— Si elle avait davantage d'activités…

— Elle en aurait en pensionnat. Ainsi que de nombreuses autres jeunes filles avec qui se lier d'amitié.

— Mais elle se refuse à partir.

— Avec véhémence. Lizzy est persuadée de savoir d'ores et déjà tout ce dont elle aura jamais besoin, déclara-t-il en secouant la tête. Frances a instruit les filles dès leur plus jeune âge. Puis nous avons engagé des gouvernantes, mais ni mon père ni moi-même n'avons jamais réussi à en trouver une qui convienne véritablement. Elles étaient consciencieuses, sans plus. Et aujourd'hui, plus aucune n'accepte de rester, confrontée à Lizzy et à ses… facéties.

— Anne a donc été sa seule véritable compagne ?

Il fronça les sourcils comme si cette idée lui traversait l'esprit pour la toute première fois.

— Notre voisinage à la campagne ne compte que très peu de jeunes gens.

— Eh bien, j'ai une idée.

Elle s'était creusé les méninges un certain temps, craignant que Lizzy, de son côté, fût en train d'échafauder des plans pour améliorer sa situation.

— Toute suggestion serait la bienvenue.

— Vous pourriez faire pour Lizzy la même chose que pour Anne. Quelque chose me dit que votre tante Earnton saurait exactement comment procéder. Trouvez quelques jeunes filles de l'âge de Lizzy, avec la bénédiction de votre tante… Ou plutôt laissez-la les sélectionner et faites en sorte que Lizzy puisse faire leur connaissance. Qu'elle se fasse de nouvelles amies. Cela fait, l'absence d'Anne devrait commencer à se faire moins cruellement ressentir.

Sir Alexander ne la quittait pas des yeux.

— Excellente idée. Pourquoi n'y ai-je pas pensé ? J'en parlerai à ma tante dès aujourd'hui. Merci !

Charlotte sentit une vague de chaleur l'envahir sous l'intensité du regard qu'il posait sur elle. Si Tess n'était pas entrée leur porter le thé à ce moment précis… Mais elle apparut, et Charlotte s'empressa de servir une tasse. Soudain, le bruit d'un objet lourd qu'on déplaçait au rez-de-chaussée la ramena à la réalité : meurtre, cambriolage, accusations…

— Pensez-vous vraiment que cette estimation sera utile ; qu'elle nous permettra de trouver des réponses ?

— Nous sommes des gens intelligents et logiques, dotés de ressources…

— Mais vous l'avez dit vous-même, qu'entendons-nous aux enquêtes criminelles ? Personnellement, je n'y connais rien.

Peut-être les soupçons pèseront-ils sur moi à tout jamais, songea-t-elle avec angoisse.

— Cela doit revenir à peu près au même que d'examiner les doléances de nos locataires afin de les départager. Et nous avons l'avantage d'être certains que vous n'étiez en rien impliquée et résolus à découvrir la vérité.

Leurs yeux se rencontrèrent. Dans ce regard sans faille, Charlotte lut la détermination d'un homme digne de toute confiance et… davantage ? Son cœur qui battait la chamade l'assourdissait presque. Qu'avait donc cet homme de plus que tous ceux qu'elle avait jamais rencontrés ? Pourquoi la captivait-il ainsi, pourquoi mettait-il tous ses sens en émoi ? Elle savait pertinemment ce qui avait manqué à son désastreux mariage ; elle en avait pris acte, d'abord avec une résignation lointaine, puis avec soulagement. Mais en présence de sir Alexander, l'isolement physique auquel elle avait été réduite devenait une douleur aiguë. Il lui fallait tendre la main, le toucher, raviver la flamme d'un lien charnel.

Le silence se faisait trop long, trop lourd. Elle chercha ses mots :

— Je… ah… Lady Isabella m'a fort aimablement proposé de l'accompagner à une réception demain.

Peut-être l'y croiserait-elle, comme la fois précédente.

— Ah vraiment ?

Son ton s'était fait cassant.

— Elle m'a parlé de sa mère.

Pourquoi avait-elle dit cela ? Sir Alexander eut l'air stupéfait, comme elle aurait pu s'y attendre.

— Je ne sais trop comment nous en sommes venues à aborder le sujet… Je… Nous parlions de son enfance.

Comment pouvait-elle changer de sujet ? Il était pensif à présent. L'avait-elle offensé ?

— Je suis certain que mon portrait a été peu flatteur, quelque histoire qu'elle vous ait racontée au sujet de notre famille.

Horrifiée, Charlotte se hâta d'intervenir pour éviter qu'il croie qu'elle avait colporté des indiscrétions sur son compte.

— Nous n'avons pas parlé de…

— Elle vous dirait la même chose à mon sujet. Peut-être à juste titre. Toutefois… dès que je fus en âge de remarquer ce genre de chose, il me sembla que tante Bella avait plutôt tendance à attiser les flammes entre mes grands-parents. Ils communiquaient presque exclusivement par son entremise, savez-vous, et la façon dont elle… transmettait les messages de l'un à l'autre aggravait les conflits, plutôt que de les apaiser. C'est du moins ce qu'il me semblait, dit-il en haussant les épaules. Aussi n'irais-je pas prendre tout ce qu'elle peut dire… pour argent comptant.

— Viviez-vous chez vos grands-parents ?

Il semblait bien à Charlotte l'avoir entendu mentionner quelque chose comme cela.

— Uniquement quand j'étais très jeune. Plus tard, nous leur rendions visite lors des vacances de Noël. Mon père ne put jamais se résoudre à refuser leur invitation.

— Dans ce cas, vous ne pouvez guère affirmer ce qu'il en était, n'est-ce pas ?

Comment aurait-il pu comprendre le drame d'être une jeune femme prisonnière d'une maison où l'on l'humiliait et la tourmentait continuellement ? Charlotte réprima un frisson.

Il lui concéda cela en hochant sèchement la tête. Charlotte prit une petite gorgée d'un thé tiède. Le silence s'installa de nouveau. Ils s'étaient aventurés dans les méandres d'une conversation autrement plus épineuse qu'un échange de banalités mondaines, et Charlotte ne savait trop comment s'en dépêtrer. Sir Alexander ouvrit la bouche, prêt à parler, et elle se pencha en avant. Il ne dit rien. Elle porta de nouveau sa tasse à ses lèvres tandis qu'il reposait la sienne dans un délicat tintement de porcelaine.

— Peut-être devrions-nous…

— Je me demande si… ?

Ils avaient parlé en même temps. Tous deux s'interrompirent poliment en même temps pour dire dans un bel ensemble :

— Je vous en prie.

Charlotte n'avait jamais connu un tel soulagement que lorsque des pas retentirent dans l'escalier.

— J'ai terminé mes estimations, provisoirement, annonça Gerald Mortensen, un petit calepin à la main. Je crains qu'il ne s'agisse pas de bonnes nouvelles.

— Asseyez-vous, je vous en prie, dit Charlotte. Prendrez-vous une tasse de thé ?

Mortensen déclina d'un geste.

— Non, merci.

Il refusa également le siège qu'elle lui proposait.

— Ma conclusion préliminaire, dont je ne pense pas qu'elle soit amenée à changer sensiblement par la suite, est que cette collection se compose essentiellement de contrefaçons. Ou, pour parler moins crûment, de reproductions modernes. Certaines pièces sont d'assez bonnes copies. Mais elles n'ont que fort peu de valeur, bien sûr. Il y a un ou deux objets dont l'acquisition pourrait intéresser le British Museum, ajouta-t-il en haussant un sourcil.

— Le testament de mon époux proscrit toute vente, dit Charlotte, les lèvres serrées.

— Ah.

Mortensen arracha une page de son calepin et le referma.

— Donc, si mon oncle a payé des fortunes pour obtenir ces pièces… ? commença sir Alexander.

— On l'aura dupé. Malheureusement, il existe nombre d'« antiquaires » sans scrupules qui n'attendent qu'une occasion de berner ceux qui se passent de l'avis éclairé d'experts en la matière.

Mortensen renâcla avec mépris.

— Il n'y aurait donc pas de quoi constituer un petit musée de qualité ? demanda Charlotte. Dans cette collection, j'entends ?

Il se tourna vers elle avec un regard qu'en étant charitable, on aurait pu qualifier de compatissant.

— Si le British Museum recevait un lot tel que celui-ci, il serait presque intégralement rejeté.

Il tendit la page du calepin à sir Alexander.

— Voici la liste des pièces authentiques. Je les ai identifiées par les numéros des vitrines.

— Merci.

— Je dois prendre congé, à présent.

Mortensen s'inclina légèrement, et quitta la pièce sans plus de courtoisies.

— Tout cet argent, dilapidé aux quatre vents !

Ces mots échappèrent à Charlotte, tandis qu'elle luttait pour assimiler la nouvelle. Les commentaires de Hanks l'avaient préparée à s'entendre dire que certaines des acquisitions d'Henry avaient été malencontreuses. Mais cela dépassait tout ce qu'elle avait pu imaginer. Il s'était emparé de la totalité de son héritage et l'avait presque entièrement troqué contre de la pacotille.

— Pour faire court, il n'a traité qu'avec des criminels. Nous devrions interroger l'homme qui gérait ses affaires. Comment s'appelait-il… Seaton ? Je l'ai laissé disparaître sans…

— Hanks n'a-t-il pas déjà interrogé tout le monde ? Que pourrions-nous apprendre qu'il n'ait déjà découvert ?

— Il représentait un danger pour eux ; il est évident qu'ils lui en ont révélé le moins possible. Je pourrais me faire passer pour un collectionneur, un acheteur potentiel.

— Nous savons d'ores et déjà que ce sont des escrocs. Croyez-vous vraiment que l'un d'eux avouera avoir commis un meurtre ?

Charlotte ne pouvait dompter son exaspération. À quoi bon ? Son argent était parti en fumée, et tout choquant que cela puisse paraître, à ce moment précis, elle se souciait de savoir qui avait tué Henry comme d'une guigne. Elle l'aurait volontiers étranglé de ses propres mains.

—Je ne crois pas savoir que Hanks a interrogé Seaton. Je vais me renseigner. Il avait également demandé à examiner la chambre de mon oncle. Je le lui ai refusé, mais peut-être qu'à présent…

—La porte est verrouillée, et la clef est introuvable.

Charlotte s'était aperçue de cet état de fait en réaménageant les meubles et n'avait pas encore résolu ce problème.

—Henry ne gardait pas les clefs de la maison sur lui, il préférait qu'un domestique vienne lui ouvrir. Mais nous ne retrouvons pas ce trousseau-là non plus.

—Comment ?

Elle détourna les yeux.

—Henry faisait systématiquement fermer sa chambre à double tour.

Sir Alexander la dévisagea, sans doute en train de s'interroger.

Depuis son retour, elle avait soigneusement évité cette chambre, comme si elle pouvait effacer le passé en l'excluant des changements qu'elle faisait dans la maison.

—Holcombe avait une clef. C'est lui qui ouvrait à la femme de chambre pour qu'elle fasse le ménage.

—Mais… vous ne…

Charlotte esquiva son regard.

—Je n'ai jamais posé le pied dans la chambre d'Henry. Il ne le permettait pas.

Sir Alexander était pantois.

—Mon oncle était-il complètement fou ?

—Je l'ai souvent pensé !

Sir Alexander secoua la tête, puis fronça les sourcils. Charlotte aurait donné n'importe quoi pour connaître le fond de sa pensée.

— Nous pourrions enfoncer la porte, finit-il par dire, mais je crois que je préférerais aller demander sa clef à Holcombe.

— Il refusera de vous la remettre.

— Précisément.

Il lui adressa un sourire sans gaieté.

Charlotte, imaginant le déroulement de cette rencontre, trouva la force de lui sourire en retour.

Chapitre 15

Trouver Holcombe fut un jeu d'enfant. Harold Wycliffe avait rempli un registre indiquant où étaient partis tous les anciens domestiques, registre qu'avait en partie aidé à compléter le détective des Bow Street Runners. Rendre visite à Holcombe, qui était désormais valet d'un autre homme, était une situation assez gênante, mais Alec y parvint l'après-midi suivant en rencontrant l'intéressé dans le hall d'entrée de son nouveau maître. Il ne s'embarrassa pas d'entrée en matière.

— Je suis venu chercher la clef de la chambre à coucher de mon oncle.

— Pourquoi aurais-je… ?

— Vous l'avez.

Alec était certain qu'il l'avait gardée. C'était bien le genre de petit acte sournois que commettrait un homme de son espèce.

— Peut-être vous rappelez-vous ce que je vous avais promis si vous emportiez quoi que ce soit qui ne vous appartienne pas en quittant la maison. Je peux convoquer un magistrat en un rien de…

— Je les avais oubliées, ces clefs, geignit Holcombe.

285

L'homme était un fanfaron qui aimait s'en prendre aux plus faibles, mais il s'effondrait face à la moindre adversité, ainsi qu'Alec l'avait suspecté.

—J'étais bouleversé par la mort de Mr Wylde.

—Donnez-les-moi, ordonna Alec en tendant la main.

—J'les ai mises de côté, comme…

—Eh bien, allez donc les chercher.

Le visage déformé par cent tics et rictus, Holcombe finit par disparaître à l'étage. Alec commençait à se demander quoi faire si l'homme ne revenait tout simplement pas, quand il réapparut et lui présenta un petit porte-clefs, qu'il laissa tomber dans la main d'Alec.

—Qu'avez-vous volé d'autre ?

—Volé ? couina le valet. Je n'ai rien…

—Garder ces clefs en votre possession était un vol. Quoi d'autre ?

—Rien du tout ! Je le jure sur la vie de ma mère !

Le serment d'un fieffé menteur, songea Alec.

—Si jamais je découvre que vous avez dérobé quoi que ce soit d'autre, même la plus petite bagatelle, vous vous retrouverez en route pour l'Australie avant d'avoir pu…

—Quatre foulards ! cracha Holcombe. Y avait pas de mal. Elle en aurait pas eu l'usage, elle, et ils étaient… ils étaient tout neufs.

Indigné comme un tricheur que l'on vient de berner, il ajouta :

—Mr Henry m'avait promis de me laisser quelque chose dans son testament.

Le venin qui imprégnait sa voix quand il parlait d'«elle» acheva d'anéantir toute compassion qu'Alec aurait pu ressentir à son égard.

Holcombe fit un pas en direction de l'escalier.

— Je vais les chercher, dit-il en s'immobilisant soudain. Y en a un à la lessive.

D'un geste, Alec le coupa dans son élan.

— Gardez-les.

Il se demanda si cet homme avait d'autres secrets que Jem Hanks ne lui avait pas arrachés.

— Vous allez pas la laisser fouiller dans les affaires de Mr Henry, elle ? Ma parole, il se retournera dans sa tombe, si cette gamine tripote ses…

Brusquement, Alec saisit Holcombe par le col de sa chemise et fit tourner son poing, forçant le valet à se hisser sur la pointe des pieds.

— Si vous vous avisez encore de parler de Mrs Wylde, bien que vous n'ayez plus aucune raison de le faire, vous témoignerez un certain respect. Me comprenez-vous bien ?

Il le secoua brièvement.

Le visage cramoisi, sur le point de suffoquer, Holcombe hocha la tête. Alec le maintint quelques secondes de plus pour rendre son propos tout à fait clair avant de le repousser. Tandis que le valet toussait en palpant son foulard abîmé, Alec s'ébahit une fois de plus des outrages qu'avait permis, et même encouragés, son oncle. Il avait été trop loin, beaucoup trop loin. Alec sentit le picotement familier de la peur. L'instabilité mentale s'était-elle immiscée dans sa famille paternelle, depuis sa grand-mère ?

À l'extérieur, Alec commença par faire prendre à son attelage la direction de chez Charlotte, la clef en sa possession comme un trophée. Mais il était bientôt 18 heures, et il se rappela qu'elle devait sortir avec sa tante Bella, ce soir-là.

Ce qui le ramena à une autre énigme familiale : pourquoi sa tante se donnait-elle tant de peine pour une jeune femme désargentée sans statut aucun dans le monde ? Bien sûr, Charlotte était la compagnie la plus agréable qui fût – et le mot était faible. Mais tante Bella n'écoutait jamais la conversation d'autrui et ne se préoccupait que de sa propre position sociale. Enfin, elle devait se soucier d'Edward aussi, supposait-il, bien qu'elle se montrât avare de signes d'affection. Jamais il ne l'avait vue faire une bonne action désintéressée. Voyait-elle à quel point cela agaçait Alec ? Voilà qui aurait tout expliqué.

Il fallait absolument qu'il se rende à cette réception. Alec était certain qu'une invitation se trouvait parmi les enveloppes couleur crème qui s'empilaient en une tour vacillante sur le coin le plus éloigné de son bureau. Il était considéré comme un excellent parti par les mères aux yeux de rapace. Les années précédentes, il avait eu le plaisir de se voir courtiser. La première fois, il en avait conçu un certain orgueil jusqu'à ce qu'un ami lui fasse remarquer que les attentions dont il était l'objet n'avaient rien à voir avec sa personne, et tout avec sa fortune. Cette prise de conscience, ajoutée aux nouvelles responsabilités qui lui étaient échues à la mort de son père, avait contribué à lui rendre les délices de la société considérablement plus fades. Perdre des heures oisives en amusements, pendant que la situation dégénérait en province… Malgré tout, il pourrait profiter de l'occasion pour restituer les clefs à Charlotte et convenir d'un rendez-vous pour venir ouvrir la chambre. Oui, bien sûr, il pouvait faire cela. Elle devait s'interroger.

À la maison, il trouva Lizzy qui hantait le hall d'entrée et soupçonna immédiatement un coup fourré.

— Que faites-vous donc ici ?

— Je vous attendais, répondit-elle. Où étiez-vous passé ?

— Où est Frances ?

— Elle travaille à sa broderie dans le salon.

Lizzy semblait étrangement indolente, ce qui ne lui ressemblait pas.

— Et Anne est à l'une de ses leçons de danse.

— Ah.

— Nous pourrions jouer aux échecs. Je sais, j'ai dit que c'était d'un ennui mortel, mais…

— Je regrette, Lizzy. Je sors ce soir.

— Oh.

Les lèvres de Lizzy se retroussèrent en une moue boudeuse. Alec y décela également de la tristesse.

— Je me disais que je pourrais toucher un mot à tante Earnton, et m'arranger pour que vous rencontriez des jeunes filles de votre âge, ici en ville. Un peu comme Anne.

Lizzy réfléchit un instant comme si c'était un piège.

— Des leçons de danse ?

— Non, pas avant que vous soyez un peu plus âgée. Simplement pour… eh bien, prendre le thé, peut-être ou… vous promener dans le parc.

Il n'avait aucune idée des activités que sa tante pourrait juger appropriées pour des jeunes filles de treize ans. Et encore moins de ce que ces dernières pourraient avoir envie de faire.

— Elles seront certainement insupportables, protesta Lizzy.

— Dans ce cas, vous vous intégrerez parfaitement.

Elle éclata de rire et lui tira la langue.

— Cela… me plairait… je suppose.

— Bien. Maintenant, je vais aller me changer, puis nous dînerons ensemble.

— Rien que vous et moi?

— Et Frances, bien entendu.

Lizzy grimaça, et il lui lança un regard désapprobateur.

— C'est qu'elle… est devenue si… sépulcrale.

— Si…?

— C'est un mot qui vient du dictionnaire du docteur Johnson. Cela signifie triste et lugubre.

— Sans aucun doute. Néanmoins, ce n'est pas un terme que vous devriez employer pour…

— Selon Charlotte, si l'on apprend un mot nouveau tous les jours, on acquiert vite et sans même s'en rendre compte un vocabulaire prodigieux.

— Vraiment?

Une fois de plus, Alec fut frappé par la vitesse à laquelle un lien s'était noué entre Charlotte et ses sœurs.

Lizzy hocha la tête.

— Oui, et ainsi on peut avoir l'air fort instruit sans avoir à lire tout un tas de vieux livres fastidieux.

— Charlotte a dit cela?

— Eh bien… Pas exactement.

—C'est ce que vous en avez déduit?

Lizzy acquiesça en lui adressant un sourire radieux. Puis elle tourna les talons pour grimper l'escalier en sautillant, son humeur manifestement restaurée. Alec la regarda s'éloigner avec un mélange de tendresse et d'exaspération.

—Je ne suis ni en train de broder dans le salon, ni sépulcrale, l'informa une voix depuis la salle de réception plongée dans l'obscurité, de l'autre côté du hall. Je complote et conspire.

Il sursauta.

—Frances?

Elle apparut sous la voûte du seuil.

—J'étais descendue chercher un livre que j'avais laissé dans la bibliothèque. Quand j'ai entendu Lizzy…, dit-elle en haussant les épaules. Je n'ai pas voulu l'embarrasser, même si je doute que ce soit possible. Quoi qu'il en soit, bravo, Alec!

—Que me vaut…?

—Votre brillante idée. J'aurais dû y songer moi-même. Amelia sera enchantée de trouver des compagnes pour Lizzy, j'en suis certaine. Quelques amies charmantes qui tempéreront ses ardeurs. Elle y a tout intérêt, après tout: dans quelques années, c'est elle qui fera entrer Lizzy en société et elle sera tenue responsable de son comportement.

—Je me disais que ce pourrait être un bon plan, renchérit Alec, heureux qu'elle le conforte dans son choix.

—Bien pensé.

—Ce n'était pas mon idée, c'était celle de Ch… de Mrs Wylde, se reprit-il distraitement.

—Vraiment ? demanda Frances en s'approchant. Vous vous êtes donc réconciliés ? Formidable !

—Nous n'étions pas brouillés. Il ne s'agissait que d'un malentendu.

—Ah.

Elle lui lança un regard à la dérobée.

—J'en conclus que vous lui avez rendu visite ?

—Oui. Si vous voulez bien m'excuser, je voudrais écrire un billet à tante Earnton avant de sortir.

—Bien sûr. Qu'allez-vous faire ce soir ?

—Tante Bella emmène Mrs Wylde à une réception, et je pensais que je… c'est-à-dire…

Soudain, Alec se rendit compte qu'il voulait garder ses raisons pour lui.

—J'espère que vous passerez une excellente soirée.

Frances lui adressa un doux sourire ; ses yeux bleu marine étincelèrent quand leurs regards se croisèrent. Alec fut de nouveau frappé par sa ressemblance avec Lizzy, qui lui avait échappé pendant treize ans.

—Quel est l'objet de vos complots et conspirations ?

Le sourire jusqu'aux oreilles, Frances ne put réprimer un éclat de rire.

—Vous le saurez en temps utile.

—Vous pouvez me faire confiance, dit Alec.

Il n'avait pas oublié ses requêtes concernant la maison près de Butterley.

—Préparez-vous une évasion ? demanda-t-il d'un ton léger.

— Jamais je ne voudrais échapper tout à fait à ma famille, répliqua-t-elle.

Ce qui ne répondait pas précisément à la question. Qu'entendait-elle par « pas tout à fait » ? Mais Frances monta l'escalier sans plus rien ajouter. Tandis qu'Alec rejoignait sa chambre pour se changer et rédiger la missive à l'attention de sa tante Earnton, il songea que peut-être devrait-il lui rendre aussi visite. La sœur de sa mère était une femme aux ressources inépuisables, et il se sentait en grand besoin de son expertise.

Dans le petit jardin à l'arrière de l'ancienne demeure d'Henry Wylde se trouvait un vieux banc fatigué. Jamais peint, négligé, serré dans un coin derrière un cabanon, il était à l'image de ce qu'avait été le reste de l'endroit : inconfortable et peu commode. Mais il se trouvait hors de vue des fenêtres, aussi Lucy en avait-elle fait son refuge quand elle avait envie de pleurer.

Elle détestait sa propension à sangloter, qui la faisait se sentir faible et déloyale. Mais elle avait beau résister, elle ne parvenait jamais à la réprimer. De temps à autre, un nœud familier venait lui enserrer la gorge et ses yeux se mettaient à piquer ; la situation venait peser sur elle comme une gigantesque vague prête à s'abattre sur sa tête pour la noyer. Il ne lui restait plus alors qu'à s'isoler pour pleurer tout son soûl. Laisser couler ses larmes ne l'aidait pas à se sentir mieux, pas tout à fait… mais au moins l'impression d'être sur le point d'éclater en mille morceaux s'estompait-elle. Son seul réconfort résidait en ce que nul ne se doutait des accès de détresse dont elle était victime. Elle n'aurait pu supporter une telle mortification.

Ce soir-là en particulier, elle était sortie sur la pointe des pieds après avoir apprêté Miss Charlotte pour sa soirée et l'avoir installée dans un fiacre. Les autres étaient occupés à la cuisine et pensaient sans doute qu'elle n'avait pas fini son travail à l'étage. Elle s'essuya les yeux avec son mouchoir détrempé et renifla. Mais le déluge n'était pas terminé. Les larmes lui montèrent aux yeux et roulèrent sur ses joues tandis que des sanglots hoquetants lui échappaient. Elle lutta pour les contrôler. On ne devait surtout pas la surprendre dans cet état.

Comme invoquée par cette pensée inquiète, une silhouette surgit au-dessus d'elle dans l'obscurité naissante. Elle crut d'abord qu'il s'agissait de Mr Trask et se leva d'un bond tout en se cherchant désespérément une excuse.

— Lucy ?

C'était Ethan. Cela valait-il mieux que d'être découverte par son grand-père ? Non, c'était bien pire, songea Lucy.

— Que fais-tu ici ? demanda-t-elle.

Sa voix était sourde et renfrognée. Mais aussi, pourquoi donc se promenait-il à pas de loup pour prendre les gens par surprise ? Il ne vivait pas ici, même si on avait soutenu le contraire.

— Tu pleures.

Il avait l'air stupéfait.

— N-non…

Et à ce moment-là, bien sûr, elle fondit en larmes, plus fort encore qu'auparavant. Elle lui tourna le dos. Mais il bloquait sa seule issue pour fuir vers la maison.

Ethan resta planté là, immobile comme une grande souche imposante, puis fit un pas en avant et l'enveloppa de ses bras.

Lucy se pétrifia. Bien évidemment, elle aurait dû le repousser et lui remonter vertement les bretelles pour son outrecuidance. Mais le réconfort de ces bras puissants qui l'entouraient, ainsi que ces larges épaules, tout près, qui semblaient faites pour qu'elle y reposât son front lancinant… Tout cela était tellement tentant. Et puis, de la main, il se mit à lui caresser gentiment les cheveux.

—Là, là… Qu'y a-t-il?

L'étreinte d'Ethan était offerte sans s'imposer, comme s'il n'y avait rien au monde qu'il eût préféré faire. Sa main se posait doucement sur ses cheveux, à un rythme apaisant.

Lucy sentit quelque chose céder en elle, elle laissa libre cours aux larmes qu'elle avait tenté de retenir. Elle ne comprenait rien à ce qui était en train d'arriver. Tout ce qu'elle savait, c'était que… comme par magie, à son contact, pleurer devenait enfin une véritable délivrance, et non plus une inutile tempête d'émotions. Elle ne put résister. Elle s'abandonna à son étreinte, se laissa aller contre lui, et laissa couler ses larmes. De ses mains douces et puissantes, il la soutenait et la rassurait. La petite voix qui, en elle, doutait et protestait, se tut. Rien ne semblait plus exister à part eux deux dans la pénombre délicate.

Après un laps de temps impossible à évaluer, Lucy se retrouva assise à côté d'Ethan sur le banc. Il avait le bras autour d'elle et elle était blottie contre lui comme si là avait toujours été sa place.

— Maintenant, dis-moi tout, dit-il. Si quelqu'un t'a fait du mal, je jure que je…

— Non. Rien de la sorte. C'est stupide…

Lucy sentit son embarras prendre le pas sur sa faiblesse. Jamais elle n'avait été une gamine pleurnicharde qui s'accrochait aux autres, et elle n'allait pas commencer maintenant !

— Ce n'est pas stupide, affirma Ethan.

Incapable de se contenir plus longtemps, Lucy avoua :

— J'ai entendu tes grands-parents qui parlaient de rentrer chez eux. Je ne savais pas qu'ils étaient là… temporairement, comme qui dirait. Je veux dire, j'aurais dû y réfléchir une seconde. Évidemment qu'ils veulent retourner à la campagne. Je voudrais pareil, à leur place. C'est juste qu'ils vont tellement me…

Presque autant qu'elle-même se languissait de la campagne. Sa voix se brisa et elle serra les dents. Non, elle ne se remettrait pas à pleurer.

— Ah, se contenta de répondre Ethan.

Elle ne pouvait distinguer son visage dans la pénombre. Soudain, elle eut peur d'en dire plus. Elle se tortilla pour se dégager mais il l'attira de nouveau contre lui.

— Je leur ai demandé de venir ici pour me rendre service, expliqua-t-il. Je ne supportais pas l'idée de te savoir toute seule ici.

La gorge de Lucy se serra de nouveau.

— Mais c'est vrai, ils vont rentrer chez eux. Ils ont pris leur retraite, et ils méritent de se reposer. Je vais chercher quelqu'un pour les remplacer.

— Ce n'est pas à toi de trouver…

— Je dois prendre soin de toi, Lucy!

Elle fut stupéfaite par la détermination dans sa voix.

— Je… je t'aime. Vraiment.

Lucy leva des yeux ronds vers lui. Bien qu'elle pût à peine distinguer les traits de son visage, elle ressentait toute la force de sa sincérité à ses muscles tendus et à son bras qui frémissait autour de ses épaules.

Ethan reprit la parole. Il parlait si vite qu'il en bredouillait presque.

— Je pense que sir Alexander m'accordera le poste de garde-forestier. Le vieux Elkins veut que je l'aie, et il n'a aucune raison de ne pas l'écouter. Je ne vois pas pourquoi l'intendant, un dénommé Hobbs, s'y opposerait. Lucy, accepterais-tu de m'épouser, et de venir vivre dans le Derbyshire? Il y a un cottage, avec un jardin et tout ce qu'il faut. Il y a pas plus joli, comme endroit.

Lucy avait la tête qui tournait. Les sentiments qu'elle avait niés ou ignorés tant qu'elle pensait qu'Ethan ne faisait que lui conter fleurette se déchaînèrent soudain, comme un fleuve jaillissant d'un barrage brisé. Un flot de tendresse, de désir, de confiance, d'amour… oui, d'amour… l'inonda.

— Lucy?

Ce grand dadais d'Ethan Trask semblait soudain aussi nerveux qu'un petit garçon.

— On serait heureux là-bas. Je le sais. Je ferais tout mon possible pour que tu aies tout ce que tu désires.

Elle se retourna par-dessous son bras et leva les yeux vers lui. La lune pointait tout juste au sommet du mur du jardin et Lucy pouvait distinguer son visage désormais malgré l'obscurité de plus en plus profonde. Il avait l'air inquiet, et elle en fut touchée comme jamais. Elle glissa ses bras autour de son cou. Ethan pencha la tête et l'attira encore plus près. Leurs lèvres se joignirent, et à ce contact, Lucy s'embrasa d'une flamme qui irradiait jusqu'au plus profond de son être. Elle n'avait jamais rien connu de tel. Le baiser s'interrompit pour mieux recommencer, encore plus intense. Lucy sentait jusqu'à son âme qui frissonnait. Elle s'abandonna à lui et au désir qui s'était emparé d'elle. Les mains d'Ethan la caressaient en laissant sur leur passage des ondes de chaleur sur sa peau, éveillant la moindre parcelle d'elle à une vie frémissante. Lucy s'oublia dans cette étreinte, et le monde entier avec elle.

Au bout d'un instant d'éternité, ils s'écartèrent un peu. Lucy leva des yeux éperdus vers lui.

— J'en conclus que c'est un « oui », dit Ethan d'une voix qui trahissait le même émoi qu'elle.

Tremblante et enfiévrée, elle éclata de rire. Elle aurait pu rester là pour toujours, entourée de ses bras. Mais c'est alors que la réalité lui revint au galop.

— Il faudrait que je laisse Miss Charlotte ici toute seule.

L'euphorie de Lucy se volatilisa aussitôt. Elle s'occupait de Charlotte Rutherford depuis que cette dernière n'était encore qu'une enfant qui venait de perdre sa mère. C'était davantage qu'un simple devoir. Il existait entre elles un lien plus ancien que celui qui se tissait tout juste entre elle et Ethan. Il lui promettait une autre vie, mais c'était au prix de la souffrance d'autrui. Lucy ne pouvait supporter cette idée. Une fois de plus, l'avenir lui apparut bien sombre.

— Peut-être qu'on pourrait arranger ça, dit Ethan.

— Arranger… Que veux-tu dire ?

Il hésita.

— Oh, Ethan, que pourrions-nous faire ? Je suis bel et bien prise au piège.

Elle détestait penser à Miss Charlotte en ces termes, mais le fait était qu'à ce moment précis, tel était son sentiment. Elle se jeta de nouveau dans ses bras et s'y pelotonna. Il l'enlaça.

En arrivant au raout, Alec le trouva semblable à tous les autres. Des musiciens jouaient dans le plus grand salon de réception sans que personne leur prête l'oreille ; dans une autre pièce, de jeunes femmes attendaient chacune leur tour de démontrer leurs talents musicaux et le galbe élégant de leurs bras au piano-forte. Des invités plus âgés étaient très sérieusement attablés dans une autre salle où l'on jouait aux cartes ; des domestiques ravitaillaient un buffet gargantuesque. Et partout, l'on parlait à qui mieux mieux. Alec s'était souvent demandé où les gens du beau monde trouvaient, nuit après nuit, des mots en quantité suffisante pour engendrer ces conversations en cascades rugissantes.

Il traversa les différentes pièces à la recherche de Charlotte, souvent contraint de s'arrêter pour répondre aux salutations de ses connaissances. Il faillit se voir contraint d'écouter une débutante décidée à gazouiller la dernière ballade à la mode et ne l'esquiva que de justesse. Il aperçut tante Bella et sa cour qui interrogeaient un pauvre malheureux non loin d'un palmier en pot. Dieu ait pitié de cet homme s'il essayait de leur cacher quelque ragot bien juteux! Alec commençait à se demander si Charlotte avait pu finalement décider de ne pas venir lorsqu'il la repéra, assise avec Edward et ses amis. Comme d'habitude, un bastion de chaises installé dans un coin leur servait de repaire, et ils avaient soudoyé les domestiques pour se voir offrir leur réserve personnelle de champagne.

Charlotte portait une robe qu'il n'avait jamais vue auparavant, cousue dans un tissu brillant de couleur cuivrée – du satin, selon lui – qui rappelait la couleur de ses yeux et de sa chevelure et faisait d'elle une figure au monochrome sublime, à l'exception d'un collier de perles vertes. *Elle aurait dû porter des émeraudes*, songea Alec; seules des émeraudes auraient pu rivaliser avec l'éclat de son regard.

Il se fraya lentement un chemin à travers la foule tout en regardant Charlotte qui riait aux éclats et sirotait son champagne. Jamais il ne l'avait vue si insouciante. Cela le contraria tant qu'il s'arrêta le temps de se ressaisir. Le sourire de Charlotte était si naturel, et sa tête inclinée avec tant de nonchalance! Installée dans sa chaise avec décontraction, elle était resplendissante. Jamais elle n'avait paru si heureuse avec lui, jamais elle ne l'avait écouté avec l'empressement qu'elle témoignait en ce moment même à l'un des ânes bâtés qui servaient d'amis à Edward. Se pouvait-il qu'en fin de compte, la jeune femme fût frivole ? Et pourquoi cela aurait-il éveillé sa colère ?

Ce n'était pas le cas. Il n'était pas en colère. Il s'approcha.

— Donc, elle nous emmène tous afin que nous voyions de nos propres yeux que le salon est hanté, racontait l'un des jeunes hommes. Et effectivement, une nappe sur une petite table bougeait bel et bien, accompagnée d'un étrange bourdonnement, tout comme elle l'avait dit. Alors, Tony s'approche, soulève la nappe, et tombe nez à nez avec son bouledogue qui dort comme un loir en dessous.

— Buster a toujours ronflé comme une locomotive à vapeur, renchérit un autre – probablement ledit Tony qui n'attendait que le moment de placer sa réplique – faisant rire chacun à gorge déployée.

Alec laissa retomber l'hilarité générale avant de les rejoindre.

— Bonsoir.

Edward lui jeta un coup d'œil. Alec était persuadé qu'il l'avait vu arriver et avait sciemment choisi de l'ignorer.

— Vous connaissez tous mon cousin Alec, dit nonchalamment Edward. Alec, il me semble que vous connaissez tout le monde.

Certes, tous lui avaient été présentés. Il oubliait toujours leurs noms. C'était probablement tout aussi malpoli que l'accueil désinvolte d'Edward, mais Alec avait du mal à voir les choses de cette façon.

— Oh, à l'exception de…

Edward désigna deux jeunes filles qui lui étaient inconnues.

—Mary Simmons et Susan Blake, indiqua l'une des jeunes femmes.

Elliott, c'était cela. Elle était mariée à l'homme à la silhouette empâtée. Le second couple répondait au nom de Billings. Il était incapable de se rappeler les noms des deux derniers hommes, les histrions. Enfin, l'un d'entre eux devait être Tony, bien entendu. Sans qu'on l'y ait invité, Alec attrapa une chaise non loin de lui et la tira dans leur cercle. Il allait s'installer à côté de Charlotte, mais Miss Simmons et Miss Blake furent promptes à s'écarter pour ménager une place entre elles deux tandis qu'Edward posait le bras sur le dossier du siège de Charlotte pour manifester clairement son refus de céder la place. Alec serra les dents, réprima un autre élan d'exaspération, et s'assit.

—Alec qui ? demanda Miss Simmons en pouffant. Edward ne nous a pas dit votre nom de famille, ce vilain garnement !

—Wylde, répondit-il.

Voilà qu'une jeune fille dont son cousin ne pouvait retenir le nom se permettait d'appeler ce dernier « Edward », comme s'ils se connaissaient depuis leur plus tendre enfance. Cela résumait tout ce qu'Alec trouvait désagréable chez les amis de son cousin.

—Ooh, et êtes-vous aussi sauvage que votre nom le laisse entendre ?[1] souffla Miss Blake en s'esclaffant à son tour.

---

1. *Wylde* se prononce comme *wild*, qui signifie « sauvage » en anglais. (*NdT*)

Quelqu'un aurait dû lui retirer son verre de champagne, pour son bien, songea Alec avant de se demander s'il n'était pas en train de devenir un odieux pharisien.

— Elle ne vaut pour ainsi dire rien, expliquait Charlotte à Edward.

Elle devait parler de la collection de son oncle.

— Vous n'avez pas de champagne, fit observer Miss Simmons. Tony, il n'a pas de champagne !

Alec tendit l'oreille pour distinguer ce que Charlotte disait d'autre. Edward était penché vers elle et parlait trop bas pour qu'il pût l'entendre. Alec se rendit soudain compte qu'il éprouvait la furieuse envie d'étrangler son cousin.

— Il va falloir qu'il se dégotte un verre, clama Tony. Je ne peux pas le lui verser directement dans le gosier.

Il agita la bouteille et les deux jeunes filles manquèrent de s'écrouler de rire.

Il aurait dû la prévenir de n'en parler à personne. Mais après tout, la vérité découragerait sans doute d'éventuels voleurs. Quel mal cela pouvait-il faire ? Le problème, c'était qu'il détestait la voir ainsi à converser en toute intimité avec… n'importe qui d'autre. Il brûlait d'envie de l'arracher à Edward.

C'était inacceptable. Il n'était pas question qu'il se laisse dicter ses actes par des sentiments irrationnels, et encore moins qu'il se donne en spectacle aux yeux de tous. Il n'imaginait que trop bien les regards qui se tourneraient vers lui et les murmures. Tante Bella serait au premier rang ; oh, comme elle jubilerait de le voir passer pour un imbécile ! Le diable soit de cette fille ! Pourquoi fallait-il qu'elle rie de cette façon, à gorge déployée, son cou magnifique offert comme en attente de baisers ? Des baisers dont il pouvait presque sentir la chaleur sur sa…

Alec se rendit soudain compte que le grassouillet Mr Elliott s'adressait à lui de l'autre côté de Miss Simmons.

—Je crois que vous étiez avec mon frère à Eaton, répéta-t-il.

—Oh, ah vraiment ?

—John Elliott. Le cricket.

En décodant ces paroles laconiques, Alec se rappela avoir joué avec son frère dans l'équipe de l'école. Il ne l'avait pas beaucoup fréquenté hors du terrain.

—Alec ici présent était un lanceur hors pair, dit Mr Elliott à la cantonade. C'est grâce à lui que nous avons battu l'université d'Harrow à plate couture trois ans de suite !

Tout le monde le regardait. Que pouvait-on décemment répliquer après pareille annonce ?

—Euh… comment se porte John ?

—Il est marié et de plus en plus enrobé, comme moi, répondit l'homme en riant.

—Je n'ai jamais vraiment compris le cricket, intervint Miss Simmons en se penchant vers Alec, des effluves de champagne accompagnant son mouvement. Expliquez-moi donc.

Alec parvint à se maîtriser suffisamment pour ne pas lui dire qu'il aurait préféré se trancher la gorge.

—Est-ce la première fois que vous venez passer la Saison mondaine à Londres ? s'enquit-il plutôt.

Sans surprise, elle répondit à l'affirmative, et il lui demanda si cela lui plaisait. C'était comme remonter une pendule ; une question et elle babillait à n'en plus finir, laissant tout loisir à Alec de contempler Charlotte en mijotant un plan d'enlèvement.

Tony s'en alla chercher d'autres bouteilles de champagne. Une femme plus âgée surgit et leur enleva Miss Blake avec l'air de vouloir la tirer par l'oreille. Edward se retourna pour s'entretenir avec Mrs Billings, son autre voisine. Alec s'empressa de saisir cette occasion.

— Une bonne âme bien avisée a ouvert la fenêtre. Voudriez-vous aller prendre un peu l'air ? proposa-t-il à Charlotte.

— C'est vrai qu'il fait chaud, n'est-ce pas ?

Prenant ceci pour un « oui », Alec se leva, lui tendit la main et l'aida à se lever. Toujours d'autorité, il lui prit le bras et l'entraîna vers les portes-fenêtres ouvertes.

— Vous ne m'aviez pas dit que vous seriez là ce soir, fit-elle remarquer.

— Je me suis décidé à la dernière minute.

Il poursuivit sans s'arrêter, passa les portes et sortit sur une terrasse dallée. D'autres couples s'y promenaient en profitant de l'air nocturne. Les lanternes projetaient des flaques de lumière dans les jardins.

— Oh, c'est ravissant ! La lune est levée, s'exclama Charlotte en prenant une profonde inspiration. Il y a dans ce jardin quelque chose qui embaume divinement. Il faudra que je demande à Mr Trask d'en planter chez moi, maintenant que nous sommes en mai. Je voudrais qu'il règne dans mon jardin des senteurs aussi exquises que celle-ci.

Elle inspira de nouveau. Alec sentit sa poitrine se soulever et retomber contre son bras. Des stries de chaleur couraient sur sa peau comme déposées par d'invisibles doigts. Sans réfléchir, il l'attira contre lui. Charlotte leva les yeux vers lui et lui sourit.

Un homme aurait pu tomber dans l'océan cuivré de son regard, pour n'en jamais resurgir. Ce serait si facile, si délicieux… si périlleux. Il dit la première chose qui lui passa par la tête :

— J'ai récupéré la clef. Holcombe l'avait gardée, comme nous le soupçonnions.

Le sourire de Charlotte s'évanouit.

— Oh… bien.

Tout enthousiasme avait quitté sa voix, et il se maudit intérieurement pour son idiotie. Il aurait pu lui parler des jardins, ou n'importe quelle autre inanité !

— Je suppose que vous la rapporterez, ajouta-t-elle d'une voix terne.

— J'envisageais de passer dès demain, acquiesça-t-il.

— D'accord.

— Il me semblait que…

— Et si nous rejoignions les autres ?

Alec jura de nouveau en son for intérieur.

— Ne les trouvez-vous pas un brin ennuyeux ?

L'irritation rendait sa voix trop sèche. Il ne libéra pas son bras, ni ne fit mine de faire demi-tour.

— Non. Pourquoi penserais-je une telle chose ?

— Eh bien…

Parce que c'est vrai, songea Alec, la seule réponse qui lui vint à l'esprit.

— Ils sont aimables et distrayants… et reposants.

—Je vous demande pardon ?

—Jamais ils n'abordent de sujets moroses. Et ils… n'attendent rien de moi. Je n'ai pas à penser à Henry ou à ce que je vais devoir faire. Ils me font rire.

Alec avait saisi. C'était lui qui lui rappelait ses problèmes et jouait les rabat-joie. Mais Edward n'était pas moins neveu d'Henry que lui. Pourquoi ne partageait-il pas un peu de ce sceau d'infamie avec lui ?

—Les amis d'Edward sont assez dévoyés, savez-vous.

Il avait prévu de lui toucher un mot à ce sujet tôt ou tard, mais pas sur un ton aussi sentencieux.

Charlotte haussa les épaules.

Alec savait qu'il aurait dû en rester là, mais il en fut incapable.

—Leur compagnie pourrait compromettre votre réputation. Vous devriez prendre garde à…

—Ma réputation de veuve sans le sou et victime de tous les escrocs ? l'interrompit-elle. Sans perspectives ou véritable position en société ?

—Vous exagérez…

—Moi qui ne dois ma présence ici qu'à la charité de lady Isabella ?

Elle s'exprimait sur un ton tranchant. Non loin d'eux, une femme se retourna pour les regarder.

—Je ne qualifierais pas cela de…

—N'ai-je pas droit à un peu de distraction ? l'interrompit encore Charlotte. Je ne vois pas pourquoi vous me le reprocheriez.

—Je ne vous reproche rien !

Elle tira d'un coup sec sur son bras, le contraignant à choisir entre revenir vers la porte ouverte ou faire une scène devant les yeux avides qui les encerclaient.

—Cela ne me semble pas trop demander. Je ne vois pas où est le mal à raconter quelques anecdotes amusantes, à profiter d'un peu de répit, loin des problèmes qui devront être résolus.

Elle semblait au bord des larmes. Alec se sentait comme s'il venait de recevoir un coup de poing en pleine poitrine. Il voulait protester, l'accuser d'injustice, mais aussi la prendre dans ses bras et lui rappeler qu'ils avaient échangé un baiser qui était rien moins qu'un «problème». Sauf que c'était faux. Alec détestait ce tourbillon de sentiments contradictoires qui le rendait muet.

Ils passèrent les portes-fenêtres et retrouvèrent la chaleur et le vacarme des conversations. Charlotte libéra son bras; il n'eut d'autre choix que de la laisser faire.

—Je vous verrai demain, dit-il. À 13 heures, peut-être?

Elle acquiesça sèchement et tourna les talons pour rejoindre le groupe d'Edward. De l'autre côté de la pièce, le cousin d'Alec lui adressa un sourire triomphant.

Chapitre 16

*C*harlotte piqua son aiguille dans le pan de velours bleu et tira le fil de l'autre côté. Le tissu avait été retrouvé dans une malle oubliée au grenier, et bien que la couleur en fût un peu passée, il ferait de bien meilleurs rideaux pour la salle à manger que l'épais coton aux motifs floraux qui s'y trouvait actuellement. Elle avait beau ne pas se préoccuper du rez-de-chaussée et y penser le moins possible, elle était de plus en plus satisfaite de l'allure de sa demeure.

Elle leva un instant le nez de son ouvrage et découvrit Tricotte assise à cinq pas d'elle, la queue délicatement posée sur ses pattes avant. Depuis peu, la chatte avait pris pour habitude de se matérialiser comme un fantôme pour observer Charlotte, où qu'elle se trouvât.

— Bonjour, la salua Charlotte en continuant à coudre.

C'était le dernier rideau. Elle espérait avoir le temps de les installer avant l'arrivée de sir Alexander. Qu'il voie donc l'habileté avec laquelle elle gérait sa maisonnée désormais !

Tricotte gardait les yeux rivés sur l'aiguille qui allait et venait à travers le tissu. Ses pupilles s'élargirent en deux puits noirs.

— Non, lui intima Charlotte.

Elle s'interrompit le temps de fouiller dans sa boîte à couture. Elle y trouva une bobine presque vide, en ôta le restant de fil et la fit rouler sur le sol. Tricotte bondit et, d'un coup de patte, envoya la bobine glisser sur le tapis. Charlotte se replongea dans son ouvrage et ses pensées.

Sir Alexander avait réussi à ternir le lustre du raout de la nuit dernière, à plus d'un titre. Après son départ, Charlotte avait aperçu la mère de Miss Simmons qui venait la leur enlever, et elle avait fini par percevoir un motif récurrent : les jeunes filles célibataires ne restaient jamais longtemps parmi les amis d'Edward. Manifestement, on considérait cela fort inconvenant. Charlotte ne voyait pas où était le problème ; ils ne parlaient pas scandales ni ne batifolaient éhontément. Cela dit, peut-être était-ce le champagne : Tony prenant soin de ne jamais laisser un verre vide bien longtemps, on avait tôt fait de se laisser aller à l'excès. Elle avait été prudente, ne se souvenant que trop vivement de ce qui s'était passé la fois précédente. Mais cela mis à part, leur groupe semblait inoffensif, et d'une souplesse rafraîchissante quant à l'étiquette et aux convenances. Margaret Billings l'avait invitée à aller se promener dans le parc, et Charlotte avait bien l'intention d'en profiter. Elle maniait son aiguille d'une main experte, amusée par les mouvements saccadés de la queue de Tricotte et par les bruits de la bobine qui rebondissait d'un coin à l'autre du salon.

Quel mal pouvait-il y avoir à s'amuser un peu, lorsqu'on avait vécu si longtemps à mille lieues de tout divertissement ? Et pourtant elle avait été poussée à se sentir d'une irresponsabilité coupable. Et elle en éprouvait une certaine rancœur. Charlotte se rendit soudain compte que tout bruit avait cessé et revint à elle. Allongée dans une posture de sphinx, la bobine emprisonnée entre ses pattes avant, Tricotte la dévisageait tranquillement.

—Avec sir Alexander, il est inutile d'essayer d'oublier ses responsabilités, affirma Charlotte à la chatte.

Les yeux jaunes de Tricotte clignèrent lentement. Sa fourrure tachetée accrochait les rais de lumière qui inondaient la pièce par les fenêtres.

—Ce n'est pas comme si je négligeais mes responsabilités. Bien au contraire.

Tricotte bâilla en laissant apparaître de petits crocs.

—Précisément. Il est fatigant de penser sans cesse à ses problèmes.

Tricotte donna un coup de patte à la bobine qui fusa à travers la pièce. Son arrière-train frétilla et l'instant d'après, elle bondissait à sa poursuite.

Toute créature a besoin de jouer, songea Charlotte. Elle sourit en voyant Tricotte capturer la bobine et engager un combat sans merci jusqu'à ce que sa proie rende l'âme.

—Edward est tout à fait charmant.

La chatte leva les yeux vers elle, la bobine entre les dents. Celle-ci serait marquée à jamais du petit poinçon de ses crocs.

—Mais ce qui est étrange, c'est…

Les mains de Charlotte s'immobilisèrent sur le tissu.

—Sir Alexander a un petit quelque chose… Quand je suis avec lui, je me sens vivre plus intensément. Même s'il s'agit surtout d'une exaspération plus vive, ajouta-t-elle dans un sourire. Hier soir, le ciel, le parfum des fleurs… C'était comme si je n'avais jamais bien distingué tout cela auparavant. Et j'avais envie de ne plus jamais relâcher son bras.

Tricotte ramena sa proie aux pieds de Charlotte et l'y déposa comme une offrande, en la dévisageant d'un regard incisif.

—Attraper ce dont j'ai envie et ne plus relâcher mon emprise? demanda Charlotte avec un autre sourire. Mais il a tout gâché. Il faut toujours qu'il vienne tout gâcher.

Elle se remit à la tâche.

—Ensuite, j'étais contente de le laisser là. Je pensais que ce serait un soulagement. Mais… je me trompais, dit-elle dans un profond soupir. Malgré son aimable apparence, Edward n'est que… divertissant. Je ne suis pas troublée par sa présence. Comment expliquer cela?

—Vous avez appelé, madame?

Tess, la bonne, se tenait dans l'embrasure de la porte.

Charlotte rougit violemment, priant pour qu'elle n'ait pas entendu la majeure partie de ce qu'elle venait d'avouer.

—Non, je… parlais seulement au chat.

Tess balaya la pièce du regard. Tricotte s'était volatilisée.

—Elle était là il y a un instant.

—Oui, madame.

Tess esquissa l'ombre d'une révérence et s'éclipsa.

La chatte émergea de sous le sofa.

—Merci pour ton aide, gronda Charlotte.

Ethan se tenait devant la porte du bureau de sir Alexander et essayait de rassembler assez de courage pour frapper. Pour honorer la promesse qu'il avait faite à Lucy en demandant sa main, il fallait d'abord qu'il parle à son maître du poste de garde-forestier. Mais si c'était une chose de rêver et d'élaborer des projets, c'en était une autre d'oser véritablement faire un pas vers l'avenir qu'il désirait, et cette perspective lui donnait des frissons. Et si sir Alexander lui opposait un refus pour des raisons qu'Ethan n'avait pas anticipées ? Et s'il avait déjà quelqu'un d'autre en tête pour occuper ce poste, ou que Hobbs lui avait déjà conseillé un candidat ? Hobbs prenait toujours des précautions à l'avance concernant la gestion du domaine, le frère d'Ethan le lui avait dit. Hobbs savait que le vieux Elkins ne tarderait plus à se retirer. Que se passerait-il si Ethan n'était pas en mesure d'offrir à Lucy cette vie dans le petit cottage à l'orée de la forêt ? Et si lui-même se voyait refuser cette vie ? Il ne savait pas ce qu'il ferait si cela arrivait. Cela faisait des années qu'il n'imaginait son avenir que là-bas.

Quand bien même tout se déroulerait comme sur des roulettes, restait le problème de son père. Ethan ne voulait pas faire entrer Lucy dans sa famille au beau milieu d'une querelle. Dans le monde idéal issu de son imagination, ils rendraient tous deux visite à ses parents et ses sœurs et ces réunions seraient autant d'agréables occasions de rire et de discuter.

Il n'avait pas peur de son père ; là n'était pas le problème. Mais il avait horreur des disputes. Qui plus est, il voulait que son père soit fier de lui et du métier qu'il aurait choisi. Serait-il possible de le lui faire comprendre ?

Arrête de tergiverser ! pensa Ethan. Il se força à frapper. Un mot à l'intérieur, et il entra. Sir Alexander était assis à son bureau mais il ne semblait pas absorbé dans son travail. Il regardait par la fenêtre, les yeux dans le vague. C'était de bon augure.

— Je me demandais si vous auriez un instant à m'accorder, monsieur ?

— Oui ? Qu'y a-t-il, Ethan ?

Il semblait distrait, mais sans impatience. Un autre bon signe.

— C'est à propos…

Ethan avait répété son discours dans sa tête un millier de fois. À la seconde où il ouvrit la bouche, tout s'évada de son esprit.

— C'est à propos… du vieux Elkins, monsieur.

— Elkins ? répéta sir Alexander en fronçant les sourcils. Qui est Elkins ?

— Le vi… Fred Elkins, le garde-forestier, sur le domaine du Derbyshire.

— Oh. Oui, ça me revient. Eh bien ?

— Voilà, il a un certain âge, savez-vous, et ses os le font souffrir, quelque chose de terrible.

Ce n'était pas important ! Les mots s'emballèrent dans la bouche d'Ethan en un flot de plus en plus rapide qui jaillissait à la figure d'un sir Alexander visiblement médusé.

— Il veut s'en aller en Cornouailles, chez sa fille et… couler des jours plus paisibles, comme qui dirait. Et j'espérais prendre… je veux dire, je comptais vous demander s'il serait possible de prendre son poste, monsieur. Lui succéder, j'entends.

— Vous, Ethan ? Garde-forestier ?

Dans sa bouche, on aurait cru à un véritable gâchis ; il le disait mal. Mais il n'y avait rien d'autre à faire que persévérer, envers et contre tout.

— Elkins m'apprend tout ce qu'il sait depuis que je suis gamin. Je passe quasiment chaque minute de mon temps libre avec lui, pour vous dire à quel point je suis intéressé. Je sais ce qu'il faut faire et comment le faire, et je serais… je crois que ça m'irait comme un gant, monsieur. Je ferais du bon travail pour vous.

Sir Alexander le dévisagea. La surprise était passée, il considérait à présent sérieusement la requête.

— Il me semble que votre famille avait d'autres espoirs vous concernant ?

Ethan serra la mâchoire.

— C'est ça que j'aime. Travailler dans les bois. C'est là qu'est ma place.

Là, au moins, il donnait l'impression d'être résolument sûr de lui.

— Ah.

Sir Alexander s'accorda un autre instant de réflexion.

— Je ne vois aucun inconvénient à vous accorder ce poste. Il faudra que j'en discute avec Hobbs.

Ethan acquiesça ; il s'y attendait. Il était certain que l'intendant du domaine accepterait si la requête était relayée par sir Alexander ; il n'aurait normalement aucune raison de refuser. Bien sûr, comme Sam, le frère d'Ethan, travaillait dans le même bureau que lui, sa requête arriverait aux oreilles de son père en moins de temps qu'il n'en fallait pour le dire. Il faudrait qu'il glisse une lettre dans le colis que sir Alexander allait adresser là-bas. Ethan avait envie de grogner à la seule idée d'avoir à la rédiger.

—Effectivement, je me rappelle maintenant que Hobbs m'avait signalé le départ prochain d'Elkins, ajouta sir Alexander. Aucun changement ne sera possible avant que nous retournions à la campagne, vous comprenez bien.

—Oui, monsieur.

Sir Alexander ne le quittait toujours pas des yeux.

—Si c'est ce que vous désirez vraiment, je pense que vous obtiendrez satisfaction.

Ethan sentit son visage se fendre d'un sourire radieux. Il ne put se retenir :

—Merci, monsieur ! s'exclama-t-il.

Il se retira avec une courbette pour ne pas lui laisser le temps de changer d'avis.

Un peu plus tard, tandis qu'il mettait le couvert en vue du déjeuner, Ethan sentait ses mains trembler sous le coup de la joie et du soulagement. Il avait réussi ! Son entreprise avait été couronnée de succès, ou peu s'en fallait. Il avait sauté le pas pour obtenir la vie qu'il avait toujours désirée, et elle lui avait été accordée. Plus que tout au monde, il mourait d'envie de courir en informer Lucy. Il était probablement heureux qu'il ne soit pas en mesure de s'évader tout de suite ; mieux valait attendre que tout soit arrangé, et qu'il soit sûr d'obtenir le cottage qui deviendrait leur chez-eux.

S'il arrivait à la convaincre de le suivre dans le Derbyshire.

James lui adressa un regard de travers et Ethan se rendit compte qu'il restait parfaitement immobile, un bouquet de fourchettes à la main. Il se mit à les disposer sur la table à la hâte.

Il n'avait pas fait part à Lucy de son projet d'encourager leurs maîtres respectifs à se rapprocher. D'une part, il craignait qu'elle rejette ce plan – or, il n'en avait pas d'autre ; et d'autre part, il n'avait aucune idée de la manière dont il pourrait bien procéder, et ne voulait pas avoir à affronter une avalanche de questions auxquelles il n'aurait pas de réponse à apporter. Toute la confiance qu'elle lui accordait partirait en fumée s'il n'y prenait pas garde. Mais il allait y arriver, d'une façon ou d'une autre. Il n'avait pas le choix. Il s'occuperait des détails plus tard.

Pour l'heure, il n'avait qu'une seule envie : s'imaginer marié avec elle, dans leur nouveau foyer douillet. Alors ils n'auraient plus à se pelotonner sur un vieux banc de jardin branlant dans la crainte d'entendre une porte s'ouvrir. Ethan s'abandonna au souvenir de leurs baisers, de la sensation de son corps entre ses mains. Il la désirait comme jamais il n'avait rien désiré de toute sa vie.

— Chaud devant ! s'exclama James.

Ethan avait failli le percuter de plein fouet. Au prix d'un effort surhumain, il reporta toute son attention sur sa tâche en cours.

Charlotte, Tess et Lucy parvinrent à installer les nouveaux rideaux avant l'arrivée de sir Alexander. Il n'eut pas l'occasion de les voir, toutefois, car il se dirigea directement vers la pièce verrouillée qui avait été l'antre d'Henry, à l'arrière de la maison. S'étant laissée distancer, Charlotte entendit la clef tourner dans la serrure. Encore plus que le rez-de-chaussée, elle avait exclu la chambre à coucher d'Henry de ses projets de transformation de la maison. Cela lui permettait de faire comme s'il n'avait jamais existé. Ce jour-là toutefois, il se rappelait à son bon souvenir.

Bien sûr, elle était curieuse, et savait parfaitement combien il était étrange de n'avoir jamais vu de ses propres yeux la chambre de son mari. Mais là, face à la porte ouverte, elle ne ressentait plus que cette angoisse sourde qui l'avait tenaillée si souvent au cours de la dernière année. Une petite voix rendue tenace par l'habitude lui soufflait que l'humiliation publique s'ensuivrait si elle osait tenter d'entrer dans cette chambre.

Charlotte prit son courage à deux mains et avança d'un pas. La pénombre régnait à l'intérieur. Sir Alexander tira les rideaux qui masquaient les fenêtres du fond de la pièce, puis sur les murs latéraux, et Charlotte resta bouche bée. C'était comme si elle venait d'être transportée hors de sa maison, de son pays, et même de son époque, jusqu'à un autre royaume à mille lieues de là.

Contre le mur intérieur se trouvait un petit lit qui tenait plus de la table ; elle reconnut le style romain qu'Henry lui avait un jour montré dans un livre. Un fauteuil de bois sculpté occupait le coin le plus proche ; une immense urne de terre cuite lui faisait face dans le coin opposé. Mais le plus stupéfiant restait les fresques murales. De rouge, de bleu et de jaune passés, elles recouvraient chaque mur ainsi que le plafond et dépeignaient des scènes de la vie quotidienne dans l'Empire romain : des hommes en toge, des vignes et des oliviers, des panoramas d'antiques rues. Chaque tableau était encadré par des arches et des colonnes peintes qui imitaient un tout autre style d'architecture. Le plancher de bois avait été recouvert de mosaïques représentant des créatures marines. La décoration moderne se réduisait aux lourds rideaux d'un rouge si profond qu'on pouvait à peine parler de rouge. Curieusement, malgré toutes ces couleurs, il se dégageait de la pièce quelque chose de froid et austère.

— Où rangeait-il ses affaires? se demanda Charlotte à voix haute. Il n'y a ni garde-robe ni…

— Ici, dit sir Alexander.

L'espace d'un instant, Charlotte resta perplexe, incapable de dire où il avait disparu. Puis elle se rendit compte que la pièce était plus étroite que celle qui lui faisait face, de l'autre côté du couloir. Elle n'avait rien remarqué de prime abord à cause des fresques qui trompaient l'œil, mais une partie de la chambre était séparée du reste par une cloison.

Une petite porte, peinte comme les murs, menait à un dressing exigu où se serraient une penderie, un coffre et un stand de rasage. L'espace était aménagé sans goût et de manière strictement utilitaire. Il n'y avait pas de fenêtre.

Sir Alexander avait allumé des chandelles. L'un des tiroirs était resté béant.

— Holcombe a escamoté quelques foulards, indiqua-t-il.

Charlotte retourna dans la chambre à coucher romaine. Tout ceci devait avoir été installé avant qu'elle n'emménage en ces lieux. Pas étonnant qu'Henry ait eu besoin d'argent! Cela avait dû coûter une fortune.

Elle observa les arbres peints, la fausse architecture de pierre. Voilà quelle avait été la vie secrète d'Henry ; son sanctuaire, à n'en point douter. Elle ne ressentait aucune émotion, pas le moindre attendrissement. Pourquoi vouer son cœur à une société d'une époque révolue depuis longtemps, désormais dépourvue de toute vie et de toute chaleur ?

— Nous devrions examiner les vêtements en vérifiant le contenu des poches, suggéra sir Alexander.

Charlotte le rejoignit et ouvrit la penderie. Les manteaux d'Henry y étaient alignés – sombres, sobres, à peine moins raides que lorsqu'il les portait ; une bouffée d'air chargée de son odeur parvint aux narines de Charlotte qui se sentit sur le point de défaillir. Il était impossible qu'elle touche à ces vêtements ; cette seule idée la rendait malade.

— Je vais chercher Tess et les Trask, dit-elle. Ils pourront emporter tout cela et les inspecter un par un.

Elle sortit sans lui laisser le temps de protester et appela ses quelques domestiques.

Ils ouvrirent des yeux ronds en découvrant l'étrange chambre à coucher. Mais le rez-de-chaussée les avait accoutumés à côtoyer l'excentricité, et rapidement, ils se mirent à charrier des brassées de vêtements.

— Si vous trouvez quoi que ce soit dans les poches, même une babiole sans importance, ramenez-la séant, leur ordonna sir Alexander.

— Y aurait-il un membre de la famille qui pourrait vouloir de ces vêtements ? demanda Charlotte pour s'accrocher tant que possible à des considérations pragmatiques.

— Vous pourriez en faire cadeau à Edward, répliqua-t-il.

Imaginer son élégant cousin affublé des mornes atours d'Henry était grotesque.

— Je ne crois pas qu'il… Oh, c'était une plaisanterie.

— En effet.

Il la regardait avec compassion.

— Envoyez ces vêtements à l'hospice. Ou voyez si les Trask ne connaissent personne qui pourrait en avoir l'usage.

— Bonne idée.

Elle se sentait mieux, à présent que les vêtements avaient disparu.

— Y a-t-il des papiers ? demanda-t-elle.

— Quelques-uns là, dans ce coffre. Des lettres que mon oncle ne voulait laisser à la vue de personne. Apparemment, il était en contact avec des individus prêts à dérober certaines pièces anciennes, moyennant finance.

— Ou à prétendre qu'ils les avaient dérobées.

— Je vous demande pardon ?

— Eh bien, Henry achetait surtout des contrefaçons.

— Ah. Bien vu. Toujours est-il que nous avons manifestement affaire ici à de sinistres personnages. Je vais communiquer ces lettres à Hanks.

Il remarqua l'expression de Charlotte et ajouta :

— C'est la personne la plus indiquée pour aller interroger ces gens-là.

— Je le sais. Simplement…

Elle s'interrompit, peu désireuse de raviver le souvenir de ses humiliantes accusations.

— Je présume qu'il va vouloir venir ici.

Sir Alexander hocha la tête.

— Je pense que c'est nécessaire.

Une missive fut promptement rédigée et envoyée. Mais ils n'attendirent pas pour entamer une fouille minutieuse en passant chaque meuble au peigne fin, y compris les côtés et les fonds des tiroirs. Au bout du compte, couverts de poussière, ils durent s'avouer vaincus et se contenter des lettres ainsi que d'un bouton de col qui avait été égaré sous la penderie.

— Rien de très concluant, commenta Charlotte, désappointée.

Sir Alexander n'eut pas l'air de l'entendre.

— Ce mur me paraît excessivement suspect, murmura-t-il en examinant la cloison qui avait été rajoutée dans la chambre. Si mon oncle était aussi tortueux que tout le laisse à penser, au moment d'ajouter un mur, a-t-il pu résister…?

Il se pencha et fit courir ses doigts sur les panneaux étroits qui encadraient le soubassement de la paroi en appuyant et tâtonnant au hasard.

Il a raison, songea Charlotte. Henry adorait garder des secrets. Mais surtout, il n'aurait pas voulu courber l'échine pour les atteindre. Elle examina la partie supérieure du mur. À première vue, c'était du plâtre lisse où avaient été peintes des rayures bleu clair et bleu foncé de la largeur de son avant-bras. Ce motif lui avait paru étrange lorsqu'elle l'avait vu, comme hors de propos dans cette pièce strictement utilitaire. N'y avait-il pas une fente parallèle au sommet du chambranle de la porte ? La lumière mouvante des chandelles rendait la chose difficile à juger. Elle s'approcha de la portion de plâtre à droite de la porte et appuya le long des bords de la rayure, en haut des boiseries, sur le montant. Quelque chose céda et la rayure s'ouvrit sur trois pieds de long, révélant des rangées d'étroites étagères posées à l'intérieur de l'épaisseur du mur.

—Bravo! s'exclama sir Alexander.

Il attrapa un bougeoir, l'approcha, et tous deux scrutèrent l'intérieur de la cachette.

Un petit objet reposait sur l'étagère la plus basse. Charlotte s'en saisit. La lumière révéla un éclat d'ambre ovale grand comme sa paume. Un insecte délicat flottait à l'intérieur. Elle entendit sir Alexander hoqueter de surprise.

—Ceci, ou un objet fort semblable, appartenait à mon grand-père! Il le gardait toujours dans son bureau, dans le Derbyshire. Il s'en servait de presse-papiers.

Charlotte reposa l'objet tandis qu'il tendait la main vers l'une des étagères supérieures. Leurs mains s'effleurèrent au passage. Il lui montra une tasse de porcelaine; le rebord et la base en étaient dorés.

—Je crois que ceci provient de son club. J'en ai vu de pareilles un jour que je déjeunais là-bas avec des amis.

Quelque chose scintilla sur l'étagère la plus haute. Charlotte n'y voyait rien. Elle se hissa sur la pointe des pieds et tendit le bras.

—Il y a une fourchette, dit-elle d'un air incrédule.

Elle la fit tourner entre ses doigts dans le clair-obscur ambiant et découvrit un monogramme. Sir Alexander se pencha plus près.

— C'est une pièce de l'argenterie de mariage de mes parents, souffla-t-il, visiblement scandalisé, en rapprochant la flamme de la bougie.

Charlotte remit la fourchette en place et saisit une tabatière en émail qui émit un bruit métallique. Le couvercle résista sous ses doigts, puis s'ouvrit brusquement pour révéler un gros éclat de pierre polie veinée d'un rouge brillant.

— L'étagère du haut est emplie de boucles d'oreilles uniques, dit sir Alexander du haut de sa taille supérieure.

— Qu'entendez-vous par « uniques » ?

— Il n'y a aucune paire.

Il tendit le bras pour les récupérer.

Charlotte regarda les bijoux qui scintillaient dans le creux de sa main, stupéfaite.

— Non !

— Qu'y a-t-il ? demanda sir Alexander.

— Cette boucle en lapis est à moi. C'est l'une de mes préférées. Lucy et moi l'avons cherchée partout, l'automne dernier.

Elles avaient mis sa chambre à sac et passé au peigne fin chaque recoin de la maison. Charlotte avait même osé interroger les autres domestiques, qui l'avaient toisée avec mépris en essayant de la convaincre que c'était Lucy qui la lui avait volée. Et durant tout cet épisode, Henry était resté immobile à l'observer sans dire un mot. Charlotte frémit. Il s'était introduit dans sa chambre en son absence, avait fouillé dans sa boîte à bijoux. Il avait fourragé dans ses affaires. Avait-il remarqué qu'elle portait souvent ses boucles d'oreilles bleues ?

S'était-il souvenu qu'elles avaient appartenu à sa mère ?
Le lui avait-elle seulement dit… ?

—Reconnaissez-vous les autres ?

La voix toujours égale de sir Alexander la rasséréna
quelque peu.

—Non.

Elle récupéra sa boucle d'oreille.

—Je la reprends.

Le ton de sa voix le mettait au défi de l'en empêcher,
mais il n'en fit rien. Comment Henry s'était-il procuré
autant de boucles d'oreilles ? Jamais aucune femme ne
lui rendait visite, et il… Mais après tout, savait-elle
seulement où il allait et qui il rencontrait ?

—C'était un voleur. Un sale voleur.

—Il dérobait des choses aux gens qui avaient une
certaine importance pour lui, dirait-on.

—Je n'avais aucune importance pour lui, objecta
Charlotte. Seul mon argent comptait.

—Mon oncle n'était qu'un âne bâté !

Charlotte se tint coite. Il semblait en proie à une vive
émotion. Elle s'aperçut que leurs épaules se frôlaient,
et la pièce lui parut soudain moins froide.

—Des affaires appartenant à son père… à son frère.
S'entendait-il bien avec votre père ?

—Quand ils étaient jeunes… Je ne sais. Mon père
avait cinq ans de plus que lui. Tous les deux furent
envoyés à Eton, et je n'ai jamais entendu parler de
différends entre eux. Mais quand ma tante Bella a
engagé ses poursuites, mon oncle a affirmé qu'elle
avait tout à fait raison et que, son entreprise fût-elle

couronnée de succès, il l'imiterait sur-le-champ. Mon père était furieux.

—Ceci s'est produit…?

—Il y a près de quinze ans aujourd'hui. Il vous faut comprendre que mon oncle et ma tante ont reçu une part d'héritage considérable à la mort de mon grand-père, et plus encore quand ma grand-mère l'a suivi trois ans plus tard. Certes, mon père a hérité du domaine, mais il devait assurer sa subsistance en le faisant fructifier. Les biens en liquide leur revinrent à tous deux, ce qui n'empêcha pas ma tante d'accuser mon père de trahison, de forfaiture et d'une dizaine d'autres crimes, conclut-il amèrement.

Charlotte se dandina d'un pied sur l'autre, mal à l'aise. Cette histoire était épouvantable ; et pourtant, lady Isabella s'était montrée si bonne à son égard !

—Henry aurait fait n'importe quoi pour de l'argent, se contenta-t-elle de dire.

—Attendez, en voici une autre, reprit sir Alexander en tendant de nouveau le bras vers l'étagère la plus haute. Non, ce n'est pas une boucle d'oreille, c'est…

—C'était à mon père !

Sa voix s'était presque muée en gémissement de détresse. Elle couvait des yeux un ruban de montre de gousset serti de saphir et brodé de fils d'argent. Sa gorge se serra.

—Ma mère le lui avait offert le jour de leur mariage. Il pensait l'avoir perdu ; cela lui avait fendu le cœur. Et moi…

Elle s'était montrée si impatiente, si insensible. Ses pertes de mémoire étaient de plus en plus fréquentes alors, et elle lui avait reproché d'avoir égaré un précieux souvenir de sa mère. Henry – maudit soit-il, mille fois maudit ! – leur avait rendu visite à peu près à cette période, elle se le rappelait à présent.

Toutes les rancœurs, les humiliations et les déceptions de l'année passée déferlèrent sur elle en une vague dévastatrice. Elle avait tant subi, une telle… cruauté. Oui, c'était bien de la cruauté. Comment aurait-on pu appeler cela autrement ? Un violent sanglot la secoua et les larmes se mirent à couler, irrépressibles. Une douleur aiguë lui déchira la poitrine, si intense qu'elle chancela sur ses jambes.

Sir Alexander l'entoura de ses bras, l'attira contre lui et l'étreignit. Elle se laissa aller ; enfouit sa tête contre son épaule, et pleura. Les rictus méprisants, les accès de fureur essuyés, les innombrables heures au plus froid de la nuit qu'elle avait passées à se sentir responsable de la situation… tout ceci nourrissait ses larmes. Elles jaillissaient en un amer flot de sel qui venait se briser sur les digues de son étreinte. Elle était à l'abri, elle pouvait pleurer sans crainte, ici et maintenant. Elle n'était pas seule. Pour la première fois depuis que son cauchemar avait commencé, elle s'autorisa à lâcher prise pour de bon.

Elle n'aurait su dire combien de temps les larmes continuèrent à couler. Cela avait dû durer longtemps, même s'il lui semblait qu'un instant à peine s'était écoulé avant qu'elle reprît conscience du monde qui l'entourait. La veste de sir Alexander était humide au niveau de l'épaule.

—Je… je suis désolée.

Elle essaya de s'écarter.

— Vous n'avez aucune raison de l'être. Vous êtes une victime, la rassura-t-il gentiment.

Charlotte leva les yeux et découvrit un regard vert empreint de sollicitude... et d'un sentiment infiniment plus doux. Elle sentait ses muscles tandis qu'il la serrait contre lui. Sa chaleur eut raison des derniers sanglots. Elle leva la main vers sa joue et la toucha doucement. Le regard de sir Alexander s'embrasa. Il l'étreignit plus fort. Elle l'attira vers elle.

Le baiser fut semblable au premier, et pourtant différent. À son contact, l'épiphanie se renouvela, une exaltation saisissante que seules ses lèvres pouvaient éveiller en elle. Mais cette fois-ci, Charlotte sentit quelque chose, au plus profond d'elle, bondir avant de fondre. C'était davantage qu'un baiser ; c'était être embrassée par cet homme et aucun autre. Elle ne serait jamais rassasiée de ce prodigieux vertige. Comment s'en lasser ? C'était tout ce qui lui avait été refusé ; la quintessence de la vie.

Elle glissa sa main libre sous sa veste ; remonta le long de son torse, le long de ses côtes. Son corps était une terre inconnue, une invitation à explorer ses sensations jusqu'à leur paroxysme. Jamais elle n'accepterait d'endurer une existence dépourvue de passion physique, Charlotte s'en fit le serment. Elle avait déjà commis des erreurs, emprunté de mauvaises routes, mais il n'était pas question qu'elle passe à côté d'une expérience si douce, si enivrante.

Le heurtoir de la porte d'entrée résonna depuis le rez-de-chaussée et des bruits de pas s'ensuivirent. Ils se séparèrent vivement.

—Je… ah…

Sir Alexander s'éclaircit la gorge. Charlotte était hors d'haleine.

—Ce doit être Hanks, dit-il d'une voix rauque.

Elle ne put qu'acquiescer.

—Il… ah… oui. Il faut qu'il voie ces objets.

—Je ne lui donnerai pas ma boucle d'oreille !

—Cela ne me semble pas nécessaire.

Il semblait sur le point d'ajouter quelque chose mais les bruits de pas approchaient inexorablement. Ils revinrent tous deux dans la chambre romaine. En dépit du bon sens, Charlotte brûlait de le toucher encore. Sir Alexander s'éclaircit la voix.

—Je… ah… Je n'imagine pas qu'on puisse vouloir occuper cette pièce. Elle est à l'image de ces sites antiques que l'on peut visiter en Italie : vide et… sans vie.

—Oui.

C'était exactement ce qu'elle ressentait.

—Il ne s'en dégage aucun confort.

Ils échangèrent un regard. Dans les yeux verts de sir Alexander semblait résider toute la vitalité qui manquait à cette chambre austère. Charlotte se délectait de contempler sa haute taille, ses larges épaules, de ressentir l'aura même de sa présence masculine. À ce moment précis, il était aux antipodes d'Henry à tout point de vue.

Tess fit entrer le détective. Il balaya la pièce de son regard perçant qui faisait l'inventaire du moindre détail. Charlotte se hérissa à sa vue, et regretta d'avoir consenti à l'accueillir chez elle. Elle serra convulsivement la boucle d'oreille cachée dans sa main.

Sir Alexander lui expliqua ce qu'ils avaient découvert.

— Z'auriez dû m'attendre, se contenta-t-il de déclarer abruptement.

Sur ces mots, il cessa de leur prêter attention et explora la chambre à coucher et le dressing, comme un limier sur une piste. Il prit note des noms mentionnés dans les lettres et rédigea une description consciencieuse de chacun des objets dissimulés dans le placard secret. Quand il en vint aux boucles d'oreilles, Charlotte se raidit. La sienne était toujours dissimulée au creux de son poing. Sir Alexander croisa son regard sans mot dire.

Au bout du compte, Hanks se révéla plutôt déçu.

— J'm'en vais rendre une petite visite à ces messieurs, dit-il en tapotant le dessus de la pile de courrier. P'têt qu'ils auront aut'chose à m'raconter. Une brouille entre voleurs, p'têt bien.

Il ne débordait pas d'enthousiasme. Un frisson parcourut Charlotte sous le coup d'un accès de crainte et d'aversion. Il ne croyait pas qu'il trouverait quoi que ce soit. Il était toujours persuadé qu'elle était la coupable tout indiquée.

— Je m'interroge sur Seaton, avança sir Alexander. Il semblait fort impatient d'être débarrassé des affaires de mon oncle. En général, un homme de sa profession préfère rester impliqué dans l'espoir de gagner un nouveau client.

Hanks acquiesça.

— Si fait, sacrée petite fouine, celui-là.

— Vous lui avez parlé ?

— Quand j'lui ai mis la main dessus, c'qui a pas été chose facile. Rompu à l'art de couvrir ses traces, j'dirais. Je doute pas un instant qu'il connaisse ces gars-là.

Il désigna de nouveau les lettres.

— J'parierais qu'ils le payaient pour qu'il parle d'eux à ses clients, et qu'il récupérait une jolie part du magot pour chaque affaire conclue.

— Si Henry avait découvert qu'on lui avait vendu des contrefaçons, intervint Charlotte qui refusait de se laisser intimider, il aurait… Je n'ai pas de mot juste pour exprimer à quel point il aurait été furieux. Il se dévouait corps et âme à sa collection. Il aurait menacé Seaton, ou n'importe qui d'autre, de le dénoncer, de ruiner sa réputation, de… de le livrer à la justice.

Hanks acquiesça de nouveau.

— Oui, m'dame. Et Seaton et les autres l'auraient menacé derechef de dire à la face du monde que c'était un imbécile, un ignare facile à berner ; de raconter à qui voudrait l'entendre que sa prétendue « collection » n'était que pacotille. M'est avis, d'après c'qu'on m'a dit, que Mr Wylde aurait pas apprécié outre mesure. J'pense qu'il aurait mis d'l'eau dans son vin.

Charlotte se souvint combien Henry se flattait d'être un expert, un connaisseur. Il méprisait ses compères collectionneurs qui se laissaient duper ; il s'était déjà vanté de le leur avoir dit en face.

Hanks glissa son petit carnet dans une poche de son manteau.

— En un mot, v'là le problème : comme je vous l'ai déjà dit, c'est manifestement pas un vulgaire coupe-jarret qui a tué Henry Wylde en voulant lui faire les poches, accidentellement, j'veux dire. Mais admettons quand même qu'c'est c'qui s'est passé.

Il plissa ses yeux aux iris bleu pâle avant de reprendre :

— J'aurais fini par en entendre parler, voyez ? J'ai mes sources. Les gens veulent pas qu'j'les aie dans mon collimateur.

Il se balança sur ses talons et regarda par la fenêtre.

— Un tueur à gages, évidemment, c'est un autre poisson. Qui nage en eaux profondes. Mais ça change rien, les criminels sont pas des lumières, pour la plupart. J'aurais dû entendre jaser. Pourtant, j'ai eu beau creuser encore et encore, des clous.

— Et que sommes-nous supposés comprendre ? demanda sir Alexander.

— Que c'est pas là l'œuvre d'un criminel. Comme j'vous ai dit, un meurtre comme çui-là, ça ressemble à une histoire personnelle.

Un frisson glacial parcourut Charlotte.

— Vous m'avez dit que Mr Wylde avait pas d'amis et voyait jamais sa famille…

— Mon cousin Edward le rencontrait régulièrement à son club, l'interrompit sir Alexander.

Hanks eut l'air mécontent.

— Vous m'aviez pas dit ça.

— Bien sûr que si.

— J'vous d'mande pardon, m'sieur, mais vous l'aviez pas dit.

— Eh bien, je vous le dis maintenant, répliqua sèchement sir Alexander, les traits de son visage trahissant son irritation.

Le carnet de Hanks réapparut entre ses mains.

— Ce petit freluquet a refusé d'me parler au club. P'têt qu'vous pourriez lui dire qu'il devrait… ?

— C'est ridicule ! s'exclama Charlotte. Edward n'a pas tué Henry.

Hanks daigna enfin la regarder. À voir l'expression de son visage, il était évident qu'il était convaincu d'avoir sous les yeux la personne qui avait commis cet acte. Et qu'il était déterminé à prouver que ses soupçons étaient fondés.

Voilà un détail que Charlotte avait oublié en récapitulant l'étendue de sa réputation en société, songea-t-elle alors. Non seulement elle était veuve et sans le sou, mais on la soupçonnait de meurtre. Oui, vraiment, elle n'avait rien à perdre.

Chapitre 17

*A*lec regardait d'un œil distrait les piles de papiers qui s'amoncelaient sur son bureau. Il était tard, la maison était plongée dans le silence, et il pensait à Charlotte. Il ne pensait guère à autre chose ces derniers jours, malgré les nombreuses décisions urgentes qui sollicitaient son temps et son attention. Il négligeait son travail, perdait le fil de sa correspondance qu'occultaient les souvenirs de l'odeur enivrante de Charlotte, des courbes harmonieuses de son corps serré contre lui, de ses lèvres qui prenaient et s'offraient sans retenue. Il la désirait plus qu'aucune femme avant elle. Et s'il n'y avait eu que ça… Ah, Dieu, si seulement cela avait été tout ! Le désir n'était pas insurmontable. Il aurait trouvé une solution, d'une façon ou d'une autre. Il avait toutes les raisons de penser qu'elle ne lui aurait pas opposé de réticence ; bien au contraire, s'il en devait croire les signaux qu'elle lui avait adressés. L'image de Charlotte nue dans son lit lui apparut, et son cœur s'emballa.

Mais cela ne s'arrêtait pas au désir. L'essence même de la jeune femme, sa présence, sa façon de s'inscrire dans la réalité, attiraient les sentiments contradictoires d'Alec, comme la gravité terrestre qui voue tout sans exception à la chute. Quoi qu'il fît, quoi qu'il pensât, elle s'y trouvait irrémédiablement mêlée. Il se sentait entraîné sans y rien pouvoir et regardait d'un mauvais œil cet attrait inéluctable qui éveillait sa défiance. Non, il n'était pas en train de « tomber amoureux ». Il s'y refusait ! Alec se leva et se mit à faire les cent pas dans son bureau. Il avait le plus grand mépris pour cette expression, ainsi que pour tous les sous-entendus qui y semblaient inextricablement liés. « Tomber amoureux » vous faisait prendre les pires décisions possibles et vous promettait une vie de regrets. Les gens qui s'éprenaient devenaient stupides et d'une crédulité ridicule. Dans son cas, la situation était très différente. Il était animé par le désir et… la compassion peut-être, le respect, une estime cordiale. Quel enchaînement de mots dérisoires… La peste soit de tout ceci !

Edward, c'était à Edward qu'il voulait penser. Alec retourna à son bureau pour s'y rasseoir. Il fallait qu'il parle à son cousin, et il en avait envie comme de se pendre. Il ne l'aimait pas. L'avait-il jamais apprécié ? Quand bien même, lorsqu'il le revoyait poser le bras sur le dossier de la chaise de Charlotte…

Edward. Enfants, ils avaient été plus proches, tant qu'Alec et sa famille vivaient sous le toit de leurs grands-parents. Edward habitait non loin de là et leur rendait souvent visite. Plus tard, quand les parents d'Alec s'étaient installés sur un domaine dont avait hérité sa mère du côté de Leicester, ils ne se voyaient plus qu'une fois par an, pendant les congés de Noël. Ils auraient pu leur rendre visite plus souvent, mais les tensions qui opposaient les grands-parents de la famille Wylde étaient devenues insoutenables. En outre, son père n'était pas friand de séjours. Il ne se souciait guère des gens en dehors de son épouse et ses enfants. Alec songea soudain qu'en cela, il était d'une certaine façon semblable à son oncle Henry, bien qu'à un degré infiniment moindre, évidemment… Non, en fait, ils étaient très différents. Une telle comparaison était ridicule ; son père se souciait de ses locataires, qu'il ne considérait en aucun cas comme une collection.

Après la mort de leur grand-père, lorsque Alec avait neuf ans et Edward douze, leurs rencontres s'étaient faites encore plus rares. À première vue, ils auraient dû avoir beaucoup en commun. Des parents déjà âgés – le père d'Alec avait trente-sept ans quand il s'était mis en quête d'une épouse convenable. Il ne l'avait fait que pour avoir un héritier à qui transmettre son titre de noblesse, mais au bout du compte, de l'avis d'Alec, ses parents avaient tous deux semblé satisfaits. Ou peut-être était-ce ce qu'on lui avait dit ; que les Saisons mondaines de Londres ne manquaient pas à sa mère, heureuse de profiter de ses jardins et de ses quatre enfants. Il n'avait aucun moyen d'en être sûr ; elle était morte des suites d'un accouchement quand il avait onze ans. Ce mariage avait-il tout bonnement été trop court pour laisser place au malheur ? Cette éventualité lui glaça les sangs.

Il gardait de sa mère le souvenir d'une tendre présence, de jeux sur la pelouse et d'histoires au moment du coucher. Mais il se rappelait surtout Frances qui était venue s'installer avec eux juste avant la mort de sa mère. Pour autant qu'il s'en souvînt, Frances avait toujours eu l'air heureuse. Elle avait été d'une bonté sans égale

pour eux tous, toujours sereine et efficace jusqu'à…
eh bien, jusqu'à la mort du père d'Alec. À partir de ce
moment, elle était devenue irritable et imprévisible.
Avait-elle été amoureuse de son père ? se demanda
soudain Alec. Jamais une chose pareille ne lui était venue
à l'esprit, pas une seule fois. À présent qu'il considérait
cette idée, la tête lui tournait sous l'assaut des souvenirs
qui s'éclairaient d'une lumière nouvelle qui renversait
toutes les perspectives. Ce que d'autres appelaient
communément l'amour lui semblait toujours le reflet
de quelque sentiment bien différent ; et pourtant voilà
qu'il se trouvait confronté à un phénomène inavoué,
jamais nommé, qui ressemblait fort à l'amour. Et si
d'autres choses avaient échappé à sa vigilance ? Pourquoi
ne s'en rendait-il compte qu'à cet instant ?

Il secoua la tête. C'était Edward qui occupait ses
pensées. Edward avait lui aussi perdu un parent très
jeune. Son père était mort quand il avait dix ans, juste
avant qu'il parte étudier à Harrow. Pourquoi tante Bella
l'avait-elle envoyé là-bas ? Les Wylde avaient toujours
fait leurs études à Eton. Ils auraient eu l'occasion
d'apprendre à mieux se connaître en pensionnat. Alec
haussa les épaules. Ce n'était pas arrivé. Par la suite,
Edward ne s'était pas donné la peine de poursuivre son
parcours à l'université. Il s'était installé à Londres et
établi en société avec ce charme insouciant qu'Alec lui
enviait parfois, quand il ne le méprisait pas. Lorsque Alec
était arrivé, son cousin faisait déjà partie des meubles
qui n'attendaient qu'une occasion pour se moquer des
premiers pas maladroits d'un jeune homme fraîchement
débarqué dans le monde.

Alec savait qu'il n'était jamais à son avantage lorsque Edward était dans les parages. Son cousin faisait resurgir le manque de confiance qui sommeillait encore en lui. Alec se rappelait un jour de Noël, vingt ans auparavant, où Edward l'avait perfidement persuadé de chanter devant toute la famille. Ils étaient censés interpréter un duo ; Alec, malgré ses réticences, avait accepté à condition de ne garder qu'un rôle secondaire. Mais Edward l'avait attiré au centre de la pièce avant de disparaître comme par enchantement. Se tenir là, perdu, au milieu d'un cercle d'adultes pleins d'attentes avait été une épreuve insoutenable ; il rougissait encore des moqueries de sa grand-mère, de la honte de son père.

— Cesse donc de faire l'idiot, se réprimanda Alec à voix haute.

Comment avait-il pu se laisser ainsi prendre au piège par le passé ? Il se saisit d'un stylo, d'un encrier, et rédigea à la hâte un billet à l'attention de son cousin. Il ne faisait pas cette visite par choix, mais par nécessité. Il était plus que probable qu'Edward refuserait de voir Hanks. Et la position dans laquelle se trouvait Charlotte était intolérable. Il sabla l'encre encore humide, plia la feuille et y inscrivit l'adresse. Puis, laissant la missive sur la table du hall d'entrée afin qu'elle soit délivrée le lendemain matin, il monta se coucher.

Les appartements d'Edward Danforth, sur Duke Street, avaient tout ce qu'un jeune homme résidant en ville pouvait désirer, remarqua Alec le lendemain à 11 heures. Le salon était spacieux, à la fois garni de meubles confortables et livré à un désordre nonchalant : une fourchette à rôtir qui traînait dans l'âtre, une pile d'invitations qui jonchait la table, un assortiment de bouteilles d'ores et déjà prêtes pour une soirée conviviale. Une porte restée ouverte découvrait une grande chambre à coucher et un dressing du côté opposé. Il n'y avait pas de poussière, juste le désordre d'un célibataire libre de toute vigilance féminine, et qui n'avait à se soucier de rien sinon la satisfaction de ses désirs et plaisirs.

Edward se prélassait dans un large fauteuil, une jambe jetée sur l'un des bras du meuble.

— Que me vaut l'honneur de cette visite, cousin ?

Il parlait de ce ton habituel qui sous-entendait qu'Alec était trop sérieux, un brin ennuyeux, et bien entendu, extrêmement distrayant.

Alec serra les dents.

— Je suis venu vous entretenir d'oncle Henry.

— Ce vieil hurluberlu ?

Edward se saisit d'une tabatière qu'il fit jouer entre ses doigts.

— Il a été tué, lui fit remarquer Alec.

— Je ne suis pas sans le savoir.

— Nous devons découvrir qui a fait cela.

— Nous ? répéta son cousin en haussant un sourcil avec élégance. Enfin, comprenez bien : oui, c'est un scandale. Que des coupe-jarrets sévissent impunément dans nos rues, et cætera, et cætera. Mais il n'est pas vraiment de notre ressort de résoudre ce problème.

— Je ne suis pas d'accord. J'ai engagé un détective des Bow Street Runners…

— Eh bien voilà.

— Il rencontre quelques difficultés pour obtenir des informations.

Alec ne voulait pas lui parler de ses accusations contre Charlotte ; il ne faisait pas confiance à son cousin quand il s'agissait de tenir sa langue.

— C'est pourquoi je voulais vous parler d'oncle Henry. Le voyiez-vous souvent au club ?

Edward soupira en reposant la tabatière.

— Nous étions membres tous les deux. Quand il arrivait que je le croise, je lui adressais quelques mots. Maman ne me laissait jamais en paix avec ça. Elle croyait qu'il me léguerait sa fortune. En tant que « petit neveu préféré », quelque chose comme cela. Vous la connaissez, elle ne recule devant rien dès qu'il est question d'héritage.

Il jeta un regard mutin à Alec, qui choisit de l'ignorer.

— Cela faisait sens, j'obtempérais donc.

— Vous aviez donc certaines attentes ?

Edward haussa les épaules.

— Je me disais qu'il y avait une petite chance. J'étais l'aîné de ses neveux, même si je ne portais pas le précieux nom des Wylde, et de temps à autre, je l'écoutais radoter à n'en plus finir au sujet de ses satanées antiquités. Seigneur, ce qu'il pouvait parler !

D'une façon ou d'une autre, les manières d'Edward finissaient toujours par exaspérer Alec. Il était certain que son cousin en était conscient et forçait le trait délibérément.

— Peut-être pensiez-vous que cet héritage se faisait attendre ?

Edward lui rit au nez.

— Êtes-vous en train de me demander si j'ai sournoisement suivi oncle Henry pour l'agresser en pleine rue ? Pour le cas improbable où il aurait eu l'intention de me léguer quelque chose ? Vraiment, Alec ! Je ne vous savais pas doté d'une imagination aussi débordante.

Alec le dévisagea mais ne lut qu'un fol amusement sur son visage. Tout tournait toujours à la plaisanterie avec Edward. Il semblait incapable de prendre quoi que ce soit au sérieux.

— Quel vilain tour cela aurait été pour moi, n'est-ce pas ? reprit-il en secouant la tête. Un musée ! Il n'y avait qu'oncle Henry pour croire que des gens voudraient venir voir ses vieilleries moisies !

— Qui ne sont en fait que des contrefaçons, pratiquement sans valeur.

Alec tenta de percer le masque lisse de son cousin, sans succès.

— Vraiment ? Donc, en eussé-je hérité, j'aurais été fort déçu. En particulier si je l'avais assassiné dans ce seul but. Heureusement que je m'en suis abstenu.

— Effectivement.

Edward ne put réprimer un nouvel éclat de rire.

— Quelle ironie, tout de même ! Il parlait de toute cette pacotille comme si cela avait pu payer la rançon d'un roi. Cette vieille chouette doit se retourner dans sa tombe, à l'heure qu'il est.

Son cousin se laissa aller en arrière et croisa les jambes.

— Ce que je trouve incroyable, c'est qu'il ait obtenu la main de Charlotte. Où l'a-t-il donc dénichée ?

Comme sa mère, bien que de manière moins pressante, Edward collectait des lambeaux de ragots. Alec répugnait à répondre mais n'avait aucune excuse valable pour se taire.

— Il correspondait avec son père. Ils s'étaient rencontrés à Bath, où le père de Charlotte se rendait fréquemment pour des raisons de santé.

— Bath ? Que diable faisait oncle Henry à Bath ? Ah, il y est allé pour mettre la main sur Charlotte, je suppose. On ne peut pas lui en vouloir. Une petite créature attachante… et fort bien pourvue avec ça.

Alec ne put s'empêcher de se crisper. Il vit qu'Edward l'avait remarqué à son sourire malicieux.

— Je parle de sa dot. Elle prétend qu'il a jeté par la fenêtre une belle somme qui lui appartenait.

— Effectivement.

Ce fut tout ce qu'Alec trouva à répondre. Encore une fois.

— Plaisante, maintenant qu'elle est mieux habillée, insinua Edward. Un joli petit lot, tout bien considéré. L'avez-vous remarqué quand elle vivait sous votre toit ?

Il usait de ce ton lorsqu'il voulait le provoquer, Alec le savait, mais il ne put que se raidir davantage.

— Oncle Henry vous a-t-il jamais dit quoi que ce soit qui pourrait nous aider à découvrir qui l'a tué ?

Edward posa sur lui des yeux à demi clos, comme un chat qui se demandait s'il était bien la peine de continuer à tourmenter une souris qui ne réagissait pas. Finalement, il haussa les épaules.

— Dieu du ciel, Alec, je ne l'écoutais jamais ! Je serais devenu fou. Il m'assommait et me laissait mettre le vin qu'il buvait sur ma note. Un oncle n'est-il pas supposé choyer son neveu?

Comment ai-je pu croire que nous tirerions quoi que ce soit d'Edward? se demanda Alec. Son cousin ne pensait qu'à lui.

— Même si… il m'avait effectivement confié quelque chose d'étrange, il y a quelques mois.

— Quoi?

— Il s'est piqué de me donner des conseils, répondit Edward en haussant un sourcil devant l'absurdité de cette idée. Il m'a recommandé de ne jamais faire confiance à personne, quand bien même ce seraient des connaissances de longue date et quelle que soit la nature de la relation. Il affirmait qu'on ne pouvait compter sur personne.

— C'est tout?

Edward acquiesça.

— Vous parlait-il des antiquaires avec qui il faisait affaire? Peut-être avait-il découvert qu'on l'avait trompé?

Edward fronça les sourcils et haussa de nouveau les épaules.

— Aucune idée. Je vous l'ai dit: j'étais incapable de l'écouter plus d'une minute. Il me fallait penser à autre chose, ou me résoudre à perdre l'esprit.

Alec avança quelques questions supplémentaires, mais Edward ne se rappelait rien d'utile. Quand il se mit à le taquiner sur son habitude de venir inopinément en soirée dès que Charlotte était présente, Alec prit congé.

À son retour, il trouva une maison qui semblait étrangement vide. Anne s'était rendue à une leçon de danse, Lizzy à une visite organisée par sa tante Earnton, et Frances… quelque part, ailleurs. Il ne restait à Alec que des piles de papiers l'attendant sur son bureau et la frustration d'une matinée gaspillée.

Lady Isabella avait invité Charlotte à l'accompagner tandis qu'elle faisait ses visites du matin, pour « approfondir son éducation » sur les manières de se comporter en société. Charlotte avait accepté par politesse, gratitude et curiosité. La bonté de lady Isabella à son égard avait été telle que, quoi que cette dernière lui demandât, elle s'exécutait de bonne grâce. En outre, découvrir le « beau monde » sous tous ses aspects l'intéressait au plus haut point. Cependant, à mesure que les heures s'égrenaient, il semblait bien que ces visites n'aient d'autre objet que de disséminer et recueillir des ragots. Les anecdotes entendues chez madame Untel étaient répétées dans la demeure suivante en échange d'autres récits que l'on pourrait emporter jusqu'au salon suivant. Charlotte comprit bien vite que celles qui n'avaient rien d'inédit à proposer à leur hôtesse étaient considérées comme des visiteuses de moindre importance ; des personnes de peu de bien, au vu de la monnaie mondaine qui avait cours.

La matinée aurait pu se révéler bien plus intéressante si les personnes concernées et leurs histoires respectives lui avaient été connues, ainsi qu'à son entourage. Mais il n'en était rien. En outre, elle ne maîtrisait pas encore les arcanes des gestes et regards qui venaient enjoliver ces conversations, y ajoutant une touche de non-dit pour l'initié qui savait les déchiffrer.

Leur dernière escale fut la maison de Mrs Prine. Flanquée de deux immenses manoirs, elle était encore plus petite que celle d'Henry, quoique nichée dans un quartier bien plus chic. L'intérieur rappelait une boîte à bijoux : chaque babiole, ravissante, avait visiblement été choisie avec le plus grand soin. Charlotte complimenta leur hôtesse tandis qu'on les faisait entrer dans un petit salon aux murs drapés de brocart doré, et Mrs Prine se rengorgea.

Les deux respectables dames se mirent à partager les informations glanées au cours de la matinée ; ravies de mettre en commun leurs récits, elles les disséquaient ensuite avec une habileté presque professionnelle. Lorsqu'elles en furent à déterminer quelles visites s'imposaient pour le lendemain, Charlotte songea soudain qu'elles lui faisaient penser à deux généraux qui élaboraient une campagne militaire. Elle ne doutait pas qu'elles finiraient par découvrir tout ce qu'elles désiraient savoir.

On leur porta du thé et les deux commères reportèrent leur attention sur Charlotte.

— Vous savez, très chère, vous devriez vraiment commander de nouvelles robes, lui conseilla lady Isabella. Vous ne pouvez vous permettre d'être vue en public trop souvent vêtue des mêmes atours.

Mrs Prine approuva.

— Je n'ai pas les moyens de m'en offrir davantage, avoua Charlotte.

Mrs Prine en fut visiblement choquée. Que sa stupéfaction fût due à la pauvreté de Charlotte ou à son manque de discrétion à ce sujet, Charlotte n'aurait su le dire.

Lady Isabella balaya cet argument d'un revers de la main comme s'il s'était agi d'une odeur déplaisante.

— Pour pallier à cela, il faut parfois… revoir son budget. De petites économies domestiques, parfaitement invisibles et indolores, peuvent vous permettre de conserver une apparence digne de ce nom.

Mrs Prine acquiesça derechef et Charlotte se demanda ce qu'elle pouvait bien y entendre. Tout ce qui se trouvait chez elle avait visiblement coûté une fortune. Aucune de ces deux femmes ne pouvait avoir la plus petite idée des conséquences qu'entraînait la moindre dépense, quand chaque penny comptait.

— Je suis sûre que ma modiste se montrerait tout à fait conciliante et prête à faire crédit, renchérit lady Isabella. Je peux lui en toucher un mot…

— Non. Il faudra que je me contente de ce que j'ai. Mrs Trask… Enfin, je connais une bonne couturière, et nous allons voir s'il serait possible de modifier quelques-unes de mes anciennes robes afin de les remettre au goût du jour.

Cette idée lui était venue un jour qu'elle avait aperçu Mrs Trask en train de broder les finitions d'une robe destinée à sa petite-fille, et qui aurait aussi bien pu venir de la meilleure boutique de Bond Street.

Mrs Prine eut l'air scandalisée, bien plus que par tous les ragots échangés auparavant. L'espace d'un instant, Charlotte envisagea de lui dire que la couturière en question était également sa cuisinière, mais lady Isabella semblait contrariée, aussi se garda-t-elle de révéler cette information pour éviter le scandale.

Elles prirent bientôt congé et entamèrent le long chemin du retour qui les ramènerait au quartier de Charlotte.

—Je m'interrogeais au sujet d'Henry, hasarda-t-elle.

Toute la matinée, elle avait eu envie d'aborder le sujet ; ce n'était qu'à cet instant précis qu'elle en avait l'occasion. Lady Isabella se tourna vers elle, l'air interrogateur.

—Henry ?

Sir Alexander lui avait conseillé de ne pas parler de ce qu'ils avaient découvert dans la chambre de son défunt mari, mais la sœur de ce dernier pourrait sûrement lui en apprendre plus sur son compte. Ils avaient vécu sous le même toit durant les dix premières années de la vie d'Henry, et avaient passé leurs vacances ensemble pendant des années.

—Il n'était guère… volubile, vous savez. Et depuis sa mort, je me demandais pourquoi il ne s'était jamais marié avant de me rencontrer.

Les boucles d'oreilles retrouvées dans le placard secret prouvaient que d'autres femmes avaient eu une certaine importance dans sa vie.

—Ne s'est-il jamais attaché ou fiancé à personne lorsqu'il était jeune ?

—Henry ? répéta lady Isabella.

—Les hommes jeunes sont prompts à s'émouvoir. Lorsqu'il est entré en société, il a sûrement…

—Henry n'a jamais pris part à une soirée mondaine de toute sa vie, l'interrompit lady Isabella, comme si elle n'avait jamais entendu une idée plus grotesque.

Ni à aucune soirée d'aucune sorte, d'ailleurs. Il était d'un naturel si… morose.

— Même quand il était jeune ?

— Il ne le fut jamais.

— Quoi donc… ?

— Jeune. Même enfant, il avait déjà l'air vieux et tatillon. On dit qu'à l'université, il passait tout son temps reclus dans la bibliothèque. Chacun sait que les jeunes gens se laissent aller à toutes sortes de facéties pendant leurs études, mais pas Henry.

— Il est ensuite venu à Londres, dit Charlotte.

— Il a loué cette maison – non loin du British Museum, vous rendez-vous compte ? – puis il l'a rachetée, avec l'argent dont il a hérité à la mort de notre père, je présume.

— Il n'a donc jamais fait part à personne…

— Très chère, il ne nous a même pas informés lorsqu'il vous a épousée !

L'expression qui se lisait sur le visage de lady Isabella indiquait qu'elle venait de flairer la piste de nouveaux ragots.

— Pourquoi cette question ?

Charlotte envisagea de lui parler des boucles d'oreilles, mais sir Alexander avait été catégorique.

— Je trouvais simplement étrange d'en savoir si peu au sujet d'un homme qui était mon mari.

— Un époux reste toujours une énigme, ma chère, lui enseigna lady Isabella avec légèreté. Bien, parlons maintenant d'un problème de la plus haute importance : votre garde-robe…

— Je ne puis vraiment pas y consacrer plus d'argent, lady Isabella. Je suis navrée. Si vous jugiez que mon… apparence ternit votre réputation, je ne vous en tiendrais pas rigueur…

Son interlocutrice balaya cette réflexion d'un geste.

— Si vous vendiez quelques babioles de la…

— C'est impossible…

— À cause du ridicule testament d'Henry, je sais. Mais il ne serait pas si difficile de contourner cet obstacle. Sachez que certains membres de la haute société ont parfois besoin de… troquer des objets dont ils ont hérité en échange de… liquidités. Une transaction qu'ils se gardent bien de rendre publique, bien entendu. Trop embarrassant. Il existe des gens qui s'occupent de ce genre d'affaire et ne souffleraient jamais mot au sujet de la vente…

— Là n'est pas le problème. Enfin, si. Mais je doute que ces gens seraient intéressés, voyez-vous. La collection d'Henry n'a pour ainsi dire aucune valeur.

— Comment ?

— Nous l'avons faite expertiser par un homme du British Museum, et selon lui, à l'exception d'une ou deux pièces authentiques et d'une certaine valeur, le reste n'est que… eh bien, plus ou moins de la pacotille.

Lady Isabella semblait abasourdie.

— Mais… rien du tout ?

— Henry a dépensé des milliers de livres pour des objets qui ne sont bons qu'à servir de presse-papiers, conclut Charlotte sans pouvoir dissimuler son amertume.

— Des milliers de…

Lady Isabella semblait anéantie.

Charlotte était touchée de sa sollicitude. Elle ne s'était pas rendu compte que lady Isabella avait pris sa situation tellement à cœur. Elle tenta de dissiper la lourde atmosphère qui s'installait.

— Le cambrioleur aurait été bien déçu s'il avait réussi à dérober quoi que ce soit.

— Le… oui. Un juste retour des choses.

Lady Isabella reprenait ses esprits. Elle laissa échapper un rire cristallin.

— Bien, je suis sincèrement désolée, ma chère. J'espérais vous être de quelque assistance.

— Et je vous remercie pour votre bonté.

La voiture s'arrêta et elle s'apprêta à descendre.

— Merci pour cette… charmante matinée.

— Je vous en prie.

Charlotte utilisa sa clef pour entrer tandis que l'attelage s'éloignait, et fut stupéfaite de découvrir Tricotte assise dans le hall d'entrée, la queue ramenée sur ses pattes avant, comme si elle l'attendait.

— Bonjour, Tricotte.

Deux têtes apparurent au-dessus de la rampe d'escalier qui la surplombait, et Lucy et Tess descendirent précipitamment à sa rencontre.

— Y a-t-il un problème ?

— Eh bien, mademoiselle, à vrai dire, le chat a fait une… une rechute, en quelque sorte, répondit Lucy.

— Elle a mis en pièces un beau torchon de lin, renchérit Tess. Mrs Trask dit qu'il n'est même plus bon à faire un chiffon.

Toutes deux lancèrent à Tricotte un regard accusateur que la chatte ignora superbement. Elle examinait un pan de mur derrière Charlotte avec tant d'intérêt que celle-ci se retourna. Elle ne vit rien que des lambris.

—Voilà qui est très décevant, dit-elle à la chatte. Moi qui croyais que tu étais un… un animal repenti.

Elle se retenait de rire, et Lucy s'en aperçut.

—Ce torchon était tout neuf, mademoiselle.

Il était vrai qu'ils n'avaient pas les moyens de remplacer de trop nombreux ustensiles domestiques.

—Méchante. Tu es un vilain chat.

Tricotte resta impassible. Lucy renifla.

—J'imagine que Mrs Trask l'a réprimandée au moment de l'incident, dit Charlotte.

—Oui, mademoiselle, mais…

—Eh bien, il ne nous reste plus qu'à espérer que cela ne se reproduise pas.

Que pouvait-elle faire de plus ? Charlotte était profondément soulagée que les pulsions destructrices de Tricotte ne se soient pas tournées vers les « pièces » exposées au rez-de-chaussée. Elle alla pour monter l'escalier. Les deux domestiques se dirigèrent vers la cuisine. La chatte frôla Charlotte en la dépassant et lorsque cette dernière atteignit sa chambre à coucher, Tricotte était déjà là.

—Anne et Lizzy te manquent, n'est-ce pas ? dit-elle en ôtant son chapeau. À moi aussi.

Lucy replia le vêtement qu'elle raccommodait en bâillant.

—Je vais me coucher, annonça-t-elle au reste du personnel.

Elle avait dit cela comme si de rien n'était, mais Mrs Trask lui lança un regard qui la rendit nerveuse. Personne ne savait lire entre les lignes comme Mrs Trask. Pourtant, Ethan leur avait souhaité une bonne nuit plus d'un quart d'heure auparavant.

Elle marqua un temps d'arrêt en sortant de la pièce, mais personne n'émit de commentaire sur son départ, aussi se hâta-t-elle de monter l'escalier pour se glisser par la porte de derrière. Ethan l'attendait sur ce qu'elle considérait désormais comme «leur» banc. Il se leva dès qu'il l'aperçut, longue silhouette noire aux bras grands ouverts. Lucy ne put que venir s'y blottir.

Enlacée, serrée contre lui comme un trésor, elle ne pouvait qu'oublier ses doutes et ses craintes. Le tissu de sa veste contre sa joue, son odeur entêtante… Plus rien d'autre ne comptait que cela. Elle se laissa aller ainsi un moment salvateur, puis leva la tête et passa ses bras autour de son cou.

Le baiser l'embrasa jusqu'aux tréfonds de son être. Une fleur de feu s'épanouit au creux de son ventre et lança ses tiges jusqu'au bout de ses doigts, puis au-delà comme si leurs âmes se frôlaient au contact de leurs lèvres jointes. Tout ceci ne pouvait pas être mal. C'était le destin. Ethan fit remonter ses mains sur sa taille. Ses pouces effleurèrent sa poitrine sous sa robe épaisse et Lucy s'entendit gémir doucement. Elle se pressa contre lui. Ethan laissa une de ses mains retomber dans son dos pour l'attirer encore plus près tandis que de l'autre, il la caressait, encore et encore, jusqu'à ce qu'elle se sente sur le point de perdre la tête tant elle avait envie de lui.

Soudain, il s'écarta. Elle laissa échapper un hoquet inarticulé de protestation.

—Ah, Lucy !

Il avait le souffle court. Elle aussi. D'ailleurs, ses jambes semblaient prêtes à se dérober sous elle.

—Nous ferions mieux d'en rester là, avant que je fasse quelque chose en dépit du bon sens.

Il la fit asseoir sur le banc, gardant sa main serrée dans la sienne.

—Ah, Lucy, répéta-t-il.

Pendant un instant, ils restèrent assis là en silence, à reprendre leur souffle.

—J'ai demandé à avoir le poste, dit finalement Ethan. Ça ne devrait pas poser de problème. Le cottage, et tout le reste, pour que nous puissions y vivre.

Le cœur de Lucy bondit de joie avant de retomber lourdement, lesté par la masse des inquiétudes que son étreinte avait occultées.

—C'est parfait alors… pour toi. Exactement ce que tu voulais.

Il quitterait Londres à la fin de la Saison, pour ne jamais revenir.

—Pour nous.

Elle sentit des sanglots lui serrer la gorge.

—J'aimerais venir ; j'aimerais venir de tout mon cœur. Peut-être devrais-je être capable de partir sans scrupules… mais je ne peux pas. C'est idiot !

—Non, pas du tout. C'est ainsi que tu es.

Il étreignit sa main.

—Écoute, nous savons tous deux que beaucoup de domestiques ne vont pas plus loin que leurs obligations.

Ils vont et viennent sans que personne ne s'en soucie, à part ceux qui doivent leur trouver des remplaçants. Et puis il y a ceux qui, peu à peu, deviennent un peu comme des membres de la famille. Ça ne peut pas être un sentiment à sens unique, bien sûr. Dans ces cas-là, on a vite fait de se mettre dans de beaux draps, pour sûr. Mais ta Miss Charlotte ressent la même chose. N'importe qui s'en rendrait compte.

Lucy reprit son souffle en tremblant.

— Tu dis ça alors même que tu voudrais que je pose ma démission ?

— Je veux que tu viennes avec moi pour m'épouser et rester à mes côtés pour le restant de mes jours. Mais je veux aussi que tu le fasses de ton plein gré et avec joie. Je veux que tu sois heureuse et que tu n'aies jamais rien à regretter.

Les larmes de Lucy débordèrent. C'était l'homme qu'il lui fallait. Ne pourrait-elle l'épouser sans regarder en arrière ? N'avait-elle pas droit – et lui aussi – au bonheur ? Si elle en parlait à Miss Charlotte… Miss Charlotte lui dirait de partir sans se retourner. Puis les Trask s'en iraient et ne resteraient plus que la petite Tess et le groupe d'étrangers de la ville qu'elle trouverait pour occuper les autres postes. Miss Charlotte serait malheureuse. Pas autant qu'au cours de l'année précédente, peut-être, mais elle serait triste et seule. Et elle ne lui en tiendrait nullement rigueur.

Lucy s'imagina mariée à Ethan, douillettement installée dans leur joli cottage à la campagne. C'était ce à quoi elle aspirait de tout son être. Mais s'asseoir au coin du feu en sachant que Miss Charlotte serait là, coupée à jamais de tout lien avec la vie heureuse qu'elle avait connue dans le Hampshire…

Elle allait le faire, Lucy comprit-elle soudain. Elle allait partir. Elle ne pouvait abandonner Ethan. Mais cela lui fendrait le cœur.

Ethan avait entouré ses épaules de son bras.

— Ne pleure pas, Lucy. Je ne peux le supporter. Écoute… J'ai une petite idée qui pourrait peut-être tout arranger.

Elle renifla et leva les yeux vers lui.

— Que veux-tu dire ?

— Je pense… Enfin, j'ai l'impression que sir Alexander apprécie beaucoup Miss Charlotte. Qu'elle l'intéresse, je veux dire.

Lucy fronça les sourcils en essayant d'admettre cette idée.

— Et peut-être cette inclination est-elle réciproque. S'ils se mettaient ensemble…

— S'ils se mariaient, tu veux dire ? Miss Charlotte vient d'échapper à un horrible mariage. Je ne crois pas qu'elle voudra recommencer.

— Eh bien, comment peut-on en être sûr ? Sir Alexander n'a rien de commun avec ce fameux Henry Wylde, d'après ce que j'ai cru comprendre.

— Non…

— On ne dit que du bien de lui parmi les domestiques, et dans le Derbyshire parmi ses locataires. Il s'occupe de ses sœurs de manière exemplaire. Et si j'en crois Jennings, c'est un excellent parti.

— Es-tu en train de me vendre ses mérites ? s'enquit Lucy, un brin amusée en son for intérieur.

—Je dis seulement qu'il est d'une tout autre trempe que son oncle.

—Peut-être bien.

Dans son esprit, Lucy passa en revue les événements de ces dernières semaines. Miss Charlotte avait-elle le béguin pour le maître d'Ethan ? Cela aurait expliqué certaines bizarreries que Lucy avait remarquées. Mais à bien y réfléchir… ne se laissait-elle pas abuser par un espoir égoïste ?

—Quand bien même il y aurait quelque… quelque chose entre eux, qu'est-ce que ça peut bien changer pour nous ?

—Eh bien, nous pourrions… les encourager, comme qui dirait.

—Comment ? Mais de toute façon nous n'avons aucun droit de nous en mêler, ajouta-t-elle avant qu'il eût le temps de répondre.

—On ne s'en mêlerait pas. On se contenterait de leur faciliter la tâche.

—Je ne sais pas.

Tandis que Lucy essayait de mettre des mots sur ses doutes, les lumières s'éteignirent à une fenêtre du sous-sol.

—Il est tard, dit Ethan, ils ferment la maison. Tu dois rentrer. Viendras-tu chez ma tante avec les autres, demain soir ?

Lucy avait été invitée à une fête donnée en l'honneur du cousin d'Ethan, rentré en permission de la marine. Les Trask s'y rendraient, bien sûr, et Tess et Lucy avaient toutes deux été conviées.

— Miss Charlotte a dit que je devrais venir, mais elle resterait toute seule ici.

— À peine quelques heures. Elle pourrait en profiter pour rendre visite à Miss Anne et Miss Lizzy.

— C'est une bonne idée. Je vais le lui suggérer.

Ethan se leva.

— Je m'inquiète de te savoir dans les rues aussi tard le soir, dit-elle.

— Je connais la route comme ma poche, et j'ai mon gourdin, la rassura-t-il en soupesant un lourd bâton qu'il avait appuyé contre le mur du jardin.

Il l'enlaça pour un dernier baiser et Lucy en fut si éblouie qu'elle en oublia tout le reste. Puis il s'éclipsa, et Lucy rentra furtivement par la porte de derrière quelques instants à peine avant que Mr Trask vînt la verrouiller. Au pied de l'escalier qui menait à l'étage, elle tomba nez à nez avec Tricotte, assise là comme un chien de garde. Lucy passa doucement à côté d'elle, suivie par une paire d'yeux jaunes scrutateurs, et remercia sa bonne étoile de ne pas avoir accordé la parole aux chats.

Chapitre 18

*C*harlotte guettait l'arrivée de Margaret Billings, aussi fut-elle en mesure d'admirer l'habileté avec laquelle sa nouvelle connaissance arrêtait son attelage devant chez elle, comme si elle avait guidé des chevaux toute sa vie. Elle possédait son propre phaéton et tenait les rênes d'un magnifique couple d'alezans.

— Vous habitez vraiment loin de tout, n'est-ce pas ? s'exclama-t-elle quand Charlotte sortit.

Voilà donc une autre dame à la mode qui considérait toute excursion en dehors de certains quartiers de Londres comme une expédition en territoire sauvage.

— J'aurais pu prendre un fiacre pour vous retrouver…

— Ne soyez pas ridicule. Montez.

Le laquais de Margaret lui offrit sa main pour l'aider, et Charlotte prit place à côté d'elle. D'un bond, il grimpa sur le marchepied à l'arrière tandis que Margaret faisait claquer les rênes. Les chevaux se mirent en branle en martelant les pavés de leurs sabots. Margaret avait fière allure ; elle portait une robe bleue à longues manches agrémentée de brandebourgs militaires et un chapeau orné d'une plume qui lui retombait sur l'œil. L'air était chaud en cette matinée de juin et Charlotte remerciait le ciel de n'avoir pas même besoin d'un châle. Il aurait été tout bonnement impensable de monter dans ce fringant équipage affublée de son vieux manteau passé de mode.

Elle avait une certaine affection pour cette femme brune à la silhouette nerveuse et était heureuse de cette occasion de lui parler en tête à tête. Margaret avait souvent le regard pétillant de rire, et son sens de la repartie était devenu proverbial parmi les amis d'Edward. Venait à présent s'y ajouter ce nouveau talent. Elle conduisait et faisait virer ses chevaux aussi bien que n'importe lequel des hommes avec qui Charlotte avait déjà voyagé – non qu'il y en ait eu beaucoup. Lorsqu'elle dit cela à Margaret, celle-ci lui adressa un large sourire.

— J'avais pour habitude d'observer les leçons que donnait mon père à mes frères, et l'ai supplié de m'apprendre encore et encore jusqu'à anéantir toute résistance, expliqua-t-elle avant de jeter un regard espiègle à Charlotte. Il a fini par admettre, pas plus tard que l'année dernière, que mon talent naturel dépassait de loin celui de l'un et l'autre des garçons. Bien sûr, il n'irait jamais le leur dire en face.

Charlotte éclata de rire.

— J'ai su que William était le mari qu'il me fallait lorsqu'il m'a promis mon propre phaéton, ajouta Margaret en riant à son tour.

— Comment vous êtes-vous rencontrés ?

— Célia et moi allions à l'école ensemble. C'est la sœur de Richard, savez-vous ? Lui, William, et quelques autres étudiaient tous ensemble à Harrow. Ils sont tous venus s'installer à Londres à peu près à la même époque. Il m'arrive de taquiner William en disant que j'aurais pu lui préférer Tony. Ce n'est pas vrai, bien sûr, même s'il a effectivement demandé ma main.

— Cela ne rend-il pas les choses un peu délicates entre vous ? s'enquit Charlotte.

— Oh, non. Il n'était pas vraiment sérieux. Et j'en suis fort aise, car il boit beaucoup trop.

On ne pouvait que lui envier sa désinvolture candide et sa joie de vivre manifeste. Charlotte se risqua à poser une question sensible :

— On dirait que les jeunes filles sont souvent… soustraites au groupe lors des soirées.

Margaret n'eut pas l'air surprise ni embarrassée le moins du monde.

— Eh bien, notre cercle n'est pas convenable pour les débutantes fraîchement écloses. Quel plaisir y aurait-il à être mariée s'il fallait toujours se comporter comme de jeunes donzelles tout juste sorties de leur salle d'étude ?

Elle fit virer les chevaux pour entrer dans Hyde Park. La Saison mondaine battant son plein, l'endroit était encombré de calèches, de fringantes montures et de dandys élégants qui arpentaient les allées bordées de fleurs. Chacun observait attentivement les autres, s'arrêtait avec une courbette pour bavarder, badiner et échanger les derniers potins ; la vaste étendue d'herbe était comme un salon de réception démesuré. *Je joue un rôle dans cette Saison mondaine de Londres*, songea Charlotte. Pas un rôle majeur, et la Saison n'était pas de celles qui, vertigineuses, vous font tourner la tête, mais tout ceci dépassait de très loin tout ce à quoi elle avait osé rêver quelques mois à peine auparavant. Cela semblait trop beau pour être vrai.

Elles remontèrent lentement un chemin de gravier en faisant de fréquents arrêts chaque fois que les gens qui les précédaient stoppaient pour engager une conversation. Margaret saluait quelques personnes de temps à autre d'un signe de tête ou de quelques mots, mais n'eut pas l'occasion de présenter Charlotte. Celle-ci n'en avait cure ; elle était fascinée par les interactions sociales qui se nouaient tout autour d'elles. C'était comme assister à une pièce de théâtre.

Elles avaient presque atteint l'autre côté du parc lorsque Charlotte reconnut enfin un visage familier. Edward Danforth se dirigeait vers elles, monté sur un fougueux cheval noir qui semblait ne pas apprécier la présence d'autres cavaliers. Edward amena sa monture à leur hauteur et les salua d'un coup de chapeau.

— Heureuse rencontre, gentes demoiselles.

— Quel m'as-tu-vu ! répliqua Margaret. Je ne peux pas croire que vous ayez amené Danseur dans cette cohue.

— C'est un bon entraînement pour lui.

— N'importe quoi. C'est surtout l'occasion d'exhiber vos talents de cavalier.

Edward leur adressa l'un de ses sourires éblouissants.

— Autant montrer à tous ces jeunes blancs-becs comment l'on fait.

— Vous aurez l'air malin s'il se met à ruer et vous sort de selle.

— Il est mieux éduqué que cela.

La calèche qui les précédait stoppa brutalement avant de reculer légèrement. Margaret réagit promptement, leur évitant de peu une collision.

—Bravo, Margaret! s'exclama Edward. Je crois que vous égalez ma mère avec des rênes entre les mains.

—Lady Isabella conduit? s'étonna Charlotte.

—Oh, oui, elle fait des merveilles avec une cravache. Elle en avait même tout un équipage, à la campagne. Mais ces dernières années, elle ne s'y adonne plus guère.

La file de voitures se remit à avancer et Edward resta à leur hauteur.

—Vous avez dit l'autre soir n'être jamais allée à l'opéra, dit-il à Charlotte. Cela vous plairait-il d'y aller ce vendredi? Avec ma mère et moi?

—Oh, cela me plairait.

Il était un peu étrange qu'il l'invitât au nom de sa mère, mais après tout, ils se connaissaient bien désormais.

—Je me tiens juste là, et on ne m'a toujours pas invitée, commenta Margaret.

—Parce que je sais bien que vous détestez cordialement l'opéra.

Elle se fendit d'un large sourire.

—C'est bien vrai. La mère de William se désespère que je n'aie pas l'oreille musicale. Je n'y entends que des chats de gouttière qui braillent dans une ruelle.

—Ne vous laissez pas influencer par cette béotienne, recommanda Edward à Charlotte. Elle se soucie davantage de chevaux que d'art.

—En effet, acquiesça joyeusement Margaret. Et maintenant, je suis prête à faire virer mes chevaux, Edward, ayez donc l'obligeance de vous mettre hors de mon chemin.

Il s'inclina sur sa selle et s'éloigna. Charlotte admira la précision avec laquelle Margaret manœuvrait les deux chevaux pour négocier un virage serré et traverser le parc dans la direction opposée.

—Quel charmeur, notre petit Edward, fit remarquer Margaret.

—Il est d'excellente compagnie.

—Il en a la réputation.

Charlotte se demanda de nouveau pourquoi Edward ne l'enthousiasmait pas plus que ça. Il était incroyablement séduisant, amusant, attentionné. Et pourtant, elle se contentait de l'apprécier, sans plus. Pourquoi un seul homme, doté de traits et de manières moins extraordinaires, la captivait-il tandis qu'Edward était tout juste distrayant ? C'était un mystère.

Margaret lui lança un regard en coin.

—Pas un homme à marier, bien sûr. Du moins, pas encore.

L'espace d'un instant, Charlotte eut les idées confuses.

—Oh, Edward ? Non, j'imagine que non.

—Donc, si une certaine personne espérait une demande de sa part… ?

—Moi, voulez-vous dire ? Bien sûr que non.

Elle avait la conviction subite, bien qu'elle n'eût jamais réfléchi à la question, qu'Edward n'épouserait qu'une immense fortune. Bien plus grande que tout ce qu'elle avait jamais possédé.

—Ce n'est pas un aussi bon parti que son cousin, ajouta Margaret.

—Son… ?

—Allons, ne faites pas l'innocente. Sir Alexander Wylde se montre plutôt empressé.

—Il a eu la bonté de…

—Ma chère, où que vous soyez, le voilà qui apparaît et vous tourne autour en lançant à la cantonade des regards noirs du plus bel effet.

—Des regards noirs?

—Vous avez dû remarquer les regards assassins qu'il lance à Edward dès que celui-ci vous approche.

—Mais non… Vraiment?

À cette idée, un frisson parcourut Charlotte.

—Assurément, dit Margaret en riant. Je dirais même que si vous jouez finement, c'est de lui que pourrait bien venir une demande.

Charlotte était parfaitement immobile. Il lui avait plu d'observer les bouillonnements animés du monde. Elle avait vu la façon dont les rumeurs circulaient. Mais à aucun moment elle n'avait imaginé que cette obsession pour les moindres faits et gestes d'autrui finirait par se retourner vers elle. Elle se pensait invisible, anonyme. Elle ressentit un certain malaise à être ainsi sous surveillance. Et pourtant, elle mourait d'envie d'en entendre davantage sur l'intérêt que lui portait sir Alexander.

—Peut-être se montre-t-il simplement courtois.

—Ceci est ma cinquième Saison à Londres, ma chère. Je sais faire la différence. Pourquoi croyez-vous qu'Edward vous témoigne tant…

Elle se tut brusquement et pinça les lèvres d'un air embarrassé.

—Comment?

Margaret se contenta de secouer la tête, et Charlotte dut faire ses propres déductions.

— Edward se montre attentionné à mon égard pour agacer sir Alexander?

— Je vous demande pardon, Charlotte. Je ne voulais pas dire…

— Ça m'est égal.

Et c'était vrai… presque. Elle ressentait peut-être un petit pincement. Mais jamais elle ne s'était imaginé qu'Edward pût entretenir des sentiments particuliers à son endroit.

— Ah… Eh bien, en tant qu'amie, je vous conseille de saisir cette chance. Sir Alexander ne vous déplaît pas?

— Pas le moins du monde!

Cette réponse véhémente lui échappa avant qu'elle pense à garder bouche cousue. Charlotte serra les poings et détourna les yeux. Il était si loin de lui déplaire… Elle pensait constamment à lui; elle s'embrasait au souvenir de ses mains posées sur elle.

— Mais ce dont vous parlez… est impossible.

— Pourquoi donc?

Parce qu'elle était sans le sou, avait été mariée à son oncle abject, et qu'on la soupçonnait d'avoir assassiné son mari. Parce que sir Alexander avait l'intention de faire un mariage convenable, « de raison », sans s'embarrasser d'amour. Jamais il ne lui demanderait sa main. Elle ne pouvait espérer que ses étreintes qui la mettaient en transe.

Quoi qu'il lui demandât, elle l'aurait donné sans condition. Elle n'aurait pas hésité à jeter la bienséance aux orties. Mais il ne lui avait rien demandé. Elle s'était dit que son intérêt était trop faible pour qu'il réclamât rien. Mais si elle s'était trompée ? Margaret le pensait. Si elle comptait pour lui autant que lui pour elle…

— Si vous voulez que quelqu'un lui souffle l'idée, je pourrais jouer les entremetteuses, proposa Margaret.

— Non !

Margaret ne savait rien de l'histoire familiale de sir Alexander, ni de sa détermination à ne pas contracter de mariage d'amour. Celle qu'il épouserait aurait toutes les qualités requises dont Charlotte était dépourvue : une famille éminente, de l'argent à ne savoir qu'en faire, des manières sereines et rompues aux arcanes de la vie mondaine. Elle l'imaginait sans mal : superbe, élégante… détestable. Et surtout, ce serait une femme qui n'aurait aucun amour pour lui. Voilà ce qu'il avait prévu. Il avait été parfaitement clair à ce sujet. Charlotte ne remplissait aucun de ces critères, car… Elle dut réprimer le soudain flot d'émotion qui l'envahit. Si elle se montrait honnête avec elle-même, il lui fallait bien admettre qu'elle était tombée amoureuse de lui ces dernières semaines. Peut-être aurait-elle pu continuer à nier ses sentiments sans les incitations de Margaret. Désormais, voilà qu'ils s'abattaient sur elle avec la violence d'un orage d'été. Il était tout ce qu'elle désirait.

— Inutile d'être timide, ajouta Margaret. Cela se fait sans arrêt. Juste une petite impulsion, rien…

— Pourrions-nous changer de sujet ?

Un froncement de sourcils lui répondit.

— Très bien.

La voix de Margaret était devenue froide. Elle l'avait offensée – cette femme dont elle avait espéré se faire une amie. Mais ce regret n'était rien en comparaison du tumulte qui faisait rage dans son esprit. La suite d'événements que proposait Margaret, bien que conventionnelle, était impossible. Et pourtant cette femme d'expérience, bien plus versée qu'elle dans le décryptage des signaux subtils qui émaillaient les relations sociales, était convaincue que sir Alexander se montrait attiré par elle. Peut-être donc avait-il eu envie avec autant de force qu'elle de ces baisers qu'ils avaient partagés. À aucun moment il ne les avait mentionnés ouvertement. Il était trop gentleman pour cela. Et si… et si elle abordait le sujet ?

Le reste de la promenade se déroula dans un silence presque complet. Charlotte essaya de faire la conversation afin d'ouvrir la voie de la réconciliation avec Margaret, et fit quelques progrès. Mais le rythme de franche camaraderie qu'elles avaient commencé à développer avait disparu. Aucune sortie ultérieure ne fut évoquée quand elle descendit du phaéton et lui dit au revoir.

À l'intérieur, Charlotte trouva Lizzy, Anne et Frances qui l'attendaient dans le salon, confortablement installées autour d'une tasse de thé et d'un plateau chargé des savoureux scones de Mrs Trask. Les genoux de Lizzy disparaissaient sous la fourrure mouchetée de Tricotte.

— Lucy a dit que vous seriez bientôt de retour, donc nous vous avons attendue, lui dit la cadette des Wylde.

— Je dirais même que quelqu'un a insisté pour attendre, corrigea Frances avec un regard ironique pour sa jeune protégée.

Lizzy grimaça et reporta son attention sur le chat.

— Je suis ravie que vous l'ayez fait. Laissez-moi le temps d'ôter mon chapeau. Je reviens tout de suite.

Charlotte fut rassérénée quand elle les rejoignit, cinq minutes plus tard, et les vit aussi à leur aise chez elle que si elles avaient fait partie de sa famille.

— Georgiana dit que personne ne va plus à Ranelagh, déclarait Lizzy quand Charlotte revint dans le salon. C'est horriblement démodé.

Frances et Anne échangèrent un regard amusé. Charlotte savait déjà que « Georgiana dit » était devenu un refrain fréquent dans la bouche de Lizzy depuis qu'avaient commencé les rencontres organisées par sa tante Earnton. Elle avait appris, au cours des visites de plus en plus rares de Lizzy, à ne jamais contester aucune maxime venant de l'omnisciente Georgiana, sous peine de se voir opposer un mépris souverain par sa fidèle disciple. Charlotte imaginait Georgiana Harrington comme l'une de ces jeunes filles solides et animées d'une passion folle pour les chevaux, les cheveux pâles, les yeux bleus légèrement protubérants, et un rire à vous mettre les nerfs en pelote. Elle ignorait si cette vision était correcte et n'avait aucune envie de le découvrir. Elle avait gentiment découragé toute velléité de Lizzy de l'inviter à l'accompagner lors d'une de ses visites.

Au bout d'un moment, les derniers proverbes de Georgiana furent épuisés.

— Oh ! reprit Lizzy en se redressant d'un coup, ce qui arracha une protestation au chat. Le soupirant d'Anne a rompu avec elle !

— Ce n'était pas mon…, commença Anne.

— En fin de compte, ce n'était rien qu'un vil séducteur. Il s'est mis à danser trois fois, voire plus, avec une affreuse fille rousse couverte de taches de son à chacune de leurs leçons.

— Lizzy ! la réprimanda Frances.

— Vous devriez envisager d'écrire des romans, car presque chaque mot que vous venez de prononcer est pure invention, ajouta sa sœur d'un ton aride qui ne lui ressemblait pas.

Lizzy leur présenta ses fossettes, pas désolée le moins du monde.

— Mais ça n'a aucune espèce d'importance, parce qu'Anne est toujours assaillie par les partenaires, et lui n'est qu'un sombre idiot !

Son aînée soupira.

— Une fois encore, promettez-moi de ne rien répéter de tel à Georgiana et à vos autres amies. Il serait désastreux que les fantaisies scandaleuses issues de votre imagination débordante circulent en société. Comme si elles venaient de moi !

— Je ne ferais jamais une chose pareille, protesta Lizzy.

Mais elle détourna les yeux en évitant de croiser leur regard.

— Si vous l'avez fait, intervint Frances avec sévérité, il faut que cela cesse. De telles histoires pourraient vraiment rendre les choses difficiles pour Anne lorsqu'elle entrera dans le monde.

Lizzy hocha la tête, ses yeux bleu nuit écarquillés et enfin sérieux.

Anne se tourna vers Charlotte.

—Comment vous portez-vous? Vous avez fait une merveille de cette pièce.

Elle accueillit ce compliment avec un sourire et elles discutèrent un moment de sujets sans importance. Puis, Anne et Lizzy descendirent saluer les Trask qu'elles avaient bien connus dans le Derbyshire, Tricotte sur leurs talons.

—Je suis fort aise d'avoir un moment de tête-à-tête avec vous, dit Frances lorsqu'elles furent seules. Je tenais à vous remercier.

—Moi? Pourquoi donc?

—Vous souvenez-vous, peu après notre rencontre, m'avoir demandé ce que j'attendais de la vie personnellement? Je dois vous dire que cette question m'a été incroyablement utile.

Elle sourit devant l'air surpris de Charlotte.

—Peut-être cela vous semblait-il simple et évident. Mais lorsqu'on n'a jamais considéré les choses sous cet angle, cela peut faire une énorme différence. Je me suis employée à résoudre la question.

Charlotte était à la fois ravie et fascinée.

—Comment?

Le sourire de Frances s'élargit jusqu'à rappeler remarquablement les rictus malicieux dont Lizzy était coutumière.

—Ne vous attendez pas à quelque acte héroïque. J'ai commencé par renouer des contacts avec d'anciennes connaissances, par correspondance. Nous ne nous étions jamais vraiment perdus de vue, mais je n'avais pas écrit aussi souvent que j'aurais pu, tant ces dernières années m'ont sollicitée. La réponse a été très gratifiante.

Elle jeta à Charlotte un regard ombré par ses longs cils.

—Je suis invitée à passer une partie de l'hiver en Grèce.

—En… cela semble… intéressant.

Frances acquiesça.

—Ma meilleure amie de pensionnat y séjourne. Son époux est en charge d'une sorte de mission diplomatique qui va probablement durer plus d'un an, selon elle. Elle me presse de la rejoindre.

Charlotte ne connaissait rien de la Grèce en dehors de l'Antiquité.

—Le pays est dirigé par les Turcs ? réussit-elle à se souvenir.

—Et tout à fait sans danger, Diana me l'a assuré. Bien sûr, je ne puis m'y rendre dès l'hiver de cette année.

Frances regarda Charlotte comme si elle considérait une hypothèse ou la jaugeait. Charlotte ne parvenait pas à imaginer ce qu'elle entendait par là. Frances ouvrit la bouche, hésita, puis ajouta :

—Mais quand Lizzy sera plus âgée, je suis résolue à m'embarquer pour une grande aventure, quelle qu'elle soit. Grâce à vous.

L'énergie et la détermination dans sa voix étaient sources d'inspiration. Charlotte avait commencé par nier toute responsabilité dans ce changement, mais c'était vrai : elle était convaincue qu'il fallait saisir au vol les occasions qui se présentaient dans la vie. Frances avait raison. Il fallait oser. Elle se tourna vers son amie pour approuver quand Tricotte surgit dans le salon en traînant derrière elle un ruban rose en lambeaux. Lizzy suivait juste derrière elle.

— Je pensais que cela ferait joli si elle le portait autour du cou, expliqua-t-elle, hors d'haleine. Mais ça n'a pas l'air de lui plaire.

Voyant la chatte qui achevait de mettre furieusement en pièce le morceau de soie dans le coin opposé, Charlotte ne put qu'être de son avis.

Les papiers empilés sur le bureau d'Alec avaient perdu tout attrait pour lui. La situation de leurs campagnes était critique, se disait-il. La poudrière était sur le point de sauter et personne ne semblait capable d'endiguer la catastrophe. Mais son esprit revenait constamment à une chevelure et des yeux d'or cuivré, et à ce sourire qui fascinait son cœur. Il la verrait cet après-midi-là. L'attente n'était pas si longue que ça, mais chaque minute lui semblait durer des heures.

Un coup à la porte annonça Ethan.

— Une lettre arrivée par coursier, monsieur, annonça-t-il en lui tendant un épais paquet. Il a chevauché à bride abattue.

Alec ouvrit l'enveloppe et se mit à lire, son humeur s'assombrissant de seconde en seconde. Le moment était donc venu. Le temps était écoulé. Il faudrait mettre de côté toute considération personnelle. Alec rappela Ethan et lui dicta ses instructions.

L'esprit d'Alec resta morose pour le restant de la journée pendant qu'il emmenait Charlotte rendre visite à un antiquaire qui avait refusé de parler à Jem Hanks. Son échoppe se trouvait au cœur du quartier commerçant, dans Bond Street, dans une zone où les acheteurs potentiels pouvaient s'aventurer sans risquer d'embarrassantes rencontres avec des amis. L'adresse était indiquée sur une plaque de cuivre si discrète qu'on aurait pu prendre l'endroit pour une maison privée, ou passer à côté sans le voir si l'on ne savait pas comment le trouver.

L'homme lui-même était mince et désinvolte, les cheveux blond clair et l'air hautain. Sa veste de couleur sombre venait manifestement de Weston et sa mise était impeccable. À côté d'Alec, il paraissait petit, presque aussi gracile qu'un sylphe.

— Nous sommes venus vous parler au sujet de vos transactions avec mon oncle, Henry Wylde, lui dit Alec.

— Je ne parle pas de mes clients, lui indiqua l'homme avec suffisance.

Son attitude donnait envie à Alec de le saisir par le col. Même le nom de l'homme transpirait de prétention : Carleton de Saint-Cyr.

— C'est inacceptable.

— Comprenez que ceux qui viennent à moi comptent sur ma discrétion. Si je devais ébruiter mes affaires, cela pourrait mettre dans l'embarras nombre de nobles familles. Jusqu'aux plus augustes sphères.

Il se délectait visiblement de cet état de fait.

— Mais mon époux ne vous a rien vendu, intervint Charlotte. Il achetait, et nous le savons déjà fort bien.

Alec acquiesça ; l'argument était juste.

— Et ce qu'il a acheté n'était pas ce que vous prétendiez. Vos articles ne valaient en fait presque rien.

— Je vous demande…

— Comment se sentiraient vos « clients » s'ils entendaient parler de la façon dont on l'a escroqué? demanda Charlotte.

L'homme blêmit.

— Comment osez-vous?

— Nous avons demandé au British Museum une estimation de la collection de mon oncle, y compris les pièces que vous lui aviez vendues.

Alec présenta à l'homme les reçus qu'ils avaient trouvés dans la pièce secrète.

— Elles ne valent rien.

Saint-Cyr examina les pages.

— Mais ce… c'est impossible.

Il semblait sincèrement choqué.

— Ces soi-disant experts peuvent se tromper, vous savez. Ou vous tromper délibérément. J'en ai vu minimiser leurs estimations afin d'acquérir des collections entières à bas prix.

— Il n'était pas question de vente dans ce cas précis, dit Alec en récupérant les reçus. Et c'est du British Museum que nous parlons, pas d'un petit antiquaire mesquin.

Il avait choisi ces mots à dessein.

— Ma marchandise provient de sources irréprochables, certifia l'homme.

— Savez-vous seulement comment vérifier l'authenticité d'une pièce? demanda Charlotte.

À la façon dont il détourna les yeux, Alec constata qu'elle avait marqué un point.

— Mes services se fondent sur une confiance mutuelle. Chacun sait d'où proviennent mes marchandises.

Mes clients sont heureux d'acquérir de magnifiques objets qui appartenaient jadis à d'éminents…

— Des objets que vous avez acceptés en prenant pour acquis tout ce qu'on a pu vous raconter à leur sujet, ajouta Charlotte.

L'homme s'offusqua.

— Je ne traite qu'avec des gens d'honneur. Mettre en doute leur parole serait…

— Plus avisé, visiblement, intervint Alec. Ainsi donc, vous ne vendez que des contrefaçons ? Qui n'ont de valeur que par leur appartenance à quelque aristocrate en mal d'argent ?

— Non ! Ceci est pure calomnie, monsieur. Si vous osez répandre de tels mensonges, je vous traînerai devant…

— Ce n'est donc qu'une coïncidence si tout ce que mon oncle vous a acheté n'était que de la pacotille ?

Des émotions contradictoires papillonnaient sur le visage du petit homme. Il leur dissimulait une information importante, Alec en était sûr.

— Je maintiens que votre expert a fait erreur.

Et Alec eut beau insister et menacer, ce fut son dernier mot. De fait, ses promesses de tout révéler se retournèrent contre lui, car l'antiquaire semblait ne pas douter qu'il obtiendrait le soutien des plus hautes sphères devant la justice. Au bout du compte, ils furent contraints de se retirer sans avoir rien appris d'utile. Il lui faudrait revenir dès que possible, songea Alec, pour faire pression sur cet imbécile une bonne fois pour toutes.

— Tout ce qui compte à ses yeux, c'est de fricoter avec l'aristocratie, déclara Charlotte dans la voiture qui les ramenait chez elle. Ce n'est pas un marchand, c'est un flagorneur.

— De toute évidence.

Alec se sentait déchiré entre le désir de faire tout son possible pour venir en aide à Charlotte et la nécessité d'endiguer la vague d'agitation qui se soulevait dans sa campagne natale.

— Je crois que lady Isabella m'avait parlé de lui comme d'un antiquaire à la discrétion sans faille.

Quand Alec se tourna vers elle, elle eut l'air de regretter de n'avoir pas tenu sa langue.

— C'était quand elle pensait que je pouvais vendre certains des objets d'Henry, se hâta-t-elle d'ajouter, avant qu'elle ne comprenne que c'était impossible.

— Et pourquoi auriez-vous eu besoin de discrétion, dans ce cas ?

— Ah… C'est que…

Tante Bella avait sans doute exprimé la chose plus subtilement.

— Il se peut qu'elle ait eu recours à cet homme. Je me suis toujours demandé comment le domaine de Danforth pouvait lui rapporter les sommes folles qu'elle semble dépenser.

— Elle s'est montrée si bonne avec moi, se contenta-t-elle de dire.

Précisément, avait envie de répliquer Alec, *et pourquoi d'après vous ?*

Mais il se tut, car la remarque aurait été insultante. Ils s'arrêtèrent devant chez elle.

—Je voulais vous dire…, commença Alec.

—Vous devriez entrer, l'interrompit Charlotte d'une voix étrange. J'ai moi aussi à vous parler.

—Y a-t-il un problème ?

—Pas du tout. Simplement… des choses et d'autres.

Elle lui sourit, et le cœur d'Alec se mit instantanément à battre plus vite.

—Les chevaux…

—Il n'est pas bon de les laisser attendre, je sais. Peut-être pourriez-vous les renvoyer chez vous et prendre un fiacre plus tard ?

Alec savait qu'il aurait dû refuser. Il était presque 18 heures. Il avait mille choses à faire, mais son cœur l'entraînait de toute force à passer outre le diktat de la raison. Il l'aida à descendre de voiture et donna ses ordres à Tom, le cocher. Tandis que son équipage s'éloignait, Charlotte ouvrit avec sa clef plutôt que de sonner. Il la suivit dans la maison, ses pensées réduites à un tourbillon de questions et de désirs condamnés à n'être jamais nommés.

Chapitre 19

— *I*ls décorent leurs temples de statues païennes hautes de vingt pieds, dit Jack, le cousin d'Ethan. Toutes dorées, qui brillent de mille feux. Certaines ont six bras. Et tous les matins ils les lavent avec du lait, en leur donnant le bain.

— Allons bon, répliqua Mrs Trask. Ce serait gaspiller des litres et des litres de lait.

— C'est la vérité, Grand-ma. J'l'ai vu de mes propres yeux quand notre bateau a fait escale à Bombay. Un des habitants nous a emmenés visiter la ville. Et de toute façon, ils croulent sous le lait en Inde, parce que tuer une vache est un crime là-bas.

La tante d'Ethan agita un index menaçant sous le nez de son fils.

— Allons, Jack, tu as voyagé et pas nous, mais ça ne veut pas dire qu'on va gober toutes les fadaises que tu veux bien nous inventer.

— Mais c'est vrai, m'man, je le jure ! s'exclama Jack en posant une main sur son cœur. Les hindous prétendent que les vaches sont sacrées. Ils les laissent se promener en liberté dans les rues de la ville. On a de gros ennuis si on en blesse une.

Du haut de ses vingt-six ans, Jack avait déjà navigué jusqu'en Inde et dans les Antilles.

Ethan regarda tous les adultes présents qui secouaient la tête avec émerveillement. Les enfants, qui s'étaient extasiés quelques instants auparavant en entendant les récits de Jack, jouaient à présent bruyamment au loto dans le petit salon. Il y avait de l'ale, un rôti juteux à souhait, et Lucy était assise à côté de lui, l'air détendue et amusée, comme si elle faisait partie de la famille depuis de nombreuses années. Tout était exactement tel qu'Ethan se l'était imaginé, et un agréable sentiment de bien-être l'envahit. Il leur restait plusieurs heures avant de devoir retourner à leur poste. Il avait envoyé une lettre chez lui, comme prévu, mais n'avait pas encore reçu de réponse, aussi pouvait-il se laisser aller à croire que son avenir serait aussi plaisant que son présent.

Il fit un mouvement de sorte que son épaule effleurât celle de Lucy, en regrettant de ne pouvoir passer un bras autour d'elle pour montrer à tous le lien qui les unissait. Lorsqu'elle tourna la tête pour lui sourire, il se retint *in extremis* de l'embrasser.

—J'espère que Miss Charlotte va bien, dit Lucy.

À ce moment précis, Ethan n'avait que faire de la maîtresse de Lucy. Son esprit était tout entier subjugué par son propre bonheur. Mais il savait pertinemment que ce n'était pas la chose à dire.

—Elle a dit qu'elle allait rendre visite à Miss Anne et Miss Lizzy.

—Elle a dit qu'elle le ferait peut-être.

—Pourquoi n'irait-elle pas ?

Il y eut un coup à la porte et Tom, le cocher, entra. Il avait dit qu'il n'était pas sûr d'être libre de venir ce soir. Lucy donna un petit coup d'épaule à Ethan, qui se leva et traversa la pièce pour aller lui parler.

— Tu as pu avoir ta soirée, finalement ?

— Si fait, répondit Tom en avalant une longue gorgée d'ale. Ah, ça fait du bien par où ça passe. J'ai laissé le maître chez Mrs Wylde. Il a dit qu'il rentrerait en fiacre plus tard.

Voilà qui n'allait pas plaire à Lucy, songea Ethan. Elle allait vouloir rentrer s'assurer que tout allait bien, ce qui signifierait pour lui la fin de la soirée, ici et maintenant. Et peut-être pour le pire. Ne valait-il pas mieux pour eux que sa maîtresse reste seule avec sir Alexander ? Vrai, c'était pas convenable. Les gens crieraient au scandale si cela se savait. Mais comment un homme et une femme pouvaient-ils finir ensemble s'ils n'avaient jamais un moment d'intimité ? C'était un problème qu'il ne comprenait que trop bien, étant lui-même entouré d'yeux indiscrets et d'aînés réprobateurs. C'était peut-être l'occasion de faire avancer ses plans pour faire venir Lucy dans le Derbyshire.

Un sentiment d'insensibilité qui ne lui ressemblait pas enfla dans la poitrine d'Ethan. Il ne souhaitait pas qu'il arrive du mal à la maîtresse de Lucy ; c'était visiblement une jeune dame de bonne composition qui traitait Lucy avec égards. Mais le bonheur d'Ethan – et celui de Lucy – comptait plus à ses yeux que tout le reste. S'il y avait la moindre petite chance…

— Pas un mot à ce sujet, dit Ethan au cocher.

Tom le dévisagea avec des yeux ronds.

— Hein?

— Pas besoin de raconter à tout le monde ce que fabriquent les aristos.

Le cocher fronça les sourcils, haussa les épaules, et replongea le museau dans sa chope. Il finirait par ouvrir son bec, Ethan le savait. Quelqu'un poserait une question, il répondrait sans réfléchir, et la chose serait éventée. Que dirait-il à Lucy à ce moment-là? Ethan la regarda qui riait aux éclats de l'autre côté de la pièce, jolie comme un cœur dans sa robe bleue. Il trouverait quelque chose. Ce soir-là, ils pouvaient se contenter de prendre du bon temps.

— Tout va bien, assura-t-il à Lucy en revenant s'asseoir à côté d'elle.

Ce n'était pas un mensonge. De son point de vue très personnel, tout allait pour le mieux. Et peut-être cela continuait-il de s'améliorer, chez Lucy. Du moins pouvait-on l'espérer.

Charlotte était assise à l'extrémité du coussin du fauteuil, dans son salon, à siroter un verre de vin de Madère. Elle était allée quérir la bouteille elle-même, sans mentionner les domestiques. Pourquoi donc auraient-ils parlé des domestiques? Il n'y avait aucune raison d'en discuter. Ni d'évoquer le fait que sir Alexander et elle soient seuls chez elle. Il prendrait immédiatement congé s'il le découvrait, or elle ne voulait pas qu'il parte. Elle vida son verre d'un trait et apprécia la chaleur qui naissait du bouillonnement fébrile au creux de son ventre pour inonder son corps.

Charlotte savait que ce qu'elle envisageait était de la folie pure – ou du moins, serait apparu comme tel aux yeux de la jeune fille de bonne éducation qu'elle était un an auparavant. Mais elle n'était plus la même personne et ne le serait plus jamais. Une année passée avec Henry Wylde l'avait transformée, d'abord en une misérable créature privée de toute joie, puis en une femme déterminée à tenir les rênes de sa propre vie. Non, son avenir ne serait pas fait d'économies de bouts de chandelle et d'amitiés superficielles. Non, elle ne se laisserait pas réduire à une pauvreté bourgeoise tissée de vague à l'âme et de maigres regrets. Elle allait s'emparer de ce qu'elle désirait, et au diable les conséquences. Oui !

Le verre trembla dans sa main et elle se leva pour se servir une autre gorgée d'élixir de courage. Sir Alexander Wylde la mettait en émoi comme aucun homme avant lui. Tous ses sens s'exaltaient, et il éveillait en elle un désir si impétueux qu'elle ne pouvait résister. De plus, elle savait qu'elle pouvait lui faire confiance ; jamais il ne trahirait ses secrets.

Le silence s'appesantissait.

— Vous vouliez me parler ? demanda sir Alexander. Y a-t-il un problème ?

Charlotte resta un instant immobile, le dos tourné, puis replaça sa coupe sur le plateau avec un tintement décisif et vint s'asseoir à côté de lui sur le sofa. Sans se laisser le temps d'hésiter ou de se raviser, elle glissa ses bras autour de son cou et vint poser ses lèvres sur les siennes. L'ombre d'un frisson de doute, un bégaiement d'hésitation… puis il l'enlaça. Ce fut exactement comme dans son souvenir ; elle fut subjuguée par ses mains et sa bouche qui éveillaient chaque parcelle de son être à une vie haletante. C'était cette étincelle cruciale qui avait manqué à son mariage,

382

à tout ce qu'elle avait vécu jusqu'alors. Une expérience d'une telle intensité n'avait pas de prix.

Sir Alexander la hissa sur ses genoux. Elle resserra ses bras autour de son cou et s'abandonna aux sensations délicieuses qui la parcouraient. Toute raison enfuie, les vestiges de la résistance s'effritèrent. Ne comptaient plus que les corps : les muscles tendus de ses cuisses sous elle, le rempart de ses bras qui l'étreignaient, la texture de ses lèvres qui avivaient le brasier auquel elle était en proie. Charlotte avait l'impression que ses entrailles étaient en fusion. Elle se consumait à son contact tout en le pressant contre elle de toutes ses forces.

Quant à Alec… Les règles patiemment intégrées durant une vie entière étaient battues en brèche par le ressac implacable du désir. C'était mal ; il n'aurait pas dû faire cela. Elle était veuve ; elle avait fait le premier pas et avait manifestement envie de lui. Céder vouerait au scandale une jeune femme qu'il admirait. Mais l'attraction qu'elle exerçait sur lui était si forte que son désir en devenait insoutenable. Il caressait fiévreusement son corps dont il brûlait d'arracher les atours ; ses lèvres s'enflammaient sous les siennes. Impossible de réfléchir ; il cessa d'essayer. Il l'étreignit de toutes ses forces avant de se lever brusquement pour la porter tendrement dans le couloir jusqu'à la chambre.

Elle ne protesta pas. Elle s'accrochait à lui. Quand ils atteignirent la porte, elle tourna la poignée et l'ouvrit à la volée, toujours entre ses bras. Alec referma le battant derrière eux d'un coup de pied, presque sans s'en rendre compte. Tous ses sens étaient captivés par la jeune femme serrée contre lui.

Ils tombèrent sur le lit de conserve, inextricablement enlacés. Le baiser les consumait, les affolait. Son corps tout entier réclamait le contact de sa peau nue contre la sienne. Il s'écarta et se débarrassa de sa veste comme d'une peau portée trop longtemps. Charlotte peinait à ouvrir les rangées de boutons minuscules sur le devant de sa robe, trop fébrile et impatiente pour rester précise. Au risque de les froisser, faisant fi des fermetures, Alec ôta son foulard, sa chemise et ses chaussures et les envoya joncher le sol. Elle enfouit ses doigts dans sa chevelure et une pluie d'épingles tomba sur le couvre-lit.

Voilà que Charlotte était assise devant lui, dans ses dessous, ses cheveux d'or cuivré cascadant sur ses épaules, les yeux étincelants dans les dernières lueurs du crépuscule qui perçaient à travers les fenêtres. Malgré son cœur qui galopait et le désir impérieux qui le faisait frémir, Alec se força à prendre son temps. Il s'installa à côté d'elle sur le lit, passa un bras autour de ses épaules pour qu'elle vienne se blottir contre lui et de son autre main, vint épouser la forme de l'un de ses seins. Il la caressa, savourant son frisson de plaisir tout en l'embrassant de nouveau. Un autre long baiser, et il l'allongea sur le matelas de plumes.

Elle faisait courir ses mains sur son torse, ses côtes – des frôlements aériens qui traçaient pourtant des sillons de feu sur leur passage. De son côté, il glissa les doigts sous l'ourlet de sa chemise et remonta délicatement la courbe soyeuse de l'intérieur de sa cuisse. Elle gémit doucement et l'accueillit, tendue vers lui pour l'inviter à caresser plus avant. Le son qu'elle émit lorsqu'il l'obligea le rendit presque fou. Elle resserra ses bras autour de son cou, leur baiser plus intense que tout ce qu'il avait jamais connu. Du bout des doigts, il vint l'agacer et la caresser jusqu'à ce que les halètements de Charlotte deviennent assourdissants à ses oreilles.

— Non, protesta-t-elle quand il retira sa main pour se libérer du carcan infernal de ses hauts-de-chausses.

Il s'en débarrassa promptement avant de reprendre ses attouchements. Ce n'est que lorsqu'elle se cambra en criant sous le coup d'une jouissance libératrice qu'il laissa libre cours à son désir dévorant et se glissa en elle.

Le plaisir de cette délivrance était exquis. Il se laissa envelopper par sa chaleur prodigieuse et… rencontra une résistance inattendue. Alec eut un mouvement de recul ; mais Charlotte le retint et l'attira encore plus près. Trop fébrile pour réfléchir ou s'interrompre, il reprit son mouvement. Elle y répondit avec fièvre. Ensemble, ils trouvèrent un rythme qui s'accrut, et monta en intensité jusqu'à ce que le monde entier disparût en un tourbillon extatique. Emportée par cette apothéose, Charlotte cria de nouveau. Et Alec entendit sa voix se joindre à la sienne quand la jouissance le submergea.

Ce n'est que lorsque l'orage se fut apaisé, tandis qu'ils gisaient, enlacés, et reprenaient leur souffle, qu'Alec prit véritablement conscience de ce que son corps lui avait révélé : il l'avait déflorée. Elle n'avait jamais été une jeune veuve expérimentée, rompue aux intrigues mondaines. Comment avait-il pu s'imaginer le contraire, avec ce qu'il savait de son mariage ? Force lui était de reconnaître qu'il avait refusé d'y penser. Il n'avait voulu… qu'elle. Passionnément. Bien trop tard, il se demanda ce que les domestiques avaient entendu, et à quel désastre il l'avait condamnée en cédant à ses désirs. Elle l'avait voulu aussi, certes, mais il avait plus d'expérience, et la responsabilité lui incombait. Que diable allait-il bien pouvoir faire à présent ?

Charlotte sentait les battements de son cœur se calmer au même rythme que les siens. Elle inspira profondément avant de soupirer. Elle se sentait incroyablement bien. Il y avait eu un éclair de douleur mais cela n'était rien comparé à l'extraordinaire flot de sensations qui l'avait envahie avant et après. Elle repoussa quelques mèches de cheveux égarées sur son visage et s'étira, lascive. Soudain, elle se sentit affamée. Elle se redressa et alluma la chandelle posée sur le chevet. Elle le vit à la lumière, nu dans son lit. La flamme dorée dansait, ciselant les formes de son corps souple et athlétique.

— Avez-vous faim ? Les domestiques ont laissé un repas froid dans la salle à manger.

Sir Alexander – non, Alec, elle devait l'appeler ainsi désormais – se redressa, appuyé sur un coude et la dévisagea. Charlotte lui sourit mais seul un visage de marbre lui répondit.

— Laissé ? répéta-t-il.

— Ils sont tous sortis.

Elle allait expliquer le retour du cousin d'Ethan, mais ne s'en donna finalement pas la peine. Euphorique, elle était trop grisée pour s'embarrasser de mots.

— Vraiment ?

Sa voix sonnait étrangement à ses oreilles.

— Oui, nous sommes complètement seuls.

Elle lui caressa le bras du plat de la main, savourant le contact sous ses doigts.

— Vous aviez donc… prévu cela ?

Quelque chose dans le ton de sa voix, dans l'expression de son visage, fit reculer Charlotte. Soudain, elle se sentit nue et exposée.

— Je… non. J'ai tiré parti de… des circonstances.

Elle n'avait pensé qu'à l'instant présent ; maintenant qu'il était passé, elle se retrouvait en territoire inconnu. Elle ne savait que penser du regard qu'Alec posait sur elle… La méprisait-il pour avoir cédé à son désir ? Était-elle devenue à ses yeux une femme d'un tout autre genre ?

— C'est… Je vous prie d'excuser ma conduite…

— Non. Ce n'est pas nécessaire.

Inconsciemment, Charlotte tendit la main vers sa chemise. En l'espace d'un instant, tout semblait avoir changé dans la pièce. La tendre intimité s'était muée en un lourd embarras. Elle enfila sa chemise. Alec se leva et entreprit de se rhabiller.

— Je devrais partir avant que quelqu'un revienne. Il faut éviter les rumeurs…

Rien qui puisse le relier à moi ; rien qui puisse le prendre au piège, songea Charlotte. Une profonde affliction la saisit brièvement. Puis elle se souvint. Elle contrôlait sa vie. Elle avait fait ce qu'elle voulait faire ; elle ne pouvait à présent s'apitoyer sur les conséquences.

— Je n'ai pas le temps de m'occuper de…

Il lui adressa un regard déchirant.

— Charlotte, je quitte la ville à la première heure demain. Je dois me rendre dans le Derbyshire, il le faut. Je tiens de plusieurs sources que c'est maintenant une poudrière prête à s'embraser d'un moment à l'autre. Je ne puis ignorer cette crise.

—Oh.

Et que pouvait-elle bien répondre à cela ? Elle n'avait aucun droit sur lui, et lui aucune obligation envers elle. Et la situation dans les campagnes était sans conteste d'une importance capitale.

—Les gens ont atteint le point de non-retour, ajouta Alec, comme s'il l'implorait de comprendre. Je dois venir en aide et guider ceux qui vivent sur mes terres, et peut-être d'autres, s'ils sont disposés à m'écouter. Personne ne sera pendu si je peux l'empêcher.

Assise sur son lit défait, nue sous sa fine chemise de lin, Charlotte ne put que hocher la tête.

—Tout est organisé, conclut-il. J'ignore combien de temps je serai parti.

—Je… J'espère que vous serez prudent, dit Charlotte d'une voix chevrotante.

Il voulait la prendre dans ses bras et lui promettre qu'il lui reviendrait. Mais il n'en fit rien, car il ne savait pas lui-même ce que cela signifierait précisément. Il ne pouvait pas faire d'elle sa maîtresse. Tout son être se révoltait à cette idée. Elle n'était pas le genre de femme qu'on reléguait au demi-monde. Mais quelle autre alternative pouvait-il… ? Son esprit n'était qu'un chaos de pensées et de désirs contradictoires. Il leur faudrait trouver une solution rationnelle à son retour, se dit-il. La situation de leur pays était une crise qui les dépassait de loin, l'un comme l'autre. Pourtant, de toute sa vie, il avait rarement surmonté d'épreuve aussi difficile que celle qui consistait à la laisser là sur le lit, auréolée de la lumière dorée des chandelles et visiblement en proie à la tristesse.

Chapitre 20

Charlotte ne trouva pas l'opéra à son goût. Elle n'avait jamais été particulièrement portée sur la musique et, visiblement, même les plus belles voix du pays n'y pourraient rien changer. Ce n'étaient à ses oreilles que roucoulements absurdes ponctués par des hurlements perçants jaillis de poumons extrêmement puissants.

Ou peut-être, plus honnêtement, était-elle à ce moment précis trop préoccupée pour apprécier une performance, quelle qu'elle fût. Elle ne pouvait penser à rien d'autre qu'à Alec ; l'émerveillement lorsqu'il la touchait, ce qu'il pouvait bien penser d'elle désormais, et ce qu'il adviendrait d'eux à son retour. Elle avait beau se répéter qu'elle avait agi selon son gré en faisant fi des conséquences, elle craignait que l'estime qu'il lui portait en fût sortie entachée, au prix des liens qu'elle avait tissés avec sa famille. Comment avait-elle pu oublier ses jeunes sœurs en prenant cette décision inconsidérée ? S'il leur interdisait de la revoir, le coup serait dévastateur. Et Frances Cole, qu'elle en était venue à aimer de tout son cœur… Que penserait d'elle cette noble dame si elle découvrait ce qui s'était passé ? Une aventure en Grèce était une chose, mais l'incartade de Charlotte n'avait rien à voir.

À ces inquiétudes s'ajoutaient des visions de la dangereuse virée d'Alec, d'émeutes et d'exécutions ; elle le voyait s'interposer entre deux factions furieuses, puis rester pris au piège entre deux feux. Tout ceci acheva de gâcher la soirée.

Pour ne rien arranger, lady Isabella se montra distante et revêche, apparemment plus intéressée par le champagne qu'elle avait fait entreposer en abondance dans la loge que par la musique ou la conversation. Elle s'assurait que la coupe d'Edward et la sienne fussent toujours pleines et accueillit avec dédain le refus de Charlotte quand celle-ci déclina un troisième verre. De fait, cette soirée semblait tout entière futile et déplaisante. L'opéra avait à peine commencé que Charlotte regrettait déjà d'avoir accepté l'invitation.

Heureusement, l'épreuve touchait à son terme. La voiture cahotait sur les pavés dans un fracas assourdissant comparé au silence pesant qui régnait à l'intérieur. À côté d'elle, lady Isabella était adossée contre les coussins, les yeux clos. Edward était assis face à elles, indolent, un vague sourire sur son beau visage. Charlotte aurait préféré que sa maison ne se trouvât pas si loin de tout.

Lady Isabella se redressa brusquement et regarda par la fenêtre de la voiture.

— Edward !

Sa voix résonna fortement dans l'espace clos.

— Dites au cocher de tourner ici. Je suis exténuée. Je dois rentrer à la maison.

Edward frappa sur le toit et transmit l'ordre au cocher. Apparemment, ils se trouvaient tout près du quartier de lady Isabella car avant que Charlotte ait le temps de reprendre ses esprits, les chevaux s'arrêtèrent. Edward descendit et offrit sa main à sa mère. Aucun des deux ne prêta la moindre attention à leur invitée.

—Je peux rentrer seule, leur dit Charlotte par la portière ouverte.

Elle en avait plus qu'assez d'Edward et de sa mère.

—C'est tellement loin. Il est inutile que vous…

Lady Isabella la salua d'un signe de la main sans se retourner, comme si cela aurait été au-dessus de ses forces. Edward, cependant, laissa sa mère sur le seuil quand la porte d'entrée s'ouvrit et remonta d'un bond dans la voiture.

—Ridicule, déclara-t-il. Je dois vous raccompagner.

Il s'installa à côté de Charlotte, tout contre elle, et referma la portière.

—Ne sommes-nous pas de très bons amis?

Il passa un bras autour de ses épaules tandis que le véhicule se remettait en branle.

—Edward!

—Oh, allons, vous êtes veuve, pas une petite débutante ingénue.

L'espace d'un instant, un doute cuisant étreignit Charlotte tandis qu'elle se demandait s'il avait, d'une façon ou d'une autre, découvert ce qui s'était passé la nuit précédente. Mais c'était impossible. Même si Alec n'était pas celui qu'elle croyait, jamais il n'aurait été faire de confidences à son cousin.

—Pourquoi ne pas nous amuser un peu? reprit-il. Où est le mal?

Sans prévenir, il plongea en avant et l'embrassa.

Soudain, ses lèvres ne furent plus qu'un étau, et ses mains s'égarèrent. Charlotte s'aperçut momentanément combien cette étreinte était différente de celle de sir Alexander. L'instant d'après, elle le repoussa.

— Non! Arrêtez!

— Vous pouvez faire ce que bon vous semble, vous savez, dit-il sans relâcher son étreinte, en soufflant une haleine chargée d'effluves de vin au visage de Charlotte. Prenez votre plaisir au gré de vos rencontres. Vous possédez même une maison rien qu'à vous.

Curieusement, ce dernier détail semblait n'être pas pour lui déplaire, et Charlotte comprit que c'était la perspective d'une maîtresse bon marché qui l'enchantait.

— Non! Laissez-moi tranquille.

— Je suis discret, promis. Muet comme une tombe. Même une carpe est plus causante.

Il éclata de rire et essaya de la maîtriser. Charlotte se débattit tant qu'elle put et finit par le repousser. Elle se leva d'un bond et tambourina sur le toit de la voiture.

— Arrêtez! Arrêtez les chevaux!

Il y eut un cahot quand le cocher commença à ralentir. Charlotte faillit tomber à la renverse.

— C'est quoi, votre problème?

Edward la chercha à tâtons pour essayer de l'attirer entre ses bras; un coup sec sur les mains le remit à sa place.

— N'importe qui penserait que... ah...

Il recula légèrement pour la reluquer d'un air concupiscent.

— Ce vieux manchot d'oncle Henry ne vous a jamais touchée, pas vrai ? Je me demandais où il avait bien pu trouver le courage.

Ses yeux étincelèrent dans la pénombre.

— Ciel, une veuve vierge. Ma petite chérie, vous méritez d'être initiée à l'amour par un homme qui sait ce qu'il fait. Et je vous le garantis, je connais mon affaire.

Il se jeta sur elle.

— Monsieur ? appela le cocher depuis le toit.

Charlotte repoussa Edward de toutes ses forces. Son ébriété rendit la chose plus facile. Elle ouvrit brusquement la portière, descendit de la voiture en trébuchant et manqua de choir de tout son long sur la chaussée. Elle chercha son équilibre sur quelques pas avant de reprendre pied. L'espace d'un instant, elle fut désorientée. Où aller ? Elle était encore bien loin de chez elle. Toutes les maisons alentours étaient plongées dans l'obscurité. Elle n'avait d'autre choix que de rebrousser chemin. Soulevant ses jupes, elle se mit à courir dans les ténèbres en direction de chez lady Isabella. Elle entendit Edward beugler au cocher de faire demi-tour.

Heureusement, un peu plus loin, des lanternes brûlaient encore à la gouttière d'une maison, oubliées après quelque soirée, et Charlotte y vit assez clair pour courir aussi vite qu'elle pouvait, bien que ses pantoufles de soirée ne fussent pas conçues pour les pavés. Elle envisagea de tambouriner à la porte, mais ne put se résoudre à prendre ce risque ; cette maison pourrait se révéler pleine d'hommes comme Edward, en train de jouer aux cartes sous l'emprise de l'alcool. Elle profita du temps nécessaire pour faire faire demi-tour à l'attelage dans la rue étroite pour s'enfuir.

Ils n'avaient pris aucun virage depuis qu'ils avaient déposé lady Isabella, et ils étaient restés au pas. Une étroite maison de brique, se rappela Charlotte ; une porte noire laquée, en haut de deux marches d'escalier ; numéro cinquante-trois.

La lumière des lanternes s'estompa derrière elle. Elle courait dans la nuit noire, priant pour ne pas trébucher sur un pavé descellé. Une maison dont les fenêtres étaient éclairées lui vint en aide, éclaboussant la rue de flaques de lumière dorée. Elle envisagea une fois encore de s'arrêter ; puis elle aperçut le numéro : soixante-cinq. Elle y était presque. Le claquement des sabots résonnait dans son dos, et elle reprit sa course de plus belle.

Elle était là ; la maison de lady Isabella. Une lumière brillait à l'étage. Charlotte gravit les deux marches d'un seul bond et tambourina à la porte. La voiture se rapprochait, elle distinguait la lumière de ses feux, de plus en plus claire. Charlotte frappa avec plus d'insistance. Une lueur apparut à l'imposte au-dessus de la porte.

— Lady Isabella ! appela-t-elle. Je vous en prie, ouvrez la porte !

Un loquet s'ouvrit avec un déclic. Charlotte aperçut Edward, penché par la fenêtre de la voiture. Quand la porte s'entrouvrit, elle la poussa de toutes ses forces.

— Tout doux !

Une femme grande à l'air renfrogné recula en chancelant tandis que Charlotte claquait la porte derrière elle.

Retrouvant rapidement son équilibre, la femme leva une lampe à huile pour éclairer son visage.

— Vous ne pouvez pas entrer ici.

Charlotte ne bougeait pas d'un pouce, aux abois, craignant d'entendre frapper et de voir surgir un Edward triomphant. Sa mère tiendrait-elle avec lui ou prendrait-elle le parti de Charlotte ? Mais après un moment, elle entendit les roues de la voiture qui s'éloignait dans la rue et manqua de s'écrouler de soulagement.

— Vous ne pouvez pas entrer, répéta la femme.

Elle est vêtue comme une domestique de haut statut, peut-être l'habilleuse de lady Isabella, songea Charlotte. Elle l'avait sûrement attendue.

— Je suis désolée. Mon nom est Charlotte Wylde, je suis une amie de lady Isabella. Peut-être vous a-t-elle parlé de moi ? C'est un cas… d'extrême urgence.

Rien qu'à l'idée de devoir préciser quel genre d'urgence, elle tremblait comme une feuille.

— Ça m'est égal, répliqua la femme avec une grossièreté inattendue. Vous devez partir.

Charlotte se sentit soudain exténuée. Il fallait qu'elle s'assoie.

— Si vous vouliez bien envoyer quelqu'un quérir un fiacre, je m'en irai. Mais pour l'instant, j'ai besoin de…

Elle essaya de contourner la femme qui fit un pas de côté pour lui barrer le passage.

— Je regrette sincèrement de vous importuner, ajouta Charlotte, un brin exaspérée.

Quelle mouche avait donc piqué cette femme ?

— J'ai besoin de m'asseoir un moment.

Charlotte esquiva un autre pas de côté pour rejoindre un passage voûté plongé dans l'obscurité, et se retrouva face à une pièce entièrement vide. Perplexe, elle traversa le hall d'entrée et en découvrit une autre : le sol et les murs étaient nus, aucun mobilier, rien d'autre que quelques draperies ornementées qui masquaient la vue de l'extérieur.

— Que faites-vous là ?

Lady Isabella se tenait sur le palier, les cheveux défaits, vêtue d'une chemise de nuit et d'un châle en dentelle.

— Vous n'avez pas de meubles.

Ces mots échappèrent à Charlotte avant même qu'elle pût les réprimer. C'était tellement curieux !

Lady Isabella adressa un regard à sa domestique, derrière Charlotte. Une conversation silencieuse passa entre elles.

— Je vous prie d'excuser cette intrusion soudaine, j'étais…

Comment expliquer à quelqu'un que son fils s'était comporté comme un vulgaire vaurien ? Charlotte sentit une main se refermer sur son bras.

— Vous avez l'air épuisée, dit lady Isabella. Montez donc et racontez-moi tout.

— Oh, non merci. Il ne me faut qu'un fiacre…

— Sottises.

La domestique renfrognée poussa Charlotte jusqu'à l'étage. Sa force était surprenante, et la jeune femme ne put résister. En haut de l'escalier, le couloir était dépouillé de tout meuble, et elles traversèrent deux pièces vides avant de pénétrer dans une luxueuse chambre à coucher.

La robe que lady Isabella avait portée à l'opéra gisait sur le lit.

— Je vous en prie, asseyez-vous. Peut-être un peu de lait chaud. Martha ?

On fit asseoir Charlotte dans un fauteuil au coin du feu.

— Non… Vraiment… Je veux seulement rentrer chez moi.

La domestique alla chercher un plateau posé sur la table de chevet.

— Où est Edward ?

Charlotte se tourna vers lady Isabella.

— Il… il a abusé du champagne, je crois. Et il…

— S'est oublié ? Oh, ciel !

Elle esquissa un geste et la domestique tendit un verre de lait chaud à Charlotte.

— Je ne veux pas…

— Ma chère, cela vous fera le plus grand bien. Je vous en prie, tout ceci est ma faute. Buvez votre lait, après quoi nous vous ramènerons chez vous.

La maîtresse de maison et sa domestique la dévisageaient, manifestement déterminées à ne pas bouger d'un pouce tant qu'elle ne se serait pas exécutée. Tout ceci était on ne peut plus singulier, mais Charlotte ne pouvait penser qu'à sa chambre et à Lucy qui attendait pour l'aider à s'apprêter pour la nuit. Elle eut les larmes aux yeux à cette pensée. Elle vida son verre.

— Envoyez quelqu'un quérir un fiacre, Martha, ordonna lady Isabella. Cela pourrait prendre un peu de temps, ajouta-t-elle avec un sourire. Reposez-vous.

La femme renfrognée sortit. Charlotte laissa aller sa tête en arrière. Elle avait désespérément envie d'être ailleurs. Pourquoi lady Isabella vivait-elle dans une maison dépourvue de meubles ? Ce n'était pas logique, même si cela lui rappelait… Quoi déjà ? Impossible de se souvenir. Elle était si fatiguée. La soirée avait été éprouvante, et la veille avait été aussi fabuleuse que compliquée. Elle était préoccupée par tant de choses… Puis il y avait eu Edward et la course-poursuite éperdue dans les ruelles obscures. Ses yeux se fermèrent. Elle les rouvrit. Il serait impoli de… Le monde se brouilla et tout sombra dans les ténèbres autour d'elle.

— Tu m'as menti, l'accusa Lucy.

Sa voix se brisa malgré elle. Elle voulait se mettre en colère, mais penser qu'Ethan lui avait caché quelque chose en sachant pertinemment ce qu'elle en penserait lui fendait le cœur. Et voilà qu'au moment où elle se rongeait les sangs plus que jamais dans sa vie, celui vers qui elle aurait dû se tourner pour la soutenir lui jouait des coups en douce.

— Je n'ai pas menti, commença Ethan.

— C'est tout comme.

Avec tous les va-et-vient qui se faisaient entre les deux maisonnées, il était évident que Lucy finirait par découvrir que Tom le cocher avait laissé sir Alexander chez elle, seul avec sa maîtresse. De plus, Miss Charlotte agissait bien bizarrement depuis, bien qu'elle refusât de l'admettre. Lucy ne pouvait pardonner à Ethan de lui avoir dissimulé cette information. Elle l'évitait donc. Mais ce matin-là, elle avait été poussée par l'angoisse à prendre un fiacre jusque chez sir Alexander. C'était le jour de congé des Trask et elle ne connaissait personne d'autre vers qui se tourner. Elle avait espéré trouver Mrs Wright, ou même la cuisinière ; elles auraient été de bon conseil. Mais bien entendu, la chance n'était pas avec elle. Bien qu'elle fût entrée par-derrière plutôt que de frapper à la porte d'entrée, Ethan était la première personne qu'elle avait vue. Il l'avait entraînée vers le bureau désert sans lui laisser le temps de protester.

— Je ne peux pas te faire confiance, ajouta-t-elle, la tristesse s'ajoutant à son appréhension.

— Si, Lucy. Je te le jure sur ma vie, tu peux me faire confiance !

Ethan posa les mains sur ses épaules.

— Dis-moi ce qui ne va pas !

Lucy laissa échapper un soupir et flancha entre ses mains.

— Miss Charlotte n'est pas revenue de l'opéra hier soir. J'ai peur qu'il lui soit arrivé malheur et qu'on retrouve son cadavre quelque part dans la rue. Comme « lui ».

Lucy ne put retenir ses larmes plus longtemps. Ethan l'enlaça, et elle avait trop besoin de ce contact pour y résister.

— Tes grands-parents étaient déjà partis quand je suis montée voir dans sa chambre. Je l'avais laissée dormir tard, parce qu'elle m'avait demandé de ne pas l'attendre hier soir. Mais il n'y avait que moi et Tess qui se tordait les mains, qui avait des bouffées de chaleur. Je ne savais plus quoi…

— Il doit y avoir une explication. Avec qui était-elle sortie, Lucy ? Ça va aller.

—Lady Isabella.

Lucy s'aperçut qu'elle avait posé la tête sur son épaule. Elle s'y sentait à sa place, même s'il mentait comme un arracheur de dents.

—Peut-être a-t-elle passé la nuit chez elle, dans ce cas.

Lucy se redressa en reniflant. À regret, elle s'écarta de lui.

—Pourquoi aurait-elle fait ça ?

—Eh bien… Il était tard… et si lady Isabella s'est sentie souffrante ou autre, et qu'elle avait besoin d'aide… Votre maison est tellement loin…

—Miss Charlotte aurait envoyé quelqu'un nous prévenir si elle avait fait ça.

—Bien sûr, elle l'aurait fait. Mais si tout le monde dormait quand elles sont rentrées, tu vois…

Lucy essaya de le croire, puis secoua la tête.

—Et ce matin, alors ? Tu veux dire que tous les domestiques de lady Isabella seraient encore au lit ? Personne pour porter un message ?

Les craintes de Lucy refirent brusquement surface.

—Miss Charlotte ne nous inquiéterait pas comme ça. Jamais de la vie. Il y a un problème !

La porte du bureau, restée entrouverte, pivota sur ses gonds. Lizzy Wylde pointa le bout de son nez derrière le battant, la curiosité se lisant sur son visage.

—Je croyais bien avoir entendu des voix, dit-elle en entrant dans la pièce. Coucou, Lucy. Charlotte est-elle là si tôt ?

La jeune fille regarda Lucy, puis Ethan, les rouages de son imagination se mettant à tourner derrière ses yeux.

Lucy déglutit en regrettant de ne pouvoir essuyer la marque des larmes qui avaient inondé ses joues, et esquissa une révérence.

—Miss Lizzy.

Elle ne savait pas quoi dire d'autre. Elle avait suffisamment côtoyé la benjamine des deux sœurs Wylde pour éviter de lui dévoiler un problème, quand bien même la petite aurait été en âge de leur venir en aide.

Lizzy regarda Ethan, puis Lucy.

—Alors, Charlotte est-elle là, oui ou non ?

—Euh… non, mademoiselle. J'étais seulement… Je suis venue pour…

—Ethan ne t'a pas mise « dans une situation délicate », n'est-ce pas ?

Son regard qui allait de l'un à l'autre étincelait comme celui d'un roitelet malicieux. Il était clair qu'elle n'avait aucune idée de ce que signifiait véritablement cette phrase.

Ethan se raidit comme une planche, les yeux écarquillés, blême, horrifié. Lucy aurait pu pouffer de rire si elle n'avait pas été aussi inquiète.

—Non, mademoiselle… euh… rien de la sorte. Je suis venue parce que je me faisais du souci pour Miss Charlotte.

—Est-elle souffrante ? Qu'y a-t-il ?

—C'est plutôt un malentendu, laissa échapper Ethan. Je vais me rendre chez lady Isabella pour me renseigner, d'accord ?

—Oh, si seulement…

—Vous renseigner sur quoi ? demanda Lizzy. Dites-moi ce qui s'est passé !

Lucy n'était pas sûre de la conduite à adopter. Elle ne pensait pas que Miss Charlotte veuille que la jeune fille soit mêlée à tout ceci, quel que soit le problème.

— Lucy ? appela une voix chevrotante depuis le hall d'entrée. Es-tu là ?

— Tess ?

Lucy sortit de la pièce en courant et trouva la jeune servante, livide et apeurée, qui hésitait près de la porte battante qui menait à l'arrière de la maison.

— J'ai pris un fiacre toute seule, dit Tess. Ça m'a coûté tout l'argent que j'avais, mais tu as dit que s'il y avait la moindre nouvelle…

— Miss Charlotte est donc rentrée à la maison !

Le flot de soulagement qui inondait Lucy se brisa dès que Tess secoua la tête.

— Non, un garçon est venu déposer ça.

Tess tendit une feuille de papier.

Lucy la lui arracha presque des mains. Elle la déplia et déchiffra les quelques lignes griffonnées à la hâte.

— Partie à la campagne ? « Sur un coup de tête » ? Qu'est-ce que ça veut dire ? C'est insensé !

Lizzy s'empara de la missive pour la lire et Ethan fit de même par-dessus son épaule.

— Miss Charlotte ne quitterait jamais la ville sans moi, affirma Lucy.

— Peut-être était-elle…, commença Ethan.

— Ni sans ses vêtements et le reste de ses affaires, l'interrompit Lucy avec impatience. Jamais.

— Ce n'est pas son écriture, déclara Lizzy.

Stupéfaite, Lucy s'approcha pour examiner de nouveau le message. La jeune fille avait raison ;

cela ne ressemblait ni de près ni de loin à la main de Miss Charlotte. Elle aurait dû le remarquer.

— C'est le papier à lettre de tante Bella. Je l'ai déjà vu avant. Mais je ne connais pas son écriture.

Lizzy écarquilla les yeux, tout émoustillée.

— Peut-être l'a-t-on forcée à l'écrire ! Peut-être toutes les deux ont-elles été enlevées par des brigands !

— Je peux toujours aller poser des questions chez lady Isabella, proposa prudemment Ethan. Ses domestiques en savent peut-être plus.

Lizzy hocha la tête.

— Oui, vous devriez. Parce qu'une chose est sûre : même pour faire plaisir à Charlotte, tante Bella ne quitterait jamais Londres au beau milieu de la Saison mondaine. Jamais ! À moins qu'on l'ait enlevée, bien sûr…

Fort de cet accord tacite, Ethan s'en fut. Lucy passa une demi-heure infernale à se forcer à avaler une tasse de thé pour obliger Miss Lizzy qui insistait. Tess fut incapable de s'y résoudre ; assise dans un fauteuil, elle ne cessait de se tordre les mains d'un air terrifié. Lorsque Lucy suggéra de demander conseil à Mrs Wright, Miss Lizzy refusa catégoriquement. Elle ne semblait pas pressée de voir s'immiscer l'intendante.

Une éternité plus tard, Ethan réapparut dans le bureau.

— L'endroit est désert, leur annonça-t-il, perplexe.

— Tu veux dire que tante Bella est partie ? répliqua Lizzy.

— Tout le monde est parti. Tout a disparu.

— Que veux-tu dire ? demanda Lucy, déconcertée.

—Personne n'a répondu à la porte, alors je suis passé par l'arrière de la maison.

Il esquiva leur regard, et Lucy soupçonna qu'il avait dû escalader un mur. Ce dont elle n'avait cure.

—J'ai regardé par quelques fenêtres. La maison a été vidée de fond en comble – il n'y a pas un meuble.

—Non…, dit Lizzy en fronçant les sourcils, vous devez faire erreur.

Ethan secoua la tête.

—Non, mademoiselle. Je vous demande pardon, mais j'ai inspecté chaque pièce au rez-de-chaussée. Elles sont vides.

Un silence pesant s'installa.

—Vous voulez dire que tante Bella a déménagé ? Mais elle ne ferait jamais une chose pareille. Pas en juin, en tout cas. Frances prétend qu'elle ne vit que pour la Saison londonienne. Rien ne compte plus pour elle.

Lizzy baissa les yeux sur le message.

—Tout ceci est extrêmement curieux.

—Si lady Isabella est partie pour la campagne, elle doit sûrement se rendre dans le Derbyshire, avança prudemment Ethan. C'est là que se trouve son domaine.

La tension qui montait en Lucy était de plus en plus insoutenable.

—Je dois partir à la recherche de Miss Charlotte, annonça-t-elle.

Elle n'avait pas la moindre idée de comment procéder, mais elle ne voyait pas d'autre alternative.

Les pupilles bleu sombre de Lizzy étincelèrent de plus belle.

—Comme une opération de sauvetage ? Peut-être ont-elles réellement été enlevées et peut-être que toutes les affaires de tante Bella ont été volées ! Croyez-vous que les criminels réclameront une rançon ? Je vous accompagne !

—Non, j'irai, dit Ethan. Je connais le Derbyshire comme ma poche.

—Je veux venir !

Le visage de Lizzy prit cet air buté qui n'annonçait que des ennuis.

—C'est impossible, mademoiselle Lizzy, un point c'est tout.

Le ton d'Ethan indiquait qu'il ne souffrirait aucune protestation, ce qui laissa Lucy admirative.

Lizzy se renfrogna. Lucy attendit l'éruption. Mais, contre toute attente, elle soupira.

—Je suppose que Frances en ferait toute une histoire. Anne aussi. Mais je voudrais tellement vous aider, gémit-elle en pinçant les lèvres.

—Peut-être pourriez-vous prétendre que c'est vous qui m'avez envoyé à la campagne. Pour éviter que les gens ne s'interrogent sur ma disparition soudaine.

Ethan était visiblement très conscient des dangers d'une pareille idée.

—Je n'ai pas le droit de…

Lizzy s'interrompit et un sourire machiavélique s'esquissa sur son visage.

—Mais si, bien sûr. Frances ne cesse de répéter que j'ai l'art de dépasser les bornes. Qu'est-ce qu'une fois de plus ? Mais vous devez jurer qu'à votre retour, vous me raconterez tout dans les moindres détails.

Lucy ouvrit la bouche pour protester, mais fort heureusement, Miss Lizzy n'avait pas la patience d'attendre une promesse.

— Vous allez avoir besoin d'argent. Mais… je crois bien que les chaises de poste sont horriblement chères.

— Je prendrai une diligence, mademoiselle. Et j'ai quelques économies…

— Moi aussi, renchérit Lucy.

— Non, non. Laissez-moi faire. Je sais où Anne… enfin, ce n'est pas un problème.

Lizzy fit volte-face et sortit en courant.

Lucy regarda Ethan. Sa gratitude se mêlait à sa peur, et malgré leur récent désaccord, elle l'aimait de tout son cœur.

— Je viens avec toi, dit-elle.

Tess sursauta et s'écria :

— Mais il y a des jours de trajet pour aller jusque dans le Derbyshire ! Ce serait pas convenable !

— Pas question que je reste assise à la maison à attendre en me tordant les mains !

Elle lança un regard de défi à Ethan comme si l'objection venait de lui.

— Inutile d'essayer de me dire que c'est ce que je devrais faire.

Ethan se contenta de soutenir son regard. Lucy eut les larmes aux yeux en y lisant tant de respect, de tendresse et d'amour.

Chapitre 21

*C*harlotte fut réveillée par les secousses de la route cahoteuse, ce qui lui donna des haut-le-cœur. Elle souffrait d'une épouvantable migraine ; et un goût infect imprégnait sa bouche sèche. Pis encore, son esprit était horriblement embrumé. Elle avait sous les yeux un carré vert et flou. Elle cligna des paupières, plissa les yeux… C'était la fenêtre d'une voiture par laquelle elle voyait défiler la campagne. Son estomac protesta, et elle serra les dents. Que se passait-il ? Impossible de remettre de l'ordre dans ses idées.

— Elle revient à elle, dit quelqu'un.

Charlotte tourna la tête ; même cet infime mouvement lui donna le tournis. Elle était pelotonnée en chien de fusil sur le siège d'une voiture, la servante renfrognée de lady Isabella assise face à elle.

— Petite sotte !

Charlotte poursuivit son panoramique. Lady Isabella était assise à côté d'elle, en tenue de voyage.

— Que se passe-t-il ?

— Nous partons à la campagne, au beau milieu de la Saison londonienne, répondit lady Isabella avec rancœur. Et ceci est entièrement votre faute.

Charlotte se répéta ces paroles deux fois, sans parvenir à comprendre leur sens.

— Et pour ne rien gâcher, j'ai dû payer une chaise de poste. Avez-vous la moindre idée de la fortune que cela peut coûter ?

Charlotte connaissait la réponse à cette question-là.

— Non.

— Petite sotte, répéta lady Isabella.

Charlotte essaya de se redresser sur le siège et s'aperçut que ses poignets étaient entravés par plusieurs tours de corde. Elle les leva devant elle, stupéfaite.

— Inutile de crier. Nous avons dit au cocher et aux garçons de poste que vous étiez folle à lier et que vous risquiez d'être assez bruyante au réveil.

Lady Isabella prononça ces paroles le plus naturellement du monde.

Charlotte en conclut qu'elle devait être en plein rêve.

— C'est un cauchemar.

Elle ne s'était pas aperçue qu'elle avait parlé à voix haute, mais lady Isabella poussa un grognement de mépris.

— Le cauchemar, c'est que cet âne bâté de Saint-Cyr vienne me voir en pleurnichant que vous fourriez votre nez dans nos affaires et que, par souci de préserver sa réputation, il allait devoir révéler que j'avais fourni certaines des pièces achetées par Henry. Sa réputation ! Ce n'est rien qu'un petit commerçant vaniteux. Quelle sorte de réputation peut-il bien avoir à protéger ?

— Vous avez fourni… ?

Charlotte peinait toujours à penser clairement.

— Pourquoi auriez-vous… ?

— Pour toucher une part sur la vente, bien sûr. Dame, vous êtes d'une stupidité confondante !

Rien de tout ceci ne semblait réel.

— Mais où avez-vous trouvé des antiquités romaines de… ?

Lady Isabella la toisa avec un dédain souverain.

— Des antiquités ! Je les ai fait confectionner par une connaissance d'Edward. Tous les jeunes artistes ne trouvent pas la misère à leur goût, savez-vous ? Henry était d'une telle bêtise ; mon plan fonctionnait à merveille. Et si vous n'aviez pas fait appel à cet… expert du musée, nous aurions pu tout revendre encore une fois. Mais vous n'avez pas une once d'esprit d'entreprise, n'est-ce pas ? Et ensuite, bien sûr, vous ne trouvez rien de mieux à faire que d'entrer chez moi de force pour voir… Non, vraiment, si je suis contrainte de vous faire disparaître, vous ne pouvez vous en prendre qu'à vous-même.

— Me faire disparaître ? répéta Charlotte, incrédule, en regardant ses mains liées. On va s'inquiéter. Quelqu'un… Des gens vont se mettre à ma recherche.

— J'ai envoyé chez vous un mot indiquant que vous vous étiez mis en tête de vous mettre au vert, répliqua lady Isabella avec suffisance.

— De me mettre au vert… ? Sans bagages ni… ? Avez-vous perdu la raison ?

Charlotte se pencha contre la fenêtre.

— À l'aide !

La domestique renfrognée tendit la main et lui agrippa le bras si fort que Charlotte laissa échapper un gémissement.

— Nous devrions lui redonner un peu de laudanum, madame.

— Oui, oui, très bien. Tout ceci me fatigue horriblement.

Martha avait une poigne de fer. Charlotte se débattit, mais elle était toujours faible et étourdie. Au bout du compte, on l'immobilisa et lui pinça les narines jusqu'à ce qu'elle fût forcée d'ouvrir la bouche. Lady Isabella y versa le contenu d'une petite bouteille sans se soucier de dosage, et Martha lui enserra la mâchoire dans l'étau de son bras jusqu'à ce qu'elle déglutît.

— Voilà.

Lady Isabella reboucha la bouteille et la glissa dans son petit sac à main.

— Affaire rondement menée. Martha s'occupait de ma mère, savez-vous ?

Elle parlait sur le ton de la conversation, comme si Charlotte aurait pu trouver l'information intéressante.

Le temps disparut. Charlotte se réveilla à peine lorsqu'elles firent halte pour la nuit dans une auberge. Quand elle finit par reprendre véritablement conscience, elles étaient de nouveau sur la route. Elle avait la bouche sèche comme le désert, et sa migraine était insoutenable.

— Où allons-nous ? parvint-elle à coasser.

— Sur mon domaine, répondit lady Isabella. Que va-t-on penser de moi ? Quitter la ville en plein mois de juin ! Je ne sais. Mais vous êtes aussi insensible que les autres. Personne ne se soucie jamais de moi.

Charlotte lutta pour reprendre ses esprits et se rappeler leur conversation quand elle avait repris conscience la première fois.

— Vous avez vendu tous vos meubles à… cet antiquaire?

Le nom de l'homme lui échappait à ce moment précis.

— Pas tout d'un coup. Et pas uniquement à lui.

Elle semblait trouver la question fastidieuse.

— Et Saint-Cyr m'en a donné bien moins que leur valeur!

— Mais… pourquoi?

Lady Isabella lui lança un regard mauvais.

— Vivre décemment à Londres coûte les yeux de la tête. Vêtements, domestiques, une loge à l'opéra, une voiture et des chevaux. Enfin, je n'ai plus qu'une berline de louage, maintenant. Il faut bien qu'Edward dispose d'une partie des revenus du domaine; il a un statut à entretenir. Imaginez l'humiliation que nous souffririons tous deux s'il ne pouvait s'offrir plusieurs montures de qualité ou un logement dans un bon quartier?

— Edward était impliqué…?

— Comme s'il pouvait me venir en aide! Non bien sûr, c'est toujours à moi qu'il incombe de trouver un moyen de nous maintenir à flot. Tout le monde a toujours attendu cela de moi: mes parents, Simon, Edward. Personne d'autre ne lève jamais le petit doigt. Quand je pense aux jérémiades d'Edward quand on lui demandait simplement d'adresser quelques mots à Henry lorsqu'il le croisait au club!

— Il ne s'agit donc que d'argent, dit Charlotte.

Elle avait l'impression de n'être qu'une petite sotte, pour reprendre l'expression de lady Isabella. Son esprit refusait purement et simplement de fonctionner.

— Naturellement, je pensais qu'Henry léguerait sa fortune à Edward. Et il le savait parfaitement ! J'ignorais totalement qu'il s'était marié. Je ne peux pas être sur tous les fronts à la fois !

Elle poussa un soupir exaspéré.

— Henry n'a toujours été qu'un petit serpent sournois. Et vicieux. Ce testament ridicule ! J'aurais dû me rappeler à quel point il était retors, et fournir moi-même un testament. C'était une erreur, je l'admets.

Une horrible révélation se faisait jour en Charlotte.

— Avez-vous tué Henry ? murmura-t-elle.

Lady Isabella gloussa.

— Quelle n'a pas été sa stupéfaction quand il m'a vue approcher, déguisée en homme ! Je ne pense pas qu'il avait jamais remarqué que maman m'habillait ainsi. Il était obnubilé par sa propre personne. Il n'a pas été difficile de lui porter le premier coup.

— Madame, l'admonesta Martha.

Sa maîtresse fit la sourde oreille.

— Edward m'avait expliqué qu'il était très dange-reux pour les boxeurs de prendre un coup juste ici, poursuivit-elle en portant une main à sa tempe.

— Vous ne devriez pas en dire davantage, madame, conseilla Martha.

Mais lady Isabella ne tint pas compte de sa remarque.

— J'ai dû frapper à plusieurs reprises pour m'assurer qu'il était mort, évidemment. Mais j'avais trouvé un endroit sombre et hors de vue. Et pourtant, tout cela s'est révélé vain. Un musée. Quel imbécile ! Et maintenant, pour couronner le tout, vous ! ajouta-t-elle en lançant à Charlotte un regard assassin.

— Il est temps de lui administrer sa dose, madame.

Martha se pencha en avant pour attirer l'attention de lady Isabella. Pendant un long moment, elle soutint son regard.

— Vraiment ? Oh, entendu…

Charlotte lutta à peine cette fois. Le choc était trop grand.

Une autre auberge passa en un éclair. Quand Charlotte reprit conscience pour la troisième fois dans la chaise de poste, son état avait empiré au-delà de l'entendement. Ses muscles lui cuisaient ; une douleur lancinante lui vrillait la tête ; ses entrailles se convulsaient ; sa gorge et ses poignets étaient à vif. Elle ne voulait pas ouvrir les yeux et révéler qu'elle était réveillée, mais elle n'en pouvait plus.

— Y a-t-il de l'eau ? articula-t-elle d'une voix rauque.

— Nous avons un flacon de thé, répondit lady Isabella aussi gaiement que si elles avaient été en route pour un pique-nique. Martha, servez-la.

Charlotte but avidement deux tasses que lui tenait Martha, puis elle avala lentement un peu de pain et de fromage qu'on lui proposait. Au fil de la journée, malgré les soubresauts de la voiture, elle commença à se sentir légèrement mieux. Si seulement elles avaient cessé de l'intoxiquer, peut-être aurait-elle pu échafauder un plan. Lady Isabella glissa quelques mots à Martha, laissant entendre qu'elles arriveraient à destination dans la journée. Soudain, Charlotte se remémora quelque chose.

— Nous allons dans le Derbyshire ?

Lady Isabella haussa un sourcil.

— En effet.

— Vous vivez non loin de l'ancienne maison de vos parents.

Qui était désormais celle de sir Alexander ; or il était dans le Derbyshire en ce moment même ! Si elle pouvait s'enfuir et le trouver… Voyant que Martha la dévisageait, Charlotte se força à garder une expression neutre.

— Oh, oui, répondit lady Isabella. Toute ma vie, c'est moi qui ai été là, moi que l'on appelait à la moindre urgence, moi qui recevais les doléances… Vous n'avez pas idée des récriminations incessantes que j'ai subies. Et pourtant, mon père m'a laissée pour ainsi dire sans le sou ! Qu'ont fait mes frères pour lui ? James a simplement… disparu dès qu'il l'a pu. Et Henry ! Il se souciait comme d'une guigne de mes parents – et de tout le monde à part lui, d'ailleurs.

Charlotte ne put que concourir.

— Un menteur doublé d'un voleur, murmura-t-elle.

Lady Isabella fronça les sourcils.

— Plaît-il ?

Charlotte n'avait pas voulu parler à voix haute. Elle était si désemparée, si lasse… Mais après tout, quelle importance à présent ?

— Henry avait accumulé et caché toute une collection de babioles. Nous les avons découvertes il y a quelques jours à peine.

— Quelles sortes de babioles ? demanda vivement son interlocutrice.

— Une tabatière, des boucles d'oreilles, le…

414

— Des boucles d'oreilles ?

Lady Isabella se pencha soudain sur elle.

— Une grande perle en larme ? Une émeraude sertie de diamant ? Une petite grappe de rubis ?

— Je n'en suis pas certaine. Je me souviens d'une perle.

— Maudit Henry !

Lady Isabella serra les poings et Charlotte craignit brièvement qu'elle ne la frappe.

— Ces bijoux appartenaient à ma mère. J'en avais… hérité.

Au ton de sa voix, Charlotte soupçonna que cet héritage ne s'était pas fait selon les voies légales.

— J'avais perdu ces boucles depuis des années. Enfin, pas vraiment perdu, n'est-ce pas ? Tout est clair, maintenant.

Elle adressa à Martha un regard de braise.

— Comment Henry a-t-il… ? Noël ! Il a dû les prendre quand il venait passer les vacances à la maison, avant la mort de papa. Si seulement j'avais su qu'elles se trouvaient là, la nuit où je suis venue, j'aurais pu…

— C'était vous ? Le cambriolage ?

— J'avais ses clefs, répondit lady Isabella avec impatience. Si Henry pouvait se laisser duper par les objets confectionnés par Phelps, pourquoi pas d'autres ? Mais alors, j'ai découvert que la clef de la maison n'était pas sur le porte-clefs, j'ai fait du bruit, et vous vous êtes mise à crier. Encore vous !

Elle se tourna vers Charlotte et lui lança un regard noir.

— Vous allez me rendre ces boucles d'oreilles !

À l'entendre, on eût cru que c'était Charlotte qui les avait dérobées. Toutefois, considérant les circonstances, cela était le cadet de ses soucis. La jeune femme se contenta de hocher la tête.

— J'ai revendu les orphelines pour une misère. Que peut-on bien faire d'une boucle d'oreille esseulée ? Et voilà que je vais devoir en faire autant avec les autres. Comme c'est injuste !

Elle était si furibonde qu'une idée germa dans l'esprit embrumé de Charlotte.

— Nous devrions retourner les chercher immédiatement.

L'espace d'un instant, elle crut que lady Isabella était sur le point d'embrasser ce plan. Mais Martha se pencha en avant et lui posa la main sur le bras.

— Non, bien sûr que non. Je les récupérerai… plus tard.

— Qu'allez-vous faire de moi ? Charlotte ne put-elle s'empêcher de demander.

Elle ne reçut aucune réponse et commença à suspecter que lady Isabella n'en avait pas la moindre idée. Mais cela était-il de bon ou de mauvais augure dans une situation aussi démente ? Elle n'en savait rien.

Il faisait presque nuit lorsqu'elles s'arrêtèrent devant une grande maison de campagne. Charlotte n'aperçut que des bribes de la façade de brique et quelques meubles recouverts de draps tandis que Martha la bousculait à l'intérieur et lui faisait monter sans ménagement deux volées de marches. L'endroit donnait pourtant l'impression d'être vide. La vieille domestique qui vint à leur rencontre en boitillant fut de toute évidence surprise de leur visite.

Martha la guida jusqu'à une chambre de bonne inoccupée, à peine éclairée par une minuscule fenêtre sous les combles, meublée en tout et pour tout d'un lit vétuste. Elle la fit asseoir sur le cadre de lit de fer qui grinça sous son poids.

— Je vous en prie, l'implora Charlotte quand la femme tourna les talons. Vous voyez bien que tout ceci est insensé. Vous ne pouvez pas me garder prisonnière ici.

Martha lui jeta un regard mal à l'aise mais se contenta de la laisser seule dans la pénombre qui s'épaississait. Le verrou se ferma derrière elle avec un déclic impitoyable. Mais Charlotte ne se vit pas administrer une autre rasade de laudanum, ce pour quoi elle remercia le ciel. Elle entreprit de cisailler la corde qui lui liait les poignets avec ses dents.

Les articulations mises à rude épreuve par les cahots incessants de la diligence, Ethan et Lucy entrèrent en claudiquant dans l'auberge et se trouvèrent une petite table dans un coin de la salle commune. Bas de plafond, l'endroit était enfumé et noir de monde ; la voiture aussi avait été pleine à craquer et manifestement pas conçue pour amortir les chocs. Si lui-même était éreinté, comment devait se sentir Lucy ? se demanda Ethan. Il avait déjà assez souffert de ces heures interminables entassé avec d'autres passagers, parfois indiscrets, parfois résolument grossiers. Il était grand et avait la peau dure. Lucy était plus délicate, sans compter l'inquiétude qui la rongeait. Il l'avait protégée autant

417

que possible en faisant barrière de son corps entre elle et les autres, mais c'était tout ce qu'il pouvait faire. Il la regarda et vit des cernes sombres qui soulignaient ses yeux bleus. Il était impossible de dormir dans une diligence, à moins d'être soi-même déjà à demi mort. Mais ce n'était pas leur cas ; pas encore.

Le tenancier posa négligemment devant eux des assiettes de ragoût et des chopés de bière blonde. Ethan paya avec de l'argent chapardé – il en avait bien peur. Il espérait que Miss Anne ne lui en tiendrait pas rigueur, après toute cette histoire.

— Faut faire queq'chose, pesta une voix imbibée d'alcool de l'autre côté de la pièce.

Un homme vêtu d'une veste maculée de boue posa violemment sa chope sur la table.

— C'maudit gouvernement voudrait nous laisser crever d'faim. Moi, j'dis, on prend c'qu'on a besoin, par n'importe quel moyen, qu'ça leur reste en travers d'leur gosier d'gorets ben nourris.

Un grondement d'approbation monta des autres tables, et Ethan se trouva déchiré entre son inquiétude grandissante pour la sécurité de Lucy et son adhésion réservée à leur cause. La veille encore il aurait pu désapprouver un tel soulèvement. Mais il avait été témoin d'une chose ou deux depuis.

Plus ils montaient vers le nord, plus la situation empirait. Ils avaient vu des gens en haillons qui avançaient péniblement sur le bas-côté de la route en traînant leurs maigres possessions empilées dans des charrettes à bras. Des enfants squelettiques aux yeux désespérés suivaient comme ils pouvaient, les plus jeunes s'étant hissés sur les charrettes. On les avait expulsés, avait expliqué l'un des passagers de la diligence, pour n'avoir pas été en mesure de payer leur loyer, car il n'y avait plus de travail, rien à faire pour gagner de quoi vivre. Certains des villages qu'ils avaient traversés avaient l'air abandonnés, comme si la guerre avait sévi là, au cœur de l'Angleterre, et non en des contrées étrangères. Dans l'un de ces hameaux, une volée de bambins s'était ruée sur la diligence dès que celle-ci avait ralenti, en tendant les mains pour mendier. Mendier! Dans l'esprit d'Ethan, les mendiants étaient des créatures des villes, créées par la crasse et la promiscuité. Pour sûr, qu'il avait été choqué d'en trouver là, faisant de sa campagne bien-aimée un endroit étranger qu'il ne reconnaissait plus.

Il savait depuis un moment que les temps étaient durs. Il avait lu les lettres en provenance de chez lui, avait écouté les diatribes de James à chaque nouvelle qui paraissait dans les journaux. Mais ce n'était pas pareil que de voir ça de ses propres yeux. Il savait que Lucy ressentait la même chose; il l'avait lu sur son visage tout au long du trajet. Et il ne pouvait rien y faire.

À présent, elle était assise face à lui, le dos courbé, dans cette pièce bruyante et enfumée; tout dans sa posture trahissait son épuisement.

— Mange, la pressa Ethan. Il faut préserver tes forces.

Pour donner l'exemple, il avala une bouchée de ragoût. Mangeable, pas comme le brouet qu'on leur avait servi à leur dernière escale.

— Que ferons-nous une fois là-bas? demanda Lucy avec lassitude.

Ce n'était pas la première fois. Ethan ne rechignait pas à se répéter.

— Nous irons d'abord chez sir Alexander. C'est plus près de là où nous déposera la diligence. Tout le monde me connaît là-bas, évidemment, ils me prêteront un cheval. Puis j'irai jusque chez lady Isabella. Ce n'est pas loin. On avisera ensuite.

— Et si elle n'était pas là ? Et si on avait fait une…

— Le message mentionnait la campagne. Il s'agit forcément de sa maison. Où irait-elle autrement ?

Les lèvres de Lucy frémirent.

— Oh, Ethan, et si quelque chose d'affreux était arrivé à Miss Charlotte ?

— Allons, pourquoi donc ? Inutile de se faire du mouron pour ça.

Mais comment s'en empêcher sachant comment tout ceci est arrivé ? songea Ethan.

— Comment pourrais-je penser qu'il en est autrement ? demanda Lucy en jouant avec le ragoût dans son assiette.

— Mange, insista Ethan en plongeant sa cuillère dans son assiette. Et arrête de t'en faire. Je vais régler ça, lui promit-il.

— Comment ? Nous ne savons même pas de quoi il retourne…

— Je le peux quand même. J'y arriverai. Je ferais tout pour toi, Lucy.

Un éclair de peur passa dans ses yeux, et il en fut bouleversé. Il mourait d'envie de l'enlacer, pour bien davantage qu'un simple réconfort.

— Tu ne dois pas… Tu dois faire attention. Si c'est dangereux… Tu ne crois pas que Miss Lizzy avait raison, si ? Qu'on les aurait enlevées ?

Il secoua la tête.

— Je ne vois pas comment ce serait possible. Ce n'est pas logique.

Lucy tendit la main par-dessus la table. Ethan la prit et l'enveloppa dans la sienne, bien plus grande. Son cœur bondit dans sa poitrine et il lui sourit. Qu'est-ce qu'un homme pouvait espérer de mieux que d'aider et protéger ceux qui lui étaient chers ? Oui, il aurait aimé l'emmener à l'étage, la porter jusqu'à un lit, et c'est ce qu'il ferait un jour. Mais pour l'instant, la confiance aveugle qu'elle lui portait était presque aussi gratifiante.

— Ne t'en fais pas, Lucy, répéta-t-il. On va arranger ça.

Elle lui répondit par un sourire, les yeux bleus brillants de larmes, et Ethan se sentit capable de déplacer des montagnes.

Chapitre 22

*A*lec Wylde n'avait jamais été aussi fourbu de sa vie. Il n'avait que peu dormi depuis son départ de Londres, et encore, d'un sommeil agité, hanté soit par des rêves de désastre et d'incendie, soit par de criantes visions de Charlotte, enfiévrée entre ses bras. Chaque fois qu'il pensait à elle – autant dire constamment, malgré les problèmes qu'il s'évertuait à résoudre – il regrettait de l'avoir quittée si promptement après le moment d'intimité qu'ils avaient partagé. Il aurait dû... Il ne savait pas ce qu'il aurait dû faire, et c'était là le nœud du problème.

À ce moment précis, Alec se sentait désespérément voué à l'échec. Il parcourait la campagne à cheval en essayant d'apaiser les gens, de les arracher au joug de leur propre colère, toute fondée qu'elle fût. S'ils recouraient à la violence, ils seraient pourchassés et pendus ; voilà ce qu'il savait. Leur gouvernement l'avait prouvé maintes fois. Sur les terres d'Alec, on l'écoutait, mais bien sûr, ces gens-là avaient déjà bénéficié de son assistance. Aux confins de son domaine, on l'accueillait avec chagrin, acrimonie, ou pire encore : en lui récitant une liste disloquée de doléances légitimes. Il n'avait aucun remède à offrir, aucune réponse face aux regards hébétés des enfants affamés et de leurs parents éperdus.

Ce matin-là, il allait en direction de la route principale, au sud ; des rumeurs circulaient comme quoi un groupe d'hommes avait l'intention d'y élever une barricade pour bloquer la circulation. C'était le meilleur moyen d'attirer l'armée, et l'altercation se clôturerait immanquablement par des arrestations suivies du genre d'exécution dont Alec avait été témoin à Nottingham, pas si longtemps auparavant. Il allait essayer de les raisonner, de sonder les tréfonds de son cerveau fatigué à la recherche d'un argument qui saurait les toucher. Mais il n'était pas très optimiste. Certains de ces hommes étaient convaincus que le gouvernement consentirait au changement si on l'y forçait, et ils refusaient d'entendre le contraire. Alec lui-même aurait voulu y croire, mais il ne pouvait partager cette certitude. Certains étaient si furieux qu'ils ne cherchaient qu'une échappatoire pour tromper leur détresse. Quelques-uns trouvaient simplement distrayant de jouer les fauteurs de trouble. Mais tous, sans exception, risquaient leur vie, à moins qu'il parvienne à les convaincre de se disperser.

Il montait son plus grand étalon, afin de paraître suffisamment impressionnant. Il arpenta la route de long en large jusqu'à les dénicher. Puis il parla presque une heure durant, en déployant des trésors d'éloquence. Finalement, les menaces des réactions du gouvernement couplées à ses promesses d'aides et de secours suffirent à les persuader de retirer les charrettes qu'ils avaient utilisées pour bloquer la route. Alec les regardait harnacher leurs chevaux en espérant qu'ils ne comptaient pas simplement se déplacer jusqu'à une autre portion de la route, quand il aperçut une chaise de poste qui approchait en provenance du sud.

Il pressa son cheval en avant de peur que certains des hommes les plus belliqueux ne décident de l'intercepter. Effectivement, le groupe marqua un temps d'arrêt pour regarder approcher la voiture. Alec se campa au milieu de la chaussée pour la forcer à ralentir. Il fallait avertir ces gens que le moment était très mal choisi pour voyager sur les routes du Derbyshire. Un homme se pencha par la fenêtre de la voiture. Quelle ne fut pas la stupéfaction d'Alec quand il reconnut le visage familier de son cousin Edward !

— Alec !

— Que faites-vous là ?

Jamais Edward ne quittait la ville en pleine Saison mondaine. Brièvement, Alec se demanda s'il était là pour porter assistance à ses locataires. Il abandonna bien vite cette idée ridicule.

— Laissez-moi passer !

Edward avait l'air d'avoir dormi tout habillé, les cheveux hirsutes et une barbe naissante apparente. Alec ne l'avait jamais vu autrement que tiré à quatre épingles depuis qu'il avait quitté l'université, ce qui signifiait qu'il se passait quelque chose de grave.

— Qu'y a-t-il ?

— Je dois rentrer chez moi. Laissez-moi passer !

Malgré ses injonctions, le cocher tira sur les rênes. C'était cela ou percuter Alec.

— Je doute que vous parveniez à destination. N'êtes-vous pas au fait de la situation ? La campagne est en pleine effervescence. Les routes sont bloquées, des émeutiers s'assemblent…

—Ils n'oseraient pas m'arrêter!

—C'est exactement ce qu'ils feraient, Edward. Pourquoi pensez-vous qu'ils élèvent des barricades? ajouta-t-il en désignant les charrettes qui entravaient encore partiellement la voie.

Son cousin semblait perdu. Il se passa une main dans les cheveux en les ébouriffant de plus belle.

—Bon sang de bonsoir. Maudites soient-elles, l'une comme l'autre!

—Qui? Que faites-vous ici? Que s'est-il passé?

—Montez, aboya son cousin.

—Pourquoi…?

—Attachez votre cheval à l'arrière et montez! Je ne peux pas déblatérer des affaires privées au beau milieu de la route.

Il était dans un tel état d'agitation qu'Alec décida de s'exécuter. Mais quand il fut monté dans la chaise et se retrouva face à son cousin, il exigea des réponses.

—De quoi diable s'agit-il?

—Il y a un… problème avec ma mère.

—Est-elle souffrante?

Mais dans ce cas, que faisait-il là?

Edward frappa ses cuisses de ses poings, frémissant d'anxiété. Il semblait réticent à parler mais désespéré de ne plus savoir que faire.

—Il semblerait qu'elle ait emmené Charlotte ici, finit-il par avouer précipitamment. Et j'ignore quel sort elle lui réserve.

L'espace d'un instant, Alec se demanda si son cousin avait perdu l'esprit.

Ce premier aveu avait apparemment brisé un barrage, et Edward se mit à parler d'une voix qui n'était plus qu'un flot tumultueux.

— Nous étions allés à l'opéra, tous les trois. Sur le chemin du retour, Charlotte et moi nous sommes… querellés. C'était entièrement ma faute. Je n'étais plus moi-même.

Ivre, probablement, songea Alec en sentant son sang bouillonner à l'évocation de cette « querelle ». Que diable Edward avait-il fait ?

— Je me suis réveillé tard le lendemain et il m'a fallu un peu de temps pour me remettre. Je me sentais ignoble, si vous voulez tout savoir. Midi était passé quand j'ai entamé ce pèlerinage interminable jusque chez Charlotte pour lui présenter mes excuses. Mais quand je suis arrivé, j'ai trouvé l'endroit sens-dessus-dessous. Ils avaient reçu un billet les informant que ma mère emmenait Charlotte visiter la campagne. Charlotte n'était pas rentrée chez elle la nuit précédente, n'avait pas fait mander sa femme de chambre. Sans prévenir, sans bagages, sur un coup de tête, disait le message.

— Au beau milieu de la Saison mondaine ? Jamais tante Bella ne…

Edward le fit taire d'un geste.

— Inutile de me le dire. Je suis allé chez elle. J'ai la clef. L'endroit était vide.

— Elles étaient déjà parties ?

Tout ceci était insensé.

—Non, Alec, vraiment vide. Seule la chambre de ma mère et celle d'une domestique à l'étage étaient meublées. À l'exception de quelques menues affaires dans la cuisine.

—Je ne comprends pas.

—Le reste de la maison n'était que murs et sols nus !

Edward hurlait presque, comme si une voix plus puissante lui permettrait de bien se faire comprendre.

—Mais… c'est…

—Inconcevable ? Incompréhensible ? J'ai eu le temps de passer en revue tous ces termes et plus encore tout au long de ce voyage infernal !

Alec essaya de se remémorer quand il s'était trouvé pour la dernière fois dans la maison de sa tante. Des années auparavant. Un frisson le parcourut malgré la chaleur de cet après-midi de juin.

—Je ne comprends toujours pas ce que vous croyez qu'il se passe.

Edward posa sur lui des yeux ronds injectés de sang.

—Je n'ai aucune certitude sur ce qui se passe ; je ne peux que soupçonner maman d'avoir progressivement vendu ses biens pour maintenir son… train de vie.

Il se frotta le visage des deux mains.

—Je me demandais bien comment elle pouvait se permettre de s'habiller comme elle le faisait et d'entretenir une voiture. Je n'y prêtais pas vraiment attention. Pourquoi m'en serais-je soucié ?

—Edward !

Alec obtint enfin l'attention de son cousin. Il brûlait de le secouer comme un prunier.

—Que vient faire Charlotte dans toute cette histoire ?

— Ne comprenez-vous pas ? Elle a dû entrer dans la maison de ma mère quand elle… Elle a dû voir les pièces vides. Maman ne lui pardonnerait jamais une telle humiliation.

Quand elle quoi ? Alec voulait-il demander. Aurait-il dû prendre le temps de faire avouer à Edward ce qu'il avait fait au juste ? Pas maintenant.

— Très bien, elle ne lui pardonnera jamais. Mais au nom du ciel, pourquoi cela la pousserait-il à s'enfuir à la campagne ?

Edward serra les dents.

— Allez-vous donc m'écouter ? Rien n'a plus d'importance aux yeux de ma mère que son statut social. Elle ne vit que pour cela. Elle est… un brin… fanatique, à ce sujet. Et voilà que je découvre qu'elle a vendu toutes ses possessions pour maintenir sa position.

Il s'enfouit la tête entre ses mains.

— Je l'avais entendu dire aux gens qu'elle faisait repeindre la maison, puis c'étaient des ouvriers qui abattaient un mur. Qui prête attention à ce genre de chose ? Mais sur la route, j'ai commencé à me rendre compte que cela faisait longtemps qu'elle donnait des excuses pour ne recevoir personne chez elle. La seule idée que sa déchéance puisse s'ébruiter, que tous les membres de la haute société découvrent la vérité, pourrait lui faire perdre la tête. Je ne sais jusqu'où elle irait pour préserver… enfin, il lui est déjà arrivé de bousculer toutes les limites… Morbleu ! Je les ai suivies aussi vite que j'ai pu. D'après ce que j'ai pu apprendre sur la route, j'ai un jour ou plus de retard sur elles.

Le seul élément de cette logorrhée qui importât à Alec le frappa de plein fouet.

—Vous pensez qu'elle irait faire du mal à Charlotte! Pour une raison aussi futile?

—Je m'évertue à essayer de vous faire comprendre que cela n'a rien de futile pour elle! Vous n'avez jamais compris maman, jamais pensé à ce qu'on lui avait fait subir…

—Subir?

Un tourbillon d'images brouillées submergea l'esprit d'Alec : sa tante, folle de rage ; Charlotte sous la menace.

—Vous pensez que tante Bella est devenue comme grand-mère?

Alec se représenta un visage hurlant déformé par un rictus, du verre qui volait en éclats, l'hystérie à son paroxysme.

Son cousin blêmit et détourna les yeux.

—Non! Bien sûr que non. En une ou deux occasions… Mais cela n'a rien à voir. Martha sait quoi faire.

—Martha? Celle-là même qui s'occupait de…?

—Bien sûr! Pourquoi pas? Maman la connaît depuis qu'elle est enfant. Elles ont… surmonté un grand nombre de crises ensemble.

Edward grimaça puis tambourina sur le toit de la voiture.

—Le diable m'emporte, je dois rentrer chez moi!

Alec ouvrit la portière et descendit.

—Je vais couper à travers champs jusque chez vous. C'est la seule façon d'y arriver rapidement. Puis-je vous mettre dans la tête que la campagne est pratiquement aux armes? L'armée est en route, pour réprimer ce qui a tout d'une révolte populaire. Les routes sont dangereuses.

—Je vais prendre l'un des chevaux de poste et vous accompagner.

—Sans selle ni bride? Sauter les murs et les haies?

Edward se pencha hors de la voiture et lui agrippa le bras.

—Donnez-moi votre cheval, dans ce cas.

—Non.

Alec se dégagea et s'éloigna.

—C'est ma mère! s'écria Edward en descendant d'un bond pour le poursuivre.

—Qui menace de s'en prendre à Charlotte!

S'il lui était arrivé quoi que ce soit… Le sang d'Alec bouillonnait dans ses veines. Edward lui attrapa de nouveau le bras. Ils s'empoignèrent au beau milieu de la route sans prêter attention aux regards pleins d'intérêt qu'on leur jetait depuis la chaise de poste et la barricade démantelée. À grand renfort de contorsions, Alec se dégagea d'un coup sec et assena un coup violent dans le ventre d'Edward. Son cousin se plia en deux, le souffle coupé. Alec arracha les rênes de sa monture à l'arrière de la voiture et sauta en selle.

Edward leva les yeux vers lui sans cesser de haleter.

—Alec, s'il vous plaît.

Alec ne se souvenait pas d'avoir jamais entendu ces mots dans la bouche de son cousin. L'angoisse qui se lisait sur son visage le toucha, bien qu'il n'eût pas la moindre intention de lui donner ce qu'il demandait.

—Continuez tout droit et prenez à gauche au prochain embranchement. Passez par Tarne. Vous aurez

430

de meilleures chances par là. Mais je vous préviens, les hommes battent la campagne, sillonnent les villages, et ils sont en colère. Ils ne s'arrêteront pas pour écouter des excuses.

Il fit virer son cheval en direction d'une barrière qui menait à travers champs.

Au cours de sa nuit perpétuelle, Charlotte avait fini par se libérer de ses liens en rongeant peu à peu les cordes comme un animal pris au piège. Elle avait tiré dessus jusqu'à ce que la chair de ses poignets fût à vif. Débarrassée de ses entraves, elle explora à tâtons le sol poussiéreux et, fort heureusement, trouva un pot de chambre profondément enfoui sous le lit bancal. Bien qu'elle se sentît toujours faible et désorientée, le soulagement d'avoir retrouvé un semblant de liberté et de n'être plus soumise au regard de lady Isabella fut sans égal.

Elle regarda poindre la lumière de l'aube par la petite fenêtre, bien trop étroite pour qu'elle pût envisager de s'échapper par là, quand bien même elle n'aurait pas été au dernier étage de la maison. La porte était de bois massif, les murs solides. Sans outils, elle n'avait aucune chance de les briser. Les menus objets éparpillés dans la pièce ne pouvaient servir d'arme. Elle n'avait d'autre ressource que son esprit affûté ; malheureusement, ce dernier se trouvait fort émoussé. Elle luttait toujours contre l'engourdissement dû à la drogue et la fatigue du voyage forcé.

Au déclic du verrou, elle s'apprêta à se défendre si l'on voulait lui remettre ses liens, mais Martha se contenta de froncer les sourcils en apercevant ses poignets. Elle avait apporté un verre d'eau que Charlotte désirait si ardemment qu'elle en pleurait presque. Mais lorsqu'elle constata que Martha restait immobile en attendant qu'elle boive, elle comprit qu'il était drogué.

— Qu'allez-vous me faire ? demanda-t-elle, le verre à la main.

Martha continua à patienter sans répondre, adossée à la porte close.

— Les gens savent où je suis. Ils vont venir me chercher.

C'était vrai, quelqu'un finirait par venir. Combien de temps cela pourrait-il prendre ?

— Ce qu'a fait lady Isabella finira par se savoir, avança-t-elle. Ce n'est pas un acte anodin. Comment peut-elle s'imaginer… ?

Un cri retentit à l'extérieur, suivi par la chute fracassante d'un objet lourd. Martha tourna les yeux en direction de la fenêtre. D'un mouvement de poignet vif comme l'éclair, Charlotte répandit le contenu du verre sur le matelas de paille avant de le porter à ses lèvres comme si elle venait de boire. Quelques gouttes humides s'attardèrent sur ses lèvres, la mettant au supplice, sa soif plus intense que jamais. Quand Martha se retourna vers elle, elle baissa le verre vide.

— Vous aurez de graves problèmes si vous ne me laissez pas partir, l'avertit Charlotte pour détourner encore un peu son attention.

Peut-être n'était-ce que son imagination, mais Martha lui parut mal à l'aise. Toutefois, elle se contenta de récupérer le verre et de quitter la pièce en verrouillant la porte derrière elle.

Charlotte attendit que le bruit de ses pas disparaisse et tourna la poignée. Sa prison était toujours aussi inexpugnable. Mais désormais, ils la croyaient droguée ; c'était un infime avantage.

Les heures s'égrenèrent. Charlotte se sentait alternativement frénétique et épuisée. Elle ne désirait rien tant que s'abandonner au sommeil, mais il fallait qu'elle reste en alerte au cas où une opportunité d'évasion se présenterait.

L'après-midi touchait à son terme quand cela finit par arriver, en la personne de la vieille domestique qui vint lui porter un repas sur un plateau. Elle eut l'air surprise, puis alarmée de la voir réveillée.

— Vous sentez-vous mieux, mademoiselle ?

Charlotte lui prit le plateau des mains, le posa sur le lit, agrippa la vieille femme par les épaules et la força à s'asseoir sur le matelas. Elle attrapa la clef qu'elle tenait d'une main tremblante.

— Peut-être vous ont-elles dit que j'étais folle. C'est un mensonge. J'ai été enlevée, et toutes autant que vous êtes, vous serez tenues responsables.

Pour cela et tout le reste, songea Charlotte. Mais ce n'était ni le lieu, ni le moment de s'étendre là-dessus.

La femme âgée leva vers elle des yeux écarquillés de peur.

— Si vous ne faites pas de bruit quand je serai partie, je dirai à la justice que vous n'aviez rien à voir avec mon enlèvement.

La domestique se recroquevilla sur elle-même en hochant la tête.

Charlotte ne savait pas si elle acceptait le marché ou si elle était seulement terrifiée, mais elle ne pouvait se permettre d'attendre et n'avait aucune envie de faire du mal à la vieille femme. Elle l'enferma dans la pièce, sans garantie aucune qu'elle ne se mettrait pas à crier d'une minute à l'autre, et s'avança aussi vite que la prudence le lui permettait le long du couloir désert.

Elle trouva les escaliers secondaires et descendit dans la cuisine sur la pointe des pieds. Heureusement, la pièce était déserte. Un petit couloir traversait l'arrière-cuisine et menait dans la cour. Charlotte était déchirée entre la précipitation et la prudence ; son cœur battait la chamade. Elle s'arrêta pour tendre l'oreille. Elle ignorait qui d'autre pouvait bien être à demeure : garçons d'écurie, ouvriers de ferme ? Mais s'il y avait des chevaux… Charlotte traversa la cour à toutes jambes jusqu'aux écuries et les trouva vides. Déçue, elle prit le temps de puiser quelques gorgées d'eau dans l'abreuvoir des chevaux pour étancher sa soif, puis elle se glissa dans une sorte de jardinet à l'arrière du bâtiment pour faire le tour de la maison. Elle ne fut pas capable de courir bien longtemps ; son corps ne s'était pas encore remis de son voyage sous l'emprise des drogues. Il lui fallait un moyen de locomotion, et des indications pour se rendre chez sir Alexander. Heureusement, lady Isabella ne semblait pas disposer de toute une domesticité à lancer à sa recherche. Martha était certes redoutable, mais elle était seule.

Arrivée au bout de l'allée, il lui fallut décider de la direction à prendre. Elle tergiversa brièvement, craignant que son choix ne soit pas le bon, et finit par opter pour le chemin par lequel elles étaient arrivées. Au moins celui-ci rejoindrait-il tôt ou tard la route de Londres.

Le jour déclinait. Charlotte longea le chemin de campagne sur le bas-côté, prête à se cacher si elle entendait quelqu'un approcher. À la voir déambuler ainsi dans sa robe du soir et ses souliers sales, les cheveux emmêlés par des jours en chaise de poste, on aurait sans peine pu la prendre pour une folle. Elle ne voulait pas risquer de rencontrer qui que ce soit si près de chez lady Isabella. Mais un long moment s'écoula sans qu'elle ne vît personne ; la campagne était étrangement déserte.

Le soleil effleurait l'horizon. Les ombres s'allongeaient, venaient griffer le chemin parsemé d'ornières. *Que ferai-je quand l'obscurité sera totale ?* se demanda Charlotte. Il ne ferait pas trop froid en cette nuit de juin. Elle pouvait sans doute passer la nuit dans un champ – même si cette perspective lui glaçait les sangs.

Elle distingua le fracas des roues d'une charrette qui approchait, puis des bruits de sabots. L'espace d'un instant, elle se pétrifia. Ce pouvait être des secours, ou bien des domestiques de lady Isabella sur le chemin du retour. Elle ne pouvait avoir laissé la maison aux mains d'une vieille femme seule. Si jamais tous avaient été mis au courant de sa prétendue folie… Elle était incapable de réfléchir. C'était comme si sa tête était emplie de coton. Si elle demandait de l'aide, sûrement… Elle se rappelait les visages maussades et les yeux hostiles des paysans qu'elles avaient croisés sur la route. Sir Alexander avait dit que le Derbyshire était au bord de l'émeute. Elle ne pouvait prendre un tel risque.

Charlotte quitta précipitamment le chemin de terre battue parsemé de nids-de-poule et traversa la friche de mauvaises herbes qui le bordait. Un petit bosquet d'arbustes poussait non loin de là. Elle courut. Si seulement elle pouvait atteindre… Son pied se prit dans l'ourlet de sa jupe et elle s'écroula avec un bruit sourd qui résonna comme un coup de tonnerre à ses oreilles. Le cœur battant, elle se fit aussi petite qu'elle put entre les hautes herbes et retint son souffle. Le bruit des sabots approchait ; au bruit de ferraille de la charrette, on eût dit qu'elle était juste au-dessus d'elle. Puis l'attelage s'éloigna et poursuivit sa route en direction de là d'où Charlotte était venue.

Celle-ci resta sans bouger à attendre que les battements affolés de son cœur se calment et que ses mains cessent de trembler. Puis elle se leva en trébuchant et se remit en marche.

— Ne peut-on pas presser l'allure ? demanda Lucy.

La vieille charrette qu'Ethan avait empruntée dans les écuries de sir Alexander lui paraissait ramper sur la route. Il faisait presque nuit. Une autre journée s'était écoulée et ils n'avaient rien fait sinon s'épuiser sur les chemins.

— J'aurais été plus vite à cheval, geignit-il.

— Et comment donc aurais-tu emmené Miss Charlotte à dos de cheval ? répliqua Lucy. Tu l'aurais jetée en travers de la selle comme une folle dans un conte de grand-mère ?

Il ne trouva rien à répondre à cela, parce qu'elle avait raison.

—Tu aurais dû rester à la maison, se contenta-t-il de grommeler. La campagne n'est pas comme d'habitude. Les gens sont énervés. La révolte couve.

—Il n'était pas question que tu m'abandonnes au milieu d'une bande d'inconnus.

Et si Ethan n'était pas fichu de comprendre pourquoi, c'est qu'il n'était qu'une andouille, songea Lucy. C'était déjà assez difficile d'avoir dû entrer dans ce domaine majestueux tout crasseux et dépenaillés après leur épopée, en ayant voyagé seule avec lui pendant des jours. Comment pourrait-elle expliquer quelque chose d'aussi scandaleux s'il la laissait là, quand les bonnes à tout faire et les autres commenceraient à lui lancer des regards à la dérobée et à murmurer entre eux? Elle ne pourrait pas leur parler de Miss Charlotte ; jamais elle ne trahirait sa maîtresse en faisant preuve d'une telle indiscrétion. Alors, que pourrait-elle leur dire? Et ceci, tout en sachant que la famille d'Ethan faisait partie du personnel, ainsi que des gens qui l'avaient connu toute sa vie. Elle s'attirerait peut-être les foudres de son père – ou pire, de sa mère. Et alors, comment pourrait-elle venir habiter juste sous leur nez quand ils seraient mariés? Ne voyait-il pas qu'il ne devait pas lui fausser compagnie en la laissant là comme un colis sans aucune explication? C'était l'évidence même, mais apparemment, pas pour lui.

Un portail se dressait dans l'obscurité croissante.

—On y est, dit Ethan en faisant virer la charrette pour descendre l'allée.

Lucy serra les mains sur ses genoux. Elle imagina un majordome hiératique leur ordonnant de rebrousser chemin depuis le seuil, ou une intendante hautaine qui les ferait jeter dehors par un groupe de valets bien charpentés. Ethan était grand et fort, mais il était seul. Et elle ne voulait pas qu'il soit blessé. Mais il fallait qu'ils trouvent Miss Charlotte. Une boule de nerfs se noua au creux de son ventre.

Ils s'avancèrent droit sur la maison. Étrangement, la bâtisse était plongée dans les ténèbres, à l'exception d'une seule fenêtre éclairée au premier étage. Ethan mena la jument jusqu'aux dépendances à l'arrière et s'arrêta à proximité des écuries.

— On va devoir la laisser debout, grommela-t-il en mettant pied à terre.

Il passa les rênes autour d'un piquet.

La porte de derrière n'était pas verrouillée. Personne ne s'enfermait, à la campagne. Ils se glissèrent à l'intérieur, dans un couloir plongé dans l'obscurité.

— Tu es déjà venu ici ? chuchota Lucy.

— Non. Le reste de la famille ne vient presque jamais ici.

À tâtons, ils trouvèrent le chemin de la cuisine. La maison semblait si vide qu'elle en donnait la chair de poule. Ethan fit le tour de la pièce et trouva une lampe à huile, qu'une deuxième fouille lui permit d'allumer. En s'aidant de sa lumière vacillante, ils gravirent l'escalier en silence.

— Où sont-ils tous ? chuchota Lucy.

— Ils ont dû fermer la maison en partant pour Londres. Il devrait pourtant rester quelques domestiques. C'est vraiment bizarre.

Ce n'était rien de le dire, songea Lucy. Son anxiété s'intensifia encore.

Dans le couloir du premier étage, ils suivirent la lumière jusqu'à la pièce qu'ils avaient vue de l'extérieur. La porte était entrouverte. Ethan eut un instant d'hésitation, puis il la poussa en grand et entra. Lucy lui emboîta le pas.

Depuis l'immense lit à baldaquin où lady Isabella était allongée, le hurlement de celle-ci résonna comme le sifflement d'un train. Une femme râblée qui se tenait à son chevet se retourna vivement pour leur faire face.

— Qui êtes-vous ? Que faites-vous dans cette maison ?

— Nous sommes venus chercher Mrs Wylde, dit Ethan.

Sa voix ne tremblait pas du tout, remarqua Lucy avec admiration.

— Vous ne savez pas ce que vous…, commença la grande femme.

— Nous savons qu'elle est avec vous, l'interrompit Lucy. Nous avons reçu votre message. Et nous n'y avons pas cru une seconde !

— Éloignez-les de moi ! Éloignez-les de moi ! glapit lady Isabella en se frottant les bras, comme pour chasser de la poussière des manches de sa chemise de nuit.

— C'est un crime que de s'introduire sur une propriété privée, avança la domestique.

— Envoyez donc chercher un avocat, alors, rétorqua Ethan, parce que nous n'avons pas l'intention de nous arrêter en si bon chemin.

Il s'avança encore dans la chambre. Lucy aimait la façon dont il les surplombait de toute sa hauteur.

— Martha !

Lady Isabella semblait au bord de la crise d'hystérie.

— Pourquoi ces individus sont-ils dans ma chambre ? Ne pouvez-vous donc comprendre même les ordres les plus simples ? Suis-je condamnée à être toujours humiliée et persécutée ?

Un air résigné – ou peut-être était-ce une capitulation – passa sur le visage dur de la femme.

— Suivez-moi, dans ce cas, dit-elle.

Elle les fit sortir de la chambre. La voix de lady Isabella qui criait « Martha ! » résonna derrière eux et les poursuivit jusqu'au dernier étage de la maison. Là, à la lumière de la lampe à huile, elle déverrouilla une porte de bois brut et l'ouvrit à la volée.

— Emmenez-la, et grand bien vous fasse, dit-elle. J'en ai assez de toute cette farce.

Lucy se précipita à l'intérieur. Ethan attendit près de la porte pour s'assurer que la domestique n'aurait pas l'occasion de la refermer sur eux, en levant la lampe aussi haut que possible. Sa lumière révéla une petite pièce misérable meublée d'un lit abîmé. Une petite femme rabougrie y était roulée en boule et somnolait.

— Que signifie tout ceci ? gronda Ethan.

La vieille femme se redressa et se recroquevilla sur elle-même sitôt que Martha surgit dans la pièce.

— Qu'est-ce que… Où est la fille ?

La vieillarde se ratatina de plus belle.

—Elle a dit qu'elle nous livrerait à la justice. Je veux pas être jugée, ça non! J'ai rien fait de mal.

—Elle aurait dû dormir, marmonna Martha. Comment a-t-elle…?

—Où est-elle allée? demanda Lucy.

—Comment j'saurais? répliqua la vieille. Elle m'a enfermée là-dedans et s'est sauvée.

—Espèce de vieille folle, dit Martha.

—Pas aussi folle que vous, qui vous attirez des ennuis pour des gens comme…

Martha leva la main et la vieille femme se tint coite.

Ethan tourna les talons.

—Viens. Elle doit être partie à pied.

—Dans le noir?

—On la trouvera.

Il hésita, puis se retourna vers Martha.

—Vous avez des chevaux?

Elle secoua la tête d'un air renfrogné, et il ajouta:

—Vous feriez mieux de prier pour que la jeune dame aille bien. Parce que sinon…

Lucy lui agrippa le bras, des visions de diverses catastrophes se peignant dans son esprit.

—Allons-y!

Charlotte était accroupie dans l'ombre profonde du mur d'une petite maison de pierre. Droit devant elle, les bâtisses d'un village se découpaient dans la lumière orange vacillante des torches. À première vue, ce tableau lui avait redonné espoir; elle avait cru pouvoir trouver quelqu'un à qui demander de l'aide et s'était hâtée de rejoindre le hameau. Mais ensuite, elle avait entendu les éclats de voix et les grondements sourds qui leur répondaient, et s'était empressée de se cacher. Elle jeta un coup d'œil prudent par-delà le coin de la maisonnette. Une cinquantaine d'hommes au moins s'agitaient au centre du village. Certains brandissaient de longues piques ; d'autres tenaient les torches qui éclairaient d'une lumière chaude les visages en colère et les poings levés. Charlotte s'appuya contre le mur de pierre, épuisée. Apparemment, elle ne s'était évadée de la prison de lady Isabella que pour atterrir au beau milieu d'une émeute.

Un homme se hissa sur une marche ou une caisse, sa tête et ses épaules dépassant de la foule, une silhouette noire sur fond de flammes. Il brandit un fusil et prit la parole d'une voix de stentor :

— Hommes du Derbyshire, combien de temps encore allons-nous regarder nos enfants pleurer de faim ? Nos femmes trembler de peur ?

Des grognements d'approbation s'élevèrent, mais une voix s'écria :

— Qui donc es-tu pour te tenir là, au-dessus de nous autres, Jeremiah Brandeth ?

L'agitateur se tourna dans la direction de celui qui avait posé la question.

— Pas au-dessus de toi, mon frère. Je suis exactement comme vous : un tricoteur de bas qui ne trouve plus de travail à cause de ces maudites machines, qui a une femme et deux enfants à faire vivre. Je veux travailler. Et vous ?

Un rugissement d'approbation lui répondit cette fois. Des piques s'agitèrent en l'air.

— On veut le travail qui nous revient de droit, c'est tout. Ce damné gouvernement devrait le savoir. On va marcher sur Nottingham, voilà ce qu'on va faire, et leur montrer qu'ils doivent écouter ceux qu'ils prétendent gouverner !

Cette proposition fut accueillie par des murmures. Charlotte perçut des réticences, entendit quelqu'un mentionner l'armée qui viendrait châtier les rebelles. Elle se souvenait qu'Alec avait déploré la brutalité avec laquelle les protestations avaient été étouffées dans le comté de Nottingham, pas si longtemps auparavant.

— On fera escale à la ferronnerie sur la route de Butterley, reprit le harangueur. On y trouvera de quoi s'armer. Si quelqu'un essaie de nous arrêter, on lui fera goûter de ça !

Il agita le fusil au-dessus de sa tête.

— Il y a du bœuf, de l'ale et du pain qui nous attendent à Nottingham. De l'argent aussi, pour tous ceux qui viendront. On va s'emparer de la caserne de cette maudite armée. Le pays tout entier est prêt à se soulever pour se joindre à nous. Six mille hommes n'attendent qu'un mot pour marcher sur Newark !

Un autre homme se mit à tambouriner à la porte d'une maison derrière celui qui parlait.

— Ouvre donc, Mary Hepworth ! s'écria-t-il. Le comité révolutionnaire a décrété que chaque maison doit fournir un homme valide et un fusil.

— Allez au diable ! hurla une voix féminine à l'intérieur. Criminels ! Vous êtes la honte du Derbyshire !

Quelqu'un jeta une pierre et une fenêtre de la maison vola en éclats. L'homme juché sur la caisse continua à agiter son fusil et soudain, un coup partit et traversa le verre brisé. Charlotte n'aurait su dire s'il avait visé sciemment ou si le coup était parti tout seul. Mais un hurlement déchirant retentit à l'intérieur et la voix féminine cria de nouveau :

— Démons, tous autant que vous êtes ! Vous avez tué Bill !

Quelques hommes de la foule reculèrent en murmurant. Ils semblaient, pour la plupart, sur le point d'en rester là. Quelques-uns, sur les bords, s'évanouirent dans les ombres.

— Restez où vous êtes, cria le tireur. J'abattrai tout homme qui se débinera maintenant. Par Dieu, je vous jure que je le ferai !

Horrifiée, Charlotte se recroquevilla dans les ombres. Elle ne s'attendait pas à ce qu'ils aillent si loin, jusqu'à la violence et au meurtre ! Tournant les talons, elle s'enfuit silencieusement par où elle était venue.

Chapitre 23

*A*lec avait chevauché éperdument à travers champs vers la maison de sa tante. Heureusement, sa monture était habituée aux terrains difficiles et aux sauts délicats. Néanmoins, la nuit était tombée depuis longtemps quand il atteignit sa destination et pénétra dans la cour de l'écurie sans se soucier d'étouffer les bruits des sabots de son cheval. Il sauta à terre et traversa en courant l'arrière-cuisine et la cuisine désertes. Depuis quelque temps, il se munissait toujours d'une petite lanterne ainsi que d'un pistolet dans ses sacoches de selle, car bien souvent, ses sorties se prolongeaient après le crépuscule. La lanterne lui avait permis d'éclairer sa route sur les derniers miles. À présent, au rez-de-chaussée, elle ne dévoilait plus que des meubles couverts de draps. Edward s'était-il trompé? N'étaient-elles pas venues ici, finalement? Son sang frémissait d'appréhension tandis qu'il gravissait l'escalier et ouvrait une à une chacune des portes qui s'alignaient dans le couloir obscur. Il finit par découvrir sa tante dans une chambre à coucher tout au fond du couloir. Elle était blottie dans un fauteuil, deux domestiques penchées sur elle.

—Où est Charlotte? s'enquit-il d'un ton péremptoire.

Les trois femmes se recroquevillèrent. Tante Bella, le visage blême et fatigué, porta une main à sa gorge.

—Charlotte? Que voulez-vous dire?

Elle se redressa péniblement. Ses mains tremblaient.

—Elle doit être à Londres, n'est-ce pas? Enfin, je présume qu'elle s'y trouve, bien que je n'aie aucun moyen de savoir…

—Je sais que vous l'avez amenée ici, ma tante. Edward me l'a dit.

—Edward?

Sa voix se brisa en prononçant ce nom.

—Il est passé chez elle, a découvert le message que vous y aviez envoyé, et s'est rendu chez vous pour la chercher. Il a une clef, savez-vous? De votre maison étrangement vide, ajouta-t-il en plongeant son regard dans le sien.

Il se montrait cruel à dessein, mais il était presque fou d'inquiétude. Sa peur pour Charlotte prenait le pas sur tous ses autres sentiments.

—Menez-moi à elle. Et si vous lui avez fait le moindre mal, je vous jure que…

—Je ne sais pas de quoi vous…, commença tante Bella entre ses lèvres tremblantes.

Mais elle fut incapable de terminer sa phrase. Son visage s'affaissa lentement à mesure qu'elle comprenait toute l'ampleur de ce qu'Alec venait de dire.

—Elle est partie, intervint la plus grande des deux domestiques.

Quand elle parla, Alec reconnut en elle la femme qui s'était occupée de sa grand-mère dans ses dernières années.

— Elle était ici, mais elle s'est enfuie. Nous ignorons où elle se trouve maintenant.

— Dehors ? Cette nuit ? Toute seule ?

La domestique acquiesça.

— Savez-vous ce qui se passe dehors ? Avez-vous la moindre idée de l'état dans lequel se trouve la campagne ?

La plus vieille des deux domestiques se mit à se tordre les mains.

— J'étais pas au courant, moi. J'ai rien à voir dans toute cette histoire. J'leur ai ben dit aux autres…

— Si quoi que ce soit arrivait à Charlotte Wylde, vous serez responsables, l'interrompit Alec entre ses dents serrées. Et vous pouvez être sûres que vous serez amenées à en répondre. Par où est-elle partie ?

La grande domestique fit un pas en avant pour s'interposer entre Alec et sa maîtresse. Son nom lui revint soudain : Martha.

— Nous n'en savons rien. Ma maîtresse est souffrante, comprenez-vous. Elle est dans un état délicat…

Alec jeta un regard méprisant derrière elle.

— Un « état délicat » comme celui de ma grand-mère ? Je suis convaincu qu'on ne souffre de tels états que lorsqu'on le veut bien. Et si vous pensez que cela suffit à excuser un comportement aussi… révoltant, vous vous trompez lourdement.

Les trois femmes se contentèrent de le regarder avec des yeux ronds, apeurées, perdues, inertes. Il n'avait aucune aide à attendre d'elles, et le temps manquait. Alec tourna les talons et rejoignit son cheval.

La lanterne venant seconder l'éclat diffus de la lune pour éclairer sa route, il s'avança jusqu'au bout de l'allée.

Où aurait-elle dirigé ses pas ? L'un des embranchements menait au petit village de South Wingfield ; l'autre traversait une vaste étendue de terres cultivées. Charlotte n'en savait rien, bien sûr. Quelle direction aurait-elle choisie ? Elle serait sûrement restée sur les routes, jamais elle n'aurait essayé de couper à travers champs. Alec scruta l'horizon d'un côté, puis de l'autre. Comment pouvait-il seulement espérer retrouver une femme seule dans la vaste campagne environnante ? Et si elle était tombée, si elle s'était blessée ? À cette pensée, son sang ne fit qu'un tour et sa bouche s'assécha. Son cœur battait des coups de tonnerre à ses oreilles en occultant les bruits de la vie nocturne.

C'est à ce moment précis qu'Alec comprit qu'il ne pourrait supporter un monde où Charlotte ne serait plus. Si elle était perdue, alors… il l'était aussi. Ses doutes et ses dénégations partirent instantanément en fumée. Il pouvait réprouver les mots « tomber amoureux » autant qu'il le voulait ; elle serait sienne, et il serait sien, pour le restant de leurs jours. C'était écrit.

Charlotte progressait péniblement sur le chemin plongé dans les ténèbres, les genoux mis à mal par les ornières et les bosses de la route qui manquaient de la faire chuter à chaque pas. Derrière elle, le vacarme de l'émeute s'était estompé. Elle était au-delà de l'épuisement, désormais. Elle n'était plus capable que de lever un pied puis l'autre, tituber en avant, reprendre son équilibre et recommencer. Une fois passé l'effroi que lui avait inspiré la foule des hommes en colère, sa conscience s'était recroquevillée dans un brouillard confus. C'est pourquoi elle se laissa surprendre par la charrette qui surgit soudain des ténèbres devant elle. Elle n'avait même pas entendu le bruit des sabots.

La silhouette assise à côté du conducteur se leva et brandit une lanterne pour éclairer le visage de Charlotte. C'était une femme, ce qui la rassura quelque peu. Elle leva le bras pour se protéger les yeux.

— Mademoiselle Charlotte?

Elle n'en croyait pas ses oreilles. Était-il possible que le laudanum qu'on lui avait administré provoquât des hallucinations?

— Mademoiselle, c'est bien vous!

— Lucy? Que fais-tu…? Comment as-tu…?

— Ethan et moi sommes venus vous chercher.

Le conducteur avait déjà arrêté la charrette et sauté à terre.

— Laissez-moi vous aider à monter, mademoiselle, dit-il.

— Ethan?

L'épuisement et le soulagement de Charlotte étaient trop intenses pour qu'elle s'interrogeât plus avant sur ce miracle. Elle tituba jusqu'à la charrette et accepta l'aide d'Ethan, puis se glissa à côté de sa femme de chambre.

— Je n'ai jamais été aussi heureuse de voir quiconque de toute ma vie.

— Vous allez bien? s'enquit Lucy en lui touchant l'épaule d'un air inquiet.

— Maintenant, oui. *(Ou presque.)* Il y a de l'agitation dans le village. Des hommes avec des piques et un fusil.

— Quoi?! s'exclama Ethan.

Charlotte essaya de s'éclaircir les idées.

449

— Le meneur a tiré sur quelqu'un dans l'une des maisons. Ils se dirigent vers Nottingham pour manifester contre le manque de travail.

— Nottingham. C'est cette route-ci. Faut pas rester là.

Ethan hésita, les sourcils froncés, puis fit claquer les rênes.

— Prendre par là sera quand même plus court, se marmonna-t-il à lui-même. South Wingfield, South Wingfield, qui est-ce que je connais… ? Lucy, ferme la lanterne.

Elle s'exécuta. Charlotte aperçut la lumière vacillante des feux derrière un bâtiment droit devant eux. Elle n'avait pas été bien loin du village. Ethan tira sur les rênes et ils s'arrêtèrent à côté d'un mur de pierre qui ne les dissimulait pas le moins du monde.

Le rugissement lointain de la populace en colère leur parvint. Des cris et des éclats de voix. On aurait dit des hommes qui se disputaient.

— Vers Butterley ! lança une voix.

— C'est le meneur, murmura Charlotte.

— Il faut qu'on se mette hors de vue, dit Ethan, de nouveau comme s'il se parlait à lui-même.

Le meneur répéta son injonction. Sa voix était plus proche. Puis Charlotte entendit de nombreux bruits de pas qui piétinaient le sol.

— Je sais. Les Finlay, marmonna Ethan.

Il fit claquer les rênes et le chariot se mit en branle. Il le fit tourner pour prendre un passage étroit entre deux maisons et pénétra dans une cour derrière la plus proche d'entre elles.

Il était moins une. Le peloton de tête des émeutiers apparut sur la route qu'ils venaient de quitter.

— Ne bougez pas, chuchota Ethan.

Plus immobiles que des statues, ils regardèrent passer les insurgés. Charlotte sentait son cœur battre la chamade dans sa gorge. Il lui sembla qu'une éternité s'était écoulée quand enfin la route fut dégagée.

— Descendez sans faire de bruit et allez à la porte de derrière, leur souffla alors Ethan.

Charlotte et Lucy s'exécutèrent et se précipitèrent vers la maison. Ethan attacha le cheval avant de les suivre. Il frappa doucement à la porte.

— Madame Finlay ? appela-t-il à voix basse. Sarah Finlay ?

Aucune réponse. Tous trois regardèrent par-dessus leur épaule de crainte d'avoir attiré quelque traînard.

— Madame Finlay, répéta-t-il à la porte muette. C'est Ethan Trask.

Il y eut un long moment de silence, puis la porte s'ouvrit. Une faible lueur les éclaira. Dans la pénombre, une silhouette se dressa soudain et brandit une matraque, prête à frapper.

Des bruits de pas précipités firent naître un instant un fol espoir en Alec.

— Qui est-ce ? Charlotte ?

Le bruit cessa. Alec leva la lanterne pour éclairer la route.

— Qui va là ? Montrez-vous.

Un gaillard aux allures de paysan s'avança lentement en levant les mains pour bien montrer qu'il n'était pas armé.

—Qui êtes-vous? Que faites-vous ici?

—J'rentre chez moi, m'sieur, répondit l'homme, sensible à l'accent autoritaire d'Alec.

—D'où venez-vous donc à une heure aussi tardive?

—J'étais juste… de sortie. En visite chez quelqu'un, comme qui dirait.

—Avez-vous vu une jeune femme quelque part sur cette route?

—Une femme? Non, m'sieur. J'avons vu personne d'puis que j'suis parti de…

Sa voix grave trembla et mourut sur ses lèvres.

—Qu'y a-t-il? Quel est le problème?

Et si Charlotte s'était heurtée à une autre barricade?

—S'il y a un souci, il faut m'en parler. Mon nom est Alec Wylde. Mon domaine se trouve non loin d'ici.

L'homme hocha la tête avec nervosité.

—J'ai entendu parler d'vous, m'sieur. Un bon vrai gentleman, qu'ils disent.

—J'ai fait de mon mieux pour aider les gens de cette région. Dites-moi ce qui se passe.

—C'était… J'avions pas d'mauvaises intentions…

Le gaillard frémit et ses épaules s'affaissèrent.

—Ils ont tué quelqu'un à South Wingfield, m'sieur. J'ai plus voulu rester avec eux après ça.

—Qui a fait ça? demanda Alec tandis qu'une douleur intense lui étreignait le cœur. Qui a été tué?

—J'sais pas, m'sieur. Quelqu'un dans une maison. C'que j'sais, c'est qu'c'est la corde qui les attend pour ça.

452

Et pas question qu'on m'la passe au col pour que'qu'chose qu'j'ai pas fait. Personne était censé mourir, qu'y disaient.

Alec tenta de se convaincre que Charlotte n'aurait eu aucune raison de se trouver dans une maison du village.

— De qui parlez-vous ?

— Des gars du village et d'la campagne autour, m'sieur. Sont partis pour piller la ferronnerie de Butterley, que'qu'chose comme ça. Y comptent marcher sur Nottingham. Jéré... quelqu'un leur a dit qu'ils auraient du bœuf et d'la bière et des armes... d'l'argent aussi... s'ils allaient là-bas.

— Tout ce qu'ils y trouveront, ce sont des soldats et un échafaud, répliqua Alec avec âpreté.

Tout son travail, tous ses discours n'avaient donc servi à rien.

— Vous d'vez avoir raison. C'est pour ça qu'j'suis parti quand ils ont tourné au croisement, un peu plus loin. J'rentre chez moi, aussi vite que j'puis.

Le gaillard se balança d'un pied sur l'autre dans la lumière de la lanterne, mal à l'aise.

— Vous direz au juge et tout ça que j'suis pas allé avec les aut' et qu'j'ai pas tu c'qu'ils avaient fait là-bas, si on vient vous d'mander ?

Alec sonda son visage rond où se lisait son anxiété.

— Certainement. Comment vous appelez-vous ?

— Standish, m'sieur. Bob Standish. J'habite plus haut, du côté de Wheatcroft.

— Très bien, Bob.

— Merci, m'sieur.

— Vous feriez mieux de rentrer chez vous.

L'homme acquiesça, passa à côté du cheval d'Alec d'un pas vif et disparut dans l'obscurité. Assurément, il connaissait suffisamment bien la région pour retrouver le chemin de chez lui dans le noir.

Alec resta un instant immobile. Il était clairement de son devoir de se rendre à South Wingfield pour s'enquérir de ce meurtre. Si Charlotte s'était enfuie dans la direction opposée… Pour peu qu'il en eût été certain, il aurait eu tôt fait d'expédier son devoir au diable. Mais il n'en savait rien. Elle aurait aussi bien pu aller vers le village – et se retrouver nez à nez avec la foule en colère. Son sang se glaça à cette éventualité.

Il fit claquer les rênes de sa monture fatiguée et se remit en route.

— Ethan ? dit la silhouette noire qui se dressait devant eux. Ah, ai-je perdu la tête, d'ouvrir la porte comme ça ?

— Oui-da, madame, Ethan Trask, de chez sir Alexander, vous vous souvenez ? Je suis venu ici avec ma mère, y a quelques années de ça.

— Au nom du ciel, qu'est-ce que tu fais dehors cette nuit ? Tu t'es pas mêlé à cette bande de… ?

— Non, m'dame. J'essaie d'éviter les ennuis.

Ethan prit la lanterne des mains de Lucy et l'entrouvrit de la largeur d'un cheveu de sorte qu'un rai de lumière les éclaira.

— J'ai des dames avec moi. C'est… c'est une longue histoire.

La matraque disparut et la silhouette recula. Charlotte vit alors que ce n'était qu'un balai que tenait une villageoise trapue. Son visage était toujours plongé dans l'ombre. Elle abaissa encore le manche à balai.

— Vous ont-ils blessés, ces bougres d'imbéciles ?

— Non, nous sommes indemnes.

Les rugissements de la foule s'étaient éloignés sur la route. Ethan ouvrit complètement le cache de la lanterne sourde et la femme les examina. Charlotte n'osait imaginer ce qu'elle pensait de sa robe du soir sale et débraillée, de ses souliers qui partaient en lambeaux et de ses cheveux en bataille.

— Entrez.

Elle se retourna et ils la suivirent dans une petite maison propre et nette qu'éclairait un feu qui brûlait faiblement dans un âtre de pierre.

— Je m'en vais juste m'occuper du cheval, d'abord, indiqua Ethan en sortant tandis que leur hôtesse allumait une lampe.

Des chaises en bois étaient disposées de chaque côté de la cheminée et une marmite en fonte chauffait sur les braises. Au fond de la pièce se trouvait une table couverte de broderies et de dentelles qui représentaient sans doute le gagne-pain de la villageoise.

Cette dernière mit son balai de côté et se retourna vers elles, les mains sur les hanches. Elle avait le visage rubicond et des ridules au coin des yeux qui indiquaient une propension certaine à de généreux sourires. Âgée d'une cinquantaine d'années, elle portait une robe simple et un bonnet blanc.

— Puis-je m'asseoir ?

Charlotte sentait que ses jambes menaçaient de se dérober sous elle. Elle s'écroula sur une chaise sans attendre la permission et s'enfouit le visage dans ses mains. Lucy vint vers elle et lui posa une main sur l'épaule. Les trois femmes restèrent là sans bouger jusqu'à ce qu'Ethan revienne et que la porte soit fermée et barrée.

—Très bien, reprit alors la villageoise. Dites-moi donc ce que vous fabriquiez dehors dans le noir, et par une nuit comme celle-ci de surcroît.

—C'était une situation d'extrême urgence, madame, répondit Ethan.

—Je veux bien le croire.

Charlotte releva la tête.

—Je ne sais même pas où je suis.

—Vous êtes à South Wingfield, mademoiselle. Un village honnête et respectueux des lois, jusqu'à cette nuit.

—Ces hommes…

—Dites plutôt ces idiots, soupira la femme, même si Dieu sait qu'on leur a donné toutes les raisons d'être en colère.

Elle secoua la tête.

—Personne ne voudra plus les écouter maintenant.

—Nous sommes en route pour la maison de sir Alexander, dit Ethan, mais je doute qu'on puisse y aller avant qu'il fasse jour.

Elle approuva.

—Il doit y avoir des soldats là-dehors, en plus du reste. Et ils n'iront pas vous demander quelles sont vos affaires avant de passer à l'attaque.

Elle soupira et se frotta le front de la main.

—Ils finiront tous pendus, j'en ai bien peur. Et mon neveu, qui est parti avec eux ! Il voulait rien entendre ;

ça a dix-sept ans et ça sait tout mieux que tout le monde. Ah, puisse le Seigneur avoir pitié d'eux !

Elle alla vers la seconde chaise et s'y laissa choir.

Elle avait l'air si lasse et si inquiète que les problèmes de Charlotte s'éloignèrent quelque peu.

— Sir Alexander saurait l'aider, affirma-t-elle, sûre de ce qu'elle avançait après tout ce qu'il lui avait dit.

La femme la dévisagea d'un regard perçant.

— C'est vrai qu'il essaie ; je l'ai entendu dire.

Les yeux de leur hôtesse s'attardèrent de nouveau sur sa robe.

— Je vous demande pardon, mademoiselle, mais qu'est-ce que vous faites ici ?

Charlotte hésita sans savoir quoi répondre. Même à présent, elle rechignait à dévoiler ce que lady Isabella avait infligé à une inconnue. Ethan et Lucy lui laissèrent le soin de répondre.

La femme attendit un moment, puis se pencha sur le foyer.

— Enfin, ça ne me regarde pas. Et peut-être vaut-il mieux pour moi ne pas savoir. Vous êtes les bienvenus, si vous voulez prendre un peu de repos ici. Et demain matin, vous pourrez reprendre votre route.

Elle saisit une louche suspendue à un crochet et remua le contenu de la marmite de fonte.

— Avez-vous faim ? J'ai fait de la soupe.

Le fumet appétissant qui se dégageait du bouillon fit gronder bruyamment l'estomac de Charlotte. Elle n'avait rien mangé depuis… Elle fut incapable de se rappeler à quand remontait son dernier repas.

La femme éclata de rire.

—On dirait bien.

Elle alla prendre une chope de terre cuite sur le manteau de la cheminée et y versa une louchée d'épais potage. Quand elle tendit le tout à Charlotte, celle-ci se laissa aller tout entière au soulagement qui l'envahit. Le corps perclus de douleur du fait de son voyage forcé, elle aspirait désespérément à trouver un abri sûr. Elle prit la soupe avec gratitude, les mains agitées d'un léger tremblement.

—Merci.

Lentement, elle but la soupe à petites gorgées. Du poulet, de l'orge et des carottes ; c'était divinement bon.

—Je vous présente Mrs Finlay, dit Ethan tandis qu'elle servait les autres. Madame, voici Lucy et… Miss Charlotte.

La femme les salua d'un signe de tête. Lucy esquissa une petite révérence. Puis, pendant un moment, le silence s'installa pendant que tous trois dégustaient leur soupe. La quiétude qui émanait de l'endroit commençait à envahir Charlotte et ses paupières se fermaient. Elle oscilla sur la chaise de bois dur et envisagea de demander à s'allonger.

Une secousse ébranla soudain la porte qui se mit à trembler sous une avalanche de coups de poing. Charlotte sursauta en renversant le reste de sa soupe sur ses genoux. Ethan bondit sur ses pieds et vint s'interposer entre elles et la porte.

—Tante Sarah ! Ouvre !

Leur hôtesse se leva vivement et alla débarrer la porte. Un jeune homme, presque encore un gamin, fit irruption en trébuchant et la referma derrière lui. Hors d'haleine comme s'il venait de courir, une égratignure sanglante en travers de la joue, il s'adossa à la porte et se laissa tomber au sol. Il avait l'air épuisé et apeuré, et une faux tranchante comme un rasoir lui échappa des mains.

—Jim! s'écria Sarah Finlay. Que t'est-il arrivé?

—On est allés jusqu'à Butterley sans problème, répondit-il, mais y avait rien à la ferronnerie que le responsable de l'usine et quelques policiers. Ils étaient pas nombreux mais personne a osé s'y frotter. Comme d'habitude, ceux qui sont en haut d'l'échelle, ils y restent. Rien n'a changé. Les autres sont partis vers Ripley, mais j'avais eu mon compte. J'suis revenu en courant à travers champs et j'ai bien failli me casser une guibole dans le noir.

—Tu as bien fait, dit sa tante.

Il leva les yeux et s'aperçut de la présence des autres. Il ramassa la faux.

—Qui c'est, ceux-là?

—Des gens qui veulent se mettre à l'abri des ennuis.

Mrs Finlay s'était saisie d'un torchon humide; elle lui tamponna gentiment le visage.

—Tu les as laissés entrer?

Il loucha sur Charlotte en s'attardant sur chaque détail de sa tenue débraillée, puis lança un regard en coin à Ethan qui mesurait une bonne tête de plus que lui.

—Évidemment, que je les ai laissés entrer, Jim.

—Celle-là fait partie de la haute. Pourquoi on lèverait le petit doigt pour aider les bourgeois alors qu'ils vivent sur notre dos en nous faisant suer sang et eau?

— Je ne partage pas ce point de vue, dit sa tante en finissant de nettoyer sa joue. Ce n'est pas si grave. Juste une égratignure, conclut-elle.

Un bruit de sabots approcha à l'extérieur. Jim écarquilla les yeux et l'instant d'après, il avait bondi de l'autre côté de la pièce, un bras autour du cou de Charlotte, la pointe de sa faux posée sur sa gorge.

— Si tu fais un seul bruit, j'te jure que j't'égorge, sifflat-il.

Ethan fit un pas en avant et le gamin le fusilla du regard.

— Je le ferai !

— Jim !

— Chut ! intima-t-il à sa tante. Si des soldats m'ont suivi depuis Butterley, c'est la corde qui m'attend à coup sûr.

Sarah Finlay se tordait les mains, atterrée, sans savoir que faire.

— Je t'interdis de blesser quelqu'un sous mon toit, chuchota-t-elle.

Lentement, les bruits de sabots continuèrent leur route et s'estompèrent. Quand plusieurs minutes de silence se furent écoulées, Jim relâcha son étreinte. La faux retomba à son côté. Ethan bondit en avant et la lui arracha des mains.

— On ne veut plus entendre parler de trancher la gorge de qui que ce soit, dit-il d'un air grave. Va t'asseoir dans le coin là-bas, et tiens-toi tranquille.

Lucy courut vers Charlotte en poussant de hauts cris à la vue de quelques gouttes de sang écarlate qui brillaient sur sa gorge.

—Je vais bien, la rassura Charlotte.

Ce n'était qu'un demi-mensonge.

Alec mena lentement sa monture à travers la nuit noire. South Wingfield était paisible, pas un bruit ne venait troubler l'obscurité, et il n'avait pas voulu frapper à une porte et alarmer la populace sans raison. Manifestement, l'agitation s'était déplacée au sud et pour l'instant, il ne pouvait rien faire de plus. Le dos voûté sur sa selle, il se frotta les yeux avec lassitude et regretta d'avoir fait ce détour. Ses préoccupations des derniers jours l'avaient influencé et détourné de sa route, alors que rien d'autre que Charlotte n'aurait dû compter pour lui. Il savait qu'il pouvait arpenter les routes et les champs toute la nuit sans jamais la retrouver, mais il était tout bonnement inconcevable d'abandonner. Il allait la chercher en passant au peigne fin les routes emberlificotées aux environs de la maison des Danforth, et le jour venu, il continuerait. Il ne s'arrêterait qu'une fois qu'elle serait saine et sauve. Entre ses bras.

Chapitre 24

*L*e chariot brinquebalait avec fracas sur une route étroite, baigné par les rayons obliques du soleil matinal. L'air était frais en cette journée de juin, et le ciel d'un bleu transparent ; les haies frémissaient de pépiements d'oiseaux. Rien dans ce paysage serein ne trahissait les troubles de la nuit précédente, si ce n'était que les routes étaient désertes. Ethan tenait les rênes ; Lucy était assise entre lui et Charlotte, tous trois serrés les uns contre les autres sur la banquette exiguë. Un certain malaise avait éclos entre eux en même temps que ce nouveau jour : la frontière entre maître et domestiques se rappelait à eux, et le voyage se faisait surtout en silence.

— Est-ce encore loin ? demanda Charlotte au bout d'un moment.

— Une demi-heure encore, à peu près, répondit Ethan.

Elle le remercia pour l'information d'un signe de tête et se remit à se demander ce que dirait Alec en la voyant faire irruption dans sa maison de campagne. Il ne lui en tiendrait pas rigueur quand il entendrait le récit des événements. Mais après ce qui s'était passé entre eux, il était possible qu'il ne lui réservât pas non plus un accueil des plus chaleureux. Elle avait brièvement suggéré de se rendre plutôt à l'arrêt de la diligence, mais Ethan lui avait opposé une résistance opiniâtre qui l'avait d'abord irritée, puis impressionnée. Il avait raison, elle le voyait bien : Lucy était épuisée. Elle aussi. Ils avaient peu dormi le restant de la nuit, et elles avaient besoin de repos avant d'entamer le long trajet qui les ramènerait à Londres. Mais la maison d'Alec était-elle l'endroit le mieux indiqué pour cela ? Et quel autre choix avait-elle ? Elle n'avait pas d'argent pour payer une auberge, ni d'ailleurs pour la diligence.

Après un virage, l'étroit chemin fit place à une route plus large et le cheval avança à un rythme un peu plus soutenu. Au moins ne portait-elle plus sa robe du soir en lambeaux et n'avait-elle plus l'air d'avoir été traînée par les cheveux dans des buissons. Lucy avait eu la présence d'esprit de lui apporter une robe propre, et elle et Ethan avaient tout du long transporté leurs bagages dans le chariot. Imaginer arriver chez Alec dans un état comme celui de la nuit dernière… non, c'était inconcevable. Elle aurait préféré rentrer à Londres à pied.

Une chaise de poste amorçait le virage devant eux dans un fracas de sabots et de craquements de roues. Ethan s'arrêta le plus loin qu'il put pour céder le passage à l'équipage luxueux. C'était presque chose faite quand une voix masculine s'écria :

—Arrêtez !

La tête d'Edward Danforth apparut à la fenêtre de la voiture et passa devant eux tandis que le cocher tirait sur les rênes des chevaux.

—Que faites-vous ici ? demandèrent Charlotte et Edward à l'unisson.

— Je suis venu à votre recherche, pardi, ajouta Edward. C'était superflu, d'après ce que je vois.

Ils se dévisagèrent mutuellement. Les cheveux d'Edward se dressaient en touffes hirsutes sur sa tête et sa veste taillée sur mesure était froissée. Il semblait être d'une humeur de dogue, comme s'il avait dormi dans l'attelage.

— Vous allez bien ? s'enquit-il.

Charlotte acquiesça. Soit il n'y avait rien à ajouter, soit beaucoup trop à dire.

— Et ma… mère ?

— Je l'ai laissée chez vous.

— Vraiment ?

Edward l'examina avec méfiance. Il ouvrit la bouche, hésita, puis dit :

— J'ai tourné en rond toute la nuit sur ces maudites routes de campagne pour essayer de m'y rendre. Un chemin par-ci, un chemin par-là. « Pas par ici, il y a de l'agitation ; pas par là, des soldats sur la route. On n'y voit goutte, il faut s'arrêter sur le bas-côté et attendre l'aube », pour l'amour du ciel ! À devenir fou.

— Oui, nous rencontrons tous de petites difficultés, répliqua Charlotte d'un ton sec.

— Ah… oui. Je suis désolé, dit Edward en détournant les yeux.

Pour ses avances sous l'emprise de l'alcool ? Pour n'avoir pas remarqué que sa mère était à ce point perturbée ? Charlotte se dit que cela n'avait pas d'importance.

— Vous allez devoir prendre des mesures la concernant…

—Je sais!

Cette idée suscitait visiblement en lui autant de colère que de désespoir.

—C'est ce pour quoi je suis en route.

—Cette histoire va plus loin que vous n'imaginez.

Même si elle avait été en mesure de mettre suffisamment d'ordre dans ses pensées, elle ne pouvait pas lui raconter tout ce qu'elle avait découvert ici, sur la voie publique.

Edward la regarda avec circonspection, puis la résignation prit le dessus.

—Vraiment? Comme c'est charmant. Je suppose qu'aucun détail sordide ne me sera épargné.

Charlotte se contenta de répondre d'un hochement de tête en plongeant son regard dans le sien pendant un long moment.

—C'est si grave que ça, alors? Où allez-vous maintenant… chez Alec?

Elle acquiesça de nouveau.

—Dans ce cas, j'aurai le… je ne puis dire le plaisir de vous y voir. Mais je passerai.

Il serra la mâchoire et se tourna vers le cocher de la voiture.

—En avant!

La chaise de poste les dépassa en prenant de la vitesse. Ethan fit claquer les rênes et leur cheval s'ébranla en sens inverse. Aucun n'ouvrit la bouche. Les actes et l'avenir de lady Isabella n'étaient pas des sujets dont ils pouvaient discuter à cœur ouvert.

Au matin, Alec était fébrile, nerveux, et contraint d'admettre que ses recherches avaient été vaines. Il était harassé ; plus important encore, son cheval était fourbu. Il ne pouvait pas le pousser davantage. L'animal avait tout juste les forces pour rentrer au bercail. Et encore, à condition de prendre le temps. Une fois là-bas, il pourrait rassembler l'intégralité de ses domestiques pour passer la campagne environnante au peigne fin à la recherche de Charlotte. Il alerterait ses voisins. Dieu seul savait ce qu'il pourrait bien leur raconter, mais il trouverait bien une excuse. Il fallait la retrouver à tout prix. Il se remit à penser à ce qui pouvait lui être arrivé, et son cœur se serra de nouveau. Il ferait tout ce qu'il fallait. Les racontars scandaleux autour de sa maison avaient été pléthore du temps de ses grands-parents, songea-t-il avec une grimace, et il s'était juré que cela n'arriverait plus jamais. Mais il n'avait pas d'autre choix.

La première personne que vit Ethan en faisant entrer le chariot devant l'écurie du domaine des Wylde fut son père. Il dominait la cour pavée de toute sa haute taille, les bras écartés et l'air bourru. *Il ne manquait plus que ça*, songea Ethan. Après un voyage éreintant et une nuit d'inconfort, il était bon pour un échange virulent de remarques acerbes, sous les yeux de Lucy et des palefreniers goguenards qu'il connaissait depuis qu'il était gamin. Il redressa les épaules, assis sur la banquette du chariot. Non, il n'allait pas tolérer ça. Cela avait assez duré ; il y avait trop longtemps qu'il esquivait la confrontation.

Il arrêta l'équipage et lança les rênes à l'un des garçons d'écurie. Après avoir sauté à terre, il aida d'abord Lucy, puis sa maîtresse à descendre.

— Bonjour papa, dit-il.

— Qu'est-ce qui a bien pu te passer par la… ?

— Voici Mrs Charlotte Wylde.

Comme il s'y était attendu, la présence d'une noble dame lui rabattit le caquet.

— Et Miss Lucy Bowman.

À ses yeux, Lucy méritait tout autant de déférence que sa maîtresse.

— Elles sont épuisées et ont besoin de repos.

Il regarda son père ravaler sa colère. Sa mère lui avait raconté la longue lutte que celui-ci avait menée pour parvenir à maîtriser ses accès d'humeur soudains. Ethan l'admirait pour cela, quand il ne se demandait pas pourquoi lui-même ne bénéficiait pas plus que ça de cet effort.

— Vaut mieux les faire entrer, dans ce cas, dit le vieil homme. Mais tu as intérêt à revenir tout de suite après, qu'on discute.

Ethan hocha la tête et ne s'éloigna que pour mieux se retrouver face à un nouveau dilemme. De par son statut, Miss Charlotte aurait dû passer par la porte de devant, mais… Au diable les convenances. La porte de derrière était juste sous leur nez, pas de l'autre côté de la maison à cent pas de là. Il guida les deux jeunes femmes à l'intérieur et leur fit traverser le couloir qui menait vers l'entrée principale. La majorité des domestiques les plus haut placés se trouvant à Londres pour la Saison mondaine, c'était Hobbs, l'intendant, qui devait être en charge de la maisonnée ; mais Ethan n'avait aucune intention d'aller jusqu'à son office où son frère Sam le regarderait avec des yeux ronds avant de s'empresser d'aller tout raconter à son père. Si seulement il pouvait trouver Sally Thorpe… Ils étaient amis ; elle l'aiderait. Elle avait une certaine autorité, elle pourrait… Mais sa bonne étoile le boudait. Ce fut Alice Ramsay qui surgit de la cuisine à leur poursuite.

— Ethan Trask, qu'est-ce que tu fiches ici ? demanda-t-elle d'un ton péremptoire. Tu es censé être à Londres avec la famille. Et qui avons-nous là ? Pourquoi fais-tu entrer deux femmes qui n'ont pas été invitées ?

Alice montait sur ses grands chevaux à la moindre occasion. Elle se voyait comme aide de l'intendante, alors que tous savaient qu'elle n'était qu'une bonne comme les autres.

— Voici Mrs Charlotte Wylde, répliqua-t-il en jouant son va-tout. Une parente de sir Alexander venue pour…

Pendant un instant, son cerveau tourna à vide.

— … elle est en visite, acheva-t-il.

Alice était douée d'un instinct infaillible pour déceler les mauvaises excuses.

— En visite ? Alors que Mrs Cole et les jeunes demoiselles sont en ville ? Personne ne vient en visite à cette époque de l'année.

Pourquoi Miss Charlotte ne dit-elle rien ? se demanda Ethan avec désespoir. Alice entendrait à sa voix que c'était une personne de qualité, et elle baisserait d'un ton. Mais elle restait là, les bras ballants, l'air mortifiée. Lucy avait les yeux rivés sur le carrelage, les joues écarlates. C'était insupportable.

—Nous ne pouvons faire patienter Mrs Wylde plus longtemps. Apporte donc une tasse de thé dans le petit salon, Alice.

—Ne t'avise pas de me donner des ordres, Ethan Trask. J'ai bien envie d'envoyer chercher ta mère.

Un petit cri effrayé échappa à Lucy.

—Va seulement prévenir sir Alexander que nous sommes là !

Il ne voulait pas que sa mère fasse irruption à ce moment-là, avant qu'il n'ait eu l'occasion de lui expliquer certaines choses.

—Il te dira que tout va bien.

—Eh bien, c'est impossible, n'est-ce pas ? dit Alice avec un sourire triomphant. Il n'est pas rentré de toute la nuit, nul ne sait où il est. Tout le monde se fait un sang d'encre, avec tous ces vandales qui écument la région, et lui qui essaie de calmer les esprits et qui a peut-être été récompensé d'une balle en plein cœur.

Cette fois-ci, ce fut Miss Charlotte qui laissa échapper un cri. Ethan commençait à se sentir injustement tourmenté. Son plan s'arrêtait là. La maîtresse de Lucy était sauvée. Il aurait dû être un héros aux yeux de Lucy, et au lieu de ça, voilà qu'il était coincé dans le couloir à essuyer les railleries d'Alice Ramsay. Jamais il ne l'avait appréciée, pardieu !

—Suivez-moi, dit-il en guidant ses protégées jusqu'au petit salon.

Il les fit asseoir sans prêter attention aux regards empreints de nervosité qu'elles lui lançaient et retourna à grands pas vers la cuisine, Alice sur ses talons comme un limier sur la piste d'un renard.

— Du thé et… des scones, ou quelque chose comme ça, dans le petit salon, demanda-t-il à une fille de cuisine.

— Tu n'as pas le droit de…, commença Alice.

— Une parente de sir Alexander, l'interrompit-il. Il sera heureux de la voir à son retour.

Il s'esquiva avant que quiconque pût protester et tomba nez à nez avec son père sur le seuil de la cuisine.

— Te voilà.

Il attrapa Ethan par le bras et l'entraîna de nouveau dehors.

— Tu vas me dire ce qui se passe, mon garçon. Je ne peux pas croire que tu aies abandonné ton poste…

— Non, non, c'est la famille qui m'a envoyé ici.

Miss Lizzy le confirmerait, il en était convaincu. Mais son soutien ferait-il la différence ? Ce n'était qu'une enfant.

— Envoyé ici pour quoi faire ? Tout ça n'a ni queue ni tête. Et qui est cette Mrs Charlotte Wylde ? Je ne connais aucune dame de la famille qui porte ce nom-là.

— C'est la veuve de Mr Henry Wylde.

— Oh, lui ?

Comme toujours, les ragots s'étaient transmis des domestiques qui se trouvaient à Londres à ceux qui étaient restés à la campagne. On avait parfois l'impression que ces nouvelles-là allaient plus vite que le courrier.

— Je ne l'imaginais pas comme ça. Mais qu'est-ce qu'elle fait ici ? demanda-t-il, les sourcils froncés. On m'a dit que tu as débarqué comme une furie, hier, accompagné d'une seule femme, que tu as pratiquement volé un chariot…

— Je l'ai emprunté, c'est tout. Je l'ai ramené sans une égratignure, pas vrai ? Et Griselle aussi.

— … puis que tu as filé comme un lièvre, poursuivit son père sans tenir compte de ce que le jeune homme venait d'expliquer. Et que tu as passé la nuit dehors… et voilà que tu reviens avec deux femmes maintenant, et pas un mot d'explication sur tout cela.

Ethan était éreinté, accablé par le doute. Lucy ne voudrait pas qu'il aille raconter les mésaventures de sa maîtresse. Et son père ne l'écoutait jamais de toute façon. Qu'était-il supposé répondre ?

— Il y a eu un problème avec lady Isabella. Je suis sûr que sir Alexander éclaircira tout ça à son retour.

— Hum. Elle a toujours eu un don pour les problèmes, répliqua son père en le dévisageant.

Il marqua une pause et Ethan se prit à espérer qu'il pourrait s'esquiver pour l'instant. Il voulait trouver sa mère, lui expliquer la situation du mieux qu'il pourrait, et s'attacher son soutien. Elle saurait quoi faire, pour Lucy.

— Et qu'est-ce que c'est que cette histoire, toi qui prendrais la place du vieil Elkins ?

Tous ses espoirs s'évanouirent. Bien entendu, il fallait que cette conversation lui tombe dessus alors qu'il était mort de fatigue et d'inquiétude. Mais c'était de son rêve qu'il s'agissait. Il fallait le défendre corps et âme.

— C'est ce que je vais faire. Nous… je vais emménager dans son cottage dès qu'il s'en ira. J'ai tout arrangé avec sir Alexander.

Ethan avait obtenu confirmation de la chose par l'intendant, peu après avoir demandé le poste.

—Et c'est ça que tu comptes faire de ta vie ? éclata son père.

—Oui, monsieur. Rien ne me fera changer d'avis. C'est ce que je veux depuis toujours.

Son père lui lança un œil mauvais. Ethan se redressa et, malgré sa gorge nouée, soutint son regard sans frémir. Une éternité sembla s'écouler avant que le vieil homme finisse par pousser un soupir sévère.

—On dirait que tu es sûr de toi.

—Oui. Jamais été plus sûr de toute ma vie.

Ethan se força à ne pas laisser transparaître la moindre incertitude.

—Très bien, dans ce cas.

Le feu qui brûlait dans les yeux de son père s'estompa lentement.

—C'est ce que j'ai toujours voulu entendre sortir de ta bouche. Un véritable but dans la vie. Une cause pour laquelle tu aies envie de te battre.

Ethan n'en croyait pas ses oreilles.

—Tu… Alors c'est d'accord ?

—C'était ta désinvolture qui me rendait fou, mon garçon. Si tu as trouvé le travail que tu veux faire, alors je suis heureux pour toi.

Tremblant de tous ses membres sous le coup du soulagement, Ethan se remit en quête de sa mère.

Assise dans un fauteuil satiné, Lucy serra ses mains sur ses genoux. Tout se passait exactement comme elle l'avait craint tout du long. Les domestiques qui leur lançaient des regards à la dérobée en se demandant comment elles en étaient venues à arriver seules en compagnie d'Ethan, et aucune explication décente à leur apporter – parce qu'il n'y en avait aucune. Elle aurait aimé pouvoir reprocher à Ethan les pauvres excuses qu'il avait bafouillées. Mais qu'aurait-il pu dire ? Elle-même était incapable de trouver un mensonge plausible au vu des circonstances. Et de toute façon, elle ne voulait pas qu'il doive mentir à sa famille et ses amis à cause d'elle.

Elle avait fait quelque chose d'horriblement inconvenant en voyageant seule avec lui tout ce temps ; mais elle avait senti qu'il le fallait, qu'elle ne pourrait supporter d'attendre à Londres sans savoir ce qu'il était advenu de sa maîtresse. Elle ne regrettait rien ! Enfin, un peu, mais… ils avaient retrouvé Miss Charlotte. D'accord, peut-être Ethan en aurait-il été capable seul, mais ce n'était pas certain. C'était elle qui avait choisi la direction à prendre, juste avant de la retrouver. Il avait objecté qu'il serait plus logique de prendre l'autre route. Ils l'auraient manquée dans ce cas, livrée à la merci de ces hommes armés de piques. Qui sait ce que ces derniers auraient pu lui faire subir ? Sans compter qu'il aurait été pire pour Miss Charlotte de se retrouver dans cette maison seule, entourée d'inconnus. Seulement, Lucy devait à présent affronter les conséquences de ses choix. La mère d'Ethan était quelque part par là ; il pouvait lui faire passer cette porte à tout instant. À cette idée, elle ne savait plus où se mettre.

Lucy n'avait pas l'habitude de recevoir des reproches. Toute sa vie, elle avait travaillé dur, s'était efforcée d'apprendre le plus possible et s'était bien entendue avec la plupart des gens – enfin, sauf cette bande de misérables chez « lui », mais la plupart des autres. Et voilà qu'elle était sur le point de rencontrer la personne dont elle voulait plus que tout mériter le respect – si tant est que le futur promis par Ethan devienne un jour réalité – et qu'elle tremblait comme une feuille à l'idée de devoir croiser son regard. Était-ce le genre de femme à comprendre le choix qu'avait fait Lucy ? Tous s'accordaient à dire que le père d'Ethan était sévère et exigeant. Sa mère ne serait-elle pas pareille ? Lucy avait craint qu'ils la méprisent de n'être que la fille d'un simple ouvrier de ferme ; jamais elle ne s'était imaginé qu'ils auraient des raisons de mettre en doute sa respectabilité. Comment Ethan avait-il pu la laisser affronter tout cela seule ? Où était-il parti ? Que racontait-il aux gens ? Il n'irait tout de même pas parler de leur relation sans s'entretenir d'abord avec elle, si ? Mais c'était possible. Et alors, les autres domestiques ne la regarderaient-ils pas d'un autre œil ? Et si… oh, et si sa mère entrait soudain pour s'opposer à leur union, alors qu'elle n'en avait même pas touché un mot à Miss Charlotte ?

La porte du petit salon s'ouvrit et le cœur de Lucy s'affola dans sa poitrine. Elle bondit sur ses pieds. Mais c'était seulement une bonne qui leur portait le thé sur un plateau. Elle le déposa devant Miss Charlotte et lui sourit gentiment.

— Une bonne tasse de thé pour vous, madame.

— Merci.

La voix de Charlotte n'était pas comme d'habitude. Lucy leva les yeux vers elle et s'aperçut qu'elle était à bout de forces, prostrée, muette et triste. C'était étrange.

— Puis-je vous apporter autre chose ? demanda la bonne.

Lucy fit un pas en avant. Elle avait été tellement obnubilée par ses propres soucis qu'elle en oubliait de faire ce pour quoi elle était venue jusqu'ici : prendre soin de sa maîtresse. C'était son travail et son devoir ; cette pensée lui redonna courage.

— Miss Charlotte est épuisée, dit-elle.

Quant au pourquoi de la chose, cela ne regardait personne.

— Il lui faudrait un endroit à l'écart où s'allonger.

La bonne se tourna vers elle. Sa curiosité était piquée, c'était évident. Mais elle avait l'air gentille.

— Bien sûr. Je vais vous emmener dans l'une des chambres d'amis. Si vous voulez bien me suivre ?

Lucy hocha vigoureusement la tête.

— Je vais prendre le plateau, dit-elle.

— Je peux vous…

Mais Lucy le ramassa sans cérémonie et attendit. La bonne les fit sortir et traverser le couloir jusqu'à l'escalier principal – heureusement désert – puis elles montèrent jusqu'à une charmante chambre à coucher qui donnait sur un jardin muré. Lucy posa le thé sur une table à côté de l'une des grandes fenêtres.

— Voilà. Sonnez si vous avez besoin de quoi que ce soit. Je m'appelle Sally.

— Merci, dirent Lucy et sa maîtresse à l'unisson.

Sally leur adressa un large sourire avant de refermer la porte derrière elle.

Miss Charlotte laissa échapper un profond soupir.

— Merci, Lucy, dit-elle. J'étais… il est bon de se sentir à l'abri des regards de tous ces gens.

À présent qu'elle avait une tâche à accomplir, Lucy retrouvait sa confiance en elle.

— Commençons par vous ôter cette robe, mademoiselle Charlotte, pour qu'elle ne se froisse pas. Ensuite, vous pourrez vous allonger dans ce lit et prendre une tasse de thé, si vous voulez, et peut-être faire un petit somme. Je sais que vous n'avez pas beaucoup dormi la nuit dernière.

— Non. J'ignore si je serais capable de…

— Eh bien, voyons un peu, d'accord ?

J'aurais dû demander à ce que l'on monte mes bagages, songea Lucy. Elle avait été trop pressée de se débarrasser de la domestique. Il faudrait sonner pour les demander plus tard.

Elle s'activa et borda Miss Charlotte. Une fois qu'elle y fut allongée, les paupières de cette dernière se mirent bientôt à papillonner et elle s'endormit rapidement.

Lucy se laissa choir sur une méridienne près de la deuxième fenêtre. Elle n'avait pas d'autre endroit où aller. Par la vitre, elle contempla les massifs de fleurs et les arbustes taillés du jardin. Ce devait être l'œuvre de Mr Trask, se rappela-t-elle soudain ; encore un signe du lien qui unissait Ethan à cet endroit. C'était chez lui, il ne s'y sentait pas étranger ni inquiet, et manifestement, il l'avait abandonnée pour retrouver sa famille et ses amis. Mais au moins personne n'entrerait dans cette chambre sans frapper. Elle serait prévenue. Bercée par la respiration régulière de Miss Charlotte, Lucy haussa ses pieds sur la méridienne et s'allongea. Un instant plus tard, elle s'était elle aussi endormie. Le silence retomba sur la chambre.

Chapitre 25

$\mathcal{L}$orsque Alec arriva d'un pas lourd dans la cour de l'écurie, deux heures plus tard, il n'avait plus une once d'énergie. Ses pensées se résumaient à manger, dormir et faire sa toilette. Il savait qu'il devait organiser une battue pour trouver Charlotte, et c'était ce qu'il allait faire. C'était sa priorité absolue, quoi qu'il arrive. Mais le manque de sommeil lui donnait l'impression d'avoir du sable dans les yeux et tous ses muscles lui cuisaient après ces heures interminables passées en selle.

Il cligna des paupières. Une foule inhabituelle se pressait dans la cour pavée qui séparait les écuries de la porte de derrière. Deux bonnes à tout faire se chamaillaient, chacune agitant son index sous le nez de l'autre. Deux garçons d'écurie goguenards les encourageaient, et de l'autre côté se tenait… Ethan ? De nouveau, Alec cligna des yeux, en se demandant si son imagination ne lui jouait pas des tours à cause de la fatigue. Ce ne pouvait pas être Ethan. Ce dernier était à Londres. Et pourtant c'était bien lui. La bonne la plus petite et la plus hargneuse des deux se retourna, l'aperçut et se rua vers lui comme une poule qui poursuit un scarabée. Ethan se précipita à sa suite.

— Dieu soit loué, vous êtes revenu, monsieur ! C'est un tel remue-ménage ici ! Tout à fait irrégulier, comme je n'ai eu de cesse de le répéter à Ethan.

Alec était incapable de se souvenir de son nom. Il la connaissait, bien sûr. Mais il était trop las.

— Il n'avait pas le droit d'installer des femmes dans les chambres et d'ordonner qu'on leur fasse du thé et je ne sais quoi d'autre encore, comme si on était tous sous ses ordres…

Ethan vint se placer devant elle.

— Je savais que vous voudriez…

Elle surgit de derrière lui.

— N'essaie pas de m'écarter, espèce de grande souche !

— Ethan, que faites-vous ici ?

Alec n'avait pas parlé fort, mais toute la courée se tut au son de sa voix.

— Je suis venu chercher Mrs Wylde, monsieur.

— Char… ?

Alec secoua la tête pour s'éclaircir les idées.

— Il y avait un message… Seulement, ça n'avait aucun sens, alors je suis allé chez lady Isabella et j'ai vu… Quelque chose ne tournait pas rond. Alors Lu… enfin… je suis venu en diligence pour voir si je pouvais lui venir en aide. Elle se repose à l'étage pour l'instant.

— Une minute. Qui se… ?

— Mrs Wylde, monsieur.

— Cha… Mrs Wylde est ici ?

Alec n'en croyait pas ses oreilles.

— À l'étage, ici ?

—Oui, monsieur. Elle était éreintée. Nous… j'ai pris la liberté de lui faire donner une chambre.

—Mais…

Il avait passé la nuit à chercher, et au bout du compte, elle n'avait même pas eu besoin de lui. D'une façon ou d'une autre, elle avait elle-même trouvé le moyen d'arriver jusqu'ici saine et sauve.

—Elle n'est pas blessée ?

—Non, monsieur. Seulement fatiguée, comme j'ai dit.

Ethan balaya la courée d'un coup d'œil et Alec s'aperçut qu'une foule d'yeux curieux l'observait. Cette discussion devait se poursuivre ailleurs. Mais il ne put s'empêcher de demander encore :

—Vous en êtes sûr ?

Son valet hocha fermement la tête, et Alec fut enfin libéré de la tension qui l'avait tenaillé toute la nuit durant. Lentement, sa peur reflua. Elle était saine et sauve ; cette phrase carillonnait dans son esprit comme un refrain. Charlotte allait bien.

Lentement, les membres raides, il descendit de selle.

—Occupez-vous de Blaze, Thomas, dit-il à un garçon d'écurie qui s'avança prestement pour prendre les rênes qu'il lui tendait. Je l'ai trop poussé. Donnez-lui une bonne ration d'avoine, et qu'il se repose.

—Bien, monsieur, dit le garçon en entraînant le cheval.

Alec voulait voir Charlotte, s'assurer qu'elle était bel et bien hors de danger. Mais Ethan avait dit qu'elle se reposait. Bien. Dormir, voilà qui était une brillante idée. Après quelques heures de sommeil, il serait en mesure de réfléchir, de se demander comment elle était arrivée jusqu'ici depuis la maison de tante Bella, et tout ce qui lui était arrivé. Pour l'instant… Alec se dirigea vers la porte.

— Merci, Ethan. Bon travail.

La bonne qui se tenait à côté d'Ethan renâcla. Alec ne comprit pas pourquoi.

— J'ai été debout toute la nuit. Je vais suivre l'exemple de Mrs Wylde.

Elle était ici, dans une chambre, sous son toit. Hébété, Alec s'en alla rejoindre ses propres quartiers.

Ethan le regarda s'éloigner en regrettant de ne pouvoir se dégotter un matelas de plumes où s'effondrer à son tour. Mais ses problèmes ne faisaient que commencer, et il n'était pas sorti de l'auberge. Sa mère était partie rendre visite à sa sœur et ne serait pas de retour avant le lendemain. Il ne pouvait parler de Lucy et de ses projets à personne tant qu'il n'en aurait pas discuté avec elle. S'il passait outre, elle n'hésiterait pas à l'écorcher vif, et de toute façon, il avait besoin de son aide pour aplanir les choses. Il pourrait lui raconter toute l'histoire. Personne au monde n'était plus digne de confiance qu'elle. Elle comprendrait pourquoi ils avaient voyagé jusqu'ici ensemble, et elle le croirait sur parole s'il affirmait que rien de compromettant ne s'était passé. Comme s'il avait pu faire une chose pareille ! Elle aimerait Lucy, aussi. Il en était convaincu. Mais pour cela, il fallait d'abord qu'elle puisse la rencontrer, et d'ici là il allait devoir affronter les commentaires et les questions embarrassantes de vilaines fouines indiscrètes comme Alice Ramsay. Elle fermerait son clapet quand la mère d'Ethan lui parlerait ! En attendant, il fallait qu'il reste vigilant et s'assure que nul ne médirait sur le compte de Lucy, ou de Miss Charlotte d'ailleurs. Le sommeil allait devoir attendre.

Charlotte se réveilla dans une chambre inconnue. La pièce était exquise, les murs couverts d'un papier peint aux motifs floraux dans de douces teintes jaunes et bleues. Des fragrances fleuries entraient par la fenêtre ouverte. Sous celle-ci, Lucy était endormie sur une méridienne. Les rayons obliques du soleil à l'extérieur projetaient une lumière dorée ; il devait être tard dans l'après-midi. Tout était calme. Elle se sentait plus reposée, bien que pas encore complètement remise. Elle se trouvait chez sir Alexander, se rappela-t-elle soudain. Elle était en sécurité.

Elle resta allongée dans le lit confortable pour trier ses souvenirs embrouillés. Les derniers effets du laudanum s'étaient enfin dissipés et, l'esprit clair, elle passa en revue tous les événements de ces derniers jours. C'était vrai : lady Isabella avait avoué avoir tué Henry et tenté de cambrioler sa maison ; ce n'était ni un rêve, ni une hallucination. Elle avait avoué sans l'ombre d'un remords. Charlotte n'en revenait toujours pas. Lady Isabella souffrait manifestement d'un déséquilibre mental. D'une manière ou d'une autre, elle l'avait dissimulé tout en vivant dans une demeure vide et triste et en tirant sa subsistance des ragots qu'elle colportait sur les malheurs d'autrui. Pourquoi personne n'avait-il rien remarqué ? Pourquoi son propre fils n'avait-il rien vu ?

Edward… Il l'avait rejointe. Qu'allait-il faire ? Fallait-il seulement lui laisser cette responsabilité ? N'avait-elle pas l'obligation d'informer les autorités ?

Elle pouvait prouver son innocence, lui souffla frénétiquement une petite voix. Les abominables accusations du détective des Bow Street Runners seraient démenties une fois pour toutes. Elle aurait le plaisir de lui mettre son erreur sous le nez et le forcerait à lui présenter des excuses. Elle se délecta de cette idée pendant quelques minutes.

Mais que lui coûterait cette fugace satisfaction ? Un procès pour meurtre vouerait toute la famille au scandale. Sa pathétique histoire avec Henry serait traînée en cour publique et répétée encore et encore au vu et au su de tous. De plus, les racontars éclabousseraient Alec, Anne, Lizzy et Frances. Peut-être elle-même n'avait-elle pas de statut social à préserver, mais cela porterait un coup fatal à Anne qui était sur le point de faire ses débuts dans le monde. Où qu'il aille, Edward entendrait murmurer et chuchoter sur son passage ; oh, comme il détesterait ça ! Elle savait que les procès s'éternisaient des mois durant ; la haute société se délecterait de chaque retournement de situation. Elle ne voyait la scène que trop clairement : la douce Anne, qui entrait dans une salle de bal scintillante et entendait toutes les conversations se taire tandis que se tournait vers elle un océan de regards durs et avides. Charlotte frissonna et tira les couvertures plus haut. Elle ne pouvait pas laisser arriver une chose pareille.

Personne d'autre qu'Alec ne savait que le détective l'avait accusée. Pour le reste du monde, Henry Wylde avait été tué par des coupe-jarrets. La nouvelle n'en était plus une, elle était d'ores et déjà tombée dans les limbes de l'oubli, et Henry étant l'homme qu'il était, elle n'avait de toute façon intéressé personne dès le départ. Peut-être pourrait-on garder le secret sur les crimes commis par lady Isabella, même s'il fallait évidemment prendre des mesures la concernant… Le plus important, c'était qu'Alec sache la vérité. Charlotte comprit soudain que c'était tout ce qui comptait à ses yeux. Il fallait qu'elle efface à jamais ce moment atroce où il l'avait regardée avec une suspicion affligée.

Charlotte serra les draps autour d'elle. Alec. Elle se trouvait dans sa demeure, mais ne se sentait pas la bienvenue. On l'avait reçue avec tellement de réserve… Les domestiques devaient jaser en ce moment même. Pourquoi était-elle arrivée à l'improviste à bord d'un vieux chariot de ferme ? Où étaient ses bagages ? Pourquoi venait-elle en visite en l'absence de toutes les dames de la maison ? Rien que cela était… disons peu orthodoxe, pour être charitable. Que dirait Alec en la trouvant sous son toit à son retour ? Et quand il entendrait les nouvelles qu'elle avait à lui apprendre ? Ce serait leur première rencontre depuis qu'il avait partagé sa couche, et les complications étaient légion. De nouvelles complications. Comme si le ciel ne s'acharnait pas déjà assez sur eux comme cela. Un accès de couardise hurlait à Charlotte de prendre ses jambes à son cou. Peut-être Lucy et elle pourraient-elles s'enfuir discrètement jusqu'à l'arrêt de la diligence et…

Un coup à la porte réveilla Lucy, qui se redressa. Elle cligna des yeux, désorientée, puis bondit sur ses pieds au deuxième coup et ouvrit la porte. Deux servantes se tenaient sur le seuil, la domestique amicale qui leur avait montré la chambre et celle qui avait fait tout un scandale à leur arrivée. Cette dernière balaya la chambre d'un regard dévorant de curiosité.

— Nous avons monté vos affaires, dit gaiement la première.

Elle tenait une petite valise à la main.

— Et de l'eau chaude.

La deuxième portait une bouilloire.

— Je dois vous informer que le dîner sera prêt dans une heure.

— Sir Alexander est-il rentré ? demanda Charlotte.

— Oui, madame, répondirent-elles en posant leur fardeau. Vous faut-il autre chose ?

— Non, ça ira. Merci, Sally.

Elles quittèrent la pièce. Lucy se frotta les yeux puis s'activa pour ouvrir la valise et remplir le lavabo d'eau chaude.

— Heureusement que nous vous avons ôté votre robe, fit-elle remarquer. Elle n'est pas froissée du tout. Dommage que ce soit une robe du matin, mais il faudra faire avec. Nous avons vos brosses et le reste, donc ça ira.

La robe de Lucy était affreusement froissée après son somme sur la méridienne, remarqua Charlotte. Sa présence dans cette maison était d'un tel réconfort !

— Je ne t'ai pas remerciée comme il se doit d'être venue me chercher, Lucy. Je suis désolée. Je pense que les drogues qu'ils m'ont administrées devaient encore faire effet.

— Inutile de me remercier.

Lucy avait l'air éteinte.

— Bien sûr que si. Ethan et toi…

— Il ne s'est rien passé d'inconvenant, pendant que nous étions sur la route !

— Je n'imaginais rien de tel.

Lucy marmonna quelque chose à part elle.

— Quelqu'un t'a-t-il fait des reproches ? s'emporta Charlotte. Dis-le-moi seulement et j'irai parler à…

— Non, non, rien de tout ça, mademoiselle.

— Je ferai en sorte qu'ils tiennent leur langue, tu peux me faire confiance.

Lucy lui sourit mais avait l'air dubitative. Et c'était vrai, comprit Charlotte : elle n'aurait que peu d'emprise sur les bavardages des domestiques.

— Il ne faut pas s'en faire, dit Lucy comme si elle se parlait à elle-même autant qu'à Charlotte. J'imagine que nous rentrerons à Londres dès que possible ?

— C'est ce que j'envisageais de mon côté. Mais je crois qu'en général, la diligence part tôt le matin.

Lucy hocha la tête. Elle agita la serviette qu'elle tenait à la main.

— Mieux vaut vous préparer pour le dîner, dans ce cas.

Elle avait le regard chagrin. Charlotte ne savait pas pourquoi, mais elle-même était en proie au même vague à l'âme. Cela faisait tellement longtemps que Lucy et elle étaient ensemble… C'était davantage une amie qu'une domestique, et pourtant, il n'existait apparemment aucun mot pour exprimer ce sentiment qu'elles partageaient en silence.

— Que ferais-je sans toi, Lucy ?

À ces mots, sa femme de chambre sursauta. Pourquoi ?

— Ne vous inquiétez donc pas pour ça, répondit Lucy. Je suis là. Venez vous laver avant que l'eau refroidisse.

Le dîner servi dans la « petite » salle à manger fut excessivement cérémonieux. Le ballet des serveurs qui entraient et sortaient pour apporter ou débarrasser les plats était incessant, sans compter ceux qui attendaient derrière la porte battante pour satisfaire la moindre requête des convives, de sorte qu'il était impossible d'avoir une quelconque discussion privée. Charlotte, qui brûlait de révéler à Alec tout ce qu'elle avait découvert, peinait à trouver des sujets de conversation. En outre, elle ne savait que trop combien il était étrange de dîner ainsi seule avec lui, et d'être venue lui rendre visite seule. Elle se sentait observée, jugée, et affreusement mal à l'aise. Et Alec avait l'air différent de l'homme qui avait quitté sa chambre à coucher quelques jours à peine auparavant ; il ressemblait bien plus au gentleman distant qu'elle avait rencontré pour la première fois le jour de la mort d'Henry.

— Que… Avez-vous des nouvelles des hommes qui marchaient sur Nottingham ? lui demanda-t-elle.

— Comment savez-vous cela ? demanda-t-il sèchement.

— J'en ai… entendu parler.

Elle ne pouvait pas lui dire – pas là – qu'elle s'était tapie dans les ténèbres tandis qu'ils préparaient leur action avant de se mettre en route.

Il était sur le point de poser une autre question mais se ravisa.

—Un coursier m'a apporté des nouvelles cet après-midi, comme je fais partie des magistrats locaux. Ils ont traversé Ripley en rassemblant toujours plus d'hommes, parfois contre leur gré. Vers Codnor et Langley Mill – ces lieux doivent vous être inconnus, bien sûr – ils ont réveillé plusieurs aubergistes pour réclamer de la bière, du pain et du fromage. La bière n'a fait qu'empirer la situation, j'en ai bien peur. Il pleuvait dru à ce moment-là, et je gage que bon nombre d'entre eux en ont profité pour s'éclipser et rentrer chez eux. Vingt dragons ont intercepté les autres à Giltbrook, et la charge les a dispersés. Environ quarante hommes ont été arrêtés. Ce n'étaient pas les meneurs, à mon avis, mais ces derniers ne perdent rien pour attendre. Le gouvernement n'aura de cesse de les chercher jusqu'à leur mettre la main dessus. Lord Sidmouth a un réseau d'agents qui finiront par les débusquer.

Sidmouth était le secrétaire d'État à l'Intérieur, se rappela Charlotte.

—Que va-t-il leur arriver?

—Certains seront déportés en Australie. Les meneurs seront probablement pendus, répondit-il d'un ton désabusé comme si la sentence était inéluctable.

—Si cet homme…

Charlotte n'était pas loin de se souvenir du nom qui avait été crié.

—S'ils n'avaient pas ouvert le feu sur cette maison dans le village…

Alec la regardait, les sourcils froncés ; elle avait encore oublié qu'il ignorait qu'elle avait assisté à la scène.

— Ils ont tué un domestique chez Mary Hepworth à South Wingfield, acquiesça-t-il après un bref silence, mais quand bien même ils ne l'auraient pas fait, le châtiment aurait été le même. Aucune « insurrection armée » ne sera tolérée.

— « Insurrection » ?

— C'est ainsi qu'on appelle ce genre d'action. Aussi, « haute trahison ». Certains des meneurs avaient formé des « comités révolutionnaires » et établi des plans en vue d'un soulèvement général. Ce ne sont pas des mots que le gouvernement peut facilement pardonner. Le mouvement est né du manque de travail et des privations, mais…

Alec jeta sa serviette sur la table.

— Avez-vous fini votre repas ?

Cela faisait quelques minutes qu'elle se contentait de jouer avec les dernières bouchées dans son assiette. Elle n'aurait pas dû gâcher de la nourriture alors que d'autres mouraient de faim, songea Charlotte. Mais elle n'en voulait pas.

— Oui.

Il se leva.

— Dans ce cas, peut-être pourrions-nous aller dans la bibliothèque discuter de… cette affaire familiale qui vous amène.

— Oui, acquiesça-t-elle.

Nerveuse à présent que le moment était venu, Charlotte le suivit hors de la pièce.

Ethan n'avait pas d'obligations à remplir puisqu'il n'était pas prévu qu'il soit rentré, et Lucy non plus pendant que sa maîtresse dînait. Il n'aurait dû avoir aucun mal à l'entraîner hors de la maison pour profiter de cette longue soirée de juin. Mais le problème venait de Lucy elle-même. Elle ignorait obstinément tous les signaux qu'il lui adressait en se collant à Sally Thorpe dans la salle commune des domestiques comme si elles avaient été amies toute leur vie. Finalement, il dut se résoudre à lui demander directement si elle aimerait voir les roses du jardin.

— Grand-pa serait heureux de savoir que tu les as vues.

— Tu connais le grand-père d'Ethan ? Alice Ramsay s'empressa-t-elle de demander.

— Ainsi que ma grand-mère, renchérit Ethan. Ce sont de grands amis.

— Vraiment ? Comment cela est-il arrivé ?

Les yeux d'Alice passèrent d'Ethan à Lucy, emplis de conjectures.

— D'accord.

Enfin, Lucy se leva, bien que sans aucune joie.

— Je serais… J'aimerais beaucoup voir les jardins de Mr Trask.

Ethan l'entraîna dehors avant qu'Alice puisse fourrer son nez plus avant dans leurs affaires. Rapidement, ils remontèrent une allée, passèrent un portail, et finirent sur un sentier bordé de bosquets de fleurs aux parfums enivrants.

— Oh, murmura Lucy.

— C'est magnifique, hein ?

Il contempla les amas de rosiers tout autour d'eux. Une mosaïque de rouges, de roses et de blancs qui gravissait une tonnelle pour venir éclabousser un mur de pierre, si chatoyants qu'on en avait le vertige. Leur fragrance dépassait de loin cent boutiques de luxe.

— Tu aimes les roses, je m'en souviens.

Lucy se tourna vers lui.

— C'est une des premières choses que tu m'aies dites. Les roses blanches au clair de lune.

— N'essaie pas de m'embobiner alors que je suis furieuse après toi, Ethan Trask !

— Furieuse ? Pourquoi ?

— Tu le sais très bien.

Il n'y avait qu'une femme pour affirmer à un homme qu'il savait ce qu'elle avait dans la tête, alors qu'il n'en avait pas la moindre idée. Et sans prévenir.

— Je ne vois pas. Nous avons sauvé Miss Charlotte, c'est pour ça qu'on était venus, et…

— Et tu m'as abandonnée ici pendant que tout le monde me regardait en inventant Dieu seul sait quelles histoires sordides. Que va penser ta famille de moi ? Non qu'aucun d'eux ne m'ait été convenablement présenté.

Elle s'écarta de lui et baissa les yeux sur une rose d'un pourpre profond.

Il ne pouvait faire semblant de ne pas comprendre de quoi elle parlait, pas avec cette sotte d'Alice qui fouinait et critiquait tant qu'elle pouvait.

— Je voulais te présenter, disons… officiellement. Dès que ma mère rentrera de visite, demain, je lui annoncerai que nous allons nous marier. Vaut mieux lui parler à elle en premier. Enfin, je suis obligé, Lucy. Mais elle est formidable, vraiment. Elle va tout arranger…

— Tu feras quoi ? Je n'ai jamais dit que je t'épouserai, Ethan Trask !

— Tu…

Ne l'avait-elle pas dit ? Ethan se souvenait distinctement de… quoi ? N'avait-elle pas dit… ? Tout était déjà réglé : ils étaient là, en ce lieu, et il avait obtenu le poste, le cottage et tout le reste. De plus, contre toute attente, son père lui donnait sa bénédiction. Dès que la famille serait rentrée de Londres, ils se marieraient et emménageraient. Il avait déjà tout vu dans son esprit, clair comme de l'eau de roche.

— Il y a ce petit problème : les mensonges que tu me sers. Tu oublies ça, apparemment.

— Lucy ! Je ne t'ai pas menti. Peut-être que je ne t'ai pas dit…

— C'est pareil que mentir !

Elle lui adressa un regard assassin de ses yeux bleus dévastateurs.

— Tu penses que tu peux « oublier » de me dire les choses que tu ne veux pas que je sache, chaque fois que ça te chante ?

— Je ne le ferai plus jamais.

— Et si tu recommençais, comment le saurais-je ?

Tout ceci commençait à l'énerver sérieusement. Pourquoi fallait-il qu'elle complique les choses ?

— Parce que je te promets de ne pas le faire, Lucy. Je le jure. Tu peux me croire sur parole.

— Oh, à quoi bon ?! s'exclama Lucy.

Des larmes frémissantes perlaient au coin de ses yeux.

— Je ne peux pas abandonner Miss Charlotte après tout ce qui lui est arrivé. Plus que jamais, elle a besoin de moi.

— Je croyais que tu ne laisserais pas cela t'empêcher de…

— Et tout le monde ici, qui me prend pour une moins que rien ! Comment pourrais-je venir vivre parmi eux ? Ils se mettraient à médire dès que j'aurai le dos tourné. Je ne le supporterais pas !

— Personne ne pense…

— Ça ne sert à rien, Ethan ! Ça ne marchera pas. Prends ton nouveau poste, ton cottage, et tout ce dont tu as toujours rêvé et… sois heureux !

Lucy fit volte-face et s'enfuit en courant. Il la poursuivit jusqu'à la maison, mais avec tous ces yeux curieux qui l'y attendaient, il n'osa la suivre jusqu'à la chambre de Miss Charlotte pour tambouriner à la porte comme il brûlait de faire. Contrarié et furieux, Ethan ressortit aussitôt pour ruminer son ressentiment.

Enfin – enfin ! – Alec se retrouvait seul avec Charlotte. Quand la porte de la bibliothèque se referma derrière eux, c'est à peine s'il put s'empêcher de la prendre dans ses bras et de la serrer contre lui. Tous les détails de leur dernière entrevue lui revinrent d'un coup : sa peau soyeuse, ses lèvres, les cris étouffés qui lui échappaient quand il la touchait… Tout son corps réagit à ce souvenir, si intensément que lorsqu'il ouvrit la bouche pour parler, sa voix n'était presque plus qu'un grognement rauque.

— Il faut que je vous parle de lady Isabella, dit-elle.

Impatient de remiser sa tante aux oubliettes, Alec lui offrit une chaise et s'assit de son côté.

—Vous aurez du mal à le croire, je le sais, mais c'est elle qui a…

Alec crut perdre la raison quand on frappa à la porte. L'un des valets passa la tête par l'embrasure.

—Mr Edward Danforth est ici, sir Alexander. Il doit vous voir pour une affaire de la plus haute importance.

—Et comment, que c'est important !

Edward força le passage en bousculant le domestique.

—Très bien, mon brave, vous pouvez y aller. Non, attendez, apportez-moi quelques sandwichs. Je meurs de faim.

Le valet interrogea sir Alexander du regard, reçut en réponse un hochement de tête exaspéré, et quitta la pièce.

Edward s'avança d'un pas vif et vint se laisser tomber sur le sofa.

—Avez-vous du cognac ? Il n'y a rien du tout chez… chez moi, et Dieu sait que j'en ai besoin !

Pouvait-il mettre son cousin à la porte, se demandait Alec ? L'attraper par le col et le fond de son pantalon taillé sur mesure, et… non. Il se dirigea vers le buffet et servit deux verres d'alcool fort.

—Charlotte ?

Elle secoua la tête.

Edward avala une longue rasade et laissa échapper un soupir.

—J'ai réussi à tirer au clair presque toute l'histoire de Martha, déclara-t-il d'un air grave. Il me semble, du moins. Mais je voulais entendre votre récit. Je ne puis m'assurer qu'elle n'a pas déformé la réalité à son avantage.

Charlotte hocha la tête.

— Il a fallu que je remette de l'ordre dans mes souvenirs pour être sûre. Elles m'ont fait boire quelque chose…

— Du laudanum, précisa Edward.

Devant les yeux horrifiés d'Alec, il ajouta :

— Oui, exactement ce que Martha donnait à grand-mère. Dans du vin ou du lait. C'est son mode opératoire.

Il parlait d'une voix plus sèche qu'un coup de trique.

— Le laudanum calme sa patiente quand celle-ci devient… hystérique. M'est avis que cette drogue est pour beaucoup dans ce qui s'est passé.

— C'est-à-dire ?

Alec haïssait ce sentiment d'être le seul à ignorer ce que Charlotte et Edward savaient manifestement tous deux.

— Je suis sûre de ce que j'ai entendu, maintenant, reprit Charlotte.

Elle déglutit.

— Lady Isabella a tué Henry.

— Comment ?

Alec pensa d'abord ne pas avoir bien entendu. Mais Edward hocha la tête.

— Comment serait-il possible qu'elle… ?

— C'est également elle qui s'est introduite chez moi. Elle avait les clefs d'Henry qui ouvraient les vitrines et pensait s'emparer de quelque objet à revendre.

— Mais…

La tête d'Alec lui tournait. Il s'accrochait désespérément aux fragments de sa raison en lambeaux.

— Racontez-moi tout ce qui est arrivé depuis le début et dans l'ordre.

C'est ce qu'elle fit. Elle parla pendant une demi-heure, interrompue à une seule occasion par l'arrivée de sandwichs, son récit ponctué de temps à autre par une intervention d'Edward. Alec l'écoutait avec une horreur grandissante, particulièrement quand Charlotte révéla le danger qu'elle avait encouru, mais aussi en comprenant que sa famille cachait encore un autre cas d'instabilité mentale. Le comportement aberrant de tante Bella était bien pire que celui de sa grand-mère. Cette dernière injuriait, pestait, mettait la porcelaine en mille morceaux ; c'était un monstre d'égoïsme et de perfidie, bien qu'il se rappelât également les accès de gaieté qui fascinaient le jeune enfant qu'il était alors. Tante Bella avait été tellement plus loin qu'il en était étourdi.

Quand le récit de Charlotte s'acheva, un long silence s'installa dans la bibliothèque.

Edward se leva pour aller remplir son verre. Il proposa la carafe à Alec qui la lui arracha presque des mains et se resservit une rasade de cognac. Charlotte avait éludé la raison pour laquelle elle s'était enfuie de la voiture après l'opéra, mais il était facile de deviner ce que dissimulait cette zone d'ombre. Alec se demanda si assener à son cousin un coup de poing en pleine face le soulagerait un peu. Peut-être. Mais cela ne résoudrait en rien le problème bien plus urgent de tante Bella. Il but et remplit son verre de nouveau. Tous trois échangeaient des regards consternés.

— Tout ceci était donc une histoire d'argent ? finit par demander Alec.

— De l'argent pour maintenir son statut social, précisa Charlotte. Lady Isabella a vendu l'intégralité de ses biens…

— L'intégralité de mes biens, rectifia Edward d'un ton lugubre.

Elle acquiesça.

— Pour s'offrir les dernières modes, entretenir une voiture et… tout le reste. Quand elle n'eut plus rien, elle échafauda un plan pour faire confectionner des « antiquités » à faire acheter à Henry. Mais cela ne suffisait pas. Alors, elle voulut s'emparer de la fortune qu'Henry ne manquerait pas de léguer à Edward.

Celui-ci grimaça et avala son second verre de cognac.

— Comment n'avez-vous pas remarqué les sommes folles qu'elle dépensait ? lui demanda Alec.

— Je ne puis garder un œil sur tout.

— Vous ignorez les revenus de votre propre maisonnée ?

Les mots d'Alec transpiraient du mépris que cela lui inspirait.

— Bien sûr que non ! Seulement… Il me fallait un budget de mon côté.

Edward haussa les épaules, sur la défensive.

— Je croyais que maman faisait des économies…

— Tante Bella ?

— Eh bien, elle ne voulait pas que je vienne lui poser des questions, n'est-ce pas ? Si j'essayais d'examiner ses dépenses de plus près, elle piquait une crise. J'ai une sainte horreur des querelles.

De nouveau, il tendit le bras vers la carafe qu'Alec lui fit passer.

— Étais-je supposé mettre en doute la parole de ma propre mère ?

— De toute évidence, cela eût été fort avisé.

— Oh, voilà qui est facile à dire pour vous, avec ce que vous touchez et vos maudites…

— Que devrions-nous faire ? demanda Charlotte d'un ton cassant qui coupa court à la dispute imminente.

Un autre silence inconfortable s'installa.

— Je sais qu'elle mérite… Je sais que des mesures drastiques doivent être prises, mais c'est de ma mère qu'il s'agit, geignit Edward. Je ne puis l'envoyer à la potence, pour l'amour du ciel !

— C'est une meurtrière ! fit remarquer Alec.

— Je sais ! Mais si cela devait être rendu public, le scandale ne mourrait pas en même temps qu'elle.

— Il me semble que vos difficultés ne regardent que…

— Je m'inquiète surtout pour Anne, intervint Charlotte.

Surpris, Alec se tourna vers elle.

— Son entrée dans le monde tournerait au désastre si lady Isabella était publiquement accusée et jugée coupable.

Elle marqua une pause et à mesure que ses paroles s'acheminaient dans son esprit, Alec entraperçut le tableau épouvantable que cela engendrerait.

— Il y a aussi Lizzy et Frances. Ce serait terrible pour elles. Et injuste ; elles n'ont rien fait de mal.

—Les Earnton, renchérit Edward avec effroi. Mon Dieu, Amelia Earnton m'écorcherait vif!

Alec ne pouvait que concourir.

—Il faut trouver une solution. On ne peut laisser tante Bella continuer sur cette voie.

—Non. Je n'ai pensé qu'à ça ces dernières heures, vous pouvez m'en croire. Et j'ai une proposition.

Edward but une gorgée de cognac.

—Vous possédez une petite propriété en Écosse, n'est-ce pas, Alec?

—Un pavillon non loin d'Inverness, acquiesça-t-il.

—Je me disais que nous pourrions y envoyer maman, accompagnée de gens convenables pour l'aider. Mais pas Martha.

Alec réfléchit un instant à cette idée.

—Je sais que l'endroit vous appartient, et qu'il s'agit de ma mère. Peut-être pensez-vous que je devrais la garder ici, chez moi…

—Non!

Il ne voulait pas pour voisine de cette tante Bella qu'il découvrait sous un jour nouveau.

—Je n'ai jamais eu l'usage de ce pavillon. Grand-père l'avait acheté en pensant venir y chasser, j'imagine.

—Ou comme excuse pour mettre un peu de distance entre lui et grand-mère, suggéra Edward, retrouvant des bribes de son sens de l'humour habituel.

—L'endroit est assez rustique, d'après ce que j'en sais.

Il peinait à imaginer tante Bella dans un environnement pareil. Mais cela importait peu.

—En ce moment, cela m'est complètement égal, répliqua son cousin. Plus elle sera enfouie loin de la capitale, et mieux ce sera.

—Très bien, dit Alec en hochant la tête. Nous… Vous devrez trouver un personnel de confiance.

—Et il faudra régler son compte à ce fameux Saint-Cyr, renchérit Edward.

—Je vous laisse vous en occuper.

À présent qu'ils avaient convenu d'une solution, Alec n'aspirait plus qu'à se débarrasser de son cousin le plus vite possible.

—Pourrions-nous en rester là? Il est tard et nous sommes tous fatigués.

Charlotte avait l'air épuisée.

—Oui, bien sûr.

Edward se leva, trébucha sur le coin d'un tapis et retomba en arrière sur les coussins du sofa.

—Pourriez-vous m'offrir l'hospitalité pour la nuit, Alec? Je suis à moitié ivre, et de toute façon, je n'ai aucune envie de rentrer. Elle a congédié tous les domestiques à l'exception de Martha et d'une espèce de vieille chouette à faire peur.

Pris au piège, Alec alla sonner.

—Je vais me coucher, dit Charlotte en se levant.

Alec faillit s'y opposer de vive voix. Il devait lui parler.

—Je ferai le nécessaire pour rentrer à Londres dès demain matin, ajouta-t-elle.

—Non!

Les deux autres le regardèrent, abasourdis. Alec se retint de jurer à voix haute. Il ne pourrait rien dire de plus tant qu'Edward serait là à se prélasser si inopportunément sur le sofa de la bibliothèque. Ils le dévisageaient tous deux.

—Je… je serais heureux de… m'en occuper pour vous.

Charlotte lui lança un regard interloqué et quitta la pièce. Pourquoi avait-il été raconter une bêtise pareille ? Bon sang de bonsoir !

—Un point sensible, cousin ? demanda Edward avec un sourire niais.

—Si vous commencez à me chercher, siffla Alec entre ses dents, vous allez le regretter amèrement.

Pour une fois dans sa vie, Edward ferma son clapet.

Toujours près de la cloche, Alec sentait son esprit bouillonner après tout ce qu'il avait entendu ce soir-là. Sans l'avoir prémédité, il posa la question qui le tarabustait à voix haute :

—Ne vous inquiétez-vous jamais qu'il y ait une… tendance à l'instabilité qui se transmette dans notre famille ? Quelque tare psychologique ? Notre grand-mère, et maintenant votre mère…

—Foutaises !

Edward se redressa et le fusilla du regard.

—Une tendance à l'instabilité ? Mon père était aussi stable qu'une montagne. Le vôtre était ennuyeux comme la pluie. Je ne connaissais pas bien votre mère, mais si elle ressemblait un tant soit peu à sa sœur Earnton… !

Il frissonna.

—Ma mère a vécu sous la coupe de grand-maman pendant les trente premières années de sa vie. Vous n'avez jamais pris cela en considération.

—Je sais qu'il a été difficile pour…

— Difficile ! Depuis sa plus tendre enfance, on l'a terrorisée. Cela n'excuse nullement ce qu'elle a fait, bien entendu, mais à mon sens, cela permet au moins d'expliquer en partie son comportement. Cela, et la « médication » de Martha. Nous ne sommes pas sous le coup d'une sorte de malédiction, Alec. Grand Dieu, vous êtes aussi stable que vos parents. Plus même ! Et quoi que vous puissiez penser de moi, au fond, j'ai la tête bien sur les épaules.

Le valet arriva et Alec ordonna qu'on préparât une chambre. Quand Edward fut parti, il resta un moment à méditer l'idée que le parent qui lui avait servi de modèle toute sa vie durant pût être jugé ennuyeux comme la pluie.

Il ne veut pas de moi ici, songea Charlotte en retournant vers sa chambre. Il voulait qu'elle s'en aille, s'était proposé de hâter son départ. C'était à peine s'il l'avait regardée tandis qu'ils parlaient. Il regrettait d'avoir partagé sa couche. Il la considérait comme une erreur. C'était affreux ! Des sanglots lui brûlaient la gorge ; elle les réprima et entra dans sa chambre pour y découvrir sa femme de chambre assise sur la méridienne, les yeux rougis. Celle-ci se leva d'un bond comme si une abeille l'avait piquée.

— Lucy, pleurais-tu ?

— Non, mademoiselle ! Mes yeux sont fatigués, c'est tout. À cause de tout ça.

— Il est temps que tout ceci s'arrête, n'est-ce pas ?

Lucy se contenta d'acquiescer.

— Il faut que nous rentrions à Londres, chez nous.

Mais cette perspective n'avait rien de réconfortant, rien du tout.

—Je me suis renseignée sur la diligence pour Londres, l'informa Lucy d'un ton morose. Elle passe par le village non loin d'ici à 8 heures du matin.

—Oh. Bien. Nous partirons… Ah, je n'ai pas d'argent. Je vais devoir demander à sir Alexander…

Cette idée la révoltait.

—J'en ai un peu. Suffisamment.

Lucy n'avait pas dit à Ethan qu'elle avait emmené toutes ses économies, certaine qu'il en ferait toute une histoire – cette grande souche… Mais elle savait que cela finirait par servir.

—Tu penses à tout, Lucy. Bien entendu, je te rembourserai dès que nous serons de retour à la maison.

Ces mots ne sonnaient pas juste. Mais cette maison à Londres était chez elle et le resterait désormais, sans lady Isabella pour l'inviter à ses sorties mondaines. Edward ne voudrait plus la voir, pas plus qu'Alec ; elle lui rappellerait par trop la déchéance de sa mère.

—Oui, mademoiselle.

Elles échangèrent un regard également dénué d'expression, puis détournèrent les yeux simultanément.

Assis dans la bibliothèque déserte, Alec broyait du noir, il n'y avait pas d'autre mot. Mais il était trop sur les dents pour dormir et trop fourbu pour faire quoi que ce soit d'autre. Il avait envoyé tous les domestiques se coucher ; les chandelles se consumaient ; et pourtant il restait là et pensait à Charlotte. Elle emplissait son esprit, étourdissait ses sens. Lorsqu'il l'avait tenue enlacée dans la pénombre de sa chambre à coucher, les mains sur sa peau, ses lèvres sur les siennes, il avait découvert tout ce qu'un homme pouvait désirer au monde. Et quand il l'avait sue en danger, peut-être blessée ou perdue, il avait compris qu'il ne pouvait vivre sans elle. À ce moment-là, au moins, le doute n'avait plus été possible ; il aurait fait n'importe quoi pour la retrouver. Et puis, il s'était avéré qu'elle n'avait pas eu besoin de lui pour la sauver. Cela lui restait sur le cœur, même si c'était sans doute déplacé. En l'écoutant conter le récit de ce que sa tante lui avait fait subir, il avait haï ne pas faire partie des protagonistes de l'histoire. C'était vrai et il lui fallait bien l'avouer, tout mesquin et ridicule que ce fût. Il avait voulu lui montrer qu'au moins un membre de sa famille était capable d'agir avec vertu, par considération pour elle, et non par égoïsme. En lieu et place de cela, Charlotte avait assisté en première loge au spectacle terrifiant de… peut-être pas de l'instabilité, mais en tout cas du malheur qui se transmettait en héritage d'une génération de la famille Wylde à une autre. Et ce n'était pas la première fois, songea Alec. Elle en avait déjà eu un bon aperçu de par les actes condamnables de son oncle Henry. Comment pourrait-elle désirer s'unir plus étroitement encore à une telle famille ? Car oui, c'était ce qu'il voulait ! Il la voulait pour femme, rien de moins, et aucune autre ne saurait la remplacer.

Il se leva et se mit à faire les cent pas sur le tapis persan. Elle s'était jetée dans ses bras avec une telle passion à Londres ; n'était-il pas raisonnable de penser qu'elle désirait la même chose ? Ou qu'elle l'avait désirée, avant que tante Bella ne l'enlève brutalement pour la menacer ? Elle s'était jointe à leur conciliabule dans la bibliothèque comme si là était sa place, sans récriminer. Et elle avait juré qu'on ne l'appellerait plus jamais « Mrs Wylde ». Alec se frotta le front comme si cela avait pu l'aider à mettre de l'ordre dans le chaos nébuleux de ses idées.

Charlotte voulait rentrer à Londres. La laisser partir lui était insupportable, et pourtant… Peut-être cela était-il pour le mieux ? Elle s'en irait, et plus tard il pourrait l'y rejoindre et lui avouer que… ? Lâche ! lui souffla une petite voix moqueuse.

Alec savait que c'était une erreur, mais il alla se resservir un autre cognac. Le breuvage acheva de lui embrumer l'esprit, ce qui était bon… et mauvais à la fois. Encore un, et il serait peut-être définitivement incapable de réfléchir. Non, mauvaise idée. Légèrement malade, il décida de sortir un instant pour prendre une bouffée d'air frais. Il allait vérifier dans quel état était Blaze. Pauvre vieux Blaze. Une excellente monture ; il l'avait trop poussé, et tout ça pour rien. Personne n'avait eu besoin de lui. Personne.

Plongées dans la pénombre, les écuries étaient tranquilles et accueillantes, emplies de l'odeur familière du foin et du crottin. Alec alluma une lanterne avec des gestes maladroits et remonta vers la stalle de Blaze. Son cœur s'affola quand une silhouette sombre surgit de derrière une pile de bottes de foin.

— Qui va là ?

Il leva haut la lanterne pour éclairer le visage de l'homme.

— Ethan ?

— Oui, monsieur, lui répondit une voix sourde.

— Que faites-vous ici à une heure pareille ?

— Rien, monsieur. Je réfléchissais, c'est tout.

Sa bonne étoile le boudait vraiment ce soir-là, songea Ethan. Il était pourtant certain que personne ne viendrait le chercher ici, sachant que les écuries étaient le domaine de son père, avec qui chacun savait qu'il était en froid. Et à présent, contre toute attente, c'était le maître lui-même qui débarquait. Il allait avoir des ennuis. Il tenta de cacher la pièce compromettante derrière son dos, et bien sûr, cette bouteille trois fois maudite cliqueta contre un bouton de sa veste. Voilà, c'était cuit : d'abord Lucy, et peut-être était-il sur le point de perdre tout le reste.

— Qu'est-ce que vous avez là ?

À demi aveuglé par la lumière de la lanterne, Ethan se résigna.

— C'est une… une bouteille de rhum que mon cousin Jack m'a rapportée de Ja-Jam… de quelque part dans les Antilles.

Peu désireux d'aller demander à boire aux cuisines, et de se voir refuser de toute façon, il avait été chercher la bouteille dans sa chambre, sous les combles. C'était la première fois qu'il ouvrait cette satanée gourde ! Tout ce qu'il voulait, c'est prendre une petite gorgée en paix. D'accord, peut-être en avait-il bu deux. Mais il n'était pas ivre, et quoi qu'il en soit, il n'était pas en poste. Cela ne changerait rien si sir Alexander choisissait de désapprouver, cela dit. Ethan vit ses rêves basculer lentement, comme un arbre qu'on vient d'abattre.

505

Le cœur d'Alec s'était calmé. Il abaissa la lanterne.

—Du rhum jamaïcain, c'est cela? Puis-je goûter?

Éberlué, ses espoirs presque ravivés, Ethan tira la bouteille de derrière son dos.

—Bien sûr, monsieur.

Il essuya le goulot avec sa manche et lui tendit la bouteille.

Alec posa prudemment la lanterne sur le sol de terre battue, à bonne distance du foin. Se saisissant du rhum, il en avala une bonne rasade. Un incendie furieux se déclara dans sa gorge et se rua dans son estomac déjà tourmenté.

—Ah… c'en est fait de moi.

Il fallait qu'il s'assoie; il se traîna jusqu'à une pile de ballots de foin à côté de son valet et s'y cogna avec un bruit sourd. L'espace d'un instant, les écuries tournoyèrent tout autour de lui.

—Oh, Seigneur!

Incontestablement, une erreur de jugement.

Ethan regarda son maître s'écrouler sur le foin et se demanda que faire. N'aurait-il pas dû appeler quelqu'un pour l'aider à le porter jusqu'à son lit? Mais il ne voulait pas qu'on le surprenne ici avec la bouteille. Sir Alexander lui tendit brusquement cette dernière.

—Vous feriez mieux de la reprendre.

Ethan s'exécuta.

—Assis, assis, ajouta-t-il.

Mal à l'aise, Ethan retomba à côté de lui. C'était tout bonnement incroyable, de se retrouver sur une botte de foin côte à côte avec le maître, et lui plus éméché qu'Ethan l'avait jamais vu.

—À quoi réfléchissiez-vous là-dehors ? demanda-t-il.

Pourquoi Ethan avait-il utilisé cette mauvaise excuse ? Pourquoi avait-il été assez bête pour venir là, pour commencer ? Il essaya de trouver une réponse anodine mais son cerveau n'avait pas l'air en état de fonctionner. C'est la vérité toute nue qui lui échappa :

—L'amour.

—Vous aussi ? Serait-ce contagieux ?

Ethan resta coi cette fois. Il ne voulait pas qu'on l'interroge sur Lucy.

—Croyez-vous à l'amour, Ethan ? Croyez-vous qu'on puisse se marier par amour sans courir au désastre ?

Alec se rendit compte qu'il peinait à articuler certains mots, mais au fond, cela ne lui faisait ni chaud ni froid.

Avait-il découvert la vérité sur Lucy et lui, d'une manière ou d'une autre ? Mais non, c'était impossible.

—Mes propres parents me le prouvent quotidiennement, monsieur. Trente ans ensemble, et heureux comme au premier jour.

—Vraiment ? Comment réussissent-ils donc un tel exploit ?

—Eh bien…

Il ne savait pas quoi répondre. Il ne s'était jamais posé la question. C'était comme ça, point final.

—Je… je pense qu'ils se respectent l'un l'autre, monsieur.

À sa grande surprise, les mots lui venaient à mesure qu'il parlait, comme jaillis d'un puits d'expérience insoupçonné.

—Et ils… Il me semble qu'ils s'apprécient autant qu'ils s'aiment. Euh… comme des amis, j'entends. Ils ne

se ressemblent pas beaucoup, peut-être, mais au fond ils…
ils tombent d'accord sur les choses les plus importantes.

Tout ceci semblait très sensé ; rien à voir avec les affabulations farfelues qu'on entendait souvent sur l'amour.

Le cœur battant la chamade, son bonheur et son avenir sur la balance, Ethan risqua le tout pour le tout.

—Vous… pensiez-vous à Miss Charlotte, monsieur ?

—Miss ? Ah, sa femme de chambre continue à l'appeler ainsi, n'est-ce pas ? Il y a de quoi s'attendrir.

Voilà un terme qu'il n'utilisait jamais, fit remarquer une partie lointaine d'Alec – cette voix intérieure qui ne cessait de lui rappeler qu'il était ivre et aurait dû rentrer se mettre au lit. Il persista à ne pas lui prêter attention.

—C'est à elle que je pensais, oui. Vous souvenez-vous de mes grands-parents, Ethan ?

Le valet cligna des yeux, surpris par ce changement de sujet soudain.

—Non, monsieur. Pas vraiment. J'ai entendu dire… enfin…

—J'imagine bien quoi. Ils se sont mariés par amour, savez-vous ? Et cela a fort mal tourné.

—Eh bien, selon ma mère…

Pendant un bref instant, son audace abandonna Ethan. Sir Alexander allait-il le réprimander – ou pire, sa mère – de répandre des ragots sur sa famille ? Pourtant, aucun domestique ne s'en privait.

—Oui ? Dites-moi ce qu'elle a dit.

Il n'avait pas l'air en colère.

—Eh bien… Ma mère prétend que ça n'a jamais été un mariage d'amour, seulement une sorte d'impulsion du moment. Vu qu'ils ne se connaissaient que depuis quelques semaines et n'avaient jamais rien enduré ensemble.

Ethan avait toujours admiré la lucidité avec laquelle sa mère pouvait parler et mettre le doigt sur le nœud d'un problème. Il se fiait à son jugement plus qu'à celui de quiconque.

— Ma mère dit qu'on aime vraiment quelqu'un quand on a vu comment l'autre réagit face aux difficultés, en quelque sorte. Et même si on n'est pas tout à fait d'accord sur ce qu'on a vu, on comprend, et on ne doute pas de ses sentiments.

Cette dernière intervention était maladroite. Ethan s'aperçut que son maître le dévisageait, bouche bée. Il ferma son clapet.

Le silence retomba dans l'écurie. Ethan remua avec nervosité. Il avait gravement oublié quelle était sa place. Sa mère lui aurait tiré les oreilles si elle avait entendu ça. Et il ignorait si cela avait été utile ou tout bonnement stupide.

Une éternité sembla s'écouler avant que sir Alexander reprenne la parole.

— On dirait bien que c'est une nuit à s'entendre dire ses quatre vérités.

— Je vous demande pardon, monsieur ?

— Rien. Votre mère est une femme d'une grande sagesse.

Rompu de soulagement, Ethan acquiesça.

— C'est bien vrai.

Sir Alexander s'adossa à la pile de bottes de foin et se mit à marmotter dans sa barbe, comme s'il conversait avec un interlocuteur invisible. Un certain malaise envahit Ethan. Il ne pouvait rien faire de plus ; il avait poussé la hardiesse à son paroxysme.

— Je devrais aller chercher quelqu'un pour vous aider à rentrer.

Son maître était trop grand pour qu'Ethan puisse s'en charger tout seul dans cet état.

— Non, non, je ne veux pas. J'ai envoyé tout le monde se coucher. Je vais seulement me reposer ici encore un peu. Vous pouvez disposer si vous le souhaitez.

Comme s'il avait pu le laisser là, tout seul dans l'écurie… Ethan s'adossa à son tour et patienta. Les minutes s'égrenèrent. Son maître avait cessé de marmonner. Petit à petit, Ethan en vint à s'apercevoir qu'il s'était assoupi. Que devait-il faire à présent ? On lui avait interdit de réveiller qui que ce soit, et lui-même était si fatigué qu'il peinait à garder les yeux ouverts. Quelques instants plus tard, Ethan dormait lui aussi à poings fermés.

Chapitre 26

Ni Charlotte ni Lucy ne profitèrent d'un sommeil réparateur. Lucy n'avait pas eu le courage de retourner dans les quartiers des domestiques et d'affronter la curiosité de cette fameuse Alice et des autres. Elle s'était de nouveau contentée de la méridienne. Le meuble était large et confortable, ce qui ne l'empêcha pas de se tourner et retourner sans cesse. Le ciel rosissait des premières lueurs de l'aube et les oiseaux avaient tout juste commencé à pépier quand elles se levèrent et s'habillèrent. Lucy entassa leurs affaires dans la petite valise.

— Les garçons d'écurie se lèvent très tôt, me semble-t-il, dit Miss Charlotte. Nous allons sortir trouver quelqu'un qui nous conduise à la diligence.

Lucy ne s'était pas attendue à ce qu'elles se mettent en route de si bonne heure, mais elle ne protesta pas. Il valait mieux qu'elles s'en aillent. C'était pour Miss Charlotte qu'elle était venue, et elle l'avait retrouvée, l'histoire s'arrêtait là. Ethan… et s'il avait déjà parlé à sa mère ? Et si celle-ci n'attendait que le matin pour venir dire à Lucy une bonne fois pour toutes qu'elle n'était pas assez bien pour son fils adoré ? Peut-être que non… que non, mais… elle n'avait pas pris le temps de bien y réfléchir, s'avoua Lucy. Elle avait rêvé de venir s'installer avec Ethan dans le Derbyshire, de devenir sa femme. À aucun moment elle n'avait considéré les présentations qui s'imposeraient suite à leur expédition irréfléchie. Peut-être aussi réagissait-elle de manière excessive, comme Ethan semblait le croire. Et pourtant, elle comprenait à présent à quel point le respect qu'elle avait gagné dans d'autres maisons par un comportement irréprochable comptait pour elle.

— Lucy ?

Miss Charlotte se tenait à la porte.

— Oui, mademoiselle. Je suis prête.

Elles sortirent sur la pointe des pieds, comme des cambrioleuses. L'air était frais et doux en cette matinée de juin. Lucy prit une profonde inspiration ; elles auraient tôt fait de retrouver la ville pestilentielle. Elles se dirigèrent à pas de loup vers les écuries. Comme Lucy l'avait craint, personne n'était encore debout ; on n'entendait rien que le bruit doux des sabots des chevaux dans leur stalle. Ainsi qu'un autre son… S'agissait-il de ronflements ?

Elles contournèrent une pile de bottes de foin et y découvrirent affalés deux hommes de haute stature qui dormaient à poings fermés. Une bouteille gisait sur le sol de terre battue, non loin d'une lanterne.

— Alec ! s'exclama Miss Charlotte.

— Ethan ! s'écria Lucy au même moment.

Ethan se réveilla en sursaut. Il considéra les deux femmes avec des yeux ronds, perplexe, avant de se lever d'un bond. Son genou heurta celui de sir Alexander au passage, et ce dernier ouvrit les yeux à son tour.

L'instant d'après, il les referma, comme blessé par la lumière. Lucy n'en croyait pas ses yeux. Comment le valet et son maître pouvaient-ils être étendus là comme deux soiffards après une nuit de débauche ? C'était du jamais vu, parfaitement indécent.

Sir Alexander rouvrit les yeux.

— Oh, Seigneur ! Vous êtes donc vraiment là ? gémit-il.

— Nous ne sommes pas des fantômes venus des limbes d'un cerveau embrumé par l'alcool, rétorqua Miss Charlotte d'un ton tranchant.

Sir Alexander leva la main.

— Pas si fort, je vous en prie.

Ethan se tenait là comme si on l'avait empaillé. Après tout, qu'aurait-il pu dire, ce grand dadais ?

— Quand je pense à la façon dont vous m'avez réprimandée pour quelques verres de champagne !

Miss Charlotte n'avait pas baissé la voix le moins du monde. Sir Alexander grimaça.

— Comment ?

— Et que diantre faites-vous… ? Non. Ça m'est égal. Tout ce que je veux, c'est qu'on me conduise à la diligence.

Elle se retourna et regarda aux alentours comme si elle s'attendait à ce qu'un garçon d'écurie ait fait son apparition. Les deux hommes pensèrent manifestement à la même chose. Ethan avait l'air nerveux. Sir Alexander se redressa, pâle et défait.

— Vous ne pouvez pas partir, lui dit-il. Il faut que je vous parle.

—Je m'en vais, et vous n'êtes visiblement pas en état de soutenir une conversation.

—Je vous interdis de partir.

—Vous… quoi ?

Grave erreur, songea Lucy. C'était même le pire moyen pour amadouer Miss Charlotte ; déjà petite fille, elle ne supportait pas qu'on prétende restreindre sa liberté. Ses yeux flamboyaient à présent, ce qui signifiait qu'elle était plus furieuse qu'une louve.

Sir Alexander se leva péniblement. Une fois debout, il sembla retrouver son aplomb.

—Vous ne pouvez pas partir, répéta-t-il. Je vous en prie… Cha…

—Vous ne pouvez pas m'en empêcher ! Vous… espèce… d'ivrogne !

Cette fois c'était lui qui s'énervait. Lucy pouvait le lire sur son visage. Force lui était d'admettre que ce n'était pas très juste. Elle n'avait jamais entendu dire qu'il buvait plus que de raison. Elle chercha Ethan du regard, mais ce dernier n'allait pas être d'une grande aide. Il surveillait la porte de l'écurie comme si le courroux divin pouvait s'abattre sur eux à tout instant.

—Je peux ordonner à mon personnel de ne pas vous y conduire, grinça sir Alexander entre ses dents serrées.

—Comment osez-vous ? J'irai à pied !

Oui, Miss Charlotte était folle de rage à présent.

—J'enverrai quelqu'un vous rattraper, mordit-il. Il vous portera si nécessaire.

—Vous n'oseriez…

— Le moment n'est pas bien choisi pour vérifier ce dont je serais capable ou non, croyez-moi. Et veuillez ne pas crier.

Miss Charlotte serra les poings et lui lança un regard assassin. Lucy entendit qu'on s'agitait au-dessus de leur tête, là où dormaient les garçons d'écurie.

— Nous… nous devrions rentrer, intervint Ethan, presque aussi pâle que son maître.

— Excellente idée. Nous devrions tous rentrer, sans exception, prendre le temps de… nous rafraîchir, et ensuite…

Miss Charlotte fit volte-face en faisant tournoyer ses jupes et repartit d'un pas furieux en direction de la maison. Lucy n'eut d'autre choix que de la suivre. En partant, elle entendit sir Alexander dire :

— Ethan, faites monter de l'eau et un remède contre la migraine dans ma chambre, tout de suite.

Environ une heure plus tard, Ethan frappa à la porte de la chambre de Miss Charlotte, ce qui était inconvenant, mais Lucy n'en était plus à s'arrêter à ce genre de chose. Sa maîtresse était restée assise à fulminer et à maugréer sans discontinuer, et voilà qu'elle se dirigeait vers la bibliothèque, le meurtre dans les yeux. Tout allait de mal en pis.

— Viens, dit Ethan.

— Où ça ?

— Peu importe, viens, c'est tout.

— Je ne veux voir personne…

— Tu ne verras personne à part moi.

Ethan traîna littéralement Lucy hors de la chambre à coucher, et lui fit traverser les couloirs encore quasiment déserts jusqu'au jardin de roses à l'extérieur. Il n'avait pas de meilleur endroit en tête ; les riches senteurs et les couleurs chatoyantes la mettraient peut-être dans de meilleures dispositions. De plus, personne ne risquait de se trouver dans cette partie du jardin de si bon matin.

—Que fais-tu ? Laisse-moi tranquille, Ethan Trask !

Mais elle n'avait rien dit avant qu'ils arrivent au milieu des rosiers, ce qu'Ethan considéra comme de bon augure.

—Et que diable faisais-tu dans les écuries, à boire avec sir Alexander ?

—C'était bizarre, admit-il.

—Bizarre ?

Elle le fusilla de ses yeux bleus transparents qui le fascinaient toujours.

—Au départ, je m'étais isolé, parce que tu avais été si dure avec moi, Lucy.

Elle poussa un grognement de mépris.

—Et j'ai bu une gorgée pour… me consoler, en quelque sorte.

En la voyant le regarder de travers, il s'empressa de reprendre.

—C'était seulement… bon, d'accord, j'ai bu deux fois, Lucy. Mais c'est tout, je le jure.

Devant son visage qui restait de marbre, il ajouta :

—Est-ce que j'ai l'air d'avoir dépassé les bornes ?

Lucy le dévisagea. Il n'était plus aussi pâle que dans les écuries. Il était comme d'habitude : grand, séduisant, presque irrésistible et… le ciel lui vienne en aide !

Ethan hocha la tête.

— Et c'est alors que le maître est arrivé, déjà bien éméché.

— Ethan !

— Mais c'est vrai. Ensuite il a bu un peu du rhum que mon cousin Jack m'avait rapporté, et puis il m'a ordonné de n'aller chercher personne pour le faire rentrer. Je ne pouvais pas le laisser là !

Lucy en convenait.

— Et j'étais si fatigué que je me suis endormi. Mais ce n'était pas ça que je voulais te dire.

Le moment était venu. Une fois de plus, Ethan s'aventurait en territoire inconnu, et son appréhension dépassait encore celle de la nuit dernière, si cela était seulement possible.

— Ce qu'il y a, Lucy, c'est que sir Alexander est amoureux de Miss Charlotte.

— Quoi ?

— Il me l'a avoué.

— Il te l'a avoué, à toi ? Pourquoi donc il irait te faire ce genre de confidence ?

— Eh bien, il n'était plus vraiment lui-même, n'est-ce pas ? Je parierais qu'il est en train de lui demander sa main dans la bibliothèque en ce moment même.

Avant qu'elle pût surmonter sa surprise, Ethan lui prit la main et mit un genou à terre.

— Cela règle tous nos soucis, tu ne comprends pas ? Oh, Lucy, tu m'épouseras, n'est-ce pas ? Je ne pourrais pas vivre sans toi, c'est tout ce que je sais.

Elle baissa les yeux vers lui. Ses pupilles noires et graves étaient empreintes d'une sincérité sans faille.

Elle sentait qu'elle pouvait y lire son âme à livre ouvert. La main qui tenait la sienne était forte, confiante.

—Tu ne me raconteras plus de mensonges ?

—Jamais !

Toutes les difficultés qui l'avaient tourmentée semblaient s'envoler. Quoi que les gens d'ici puissent penser d'elle, quoi qu'il soit en train de se passer dans la bibliothèque, elle non plus ne pensait pas pouvoir vivre sans lui.

—Oui. Oui, je le veux.

Ethan se remit debout d'un bond et l'attira dans ses bras. Pour la toute première fois, elle se sentit ici chez elle.

Charlotte vogua vers la bibliothèque sur une vague de fureur. Et pourtant s'y mêlaient quelques gouttes d'espérance qu'elle ne pouvait ignorer, bien qu'elle se méprisât d'être capable de pareille faiblesse. Il ne voulait pas qu'elle s'en aille. Il l'avait menacée de mesures draconiennes – scandaleuses, insultantes – pour l'empêcher de partir. Il ne voyait pas en elle une intruse inopportune dans sa maison ! Cependant, cela ne lui conférait en rien le droit de lui donner des ordres.

—Comment osez-vous me faire mander comme si j'étais l'une de vos domestiques ? demanda-t-elle d'un ton outré une fois que la porte se fut refermée derrière elle.

—Ce n'est pas le cas. Je vous ai simplement invitée dans ma bibliothèque pour une importante conversation.

Il semblait presque redevenu lui-même – séduisant, captivant, suffisant et incroyablement exaspérant. Charlotte croisa les bras et leva le menton.

—Eh bien ?

—Voulez-vous vous asseoir?

—Non.

Il haussa un sourcil, comme si elle se montrait inutilement déraisonnable. Elle détestait le voir faire cela!

—Nous resterons donc debout. Charlotte…

Il prononça son nom d'une façon qui lui fit retenir son souffle, puis se tut. Il la regardait avec les mêmes yeux que cette nuit-là dans son lit; un regard à faire fondre la glace. Pourquoi ne poursuivait-il pas?

—Oui? l'encouragea-t-elle d'une voix incertaine.

—Ces derniers jours… Quand j'ai pensé à ce qui aurait pu vous arriver, que j'aurais pu vous perdre, j'ai compris…

Charlotte s'était mise à trembler. Cet homme qui avait toujours un mot à dire sur tout semblait soudain frappé d'un mutisme qui la rendait folle.

—Que je ne pouvais me résoudre à vous perdre. Vous devez m'épouser.

Elle cligna des yeux.

—Je dois… ?

—Je voulais dire…

—Vous ordonnez, et j'obéis. Est-ce bien cela?

Tout en elle hurlait: «oui!» Mais était-ce une façon de demander? Ou plus exactement, de ne pas demander?

—Je ne l'ai pas dit convenablement…

—Dit quoi, au juste?

S'il n'était pas capable de faire mieux que cela… Charlotte faillit fondre en larmes tant son désarroi intérieur était profond.

Il s'approcha d'un pas vif et lui saisit les bras.

519

— Que je vous aime de tout mon cœur. Que je désire que vous deveniez ma femme plus que tout au monde.

Toute la tension qui l'habitait s'échappa sous la forme d'un long soupir. Elle sentit son cœur bondir sous l'effet de la joie et du soulagement.

— Je croyais que vous aviez fait le serment de ne jamais vous marier par amour ?

— Au diable ce que j'ai dit. J'étais un imbécile.

— Vous l'êtes, mais… oui. Je vous aime. Oui, je le veux.

Son baiser fit alors disparaître tout autour d'elle. Ne restait que la sensation de ses mains sur sa peau, la saveur de ses lèvres, la conscience sublime que tout ceci, et bien plus encore, était ce que lui réservait l'avenir. Une éternité s'écoula avant qu'ils se séparent, et ce ne fut que pour s'asseoir l'un contre l'autre sur le sofa. Elle sentait la chaleur de son bras autour de ses épaules.

Une pensée traversa soudain l'esprit de Charlotte.

— Oh.

— Qu'y a-t-il ?

— Mrs Wylde. Je ne voulais plus jamais entendre ce nom.

— Eh bien, vous serez lady Charlotte Wylde. Cela n'a rien à voir.

— Hum.

Elle lui sourit d'un air mutin.

— Je suppose que tout va bien, dans ce cas.

Elle lui offrit de nouveau ses lèvres, et il s'en empara.

Chapitre 27

Le mois de juillet était idéal pour les mariages dans le Derbyshire. On recouvrit l'église de pierre qui se dressait non loin du domaine de sir Alexander de roses grimpantes qui embaumaient l'air de leur parfum. Dans tous les villages environnants, les bosquets étaient en fleurs et les abeilles butinaient.

On programma deux cérémonies pour une journée ensoleillée de la fin du mois, et l'ensemble du personnel de sir Alexander se vit accorder un jour de congé. Des villageois engagés pour mettre la main à la pâte apporteraient la touche finale à un festin qui avait occupé une foule de bras pendant d'innombrables heures, et assureraient le service tout au long des célébrations ininterrompues qui occuperaient la journée.

Tôt ce matin-là, Lucy Bowman s'assit face au miroir d'une coiffeuse et s'abandonna à son tour aux mains expertes de Jennings. Et comme si cela n'avait pas suffi à l'intimider, en sus des inquiétudes liées au mariage, un coup à la porte annonça la mère d'Ethan. Jennings lui tapota les épaules et dit :

—Ça ira comme ça.

Elle quitta la pièce, alors que Lucy mourait d'envie de la supplier de ne pas partir. Elle n'était pas encore à l'aise avec sa future belle-mère. Bien que tout malentendu concernant son voyage avec Ethan ait été dissipé, elle restait en admiration devant cette femme sûre d'elle qui avait les cheveux noirs et le regard profond d'Ethan. Mais celle-ci lui adressa un doux sourire.

— Je suis venue m'assurer que vous sachiez à quel point nous sommes heureux de vous accueillir dans notre famille, déclara-t-elle.

— Mais vous me connaissez à peine, ne put s'empêcher d'objecter Lucy.

— Je connais mon fils, et je ne l'ai jamais vu faire preuve… d'un tel aplomb. C'est un plaisir à voir, ça ne fait aucun doute.

— Je serai une bonne épouse pour lui. Je le rendrai heureux.

— Ma chère, c'est déjà chose faite.

Le sourire qui accompagnait cette réponse emplit le cœur de Lucy de joie.

Ethan Trask, qui était habillé et fin prêt depuis plus d'une heure, ne tenait pas en place et papillonnait dans la demeure familiale, incapable de se poser quelque part.

— Nerveux ? s'enquit son frère Sam, qui se tiendrait devant l'autel à ses côtés.

Il avait l'air amusé.

Ethan hocha la tête.

— Pas à cause de l'événement. Je ne veux personne d'autre que Lucy, j'en suis sûr et certain. Je voudrais seulement ne pas faire de faux pas pendant la cérémonie, tu vois ? Je ne veux pas bafouiller et tout gâcher pour elle.

— Ça n'arrivera pas.

— J'espère. C'est toi qui mets toujours un pied devant l'autre sans jamais trébucher, Sam. Pas moi.

— Je crois que cette époque est révolue, mon frère.

Ethan le regarda et vit sa conviction sur son visage.

— Vraiment ?

Entendre cela de la bouche de Sam comptait beaucoup pour lui.

— C'est ce que je pense. Et papa aussi.

— Il a dit ça ?

Sam acquiesça avec un large sourire. Ethan le lui rendit.

— Formidable !

Jennings était passée dans la chambre à coucher luxueuse de Charlotte et s'occupait de sa coiffure quand Frances Cole passa la tête par l'embrasure de la porte.

— Puis-je regarder Jennings exercer son talent habituel ?

— Bien sûr.

Charlotte était ravie de la voir. C'était un moment où l'absence de sa famille se faisait cruellement ressentir, or elle considérait Frances presque comme une parente. Elles s'assirent, chacune profitant de la compagnie de l'autre, tandis que l'habilleuse exerçait sa magie. Quand elle eut terminé et fut partie, Frances demanda :

— Qu'y a-t-il ? Suis-je donc si transparente ?

Charlotte émit un éclat de rire forcé.

—C'est seulement le mariage… Je n'en ai pas eu une très bonne expérience. Je ne crois pas être en train de commettre une erreur, mais…

—Avez-vous la même impression que la première fois ?

—Non ! Bien sûr que non. C'est incomparable.

—Et Alec n'a rien de commun avec Henry.

—Je sais. Je sais. C'est simplement stupide.

—Ça n'a rien de stupide. Il est normal d'éprouver une certaine nervosité lorsque l'on s'apprête à faire un grand pas en avant dans le monde. Je l'ai ressentie, moi aussi.

—Concernant votre voyage en Grèce, cet hiver ?

—Oui. Mais il faut oser s'emparer de ce que l'on désire, n'est-ce pas ?

—Oui, acquiesça Charlotte en sentant son cœur s'alléger. Oui !

—Alec et vous avez vécu toutes sortes d'aventures sans moi. J'ai l'intention d'en vivre quelques-unes à mon tour – bien qu'un tantinet moins… éprouvantes, bien sûr.

—Je l'espère pour vous. Les aventures sont terminées pour moi.

—Je n'en serais pas si sûre. Lizzy est à vous, désormais !

—Ah !

Toutes deux éclatèrent de rire.

Plus loin dans le couloir, Alec avait été mandé par sa tante Earnton qui lui avait fait la surprise de faire tout le trajet depuis Londres spécialement pour assister à cette journée.

— J'espère que vous êtes sûr que c'est ce que vous voulez, Alec.

— Oui, confirma-t-il en souriant, d'excellente humeur. Je le veux. C'est ce que je dirai tout à l'heure, n'est-ce pas ? Je le veux vraiment.

— Ce n'est pas un mariage convenable. Ce n'est même pas un mariage acceptable.

— Ça n'en reste pas moins celui qu'il me faut.

— Ceci n'est pas ce que j'attendais de vous, entre tous. Vous qui avez toujours été si raisonnable.

— Oui, n'est-ce pas ?

Il sourit devant son air perplexe.

— Ne vous inquiétez pas, ma tante, vous finirez par l'apprécier.

— Oh, l'apprécier ? Certes, je l'apprécie. C'est une charmante jeune fille, néanmoins…

— Tout ira à merveille, vous verrez.

Il déposa un baiser sur la joue de sa tante guindée, qui fut incapable de dissimuler sa stupéfaction.

Après un moment, elle sourit.

— Eh bien, peut-être avez-vous raison, après tout.

Plus tard dans la matinée, Lucy Bowman remonta la nef de l'église au bras de son père, resplendissante dans sa robe de mousseline blanche brodée de ramages bleus qui faisaient écho à l'azur de ses yeux. Ethan Trask l'attendait devant l'autel, incapable de réprimer un sourire béat devant cette vision enchanteresse.

La seconde cérémonie fut plus majestueuse, bien que non moins joyeuse. Les sœurs du marié étaient ravissantes et irradiaient de gaieté, vêtues de robes couleur de rose. Et bien que la cadette, Lizzy, transportât un panier excessivement massif en lieu et place de brassées de fleurs, et que l'on ait distinctement entendu ledit panier miauler entre deux notes de la musique, nul ne s'en offusqua. En regardant sir Alexander Wylde et Charlotte Rutherford Wylde échanger leurs vœux, les témoins de la scène sourirent, échangèrent des signes de tête complices et murmurèrent d'un ton satisfait : « Vous savez, c'est un mariage d'amour. »

PEMBERLEY

Achevé d'imprimer en janvier 2014
Par CPI Brodard & Taupin - La Flèche (France)
N° d'impression : 3003010
Dépôt légal : février 2014
Imprimé en France
81121148-1